陳伯元先生序

今之學者每賤古而貴今，鄙近而崇遠，其談論所出，則廢視而任聽，騖洋而遺本。論及詞源，知瑞典高本漢之漢語詞類也，同源字詞也；論及音韻，知高氏之三十五部也，上古韻尾多閉塞輔音也，複合聲母也。而於餘杭章太炎《文始》、《新方言》、《國故論衡》固瞠目不知所以，於〈成均圖〉二十三部音準，則尤相驚伯有。姚生榮松，畢業臺灣師範大學，篤好音韻、詞源之學，碩士、博士論文皆余所指導，所為論文，已蜚聲學界，猶懼抱殘守缺之譏，及兩度負笈新大陸，登美國康乃爾、哈佛諸學府之堂，專修語言，以博見聞，歸國之後，埋首詞源理論研究，七載案頭，孜孜不息，探前修之遺緒，擷西學之精華，撰成《古代漢語詞源研究論衡》一書，而問序於余。

余觀其書，論詞源與字源之差異則謂：初文獨體之字源，乃字形確立後之產物，詞源則宜溯古初語言與文字相繫之前，界義明確，觀念清晰，其言傳統詞源學說，則自《釋名》以至《文始》，諸凡推因、右文、轉語、語根、因聲求義之論，鉅細靡遺，均加評述。餘杭章君《文始》一書，乃我國以詞源理論與實際例證互相結合首創之作，故於作者之學術淵源，撰述之背景動機，《文始》之體制，敘例之疏釋，〈成均圖〉音轉之規範，變易孳乳繁衍之條

例，莫不原原本本，闡述流變，其於《文始》詞源之理論，既尋究其特色，亦檢討其得失，不盲從以附和，亦不妄加譏斥，章君言音義相讎謂之變易，義自音衍謂之孳乳，言簡而意賅，後學未達神恉，或致紕繆，榮松爬羅剔抉，刮垢磨光，以絜度是非，論議平允，不失學人論學風範，至堪嘉許；終則綜合近人詞源諸作，與《文始》相考校，指出《文始》於詞源學上之地位，及今後研尋詞源之科學途徑。

　　縱觀全書，能充分掌握資料，而作精密分析，結構嚴謹，體大思精，此書之成，實為我國一部詞源學之專著，足與章太炎《文始》、王了一《同源字典》鼎足而三，非深於語言、文字、音韻、訓詁之學者莫能為也，余嘉榮松英年有為，勤劬不息，斐然成章，因為序言以歸之。

　　　　　　　　　　　　　　中華民國八十年五月五日
　　　　　　　　陳新雄　序於臺北市和平東路二段鍥不舍齋

自　序

　　我國語言研究有悠久的歷史，長期以來，把古代語言研究統稱小學。所謂「小學」，在漢代就等於文字學，隋唐以後，範圍擴大，成為文字學、訓詁學、音韻學的總稱。經清代近三百年樸學的全面發展，使中國傳統語言文字研究，達到空前未有的高峰。論清代學術，小學絕對是不可或缺的一環，一部中國語言學史的論述，清代小學幾可佔去一半以上的篇幅，這絕不是材料多寡的問題，而是從研究領域、研究方法、研究目的，也就是從量到質，都醞釀一種根本的變革。被視為清代樸學最後一位大師的章炳麟，即認為「小學」之名不確切，主張改稱為「語言文字之學」（見〈論語言文字之學〉載於 1906 年《國粹學報》）這不僅僅是名稱的改變而已，而是反映當時語言學家在思想上、理論上對語言文字學有了新的認識，將它從「經學的附庸」獨立出來，視為一門學科。這就標誌著傳統小學的終結和中國現代語言學的開始。

　　清末民初，隨著西方學術思想的東漸，中國語言學也受到新的研究方法的啟迪，許多原來陳陳相因的舊說，從「語言研究」的新角度來重新詮釋，比如中國語言文字起源的問題，從前只問文字創造的源頭是圖畫、書契、八卦、結繩等問題，此時已轉到語言緣起的問題，同時文字學上六書中的假借、轉注說，也賦予語源學的新

詮，而「孳乳」「變易」這類術語，也成為語言文字發展次第的規律，古音學的主要課題已不再是古韻分為幾部，古聲分為幾紐，而是以古音通轉的規律來解釋語言文字演變的過程。標誌著這種新的研究方向的人，也是章太炎，他在《國故論衡·小學略說》中說：「余以寡昧，屬茲衰亂，悼古義之淪喪，愍民言之未理，故作《文始》，以明語原。次《小學答問》，以見本字。述《新方言》，以一萌俗。」可見章太炎是把語源、字源和方言的研究，視為語言文字學的當務之急。而其成就最大的，就是《文始》一書。

《文始》一書代表章氏語言研究的總成績，也代表中國傳統語源研究走向現代語源學的過渡，它走出了訓詁學的章節，獨立門戶，成為第一本有體有用、理論實踐兼顧的字族研究專論，它總結了從漢代劉熙《釋名》以來一千七百年間詞源學的理論，並提出他自己的詞源學體系。章氏於此書中驅策古音，駕馭《說文》，出入經典故訓，其理論和方法突破傳統格局，並帶有開闢榛莽的色彩；但章氏畢竟受到他個人學術背景的限制，其所接觸十九世紀西方語言學理論並非全面，致《文始》一書難免體大而思不精，因而瑕瑜互見、毀譽參半。加上《成均圖》的玄理氣象，《文始》行文的古奧，竟使此一名著出版七十年來，尚無人作全面的研究。摘其著作的片斷，妄加批評者則比比皆是，這未嘗不是中國語言學史上的一椿憾事。

筆者自民國五十四年就讀師大國文系以來，獨好語言文字之學，有關語言文字的統緒和方法，皆得諸本系師長的沾濡，如許師詩英之文法、聲韻之學，魯師實先之說文及古文字學，周師一田之訓詁學，繼續深造以後，復聞章、黃語言文字學之緒於林師景伊、

高師仲華、潘師石禪三先生，又得陳師伯元古韻三十二部之說及廣韻研究之腠理。初則專攻等韻之學，繼則旁涉現代語言學理論，舉凡變形衍生語法理論及孳生音韻學，皆一度為措意之所在，因有民國六十六年獲教部公費獎助赴美進修語言學，於康乃爾大學選修包擬古教授（N.C. Bodman）之漢藏語言學概論，始知同族語言同源詞研究之旨趣，七十一年即以「上古漢語同源詞研究」一題，撰成博士論文。該文雖然總結了近代有關詞源研究的成績，但是囿於見聞，仍未能全面檢驗《文始》一書。民國七十二年以來，從事訓詁學教學工作，泛覽更廣，海峽兩岸相關論著，無不搜羅，漸能補充前論之所未備，並將注意力轉到詞源學的發展，確定章黃學說在近代詞源研究上，已產生積極的指導作用，同時也發現我國訓詁學理論的核心，原來是建立在詞源研究的基礎上。

　　1989 年三月，香港大學舉辦首次「章太炎、黃季剛國際學術研討會」，筆者幸獲邀請，因撰「黃季剛先生之字源、詞源學初探」一文與會（該文修正後刊布於《國文學報》第十八期）。同年八月起，並以「章太炎《文始》的詞源理論述評」一題為研究計劃，獲王安電腦公司中國學術研究中心 1989－1990 年漢學研究獎助。兩年以來，以全力投注於《文始》一書之研究，逐條梳理《文始》九卷中的初文、準初文及字族，研形、審音、定義，朝夕於茲，並作成逐字檢索之資料庫，擬以數年完成全書之疏釋。1990年六月並撰〈從詞根轉換檢討《文始》的音轉理論〉，發表於香港浸會學院主辦之「中國聲韻學國際學術研討會」。

　　由於兩年來的整理爬梳，並廣泛研讀詞源相關論述，漸覺《文始》易入，對章氏所建立的音轉理論與詞義系統，亦稍見會通，而

最易使人墮入玄想的《成均圖》，亦頗能撥雲見霧，完全以實證的科學態度來解說。至於是書九卷之字族系聯，孳乳、變易之次第，也不再具有其初看時有如「七寶樓台」之色彩，乃自忖能為此書做一全面的疏釋，疏釋的目的自不在發皇章氏學說，而在如何藉此研究，提出漢語詞源研究的方法，這種方法論應該繼承中國語言學的優良傳統及民族特色，自然有異於生吞活剝、抄襲西方的詞源學理論的做法。筆者自信透過對《文始》的批判、結合最新的古文字學及當代詞源學理論的指導，必可完成八年前已著手進行的古漢語「同源字譜」。有此一譜，則對章氏學說之價值評斷，其個別字族認定的是非，皆可以從純粹的詞源學角度，加以定論，目前要解決對《文始》之爭議性論斷，似仍言之過早。

本文的撰述，初以《文始詞源理論述評》為題，寫作「制作探源」一章（即本書第三章）時，即已發覺章氏的詞源學足以反映一部漢語詞源研究，既有批判又有繼承，為了正確評估《文始》的歷史地位，於是將撰述範圍，擴及一千七百年來之詞源研究，如此就可以充分對幾個基本理論如聲訓、右文、音轉等，作全新的檢討，同時也能綜合近十年來個人在這方面探索的心得。因此本書的前兩章，是通論性質，但對於理論意義，則多從語言學觀點來分析。後三章，則以《文始》的探討，展現近代詞源學的具體內涵，並批評了章氏在學說和方法上的不足，指出今後研究的方向。許多觀點皆近年所啟悟，總題曰論衡者，乃因有破有立，亦有矯時俗束書而妄議《文始》之陋者，庶幾亦能反映個人十年來在詞源研究的心路歷程。資質寡昧，成稿時日倉促，率爾操觚之譏，勢所難免。撰述期間，正值伯元業師，兩煩鶴弔、風樹增悲；論文完稿，竟無暇先獲

陳師審訂，則書中可能的錯誤必更加多，但祈賢達先聞，不吝教正。

民國八○年三月十五日
姚榮松　序於台北羅斯福路車喧樓

古代漢語詞源研究論衡

目　次

陳伯元先生序 ……………………………………………………　I

自　序 ……………………………………………………………　III

第一章　詞源研究的意義及方法 …………………………………　1

　第一節　詞源與字源的界說 ……………………………………　1

　第二節　漢語詞源研究的方法論與階段論 ……………………　9

　　壹、總　論 ……………………………………………………　9

　　貳、方法論 ……………………………………………………　13

　　參、階段論 ……………………………………………………　48

第二章　傳統詞源學的發展
　　　　——從《釋名》到《文始》 ……………………………　53

　第一節　論聲訓與詞源 …………………………………………　54

第二節　論「右文說」與詞源⋯⋯⋯⋯⋯⋯⋯⋯　106

　　壹、從聲訓的啟迪看右文說的形成⋯⋯⋯⋯　110

　　貳、從形聲字的形成看右文說⋯⋯⋯⋯⋯⋯　116

　　參、從漢字「結構功能」的符號本質透視右文說⋯⋯　123

　　肆、右文說與聲義同源論⋯⋯⋯⋯⋯⋯⋯⋯　134

　　伍、右文說與形聲字借聲說⋯⋯⋯⋯⋯⋯⋯　147

第三節　因聲求義論與語根的探討⋯⋯⋯⋯⋯　162

　　壹、高郵王氏父子的「因聲求義論」⋯⋯⋯　162

　　貳、戴震《轉語》以後的詞族研究⋯⋯⋯⋯　174

　　參、章太炎標舉「語根」的意義⋯⋯⋯⋯⋯　201

第三章　《文始》制作探源⋯⋯⋯⋯⋯⋯⋯⋯　207

第一節　章太炎傳略及其語言文字學著作⋯⋯　207

　　壹、前　言⋯⋯⋯⋯⋯⋯⋯⋯⋯⋯⋯⋯⋯　207

　　貳、傳　略⋯⋯⋯⋯⋯⋯⋯⋯⋯⋯⋯⋯⋯　208

　　參、章太炎的語言文字學著述⋯⋯⋯⋯⋯⋯　222

第二節　《文始》制作的背景⋯⋯⋯⋯⋯⋯⋯　227

　　壹、《文始》制作的動機⋯⋯⋯⋯⋯⋯⋯⋯　230

　　貳、《文始》制作的依據⋯⋯⋯⋯⋯⋯⋯⋯　236

第三節　《文始》的體例⋯⋯⋯⋯⋯⋯⋯⋯⋯　242

　　壹、《文始敘例》疏釋⋯⋯⋯⋯⋯⋯⋯⋯⋯　242

　　貳、〈成均圖〉與音轉規範⋯⋯⋯⋯⋯⋯⋯　296

　　參、孳乳與變易條例⋯⋯⋯⋯⋯⋯⋯⋯⋯⋯　320

第四章　《文始》詞源理論的檢討 ···················· 327

第一節　《文始》詞源理論的特色 ···················· 327

第二節　論詞根的依據──初文、準初文 ············ 336

壹、初文之界說及類例 ·························· 336

貳、《文始》中「初文」的分析及

黃侃「初文多轉注」說 ·················· 340

參、對《文始》初文之評價 ···················· 346

第三節　評《文始》音轉理論 ························ 351

壹、章太炎古音學的評價 ······················ 351

貳、《文始》「音轉理論」的檢驗 ·············· 357

第四節　論變易與孳乳 ······························ 374

壹、論詞的同名異構──變易 ·················· 374

貳、論詞的引申分化──孳乳 ·················· 382

第五章　《文始》的評價與詞源學的前瞻 ·········· 389

第一節　《文始》與近人同源詞研究的比較 ·········· 389

壹、同源詞界說及其條件 ······················ 389

貳、近人研究同源詞之方法及其檢討 ············ 392

第二節　《文始》在漢語詞源學上的地位 ············ 404

第三節　漢語詞源學的科學道路 ···················· 410

主要參考書目 ······································ 413

附　　錄

一、漢語方言同源詞構擬法初探⋯⋯⋯⋯⋯⋯⋯⋯⋯⋯　435

二、從漢語詞源研究的歷程看古音學與詞源學的互動

　　——以《文始》與《同源字典》為例⋯⋯⋯⋯⋯⋯　449

增訂再版後記⋯⋯⋯⋯⋯⋯⋯⋯⋯⋯⋯⋯⋯⋯⋯⋯　487

第一章
詞源研究的意義及方法

第一節　詞源與字源的界說

　　傳統中國語言文字學裡，一向把這個領域分作三門：文字、聲韻、訓詁。按照現代學術分工的趨勢，它們底下還可以分科，例如：文字學可以有甲骨學、金文學、《說文》學等；聲韻學可以分古音學、今音學、等韻學等；訓詁學也可以分為爾雅學、方言學、釋名學等。這裡找不到「字源學」或「詞源學」的地位，原因固然是因為名稱是外來的，實際上，其內涵也不容易界定，而且一旦視為一門分科，就會發現它和「訓詁學」或「文字學」有太多重疊。即使在西方語言學的著作裡，也很少將它獨闢專章來討論，唯一的例外是，在被譽為現代語言學之父的索緒爾的經典之作《普通語言學教程》（有 1982 北京商務出版的高名凱中譯本）中出現了第三編第六章的「流俗詞源」，在第三編末附錄的三個子題之三，出現了「詞源學」，兩個子題都是隸屬於母題「歷時語言學」。現在我們就根據索緒爾七十多年前（此書初版為 1916 年）的意見，來看看「詞源學」的傳統腳色。索氏說：

　　　　詞源學既不是一門分立的學科，也不是演化語言學的一部
　　　　分，它只是有關共時事實和歷時事實原則的一種特殊應用。
　　　　它追溯詞的過去，直至找到某種可以解釋詞的東西。❶

這種界說未免抽象，最好看索氏的舉例，他說：

　　　　當我們說到某個詞的來源，某個詞「來自」另一個詞的時
　　　　候，可能包含幾種不同的意思：例如法語的 sel「鹽」來自
　　　　拉丁語的 sal 只是由於聲音的變化；現代法語的 labourer
　　　　「耕田」來自古法語的 labourer「工作」只是由於意義的變
　　　　化；法語的 couver「孵卵」來自拉丁語的 cubāre「躺下」是
　　　　由於意義和聲音的變化；最後，當我們說法語的 pommier
　　　　「蘋果樹」來自 pomme「蘋果」的時候，那卻表示一種語
　　　　法上的派生關係。前三種情況都跟歷時的同一性有關，第四
　　　　種情況卻以幾個不同要素的共時關係為基礎；而前面所說有
　　　　關「類比」（analogy，按：見於同編第 4-5 兩章）的一切表
　　　　明這正是詞源研究最重要的部分。❷

　　這段話說明「詞源」有不同的層次，它的理論核心「類比」也
是「歷時語言學」的基礎理論。下面他繼續說明詞源學在方法上的
特質，他說：

---

❶　索緒爾《普通語言學教程》（北京：商務印書館，1982 年），頁 264。
❷　索緒爾《普通語言學教程》，頁 264。

所以詞源學首先是通過一些詞和另外一些詞的關係的探討來對它們進行解釋。所謂解釋，就是找出它們跟一些已知的要素的關係，而在語言學上，解釋某一個詞就是找出這個詞跟另外一些詞的關係，因為聲音和意義之間沒有必然的關係。詞源學並不以解釋一些孤立的詞為滿足；它要研究詞族的歷史，同樣，也要研究構形要素：前綴、後綴等等的歷史。……詞源學也要描寫事實，但這種描寫不是有條理的，因為它沒有任何確定的方向。詞源學把某一個詞當作研究對象，必須輪番地向語音學、形態學、語義學等等借用資料。為了達到它的目的，它要利用語言學交給它使用的一切手段，但是並不把注意力停留在它非做不可的性質上面。❸

　　這些內容已把詞源學的性質定位得恰到好處，它好像是以詞彙史為中心的跨科語言學，最後一句話更指出其具有獨立學科的身份，顯然，詞族及構形要素的歷史才是它的焦點，其它的學科（例如：古音學、文字學等）只是它的借助工具而非研究重點。回到中國語言學內，我們立刻發現，在「詞源學」之外，又多了「字源學」或「語源學」兩個名稱，為什麼呢？

　　儘管「語源學」、「詞源學」、「字源學」三詞在意義上並非全等，但一般語言學論著多半不加區別，任取其一來稱謂西文的

---

❸　索緒爾《普通語言學教程》，頁 265。

Etymology 一詞，其中「詞源學」一名最為常用❹，近年來有人改用「字源學」一名。❺有些學者則主張必須區別字源和詞源。高名凱曾說：

> 在研究漢語語義演變的時候，我們必須注意一個問題，就是字源學和詞源學的不同。許多文字學家所討論的訓詁問題，其實是字源問題。字源的解釋可能就是詞源的解釋，至少可以幫助我們明了一些語言意義的演變情形，但字源學畢竟不就是詞源學。❻

這似乎反映了中國語文的特色，即字和詞總是若即若離，理論上，漢字是形音義的綜合體，字和詞常等同為一；實際上，字典中和一般人觀念中的「字」，差不多是作為檢索單位的「集合符號」，一個字代表幾個詞是不定的，因此，字源和詞源並不是平行的關係。張世祿也說：

> 漢字「字源學」和漢語「詞源學」有相互啟發、相互促進的作用，這也是漢語「詞源學」本身的一個特點，應當獲得適當的評價的，但是「字源」研究的結果，畢竟不能用來充當

---

❹　如：高名凱《普通語言學》（香港：邵華文化服務社，1957）第十五章「詞源學與俗詞源學」。《語言名詞解釋》（1962）也有「詞源學」一條。

❺　如：陸宗達、王寧〈淺論傳統字源學〉（《中國語文》1984：5）；李開〈論黃侃先生的字源學說和方法〉（《南京大學學報》1986：1）。

❻　高名凱《普通語言學》（1957），頁369。

真正的「詞源」的實例；這兩者之間，必須加以區別，不能
用來相互替代。因為字源的研究，注重在分析字形和探討
形、義相關的歷史；詞源的研究，則注重在比較聲音形式和
意義相關的歷史。❼

　　字源和詞源的異同之辨，只有在連繫字源，建立語言文字體系
的實踐中，才能起互相啟發促進的作用，而又保持各自的脈絡而不
相殽亂。這是理想化的說法，事實上，傳統字源學本就不同於印歐
語言的詞源學，不論在目的和方法上，都有顯著的差異。嚴格的歷
史比較方法上的漢語詞源研究，還是一片處女地，因此，相對於現
代語言學中的「詞源學」，陸宗達和王寧特別把作為訓詁學分支的
「字源學」稱為「傳統字源學」，陸氏等對「傳統字源學」的發展
曾描述說：

　　　　「音近義通說」實際上是傳統字源學的理論基礎。討論形聲
　　　字標音偏旁（聲符）是否帶義問題的「右文說」和「字義起
　　　於右旁之聲」說（一稱「右音說」），實際上是「音近通
　　　義」說的發展。……標誌著字源學研究進一步成熟的，是章
　　　太炎的《文始》。《文始》從理論上提出了音轉義通的規
　　　律，確定了孳乳、變易的條例，在實踐上突破了兩兩系源的
　　　簡單作法，進入了一個起點出發，多方系聯，歸納詞族的系

---

❼　張世祿〈漢語詞源學的評價及其他──與岑麟祥先生商榷〉，《張世祿語言
　　學論文集》（上海：學林出版社，1963），頁 471-472。

統作法，把字源研究推向新的高度。……理論的匱乏，使探求字源的實踐也呈現不自覺的狀態，時而精當無比，時而漏洞百出。❽

　　傳統字源學在理論上的漏洞，可以章氏《文始》受到的批評為證，王力就批評「章氏迷信《說文》，他所定的初文是不可靠的。」「章氏還有兩個方法上的錯誤；第一，聲音不相近，勉強認為同源；第二，意義相差很遠，勉強加以牽合。」甚至說《文始》「其中錯誤的東西比正確的東西多得多」❾。陸宗達、王寧也指出傳統系源方法「常常把非同源詞作成聲訓或系聯在一起，以《釋名》和《文始》為例，《釋名》的明顯錯誤近十之五、六，而《文始》系聯過寬或證據不足之處也近十之三四。」❿

　　筆者認為，這就是語言和文字之間的差異所致，在漢字的語言文字發展過程中，字和詞曾經是個統一體，但隨著語言文字的分歧愈大，字和詞之間便有分支歧出，因此，按照初文獨體作為語根的「字源」，是有了字形以後的脈絡；而詞源必須追溯語言的最初階段，遠在有字形的連繫以前，它們之間的鴻溝是很明顯的，由於「字」在創造和使用過程中，往往只能截取或體現「詞」的局部特點，又不免摻進語言以外的「造字觀點」，這就是「字」和「詞」之間的不統一性，從研究的分工看，必須分別觀察其系統，再察其

---

❽　陸宗達、王寧〈淺論傳統字源學〉（《中國語文》1984：5），頁369。

❾　王力《同源字典·同源字論》（台北：文史哲出版社，1991 年），頁 40-41。

❿　陸宗達、王寧〈淺論傳統字源學〉，頁375。

會通，周光慶曾指出：

> 語言有語言的系統與根源，文字有文字的系統與根源，語言
> 的系統與根源，決定了文字的系統與根源，而文字的系統與
> 根源，在一定意義上反映了語言的系統與根源。⓫

　　語言的系統主要建立在音、義的關係上，而不管字形有無連繫，只要具有共同或相近的詞音形態及詞義關聯，即可據以系源，這就是親屬語言之間，同源詞的比較可以跨越不同文字系統的理由；至於文字的系統，最重要的連繫是字形，黃季剛先生認為賴以連繫的仍是聲音，而聲音即代表語言，這是初文可以代表語根的依據，但是由於語言文字發展過程中，本有多元傾向，例如方言系統及商、周文字系統的分歧等，而造字方法也非一元，字根有時兼表聲義，有時則純係標音，這就造成兩種系統的參差。那純粹的科學的「詞源學」又是怎樣的面貌呢？嚴學宭說：

> 要進行詞源研究，即採用語言學的觀點，不受漢字形體的拘
> 束，把來源相同的同義詞，加以歸類，以聲音為紐帶，以構
> 詞構形為轉變的因素，進行義類的研究，亦即進行有親屬關
> 係的同族詞研究，從而尋求詞根及其衍化軌跡。⓬

⓫　周光慶〈從同根字看語言文字之系統與根源〉（《華中師院學報》1984：
　　5），頁110。
⓬　嚴學宭〈我國傳統語言學的研究與繼承〉，《把我國語言科學推向前進》
　　（武漢：湖北人民出版社，1981年），頁33。

　　事實上，嚴格的漢藏語言的「同源詞」研究，祇是在起步階段。它必須植基於上古漢語本身詞源系統、構詞規律確立之後，因此，漢語本身的同族詞研究，也就有待深入，章太炎以後，在這方面貢獻最大的，有黃侃、高本漢、藤堂明保、王力四家，季剛先生的研究可惜沒有完成，但卻留下相當珍貴的「《說文》同文」語料。具體的成果，可以王力《同源字典》為代表，該書利用他所構擬的上古音值，在連繫同源詞的聲音形式上，更為精確，在詞義的關係上，充分發揮了文獻證據的功能，但是由於在上古音構擬及材料掌握的諸多限制，也往往挂一漏萬。在方法上提供了一種分析的模式，是值得贊揚的，也許把字源的連繫完全拋開（例如書中完全未採古文字學的成果），反而受了局限，這就是本文所要首先指出的，字源與詞源一方面要分開進行研究，一方面又要觀其會通。筆者曾撰《上古漢語同源詞研究》⓭也在方法上提出若干構想，例如：從形聲字、《說文》同義字、經典同義字、上古方言轉語、漢以前聲訓字中分別整理同源詞，參酌甲骨金文以來的演變，建立上古漢語的同源字譜，進一步研究上古構詞法的規律等，相信在繼往開來的工作上，可以作為階段性的目標。

⓭　　姚榮松《上古漢語同源詞研究》，筆者 1982 年在國立台灣師範大學國文研究所完成的博士論文，由瑞安林尹景伊、贛縣陳新雄伯元兩先生指導，尚未出版。

第二節　漢語詞源研究的方法論與階段論

壹、總　論

　　詞源研究無論在東方或西方，都曾有很悠久的歷史。我國詞源學的萌芽是先秦到兩漢的「聲訓法」，其後有宋代流行的「右文說」及清代訓詁家的「因聲求義論」，皆為方法論的代表，這些方法都是屬於漢語的內部擬測。揚雄《方言》所標示的轉語，章太炎《新方言》以雙聲疊韻探求方言本字等，材料上注意到方言詞彙的比較及音轉的關係，比較接近歷史比較法的素材，可惜都忽略方言系統及音韻的描寫，自然也忽略語音對應規律或演變的探討，因此也無法和西方的歷史比較方法相提並論。章氏在詞源名著《文始》中，綜合了傳統詞源學的方法，標舉字根，依音義關係系聯《說文》字族，用音轉規律說明字族繁衍的過程，將古音研究、《說文》研究和詞義研究結合為一，建立具有中國色彩的詞源研究法，儘管其結果不能令人滿意，卻也是使吾國詞源研究由訓詁的附庸邁向獨立學科的一個奠基石。在西方語言學東漸之後，瑞典漢學家高本漢，以印歐語系詞源學的經驗，結合我國古音學，也開啟了新詞源學的方法，日人藤堂明保繼起有作，國人步武者有王力先生，他們都有詞族方面的專著，而另一方面，漢藏語言學者，如李方桂、張琨、嚴學宭、邢公畹、俞敏、梅祖麟、龔煌城等，也在原始漢藏語的同源詞方面，做出許多成績；傳統的詞源學，則相對地受到冷落，原因可能是株守《說文》一隅的關係，但是他們的長處卻也不容抹煞，因為他們熟悉上古漢語的文字及詞義系統，其字族研究可

做比較法的基礎。值得一提的幾篇相關著述有黃侃遺著《說文同文》（收在黃焯所輯《說文箋識四種》）、張建葆《說文音義相同字研究》、黃永武《形聲多兼會意考》、杜學知《文字孳乳考》。近年大陸訓詁學者，如陸宗達、劉又辛、殷孟倫、張永言、王寧、李建國、周光慶、楊潤陸等人，都有相關的論述，詞源研究已走出訓詁的範圍，日漸受到語言學界的重視。

拙作（1982）曾經對古代漢語同源詞研究作一歷史回顧，當時大抵按照沈兼士（1935）討論「右文說」的辦法來分期，把兩漢稱為「泛聲訓時期語源說」、宋代到清代的右文說統稱「右文說演繹下的聲義同源論」、清代王念孫、阮元迄民國章炳麟、沈兼士、楊樹達、劉賾等的詞源學稱為「泛論語根時期」，最後殿以近人高本漢等三家，稱為「從詞族到同源詞」。

以上四期，起於「聲訓」，終於「同源詞」的研究，其實也代表了方法論的改變，亦意味著詞源研究條件的階段性發展，每一期皆意味著分析對象或著眼點的改變，例如「泛聲訓」，表示範圍甚廣，材料不確定，所謂「泛」也有不精確、原則從寬之意。沈兼士所謂「泛聲訓之範圍最廣，祇取音近，別無條件。」「右文說」則以形聲字為範圍，兼顧字義及偏旁相同，範圍已縮小，諧聲條件也較謹嚴，右文雖然「以聲為義」，或視聲符為字綱或字母，彷彿為語根所從出，但畢竟沒有明顯的詞根觀念，而且以聲符作為字根，也顯然無法解釋漢語中廣泛的音同義近現象，故而又有「因聲求義論」為之解除束縛，走上真正的音義互求，但其語根觀念僅是如影隨形，尚未正式表出，即使章氏標舉初文，仍未必代表真正的源詞或詞根，故仍以「泛論語根」稱之，然字族研究的方法和態勢，已

大致顯豁。到了高本漢的《漢語詞類》（*Word Families in Chinese,*
BMFEA5, 1933，張世祿中譯）一書出，仍然未標語根，但以上古
聲母與韻尾為「詞群」（或「字族」）的組合類型，至少為詞根提
供了初型。藤堂明保《漢字語源辭典》（1965）和王力《同源字
典》（1982）都以古韻部（29 或 30）來排比詞群或同源詞組，藤
堂並標出「詞根形態」和「詞根意義」，王力則撰〈同源字論〉說
明同源詞的構成要件及詞音關係，並逐條逐字標音，說明音轉關
係。在音轉方面，他仍繼承章太炎的某些術語，例如：對轉、旁
轉，加上自創的「通轉」，聲紐方面，也有雙聲、準雙聲、旁紐、
鄰紐等，他是偏重於平面系源的描寫，不願作歷史溯源的擬測。同
源詞每組最多不過二十多字，據他的序說是為了「寧缺勿濫」。❹
儘管如此《同源字典》收字不過 3170（不計異體字），約佔《說
文》收字的三分之一，顯然是不足的。

　　任繼昉〈漢語語源研究的方式、方法、階段論〉（1988）一文
❺，提出和筆者不同觀點的階段論，他是從詞族的系源或溯源，系
聯重心為形、或音或義為標準，綜合成四種研究方式或階段，每種
方式又分 1-2 種方法，共有七種方法，茲將他的「分類架構」列成
下表：

---

❹　關於高氏等三家的方法學的比較，可參見拙作（1984）〈上古漢語支部同源
　　詞證例〉，《師大國文學報》，13 期。
❺　《語言研究》1988 年第 2 期（總第 15 期），頁 130-141。

階段論	方式	方 法	代表人物（及作品）
初加工	平面式	1.音系法 （據音系聯）	高本漢、藤堂明保、王力
		2.義系法 （據義系聯）	王念孫（《釋大》）
再加工	沿流式	3.形沿法 （據形沿流）	許慎（《說文解字》） 王聖美（〈右文說〉）
		4.音沿法 （以形設源） （以音設源）	章炳麟（《文始》） 劉又辛（〈釋蹇縗〉）
深加工	溯源式	5.音訓法	劉熙（《釋名》）
		6.構擬法 （歷史比較法）	邢公畹（〈「別離」一詞在漢語台語裡的對應〉）
精加工	立體式	7.立體綜合法	嚴學宭，尉遲治平（〈說「有」「無」〉）

　　任氏此文的缺點是所舉的代表作品與他所構想的「初加工」「再加工」「深加工」「精加工」的階段論，頗與歷史的事實不符，例如：劉熙的音訓法，怎能看成「深加工」階段？如果換上王念孫的《廣雅疏證》或阮元的〈釋門〉會恰當一些。高本漢等人都在上古音系的構擬基礎上系聯詞族，怎能以「初加工」視之？儘管有這些瑕疵，筆者仍認為此文是繼沈兼士之後，總結《釋名》以下一千七百年詞源學方法論最有體系的構思。作者是在科學方法和目的論指導下，區別了研究的「方式」，再結合漢語形、音、義的特質，綜合出七個方法，舉例雖嫌繁略失衡，但條理清楚。對階段的分工，本不帶價值判斷，但不無失序之感。結論則頗富前瞻性和啟發性。章氏《文始》被定性為「沿流式、以形設源的音沿法」，為

討論這種定位的客觀度，本文姑從其七種方法論，逐法解析，再提出個人的意見或補充。引任文處，但加引號，不一一註明。

貳、方法論

一、平面音系法

「平面式」是「在語根不確定的情況下，不分先後，不辨源流，只把一個時所的共時同族詞歸納在一起」。音系法依據的線索和側重的方面是語音，此法任氏認為「始於方以智的《通雅》，其後如王念孫《廣雅疏證》，程瑤田《果臝轉語記》」，這一派所用來貫穿詞源的原則即「因聲求義」（方以智所謂「以音通古義之原」），《通雅・釋詁》中也立了「連語」、「重言」二個子目，收集聯綿詞及疊音詞的異體，如連語「逶池」下有委蛇、威遲等30 個同音異體字。《廣雅疏證》礙於體例，只能隨文注釋，比較零散，然全書凡云「一聲之轉」，「語之轉」之例比比皆是，《果臝轉語記》才出現了完整的系列組合，作者羅列了與「果臝」一詞音義相關的二三百個同族詞，觀察其流衍變轉的情形，程氏云：「雙聲疊韻之不可為典要，而唯變所適也。聲隨形命，字依聲立；屢變其物而不易其名，屢易其文而弗離其聲，物不相類也而名或不得不類，形不相似而天下之人皆得以是聲形之，亦遂靡或弗似也。」「姑以所云果臝者推廣言之……以形求之，蓋有物焉而不方，以意逆之，則變動而不居，抑或恆居其所也，見似而名，隨聲義在。」齊佩瑢氏以為「語根義似乎是『不方』『變動』，但語根的音則未明言，至於轉變的規律，也局部作了解釋，並未加以綜

合，比戴氏的「轉語二十章」可說大為遜色。」❶至於為何要以「果贏」一詞開始，程氏自己在文末「銘」曰：「轉語胡始，姑妄言之，乃釋果贏，遂以先之。何先何後，厥終厥初；如攝如取、信筆而書」，看來他只是任意從「果贏」一詞開始系聯詞族，並不探究「厥終厥初」的源流，因此是一種不分源流的平面式音系法。此法隨著當代學者對古音系統的重建，而走上科學的系聯。高本漢、藤堂明保、王力三家，都根據所擬的上古音系逐字標音，來歸納詞群或同源字（同族詞），它們之間的語音關係，也由寬泛的「一音之轉」變為嚴整的輔音、元音變換等轉換規則。高本漢《漢語詞類》一文，可以說是典型的音系法的代表作，他在本文中是按照上古聲母和韻尾配合的情形，分為 A 至 K 十個大群（或族），即：

A 群：K-NG 型	F 群：T-N
B 群：T-NG	G 群：N-N
C 群：N-NG	H 群：P-N
D 群：P-NG	I 群：K-M
E 群：K-N	K 群：T-M,N-M,P-M

每群收音型相同的「義近字」多寡不等，共收 2392 個字，其中 K 群實際上是三個音型的集合。統觀高氏聲母與韻尾的分類，聲母四類是 K 類（舌根音及喉音），T 類（舌音），N 類（舌尖鼻音及邊音），P 類（唇音包括 p、p'、b'、m）。其中舌音類包括舌頭、舌面塞音、及齒頭及舌尖後塞擦音及擦音，未免過於龐雜，因此這一類字顯得特別多，如 A 群 369 字，B 群則多達 693 字。

---

❶　齊佩瑢《訓詁學概論》（台北：漢京文化公司校改本，1985 年），頁 127。

試舉 B 群（T-NG 型）的前三個小群為例：

　　a 小群：1.償 d̑i̯ang　2.貽 di̯ǝg　3.賙 t̑i̯ôg　4.贈 dz‘ǝng

　　　　　　5.賞 śi̯ang　6.賜 si̯ĕg

　　　　　　（本群有補償、贈給、賞賜、賜予等義）

　　b 小群：7.正 t̑i̯ĕng　8.政 t̑i̯ĕng　9.整 t̑i̯ĕng　10.征 t̑i̯ĕng

　　　　　　11.懲 d‘i̯ǝng　12.董 tung　13.職 t̑i̯ǝk　14.飾 t‘i̯ǝk

　　　　　　15.勑 t‘i̯ǝk　16.帝 ti̯eg　17.治 d‘i̯ǝg　18.則 tsǝk

　　　　　　19.司 si̯ǝg

　　　　　　（本群有正直、改正、整頓、董理、職司、整飾、治

　　　　　　理、法則等義）

　　c 小群：20.正 t̑i̯ĕng　21.直 d‘i̯ǝk　22.植 d̑i̯ǝk　23.置 ti̯ǝg

　　　　　　24.蒔 d̑i̯ǝg　25.栽 tsǝg

　　　　　　（本群有正直、直立、樹起、設置、栽植義）

大群中又按意義分為小群，但小群之間並沒有音型上的差異，有時一個字可以歸在兩群，如 7 和 20 的「正」字，就令人不知這兩小群之間如何劃分了。再由音轉來看：

　　a 小群的元音有 i̯a ~ i̯ǝ ~ i̯ô ~ ǝ ~ i̯ĕ

　　b 小群的元音有 i̯ĕ ~ i̯ǝ ~ u ~ ǝ

　　c 小群的元音有 i̯ĕ ~ i̯ǝ ~ ǝ

　　我們實在無法去構擬這三組詞根的元音的區別。而高氏這個詞群，不過是一種嘗試，並沒有構擬「詞根型態」的意圖，因此也可以證明，他的用意是不分源流的平面系聯。王力的《同源字典》，則大大縮小了每組同源字收字的範圍，但是在聲紐的關係上，他不但有同紐的雙聲，同類同直行的準雙聲，同類同橫行的旁紐，同類

不同直行的準旁紐，及跨部位的鄰紐。轉換關係，似密而實疏。就個別的同源字組而言，多半比較可信。但他在使用這種聲轉時，卻極為謹慎，因此，只能看到音義相當接近的同源字。如：

耕部照母：tjieng 正政　：tjieng 整（疊韻）

職部定母：diək 直　　　：diək 值（疊韻）

職部禪母：zjiək 殖植　：zjiə 蒔（時）（職之對轉）

職部照母：tjiək 置　　：diək 值（照定鄰紐、疊韻）

　　　　　tjiek 寘　　：tjiək 置（錫職旁轉）

之部莊母：tzhiə 菑（甾）榯：tzə 災巛（灾烖）栽（莊精鄰
　　　　　　　　　　　　　　　　　紐、疊韻）

東部端母：tong 董　　　：tuk 督（東覺旁對轉）

《同源字典》雖然在「聲轉」說明中，列了「喉與牙」「舌與齒」為鄰紐，但例子非常少，如：

影見鄰紐：影[yang]　：景[kyang]

神邪鄰紐：順[djiuən]　：馴[ziuən]

喻邪鄰紐：夜[jyak]　：夕[zyak]

至於鼻音與邊音的鄰紐，如：

來明鄰紐：令[lieng]　：命[mieng]

　　　　　來（衛）[lə]　：麥[muək]（之職對轉）

在上古音的構擬上，由於過於保守，上古聲母 33 個與中古音過於接近，使他無法全面建立上古漢語可能的同源字群。另外的缺點就是以韻部、聲紐的次序來排列同源字，有時竟把許多同源字群，歸在兩三個韻部裡，割裂了詞群的聯系。這可能是音系法「自身難以克服的弊病」。當然在作者心目中也許認為這種分部也是詞

群的界域，為了矯正高氏把詞群放在十個輔音首尾的框架內，反而把它重新納入 29 個韻部的通轉之內，例如，在之部明母的一組同源字「母姆㜷 mə：媽姥 ma」，作者有意讓文獻來說明。「母：媽」和「姆：姥」兩組的平行關係，至於何者為語根，並不清楚，因此它也是平面而不溯源。

　　王氏之前，藤堂明保的《漢字語源辭典》，已經按韻部來排列漢字的「單語家族」（即單音節的詞族），他把古韻概括為十一類，每一類是陰陽相配，在詞群上看來比較豐富，而詞根的意義就變得比較抽象，作者還為這個抽象的詞根形態擬了一個型式，稱之為「形態基」（morpho-phoneme）或稱「形態音位」，這個形態音位受高本漢影響，只取聲母的大類名。但舌音聲母分別標成 {T}，{N}，{L} 三類，齒音聲母也獨立為 {TS}，牙喉音聲母為 {K} 和 {NG}，唇音聲母為 {P}，{M}，共有八類。較高氏詞群的四類聲母分析較細，詞群即可縮小，嚴格說來，「形態基」即是藤堂氏心目中的詞根，所以這是一種構擬溯源的方法，不只是平面式的音系法，任繼昉的歸類是有待商榷的。

二、平面義系法

　　王念孫晚年綜合《廣雅疏證》等材料而作《釋大》，取字之有「大」意者，按古音二十三個字母分列於二十三卷，匯而釋之，並自為之注，今存「見、溪、群、疑、影、喻、曉」七母凡七篇。分上下卷，其列字以聲母為綱，頗異於王力之按韻部排列，本質上也是音系法，任繼昉謂：「從全書來看，則是據義系聯。這種在全局上主要以詞義為線索加以系聯的方法，是平面式的第二種具體方

法，可稱之為『據義系聯法』，簡稱『義系法』。如果說，音系法是以音為經，以義為緯，會音而析義的話，那麼，義系法則是以義為經，以音為緯，會義而析音。正因為如此，義系法也就克服了音系法的肢解詞族和拘於語音兩大弊病，能夠挖掘到語源沉積的更深層次，擴大系聯歸納的範圍，增加詞族的容量。」❶

茲舉《釋大》第一上見母「岡緪古恆切梟灝古老切軻古我切，剴古哀切」條為例：

> 岡，山脊也。亢，人頸也。二者皆有大義，故山脊謂之岡，亦謂之嶺；人頸謂之領，亦謂之亢。彊謂之剛，大繩謂之綱，特牛謂之犅，大貝謂之航，大瓮謂之瓨，其義一也。岡、頸、勁，聲之轉，故彊謂之剛，亦謂之勁，領謂之頸，亦謂之亢。大索謂之緪。岡、緪、亙，聲之轉，故大繩之謂綱，亦謂之緪，道謂之堩，亦謂之航。

如果我們歸納形聲偏旁，上列共有五組字根：

(1)岡聲——岡、剛、綱、犅
(2)元聲——亢、航、瓨、航
(3)巠聲——頸、勁
(4)亙聲——緪、堩
(5)令聲——領、嶺

---

❶ 任繼昉〈漢語語源研究的方式、方法、階段論〉，《語言研究》1988：2（總15），頁132。

　　以上岡聲、亢聲屬王念孫的陽部，巠聲屬耕部，瓦聲屬蒸部，令聲屬真部。王氏利用韻部相近的關係，指出兩種「聲轉」，即(1)岡、頸、勁，聲之轉。即陽部與耕部旁轉也。(2)岡、緪、瓦，聲之轉。即陽部與蒸部旁轉也。至於真部的領、嶺，義雖平行，王氏未納入上述聲轉者，蓋以來母與見母聲隔，足見王氏之聲轉者，以聲同為基礎，韻近為轉，如此音轉，大抵保持韻變而聲不變，十分嚴謹。以上五組字的聲義關係可以圖示如下：

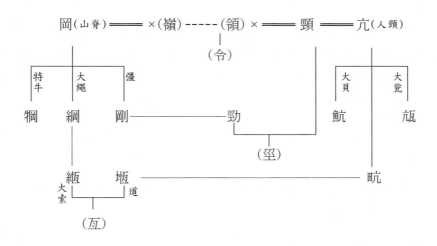

　　凡單直線表示字根孳乳方向。橫線表示語根之連繫。雙平行線或表示字異而義同，亦即聲轉關係。----表示意義的對等，平行線一端加 ×，如 ×= 或 =×，表示不在聲轉之列。如岡謂之嶺猶亢謂之領。王氏這種綜合不同字根構成的立體多向孳乳關係，已突破了右文說的限制，而由聲轉求語根，則又不只是平面關係而已。可

惜，王氏最大的不足，乃是未指出孳乳分化的方向，也就是同屬見母同訓大的語根，其原始究屬陽部、耕部、抑或蒸部？因此它終究未能進入溯源法的領域。

　　義系法與音系法的不同是，義系法由單一詞義入手，因此，能顯示同一詞義的詞族全部的清單，而且依聲排列，一目瞭然。音系法則由音型的區別入手，在同一音型或韻部內，尋找同族詞，由於「以音為綱」或「以韻部為綱，聲紐為目」，就把同一意義的許多詞族，割裂在十幾個韻部或音型之中，前者如王力的《同源字典》，後者如高本漢的十大群。看起來好像義系法有較大優點，其實它存在一個更大的問題，即音、義的寬窄不易把握，尤其在意義方面，孫雍長（1984）指出：據王氏研究的成果，我們看到，凡與大相通者，計有高、速、厚、廣、長、壯、多、有、聚、覆、深、張、荒、成、至、明、赤、樂、美、喜等等，不下二十餘義。❶這些意義，有義同，有義通，義通的有直接相通，也有輾轉相通，關係有遠有近。這些關係的範圍到底有多大？界限畛域又在何處？王氏顯然沒有說明。再就音轉的軌跡來說，王氏《釋大》雖然只存牙喉七母的字，但根據王國維推測《釋大》全書共二十三卷，將與大義有關的詞彙繫於 23 個古聲母下，顯然，包含在這二十三卷的大詞族，是遍及牙喉、舌、齒、唇諸部位的，它們的韻轉也可遍及王氏的古韻二十一部。那麼，五音之間同屬「大」義的詞族可大至數千文，彼此之間究竟有何種層次關係，有何孳乳關係，羅列資料的

---

❶　孫雍長〈王念孫「通義」說箋釋〉，《貴州民族學院學報》1984.4，頁 134。

方式，並不能解答問題。**⑲**

三、據形沿流法

　　沿流式是「從一堆音義相關的同族詞中，找出一個源詞，建立一個起點，然後順流而下，條分縷析，層層串聯，將同族詞按照意義層次梳理成若干有著先後引申次序的同族詞群。」據其串聯梳理的線索，可分為據形沿流與據音沿流兩種。

　　形沿法在文字訓詁上有悠久的歷史，由許慎立「句」「丩」等部首而以同諧聲之拘、笱、鉤屬句部，協、劦、恊屬丩部，首開其端，其後由王聖美等人的右文說揚其波，以迄明清以下「以聲為義」、「聲義同源」「形聲多兼會意」振其流，沈兼士〈右文說在訓詁學上之沿革及其推闡〉（收在《沈兼士學術論文集》）一文總結右文特質有六，如：曰「右文之字衍變多途，同聲之字所衍之義不一而足」；曰「右文之聲母，有即本義者，有僅為借音者。」曰：「義本同源，衍為別派，宜求其引申之跡，窮其原委」；曰「文字孳乳多為音衍，形體異同，未可執著，故音素同而音符雖異，亦相通」等。沈氏並創為右文之一般公式並推衍其公式，極盡委曲，茲舉其「引申分化式」為例：

---

⑲　有關《釋大》的其他討論，參第二章第三節第貳目（丙）。

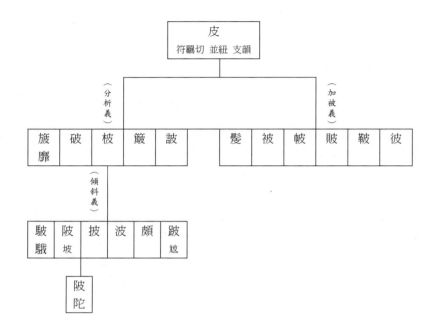

　　沈氏之貢獻在肯定右文而不盲從右文，進而指出音衍為主，形衍為輔，故同聲而衍義非一途，聲符除用本義之外又可為借音，甚而「同音異符」平行複式分化或且同聲而反義分化。此等體式雖巧，然未必全屬合理，例如「聲符借音」之說，蓋創自章太炎，章氏《文始・略例・庚》說：「夫同音之字，非止一二，取義於彼，見形於此者，往往而有，若農聲多訓厚大，然農無厚大義，支聲多訓傾斜，然支無傾斜義，蓋同韻同紐者，別有所受，非可望形為論。」《文始》卷七陽聲侵部丙：壬字下「乳次對轉冬，孳乳為醲，厚酒也，醲又孳乳為濃，露多也，為襛，衣厚貌。」沈兼士說：「農，耕也，無濃厚義，故《文始》謂其蓋出於乳，乳古亦為

泥紐音，故農借為乳而得濃厚之義。」❷沈氏右文公式中有二類與借音有關，即(1)借音分化式(2)本義與借音混合分化式。前一式聲符完全是借音，如：

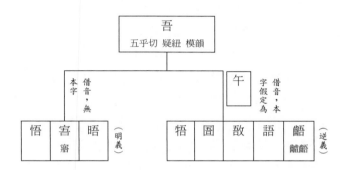

後一式聲符除可按本義孳乳外，又有借音有本字及借音無本字兩種孳乳，亦舉沈氏之「非」字為例：

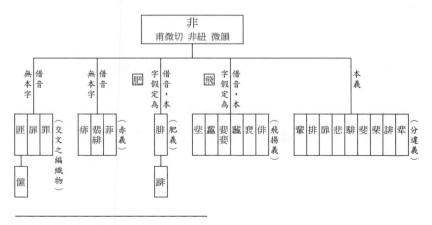

---

❷　沈兼士（1935）前引文，頁815。

　　這裡把「非聲」的字，分為五個詞族，第一族由本義分違義所
孳乳，可以視「非」為詞根，其餘四族，有兩族「非」聲分別假定
本字「飛」與「肥」，實際以「飛」為飛揚義的詞根，以「肥」為
腓、膹之詞根，其他兩個「非」聲字的小詞族，一含赤義，一含交
文之編織物義，皆無法找到準確的借音之本字——即「詞根」，就
形沿法來說，「非」字代表一個抽象的「音源」，非 1（分違
義），非 2〔飛〕（飛揚義），非 3〔肥〕（肥義），非 4（赤
義），非 5（交文之編織物義）這五個詞根，代表次級的「語
源」，由於這五個對立的詞根，並沒有統一的語義，也不容由意義
引申加以貫串，因此彼此並無孳乳關係，非 2 至非 5 對於非 1 來
說，只是「借音」，這是合理的，至於借音的本字是否如沈氏所假
定的非 2＝飛，非 3＝肥，則是見仁見智的問題，這類「聲符借音
說」，可參考第二章第二節之伍，在那裏有詳細的討論。

四、據音沿流法

　　「音沿法」仍然設定一個源詞，由源詞所派生的同族詞，不以
偏旁（右文）為線索，而是根據種種音轉或語轉關係，純屬聲音的
聯繫，故稱「音沿」，但是源詞的設定，卻又有兩種情況，一種是
以所謂的「初文」，「準初文」等字根為據，如章氏《文始》的辦
法，立五百一十個「字根」，並往下梳理其「孳乳」、「變易」的
詞族，稱為「以形設源」。另一種情況是，從一堆音義相關的同族
詞中，挑選出一個能起統帥作用的詞，以之為「源」，而不論其文
字形體或詞形的先後早晚，由統帥詞的初義和引申義的分析，逐步
聯繫到各相關詞的演化，如此構成源、流的發展程序，列成此一詞

族的譜系圖表，這種辦法稱為「以音設源」。

(一)以形設源

　　《文始》以形設源的方式，可以卷一（歌泰類，陰聲歌部甲）第一條為例，黃季剛先生曾作成一表，以見其字族關係（變易橫列，孳乳直列）：

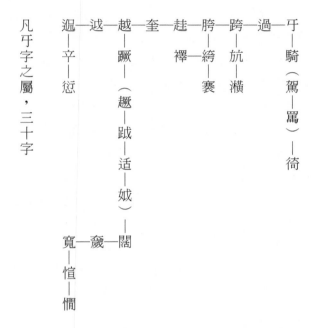

上圖可視為「牙」字族孳乳變易流程圖，總計全族三十個字，依諧聲偏旁看，有奇聲、加聲、咼聲（歌部）、夸聲（魚部）、罣聲（鐸部）、戉聲、厥聲、舌聲、歲聲（泰部）、侃聲、衍聲、寒聲、寬聲、亙（宣）聲、間聲（寒部）、亢聲、黃聲（陽部），此章氏所謂「旁轉對轉，音理多涂，雙聲馳驟，其流無限。」（略例

庚），完全不受右文之限制，自非形沿法之侷限所能相提並論。以音轉而論，《文始》創為二十三部「成均圖」，上舉之例，有歌魚旁轉、魚支旁轉、歌泰對轉、泰寒對轉、歌寒對轉，不一而足。故見其系聯韻部往往多至十幾部（參第四章《文始》詞源理論的檢討）。這三十個字嚴格說，並非一個字族，由「跨步」而至「駕御」之「駕」，「馬絡頭」之「羈」，此為一族。由跨步而變易為逾越、度越，此當又一族，由「過度」而變易為過失之遇，辛，愆，此又為一族，由度越義孳乳為疏闊、空大之義，屋寬大之「寬」，寬閒心腹貌之「愃」，愉樂之「憪」，又另一族。由此可見，此一字根所衍生的字族，由於意義的展轉引申，與原始初義，相去甚遠，恐怕很難建立一個共同語根，這是一個限制。

陸宗達、王寧（1983）指出：「初文、準初文只是文字的造形基礎，它可以作為構件而產生新字，因此，即使它是根，也只是「形根」，不是「義根」，說它是「源」，也只是「字源」，不是「詞源」，而嚴格地說，產生新形的構件是不能稱作『根』或『源』的。」**㉑**

任繼昉也提出《文始》以初文為源，則初文異形而同義者，往往不只一文，其結果必把「一個詞族分散於數處」，例如以「分判」為詞根的初文凡三：

1.歌部：「皮」字下有皮、柀、搗、柯、闊、閒、捇、破、詖、闢、（對轉寒）半、胖、判、畔、泮。……與八、分、采、辨等字，皆一音之轉。

㉑ 陸宗達、王寧《訓詁方法論》，頁 13。

2.寒部：「釆」字下有釆、番、辯、辡、辟、辠、編、辨、班、瓣、播。……釆與至部之「八」相轉。

3.至部：「八」字下有八、乂、必、分、放、別、牌、擘、劈。……與皮屬之搉、破、判，釆屬之辨相轉。

由此可見，分散在歌、寒、至部「皮」「釆」「八」，三個初文，究竟那個更原始？由那一部轉起才是真正的源，章氏仍然囿於形體本義及二十三部成均圖之假定，無法找到真正的「詞源」。這是以形設源必有的困境。

(二)以音設源

「以音設源」，通常可以跳出字源的束縛，完全從一個設定的詞根的語音形式出發，系聯音義相近的孳生詞，這個詞根形式的字形只是詞音的標記，即使形體也能作為推求原始詞義的線索，但卻不必斤斤計較那個詞是否初形本義，而是在文獻的脈絡中尋找詞義所寄。這是它和《文始》的「以形設源」的不同。

任氏舉劉又辛《釋籧篨》一文作為「以音設源」的代表，劉文由《詩·邶風·新臺》中「籧篨」、「戚施」兩個詞義進行探索，得到物之醜惡，人之醜惡，人的行為之醜惡都叫籧篨、戚施。進一步追問下去；籧篨、戚施又是一種殘疾名，又和「蟾蜍」（即癩蛤蟆）這個名稱同源，這卻是什麼原故？至於粗蓆子（簟）為什麼也叫做籧篨，也不好解說。為解決此一問題，就把屬於這一詞族的語詞蒐集起來，加以分析比較，整理出發展演化的線索，測擬出它的「母詞」，可能是「縮」或「縮縮」、「蹙蹙」，因此就沿流而下，理出了十二組詞形近似的同源詞族，除了最後一組可能另有來源外，其餘都構成一個引申的過程：初義為收縮、縮小，逐漸引申

出短小義、殘疾義、醜陋義、諂佞義、蟾蜍義、蜘蹰義、敬謹義、粗席義、局促義等。由於音義發展的結果，影響到文字，竟多達五十幾種不同寫法，劉氏「以意義演化為綱，以字形變化為目」列出此一詞族的譜系圖表，茲錄之如下：

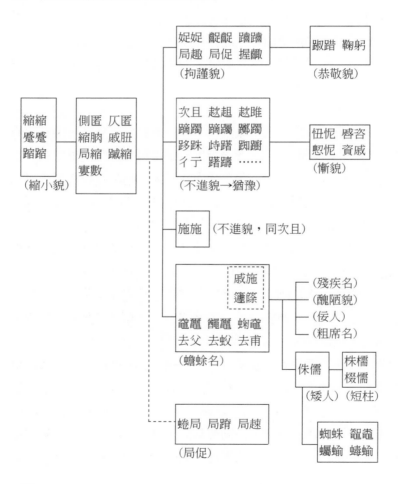

　　這個例子基本上是《果贏轉語記》的發展，在詞根音義的發展上，則有一定的脈絡，既無引申過度之虞，由於是聯綿詞，有一定的雙聲疊韻關係，音轉的限制就比《文始》成均圖還要大，主觀的牽合就相對地減少。在符定一的《聯綿字典》（中華書局，民國五十七年台三版），這些詞幾乎都能找到，但卻按部首分散在全書，完全看不到詞族的影子。

　　由於古代複音詞的語音演變規律很複雜，不能用單音詞的音變規律來範圍它，劉文除了在十二個小詞群內偶而提到異體字音義全同，或引現代山東、河南某些方言詞作為印證外，並沒有對語根進行構擬，因此，十二組詞之間的音轉規律亦未有描述，因此使這種「以音設源」的詞族研究，並未達到詞源的最後階段，而有待進一步的溯源。

　　任氏（1988：136）也指出：「沿流式所梳理、串聯的詞族，只是一個相對的單位，它有時可能只是由原始語源孳衍出來的一個支派，是整個詞族系統的一個部分，一個大的同族詞群。而設源系統的『源』，也可能是這個同族詞群所由引申派生的近源，並非整個詞族系統在語言發生階段的真正的源頭。因此，這裡所謂『設源』，實際上只是設立一個爬梳的起點，便於以這個起點出發，順流而下，串聯梳理音義相關的各個同族詞，使之成為一個相對完整而有序的組合單位而已。」這是非常正確的看法。

五、音訓溯源法

　　音訓又叫聲訓，溯源亦名推源。黃季剛先生則將這種音訓溯源法稱為「推因」，作為訓詁方式之一。以下我們就簡稱「音訓

法」。

　　音訓法是漢語語源研究中歷史最悠久，使用最廣泛的一種溯源法。它是利用語音相同或相近的字來說明詞的真詮或理據。它濫觴於先秦，發展於西漢，成熟於東漢，而以劉熙《釋名》一書為集大成之作，關於它的形式及發展歷程，可參拙作（1983）〈古代漢語同源詞研究探源——從聲訓到右文說〉一文。

　　首先，我們應該就音訓和溯源兩者能否充分結合作一個檢討。音訓的目的，照劉熙在《釋名·序》中的說法是：「名之與實，各有義類，百姓日稱而不知其所以之意。」因此他作《釋名》二十七篇，目的在「論敘指歸」，也就是名與實的「所以之意」，即探求事物得名之由。用近代語言學的說法，即是詞的理據（motivation），或詞的詞源結構。又可以稱為詞的「內部形式」。所謂詞的內部形式問題，就是在詞彙發展過程中，新詞和舊詞的關係問題，詞的語音形式和意義內容的關係問題。❷❷

　　歷代的訓詁學家對於探尋詞的內部形式的方法，大抵經歷了兩個階段，第一階段就是略帶主觀冥想的音訓法，尤其像劉熙刻意為二千三百多個名，分別尋找一個特定的同音字或音近字，作為命名的理據，在缺乏歷史觀點的情況下，就會根據當代的語音，甚至方言的異音，去解說可能在數千年前早已形成的命名之初意，自然不免膠柱鼓瑟。前人批評音訓者甚多，其最大的毛病在於「主觀唯心，穿鑿附會」。❷❸王力說：「在人類創造語言的原始時代，詞義

---

❷❷　張永言《詞彙學簡論》（武昌：華中工學院出版社），頁 27。
❷❸　王力《中國語言學史》（台北：駱駝出版社），頁 63-66。

和語音是沒有必然的聯系的。但是，等到語言的詞彙初步形成以後，舊詞和新詞之間，決不是沒有聯系的。有些詞的聲音相似（雙聲疊韻），因而意義相似。……這種現象並非處處都是偶然的，相反的，聲音相近而意義又相似的詞，往往是同源詞。」❷可見用音訓求語源，應限於同一詞族範圍內，也就是訓釋字和被訓字應具有同源的條件，即兩者音義關係來自同一語根。否則便只是俚俗詞源（Folketymolgy）。沈兼士也指出具有諧聲關係的聲訓字組，較汎取同音或音近為嚴謹。

第二個階段為清代學者，特別是段玉裁、高郵王氏父子及現代學者劉師培，楊樹達等人，他們根據「音同義近」「聲近義通」的因聲求義法，探求語根的聯系，相對於音訓法它較具歷史觀點，也就是依據上古音，常以比較互證的方法來系聯同族詞或同根詞以揭示詞的內部形式。這裡僅舉兩個例子作代表。

(一)《廣雅·釋詁》卷一「舉也」條《疏證》云：

> 挈者，對舉也，故所以舉棺者謂之輁軸。扛者，橫關對舉也，故床前橫木謂之杠。枭者，亦對舉也，故輿床謂之枭。輿者，共舉也，故車所以舉物者謂之輿。《釋名》云：「自古制器立象，名之於實，各有義類。」斯之謂矣。

(二)楊樹達《積微居小學述林》卷一〈釋柾柮楛〉：

---

❷　王力《漢語史稿》下冊（北京：科學出版社，1988 年），頁 541。

樹達按，許君說「桎」之語源為「質」，「質」與「至」古
同音，然其說實皮傅無理，非正義也。愚謂「桎」從「至」
聲。「至」之為言「臸」也。《說文》四篇下𡩟部云：
「臸，礙不行也，以引而止之也。夫以木械加於人之足，使
之礙止不行，故謂之「桎」也。《說文》九篇下广部下部
云：「庢室，礙止也。」「庢」從「至」聲而訓為礙止，亦
假「至」為「臸」也。礙不行謂之「臸」，礙止謂之
「庢」，足械謂之「桎」，字形唯殊，音義固一貫也。

就前一例言，王氏只證明「挈」，「扛」，「杠」，「𣜩」，
「橗」，「輿」，這些義類相同的詞，屬於同源，並有對舉、共舉
之義，並未構擬這組同源詞的詞根形態，因此，是不完全的溯
源，第二例，證明從至得聲之「桎」、「庢」與「臸」，音義一
貫，則似假定「臸」為「桎」、「庢」，二字之語根矣。王例中可
以看到純粹主音的溯源，楊例仍然帶有「右文說」的影響，整體說
來，「音訓溯源法」有其一定的限制，陸宗達、王寧曾有精闢的分
析：

如果我們把約定俗成的詞稱作自生詞，源詞分化出的詞稱作
派生詞，那麼只有派生詞才有探源必要和可能，而自生詞是
無源可探的。如果把音近義通的現象擴大到自生詞之間或同
音的非同源詞之間，那就必然導致對音義關係的歪曲。《釋
名》沒有認識到字源的問題是有條件的，而以為字必有源，

這就擴大了字源應有的範圍，導致理論上的錯誤。❷⑤

「音訓法」是自下而上，由流溯源，以追溯詞的音義來源，它是溯源式的第一種具體方法，使用最廣泛的一種溯源法，好處是簡便靈活，短處是為每一個詞分別探源，不免「枝枝葉葉而為之」，缺乏詞族體系，在古代語源觀念模糊，又缺乏歷史觀點下，音訓的科學性相對減低，但由於漢語同源詞往往音同義近。因此，音訓法所聯系的聲訓字有時即為同源字，因此，它也提供了部分正確的同源字，並非一無可取。拙著（1982）《上古漢語同源詞研究》第三章第二節有詳細討論。

六、構擬溯源法

又可分為內部構擬法與歷史比較法兩類。

音訓法近乎內部擬構法，但是必須以古代漢語構擬完成為條件，傳統的音訓，只是在現有詞彙系統中作音義的聯繫，因此也不曾具有歷史比較法的意義。近人 N.C. Bodman 在所著《釋名的語言學研究——聲母和輔音群》（*A Linguistics Study of Shih Ming, Initials and Consonant Clusters*）利用高本漢所擬上古音，對每一對聲訓的字進行語音分析，從而構擬可能的複聲母，但那樣做，只是承認這些聲訓字組有必然的音韻關係，對於詞根形式並沒有作任何推測，也不能視為「構擬溯源」的例子。倒是高本漢《新訂漢文典》（*Grammata Serica Recensa*）及〈諧聲中所見的同源字〉二

---

❷⑤　陸宗達、王寧〈傳統字源學初探〉，《語言論文集》（1985），頁 254。

文，藤堂明保的《漢字語源辭典》、王力《同源字典》，都是內部構擬法。三家的基本的方法，都是在上古漢語的詞彙系統內，利用構擬的古音，進行滋生詞的分析，也就是假定原始漢語的詞彙系統應該建立在數量有限的「詞根」上，每一詞根可以孳生一群字族或同源詞。在方法上，他們走出了《說文》形義學的象牙塔，做更廣泛的音義系聯，高、藤對古文字的最初形體，也稍加注意，王氏則完全以經典詁訓為據，文字上只注意後代的異體及古今字等，古文字一概摒棄。任文把這三家的工作視為平面式的音系法且為初加工階段。我們認為利用古音構擬的結果來進行平面系聯，並非「初加工」。

其中藤堂明保確曾構擬所謂「詞根形態基」，也就是試圖從構擬的詞群中建立其母語的「原型」，這個原型是抽象的型態，而且只限於陰、陽、入三部（藤堂的古韻部是十一類三十二部），對轉的形態，如用 {PEK,PEG,PENG} 一形態表示基本義為「切割為二」的詞族的原型，即該書 NO.28 北、背、負、否、部、倍、副、朋、冰這一組的詞根。那麼視之為內部構擬性質的溯源法，應該具有方法學上的意義。這個工作，較高、王二家都向前推進了一步，但是由於藤堂對孳乳的過程，仍缺乏明確的交代，而且把三種韻尾並列為一個詞根形態的變體，似乎與語言的事實尚有距離，因此，還不能算是構擬工作的完成。

內部構擬法就研究某個語言的歷史階段而言，通常只是輔助的方法，它所受的限制較大，但是它也是探討原始漢藏語同源詞的基礎，也是進行漢藏語歷史比較構擬的第一步，筆者（1982：437）曾指出：

個人覺得到目前為止，所有比較仍停留在個別同源字組的舉
證上……主要原因之一是上古漢語的形態學（Morphology）
尚未確定，各家都在建構階段，古代漢語具有最豐富的文獻
資料及取之不竭的（現代）方言資料，這兩方面的研究能齊
頭並進，必能建立上古漢語的構詞形態。

為了建構理想的古漢語同源詞譜，筆者乃從四個方面整理同源詞，
即諧聲字、聲訓字、《說文》音義同近字、上古方言轉語。再將這
些同源字（詞）合起來，建立以詞根為中心的詞群和同源詞譜。此
一工作尚在進行中，茲舉拙著（1982：364－365）「《方言》、
《說文》中轉語所見同源詞舉隅」中之例證：

> 方言卷六：聳、聹、聾也。……聾之甚者，秦晉之間謂之
> 矙，吳楚之外郊，凡無耳者亦謂之矙，其言聯者，若秦、晉
> 中土謂墮耳者聏也。

錢繹《箋疏》：

> 《說文》：吳楚之外，凡無耳者謂之矙。又云：眹，目不相
> 視也。眾經音義卷一引廣蒼云：眹，目少精也。無耳謂之
> 矙，猶目不相視謂之眹。卷十三云：搨，脫也，搨與墮同，
> 《說文》聏，隋耳也。墮耳謂之聏，猶斷足謂之跀，《說
> 文》：跀，斷足也。聏、跀音同。……《說文》：聩，聾
> 也，五怪切，或從肊作聲。

　　按：從上一段文字，可以整理出，《方言》以聾之甚（秦、晉之間）或無耳（吳楚之外郊）的「𥄂」或「䏊」，墮耳的「𦗐」視為同源，它的語根和斷足的「跀」應同，並取墮斷義。再從《說文》得知：䁤、䏊與䪼（頁部从䝿聲），亦並有耳不相聽、目不相視或不聰明。這些同源字，從古音上推測𥄂 *ŋwet，䏊 ŋwəd，䪼 ŋiəd，古音皆相近，可視為一組近同源，其詞根形式可假定為 **ŋwET（E 代表中低之音，T 代表舌尖塞音韻尾。此外，尚有䁤 *k'iwr（高氏擬音；董同龢則擬作 k'iwed），或許也是同根孳乳。這組字為入聲質部或祭部、微部的字，音義相似，視為一組同源字族在方言中的變化，應是可信的。

　　王力《同源字典》有一篇專文〈漢語滋生詞的語法分析〉，是綜合上古漢語同源詞所得到的一種滋生詞的派生規律，主要有三類，即轉音的滋生詞，同音不同調的滋生詞，同音不同字的滋生詞，王力特別指出：

> 漢語的滋生詞和歐洲語言的滋生詞不同，歐洲語言的滋生詞，一般是原始詞加後綴，往往是增加一個音節。漢字都是單音節的，因此，漢語滋生詞不可能是原始詞加後綴，只能在音節本身發生變化，或者僅僅在聲調上發生變化，甚至只有字形不同，這是漢語滋生詞的特點。㉖

　　王力所謂的「滋生詞」，即由詞根衍生的同源詞，由於他所構

㉖　王力《同源字典》（北京：商務印書館，1987 年第二版），頁 96。

擬的上古音，始終停留在單聲母，因此，即使在其晚年所訂的上古音系，先秦仍有 33 個單聲母，卻仍不接受高本漢上古複輔音聲母的擬測。❷因而他對滋生詞的語音規律，就只能停留在傳統的音轉之形式，而無法跨出真正的「構詞法」形式，試以帚：掃為例，王力的擬音是「帚」*tjiu：「掃」*su，同屬他的上古幽部，音轉關係是「照心鄰紐，疊韻」。以舌齒為鄰紐，這樣的音轉滋生詞，似乎找不到第二組，更談不上規律可言。由於沒有規律性，王氏自己也對這組同源詞的先後起了懷疑，他說：「由於漢語滋生詞不是原始詞加後綴，有時候頗難辨認那個是原始詞，哪個是滋生詞。例如：『帚』和『掃』，人們可以說『掃』是原始詞，『帚』是滋生詞。」❷

　　這個問題，梅祖麟（1986）〈上古漢語 *s- 前綴的構詞功用〉一文❷，提出一種完全不同的解釋，這個解釋是經由原始漢藏語的構擬，發現上古漢語的一種構詞成分，*s- 前綴，這個前綴的功能，受藏語 *s 前綴的啟發，一方面有使動化的作用，如：順 *djəns 與馴 *sdjən，滅 *mjiat 與威 *smjiat，吏 *c-rjəgs 與使 *srjəgx 等，後者均為前者的使動化。另一方面又有名謂化的作用，如帚 *tjəgwx＞掃 *stəgwx，臭 *khrjəgw＞嗅 *skhjəgwx，爪 *tsrəgwx＞搔 *s-tsəgw 都是名詞變動詞，又如墨 *mək＞黑 *smək，林 c-rjəm＞森 *srjəm＞sjəm 森，這是名詞變形容詞。梅先

---

❷　王力《漢語語音史》（北京：商務印書館，2008 年），頁 25。

❷　王力《同源字典》（北京：商務印書館，1987 年第二版），頁 47。

❷　中央研究院第二屆國際漢學會議（1986），會前論文，油印本。

生最後的結論是：「漢語的 *s- 和藏文的 *s- 構詞功用相同。漢語從 *-s 變來的去聲，構詞功用和藏文的 -s 後綴相同，這是漢語、藏語同屬一個語系的重要證據。」

由此可見，構擬溯源法，如果停留在漢語的內部構擬，頂多只能整理出一些可能的詞族。由於王力的上古音裡沒有複聲母，基本上還是中古音的格局。因此，「王先生（1982）也注意到『帚、掃』，『爪、搔』，『臭、嗅』這三對名詞和動詞相配的同源詞，但除了說明聲母是『鄰紐』以外，不能更進一步說明其中聲母的關係。」❸

以下談談「歷史比較構擬法」的有關問題。

漢藏語的同源關係，早在公元 1808 年首經英人 John Leyden 指出，經過將近一個世紀的探尋，1896 年德人康拉第（Conrady）在其名著《漢藏語系中使動名謂式之構詞法及其與四聲別義之關係》一書，繼承在他以前的學者如 L'eon de Rosny、Edkins、Gabelentz、Grube 及 E. Kuhn 等人在方法學上的基礎，他不但強調擬測漢語最古語形的重要性，進而認為藏文之於印支語言，猶如梵文與希臘文之於印歐語。他並指出：「事實上必須以仍然保有詞頭的語言為比較研究的基礎，……而此保有詞頭的語言即為藏語。」❸

漢語上古音系的構擬，高本漢在其《中上古漢語音韻綱要》（1954）有全面的描述。事實上高氏早在二十年代已架構漢語上古

---

❸ 同註❷，頁 16。

❸ 以上據龔煌城（1989）〈從漢藏語的比較看上古漢語若干聲母的擬測〉一文的敘述。

音，經半世紀以來許多學者的修訂。如李方桂，董同龢、陸志韋、王力、周法高等，其中以李方桂 1971《上古音研究》的系統最能反映漢藏比較語言學的觀點。近數十年以來，中外漢藏語言學者，在高本漢、李方桂的上古音系的基礎上，做出許多原始漢藏語的構擬，其中主要透過構擬的上古漢語與古代藏文的同源詞的語音形式，參考同族語的各種文獻及相關語言的古代形式。

漢藏語言比較構擬上，最具有突破性的課題是上古漢語的複聲母及形態學方面的問題。由於比較而對原始漢藏語或前上古漢語有突破的構擬，常常能回過頭來解釋許多漢語內部的同源詞的語音關係，試舉三例：

（一）立與位

立、位古同字，金文位字均作立，《詩經‧板》：「無自立辟。」漢石經立作位。《周禮‧小宗伯》：「掌建國之神位。」注：故書位作立，鄭司農云：「立讀為位。」《春秋經》「公即位」即「公即立」。這反映原本有立無位，位乃後起字。❸²

1.高本漢 1954：立*li̯əp（16-116）：位*gi̯wæd（6-62）

2.高本漢 1957：立*gli̯əp（694）：位*gi̯wɛd（539）

3.李方桂 1971：立*gljəp：位*gwjəbh(?)＞*gwjadh＞jwi

4. Benedict 1972：立*gli̯əp＞li̯ap（站立 TB 藏緬 *g-ryap）

（顯示詞頭 *g 是承襲 ST〔漢藏語〕而來。經由聲母的構擬保存在漢語的這個詞根上。）

---

❸² 嚴學宭〈原始漢語複聲母類型的痕跡〉，第十四屆國際漢藏語言學會議論文（1981），頁 19。

5. Bodman 1980：立 *g-rəp 或 g-ryəp，g-rjəp／liəp（NO.118）

：位*rəps 或 ɦrəps，ɦwrjəts／jwi-（NO.120）

藏：rabs

包氏指出：「由於與上古漢語的 *y 和 *w-相結合，而假定 PC*r：*r->ɦr-，這個字的 *-ps 也被同化為 -ts，在此之前，圓唇性已移至聲母。蒲立本（1962）把上古音擬成 *hwlips(?)，李方桂（1971）則擬成 *gwjəbh(?)，但沒有一個與 TB 的同源詞相關，因為藏語 -rabs，Mikir-rap，Rawang-rəp。

6.龔煌城（2002）：57 立 ljəp<*rjəp：位 jwiˀ<*gwrjəps

詞頭*gw

60 漢：立 ljəp<*rjəp

緬： rap<*ryap 立、停止、站住

原始漢藏語*rjəp

龔先生指出：「漢語來母與藏語 r-、gr-、dr-、br- 等音對應，而漢語二等字也含有 -r- 音（例如匣母二等作 gr-），由於與藏語 gr-、dr-、br- 等對應的漢語來母字大多屬於三等韻，合理的推測是：

*gr->ɣ-（匣母二等）	*grj->*rj->lj-（來母三等）
*dr->ɖ-（澄母二等）	*drj->*rj->lj-（來母三等）
*br->b-（並母二等）	*brj->*rj->lj-（來母三等）

依此推論，漢語的『涼』『量』『聯』『類』應來自 *grj-。」❸

---

❸ 龔煌城〈從漢藏語的比較看上古漢語若干聲母的擬測〉，《漢藏語研究論文集》（台北：中央研究院語言學研究所，2002 年），頁 39。本文據 1989 初稿。

從探索構詞法的角度來看，「立」與「位」的關係，也可從「詞頭」與「詞尾」的觀點加以剖析，「立」是來母字，來自上古的 *rj- 音。「位」是于母字，來自上古 *gwrj 音。由此而建立了詞頭 *gw-。立和位的區別就 rj-＋詞頭 gw→gwrj-。

　　這個說法，不但修訂高本漢以來對於這一組同源詞語音關係的各種擬法，而且發現了新的詞頭。

　(二)令與命

　　令命原本一字，只是繁簡不同。前人已說過，如林義光在其《文源》中說：「按諸彝器令命通用，蓋本同字。」高田宗周在《古籀篇》中也說：「令命古元一字，初有令，後有命，而兩字音義皆同，故金文尚通用也。」《說文》九上卩部：「命，發號也，從亼卩。」甲骨文作 𠇷 、 𠇖 等形，洪家義謂「上部之亼或亼乃 𣆶 或 亼 的省聲，余是舍的省文，即盧舍，……𠇷 象人危坐於屋中，會意發號施令，命，金文作 𠇖 （《毛公鼎》），增口更能顯出發號施命之意。」（〈令命的分化〉一文）羅振玉謂「亼人，集眾人而命令之。」或謂亼是倒口，象發令者，𗉉 象跽而受命意。命字《說文》：「使也，從口從令。」朱駿聲說：「在事為令，在言為命，散文則通，對文有別。」是甲文只有令字，金文令孳乳為命，兩字通用。但彝器銘文和古籍文獻往往以「令」為動詞用，「命」作名詞用。如《孟子》：「齊景公曰：『既不能令，又不受命。』」用法有異。一般皆認為令命的詞根為 *mljeng，其後分化為二。Benedict 1972 也擬「命」字為 *mliěŋ－*mliǎŋ，又謂原始藏語 *mliŋ，藏緬語為 *mriŋ，藏緬語 *r-miŋ「名」，因此漢語的「名」來自 *miŋ。嚴學宭則擬作：命 *mljeng＞mjɛng；令 *ljeng

＞lieng，認為動名的區別是加 m- 詞頭以別之。❸

(三)「別離」一詞在漢語台語裡的對應

　　這是邢公畹先生 1983 年發表在《民族語文》第四期的文章。下面錄其摘要：

> 漢語「別離」（*bjiat₃-₌ljig＞bjæt-ljě）一詞可以跟泰語 p'lat⁸-p'la:k⁸「別離」對應。泰語「別離」還可以說作 p'ra：k⁸，李方桂把這個字的原始台語聲母構擬為 *br-，證以藏語 k'a-bral「別離」，bye「分離」的說法，可見李氏的構擬是合理的。對照台語、藏語的複輔音聲母 br-，pl- 等說法，我們有理由設想：漢語「別離」這個詞在前上古音時期原是一個字——₌bliag；後來這個字分化成兩個音節——₌pjiag-₌ljiag，到上古音時期，前一音節的 -g 尾後隨的舌尖音 l- 的影響發生逆同化，變為 -t，同時，後一音節的 -ia- 異化為 -i-，這樣就成為上古的 bjiat-ljig。

　　「別離」一詞最早寫作「仳離」（見《詩經·中古有薖》），邢氏以為「仳離」應是上古漢語「別離」的一種方言說法。因此又有如下的音變程式：

　　**ᶜp'lig＞*ᶜp'jig=ᶜljig＞ᶜp'jiě-ᶜljě

　　以上這個例字，主要證據為台語，其次才是藏語。不過全文的

---

❸　嚴學宭〈原始漢語複聲母類型的痕跡〉，第十四屆國際漢藏語言學會議論文（1981），頁 23。

音韻對應雖以李方桂先生的 Sino-Tai 為基礎，但還沒有做到嚴格的聲韻對應關係。因此，是個別的例子具有啟發意義，同時也顯示，漢語的溯源，不但可利用漢藏語系的相關語言，同時鄰近的侗台語系、南島語系，也有一定的關係字，在借字與同源尚未確定下，亦不可輕易捨棄。張永言（1981）〈述上古漢語的「五色之名」兼及漢語和台語的關係〉一文，就有許多值得玩味的地方。

由此看來，構擬法（特別是外部構擬法）是利用書面文獻和口語資料，通過對各親屬語言或方言的結構要素等已知的語言事實加以比較，發現其語音演變對應規律，從而構擬出它們的史前形式，包括原始語時期的語源形式，推求出未知的語根。但是，它也存在著許多限制，包括材料的限制及方法學上的局限。材料的限制，使漢藏、藏緬，侗台不同語系的專家，窮畢生之力，能在自己專精的語言方面構擬，而這些語系各包含數百種語言或方言，要等到完全調查清楚，恐怕要再一個世紀，因此讓人有任何構擬都「不一定能如實」的感覺，而構擬出的所謂「原始語言」、「史前形式」等，雖可以極為相似，但未必就能與其實際情況完全相符，而只是一種假設性的歷史推論，表明早期原始基礎語曾有這樣一個形式存在。在方法上，如果再證以殷周文字及古代典籍，或可從中窺得原始語的消息。因此，任繼昉（1988）指出：「在別無其他可靠的研究手段的情況下，構擬法在指導和幫助漢語語源的研究方面所起的作用，是不可低估的。……由於歷史比較語言學方法的引進，漢語語源的研究，正醞釀著一場重大的突破──如同音韻學研究的突破一樣。」

七、立體綜合法

這是任氏所提出的最高級的詞源研究形式，任氏說：「如果說平面式系聯是共時的研究的話，沿流式和溯源式的研究則屬於歷時的研究。共時研究與歷時研究的互相結合，就構成了立體研究方式。」

任氏以嚴學宭、尉遲治平合寫的〈說「有」「無」〉一文❸為代表。儘管這篇文章的目的是「想在古漢語複輔音聲母的研究方面作一些新的探索」，但卻是「從詞源學的角度，對具體的各別的語詞的複輔音聲母作出構擬」。作者從語音、語義和文字諸方面，對漢語「有」「無」的關係進行研究之後，將漢語「有」「無」的語源構擬為 mpgjəg。其分化的途徑是：「三合複輔音分化後，『無』沿著 **mpgjəg→*mjəg、*pjəg 的途徑發展，而『有』則沿著 **mgjəg→*ɣwjəg 的途徑發展。這除了親屬語言提供類型學上的依據之外，在漢語古聯綿詞中我們也能夠找到其發展演化的痕跡。」❸全文搜證甚詳，任氏據它整理出 **mpgjəg 系詞族系統的譜系略圖。圖中的實線框表示「有」字意義的各個層次，虛線框則表示從「無」義諸字得聲的字。茲列任氏之圖於下：

---

❸ 見《中國語言學報》第二期（1984.12），頁 22-43。
❸ 見《中國語言學報》第二期，頁 22。

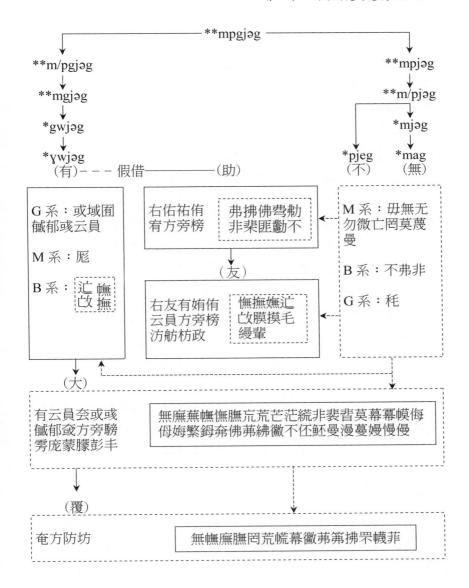

　　任氏指出：「作者的用意在研究古音，無意揭示 **mpgjəg 詞族的全貌，所以，還有一些可以認為是同族的詞（字）未能全部歸納。……不過，整個詞族的大致輪廓已被清晰地勾勒出來了。從語源研究的角度看，這篇文章既下沿其流（以「有」義為起點，梳理出其至「大」義，「覆」義的引申線索），也平面系聯，又上溯其源（構擬出「有」「無」的原始語源 **mpgjəg）。上下左右，全方位綜合考察，構成一個立體形式。」又說：「立體式研究把詞族系統視作一個具有多層次的，系統的、完整的有機體，從整體出發，去認識、研究、處理詞族客體，從全局上把整個研究過程，平系、沿流、溯源密切結合，這就改變了過去那種就詞論詞、零敲碎打，只見樹木、不見森林的片面做法，能夠取得其他任何一種單純的研究方式都難以企及的效果。」

　　綜觀立體式研究的優點，是以原始詞根的構擬為系源起點，然後由這個中心詞的演變為沿流的方向，不僅注意分析詞族系統在空間上的橫向聯系，更注意探索它在時間上的縱向發展變化的趨勢和規律。「在方法上，既繼承傳統方法，形、音、義『三者互相求』、『六者互相求』，又借鑑現代方法，進行親屬語言及方言的比較，構擬其原始形式，新舊方法融為一爐，而形成綜合性的研究方法。這就保證了不僅可以進行共時的靜態研究，而且能夠進行歷時的研究。」至於它有無困難呢？在筆者看來，它的困難即在漢語詞族一般是交叉存在的，要從何處做為溯源的起點，往往不是容易決定的，即以嚴、尉〈說「有」「無」〉一文為例，主要是通過整理「有」「無」二詞在音、義上的糾葛關係，音義演化的平行與對應，才構擬出一個共同的語源型態，然而我們如果仔細推敲，古漢

語的「有」「無」果真有意義關係嗎？嚴、尉二氏說：「經籍之有字，除習用至今之『有』義外，經今、古文學家都有『不宜有』『非所有』之訓，當皆有師承，材料雖不多，但結合古藏文『有』的語音形式，卻給我們這樣的啟示：這些蛛絲馬跡，透露出古漢語的『有』和『無』可能同源的訊息。」原來經今古文學家把有說成「不宜有」「非所有」，都是就《春秋》經文的義例說的，有蜚、有蜮，日有食之，這些事件都是不尋常、罕見之事，因此，《穀梁傳》說：「一有一亡曰有。」《公羊傳》則說：「非中國之所有。」這是指空間上的彼處有而此地無，相比之下罕見，故記之。楊士勛的《穀梁疏》則認為「一有一亡」是指時間上的一時有一時無，所以為罕。至於桓公三年的「有年」，雖非罕見，賈逵卻說：「桓惡而有年豐，異之也，言有，非其所宜有。」這種刻意在《春秋》書法上推求出來的言外之意，作為推測經文下筆的理據或褒貶之故，本來無關乎語詞上「有」與「無」意義相通的問題，然該文卻以經學家脫離語言常軌的「詭辭」做為語義相通之證據，應該說在方法上有欠嚴謹，甚至有任意牽附的毛病。雖然在同族詞的證據上，確實找到難得的平行發展現象，然而兩個平行發展的詞源是否就意味它們必定同源，這是有待商榷的地方。再者，漢藏語的原始語或基礎語，其複輔音聲母的構擬，是否永遠擺脫不了那種堆砌式的建築，而必須造就許多三合或四合輔音群，這一點從嚴學宭先生〈原始漢語複聲母類型的痕跡〉一文發表以後，似乎討論不夠，竺家寧（1987）對嚴氏系統的複雜和瑣碎，有比較明確的批評，但是似乎沒有得到回響。個人覺得凡是有同源詞和諧聲兩種充分證據的複聲母比較可信，至於純粹由諧聲接觸而擬構的複聲母，為了系統

上的搭配，就不管其證據多寡及系統的複雜性，一味構擬，是有待
全盤檢討的。

由此看來，立體綜合法標幟著一種理想的詞源研究方式，但必
須在基礎工作，如平面、沿流、古音構擬及語義的孳乳、音變規律
等研究都能盡善盡美時，就比較能取信於人，否則就會永遠在階段
性的臨時構築中循環不已。

參、階段論

任氏在介紹了四式七法的方法論後，做了一個綜合的研究程序
的規畫，亦即他所謂的「階段論」，為了更清晰地了解他的構想，
下面把他的說明整段錄下：

> 平面式、沿流式、溯源式和立體式，分別適用於漢語詞族系統
> 的不同層次。從漢語語源研究的全部工作進程來看，這四種
> 方式，代表了研究工作的四個階段，正如四道工序，有機地構
> 成了研究工作的完整過程。平面式研究是第一道工序，是初
> 加工階段。這道工序可以把那些處於一個時所的共時的同族
> 詞平面地系聯在一起，組成一個個較小的同族詞群，如《漢
> 語詞類》、《漢字語源辭典》和《同源詞典》所做的那樣。
> 沿流式研究是第二道工序，是再加工階段。這道工序可以把
> 經過第一道工序初步系聯的較小的同族詞群，按照語音和語
> 義的聯系，再次加以系聯，即將若干音近義通，卻又可以劃
> 分為各個不同意義層次的同族詞群，按照意義引申生發和派
> 生的順序，層層系聯、梳理，整理成一個個層次分明、井然

有序的較大的同族詞群。

溯源式研究為第三道工序，是深加工階段。這道工序可在同族詞系聯的基礎上，根據親屬語言和各地方言，結合古代典籍和考古發展，對經過前兩道工序系聯加工的同族詞群分層上溯，對其史前語音形式加以構擬，找出各個詞族的語根。

立體式研究為第四道工序，是精加工階段。在這道工序裡，可以高屋建瓴，綜觀整個詞族系統，協調各方，系統處理，對整個詞族系統進行全面的系聯和細致的梳理，並對其更早的語源形式再作進一步的構擬或修正，整理出每一詞族的演化譜系，取得更為深刻而可信的結論。

這是個人所見對漢語詞源研究最具體的階段論，作者也指出：「語音、語義的不同標準，實際上適用於語源研究工作的不同階段。」實質言之，在初加工階段，語音的變換和意義的通轉要掌握得嚴一些，同族詞的範圍就縮小，在沿流梳理的再加工階段，處理的同族詞群有引申關係又處於不同意義層次，「音義變換」的標準要放寬些，同族詞的容量增大。在深加工階段，要進行漢藏系語言的比較，可以發現一些僅就漢語本身研究未能發現的史前音變規律，同族詞系聯的語音標準自然又寬了些。進入精加工的立體研究階段，則充分利用古音研究成果，並以大量的義通之詞聲演變的軌跡，來證明古代聲紐與韻部之間的關係，以為音韻學研究古代漢語音系的佐證。❸❼即戴震在〈轉語二十章序〉所說的：「疑於義者，以聲求

---

❸❼　陸宗達、王寧《訓詁方法論》（北京：社會科學出版社，1983 年），頁 118。

之；疑於聲者，以義證之。」

　　任氏認為以這四階段來考察漢語語源研究的現狀都有欠缺，平面系聯有《同源字典》等專著，成果較豐但未能全實現本階段的任務，這點筆者十分同意，拙著 1981《上古漢語同源詞研究》曾提出建立古漢語「同源詞譜」的構想，提出四種同源詞的文獻依據，分別進行系源工作，即：1.整理諧聲字中的同源詞（基本資料：《說文通訓定聲》、《廣韻聲系》、黃永武《形聲多兼會意考》）。2.整理聲訓中所見之同源詞（基本資料：《釋名》、錢大昕《聲類》、柯尉南（S. Coblin）《兩漢音訓手冊》）。3.整理《說文》音義同近字所見同源詞。（基本資料：《說文解字詁林》、鄧廷楨《說文雙聲疊韻譜》、朱駿聲《說雅》、張建葆《說文音義相同字研究》）。4.整理《方言》及《說文》中轉語所見同源詞。（基本資料：《方言》、《說文》、《續方言》（杭世駿）、《續方言稿》（戴震）等。）

　　以上四項分頭梳理，基本資料中不包括兩漢傳注及《爾雅》、《廣雅》、《小爾雅》諸書，乃因這些資料不專屬於某一項，僅作為四類同源詞之佐證，（其中《廣雅》多聲訓，王念孫《疏證》尤有俾於第二類之梳理。）如能將此四類同源詞按上古韻部排列成一個同源詞韻譜，即已具有章氏《文始》之規模，在整理這些詞群時，都應根據近人所擬之上古音系來系聯詞根，不可停留在音類關係上。下一步驟即可整理兩周金文及先秦彝銘、繒書、帛書及簡冊文字中的音義相近字，並上溯甲骨文中之常用語詞，明其孳乳分化之跡，即可建立不同時代層次的形義源流及音義源流，以構擬「前上古漢語」之構詞音變或造詞音變等規律。《文始》的形沿法是這

個階段的參考資料。

　　筆者認為這項工作必須優先完成，以作為比較溯源工作的基礎，換言之，過去漢藏語比較學者所發掘的同源字少者一兩個字，多者三、五百字（如 Bodman 1980 收 486 條），多半缺乏系統，往往按照構擬的原始漢藏語的音類排列，而沒有從詞根形態的關係來排列，自然就無法取得立體綜合的成績。任氏認為「構擬溯源的工作方興未艾，但距離揭開史前時期語言之謎的目的還相當遙遠，立體式研究則剛剛萌芽，甚至還沒有一篇專門性的文章。」確實發人深省。

　　最後筆者對任文解說的四個階段中所舉的例子，有若干不同的看法，其一：從詞源研究的歷史發展來看，漢儒聲訓及《說文》形聲字的右文，都是泛論音同音近而義通的語源探索蒙昧期，其所探得的同源詞往往只是偶合，而多數缺乏客觀的必然性，充其量只是初級加工而已，任氏以音訓法為溯源式的深加工階段，似乎高估了音訓的價值。其二：沿流式的形沿法，以形聲字的初文為源，被諧字為流，音沿法不管是章氏《文始》的以字形（初文）設源，或劉又辛的《釋邅簬》以音設源，在方法上，只把握傳統的音類（如章氏的喉舌齒唇大界），並不曾構擬其上古音值，因此，其音轉規律是模糊的，怎麼能算是再加工，反而將高本漢、王力、藤堂明保等人以上古漢語音值為基礎所得的同源詞群視為更低一層的初加工，而這三個人的詞群其加工的程度也頗不相同，高本漢的詞群最大，它的十大群裡，每群再分小詞群，因此並非沒有層次，每群的詞根型態就是其聲母和韻尾；其音轉規律偏重在詞根內的元音互換。王力和藤堂都以古韻部類來排比同族詞，藤堂按陰陽對轉的搭配分二

十四部為十一組，構擬的詞根形態往往是包含陰陽入三種自由互換的韻尾；這種工作應屬於構擬的溯源式，任氏完全忽略了藤堂明保在方法學上的特殊貢獻。至於王力的《同源字典》，無論在古音的構擬上或在同源詞的排列上，都顯得相當拘泥，古聲紐分三十三母，和中古音差不多，各組同源字按古韻二十九部部居，二十九部依照韻尾類型分為三大類，如甲類先排陰聲韻部的之支魚侯宵幽，再排入聲的職錫鐸屋沃覺，再排陽聲韻的蒸耕陽東，這就把詞族的關係完全切斷，和高本漢、藤堂明保相比，王氏的做法有些開倒車，既不設定詞根，只就兩個一組的同源字說明韻部與聲紐的通轉，難怪任氏把《同源字典》視為初加工的平面系聯法。不過整體而言，王氏對同源詞語義的要求相當嚴謹，自然就不容易形成較大的詞群了，就這一點而言，王氏的材料是有待加工的。

第二章
傳統詞源學的發展
──從《釋名》到《文始》

　　傳統詞源學有兩部最具代表性的經典，即劉熙的《釋名》和章炳麟的《文始》。我用「經典」一詞是一種通俗性的說法，相當於「典範之作」或「有體系的代表作」，並無意提高《文始》的地位。兩部書一始一終，都有一定的詞源理論或思想內容作為依據，而且歷來的評論很多，褒貶不一，都有客觀的學術史意義。如果說《釋名》標幟著漢語詞源學理論的創始，那麼在一千七百年後的《文始》，就代表傳統詞源理論的總結，兩部書的差異，正代表一千七百年的傳統詞源學的進展，本節即從這個角度，來探討傳統詞源學的理論，對章氏《文始》的影響，並檢驗章氏繼承或發展了哪些理論。

　　關於傳統詞源學的歷史回顧，拙作（1982）《上古漢語同源詞研究》第二章「古代漢語同源詞研究之簡史」有比較詳盡的敘述，當時著眼於「同源詞」觀念的發展，因此把它劃分為四個階段：

　　一、泛聲訓時期之語源說（以《釋名》為代表。）

　　二、右文說演繹下之聲義同源論（以錢塘、段玉裁、焦循、黃

承吉、劉師培為代表。）

　　三、泛論語根時期之詞源說（以王念孫、阮元、章炳麟、梁啟超、劉賾、楊樹達、沈兼士為代表。）

　　四、從詞族（群）到同源詞（以高本漢、藤堂明保、王力為代表。）

　　第四期已進入當代期，從他們專著的名稱，明確標榜詞族或同源詞（字）的研究，即可說明他們應屬新時期的詞源學，不在傳統詞源學範圍。第三期中，在理論上最有建設性者，當推王念孫、章炳麟及其弟子沈兼士。王、章在不同層次上闡揚了清代新發展的音轉理論，並且將它們發揮得淋漓盡致，視為傳統小學的最高成就，並非過譽。然而由於時代的局限，他們畢竟受到傳統方法學和工具的限制，儘管對於音轉現象的解釋，能夠據古韻部居、通轉關係的規律性來代替前人的任意性。畢竟還有許多缺點。這些缺點主要是受傳統語源觀點（主要為聲訓與右文）的影響，所以本章不擬敘述各期的學說內容，而採用觀點評述的方式，來剖析傳統的詞源理論。

第一節　論聲訓與詞源

觀點一：聲訓是早期連繫漢字音、義關係的訓詁手段，其定義和範圍有廣狹之分。

　　「聲訓」作為一種重要的訓詁方法，歷史淵源久遠，先秦典籍不乏其例。漢代則蔚為一時風尚，注釋之書和訓詁專著多有聲訓之

運用。《釋名》則其集大成之專著。劉又辛等（1989：168）謂：
「《白虎通義》一書，幾乎每章都有聲訓，是漢代聲訓發展的高
峰。」拙作（1982：256）亦曾指出：「從三禮、三傳之偶用聲
訓，到《白虎通義》以聲訓為解釋名物制度的主要方法，這是聲訓
的第二期成型期，時間大約從紀元前三百年（孟子約卒於此前後）
到西元七十九年（東漢章帝建初四年），將近有四百年左右。第三
期是聲訓的成熟期，代表人物為鄭玄、許慎、劉熙。」

　　一般為「聲訓」所下的定義，多半就典型的聲訓如劉熙《釋
名》一類而論，如陸宗達《訓詁簡論》：「所謂『聲訓』，就是從
聲音線索推求語源的方法。」❶王力《同源字典》：「聲訓是以同
音或音近的字作為訓詁，這是古人尋求語源的一種方法。」❷但是
以下兩家則做了比較寬泛的定義：

　　洪誠《訓詁學》說：「聲訓的意義有三：㈠依音破字。㈡求語
源、通轉語。㈢從事物的狀態或作用上說明其所以命名之意。依音
破字和通轉語是聲訓的主要用途。」❸

　　白兆麟《簡明訓詁學》說：「因聲求義，舊稱聲訓或音訓，就
是尋求讀音相同或相近的字來解釋詞義的方法。」❹

　　陸、王二氏嚴守早期訓詁學者的看法，洪、白二氏則跨出狹義
的「推因」或「求原」論。而著重在用聲音通訓詁這個範疇，當然
狹義的「聲訓」也包含其中。這裡就反映了今人對聲訓的本質和範

---

❶　陸宗達《訓詁簡論》（台北：新文豐出版公司，1984 年），頁 111。

❷　王力《同源字典》（北京：商務印書館，1987 年），頁 10

❸　洪誠《訓詁學》（南京：江蘇古籍出版社，1984 年），頁 85。

❹　白兆麟《簡明訓詁學》（杭州：浙江教育出版社，1984 年），頁 78。

圍的認識，在觀點上的不一致。先師林景伊先生《訓詁學概要》第六章「訓詁的條例」包含形訓、義訓、聲訓三類，聲訓條例則以清儒闡釋聲義同源等理論為主，即把「聲訓」作廣義的解釋。

姜躍濱（1987：38-39）曾指出各家對聲訓的分歧主要反映在三個方面：「第一，從時間的跨度上看。有人主張從先秦兩漢直到清代，凡是憑藉音同音近這一語音條件對詞加以訓釋的訓詁現象，均屬聲訓範圍，清儒的因聲求義亦不例外，……有人則認為聲訓的範圍應該只限定在先秦兩漢這一特定歷史時期內，而以兩漢為中心。第二、從聲訓的目的來看，有人認為聲訓的目的就是為了尋求語源，尋求被釋詞所以命名之意；有人則主張尋求語源只是聲訓的一個方面，而不是全部。……甚至有人認為『依音破字和通轉語是聲訓的主要用途』。第三、從訓釋詞與被訓釋詞的關係著眼。有的人將二者關係限定為『音近義通』，認為訓釋詞與被訓釋詞之間應當有語源上的聯繫。有人主張訓釋詞與被訓釋詞只要是音同或者音近，就應屬於聲訓範圍，而不必去考慮意義上二者是否同源。」❺

姜氏討論第一點時，認為就以音求義這一方法而言，先秦兩漢和清人有很大的差別，不能視為同一性質的方法。詳言之，先秦兩漢的聲訓，原則上是以他們所處的時代的實際語音為準則，從而把訓釋詞和被訓釋詞連繫起來，對他們來說，音同或音近完全是憑其對語音的感覺，在以音求義方面沒有形成一定的理論系統。反觀清代的訓詁大師所研究的對象是秦漢古語，因此必須依據他們潛心研

---

❺ 姜躍濱〈論聲訓的定義及範圍〉，《複印報刊資料·語言文字學》1987.7，頁 38-39。

究出來的古音系統，並且對音義關係作了深入的探討，他們完全自覺地運用音同音近這一客觀條件去連繫音義，闡明語源，兩種方法實有本質上的差異。因此姜氏認為應把「聲訓」範圍限制在先秦兩漢，而把清儒的這種方法稱為「因聲求義」，把它們排除在「聲訓研究」之外。

姜氏這一看法是正確的，但是即使在先秦兩漢的聲訓法裡，我們仍然無法把範圍完全放在《說文》、《釋名》這兩部語言專著上，因為聲訓的材料自先秦典籍至兩漢是遍及傳注、史部、子部以及緯書，它是作為訓詁材料出現的，並非一開始就自覺地要探求語源，換言之，初期的聲訓是以模糊的目的出現，如解釋詞義或宣揚哲理，為政教服務，甚至帶有神祕色彩。但其中又不乏合乎語言事實者。不妨把早期聲訓如《論語》、《易傳》、諸子及史傳中的天干律曆等專名及緯書材料先放在一邊，純粹根據「取聲音相同或相近的字來解釋字義」這個標準來衡量漢代聲訓，也不限於一種類型，王玉堂（1985）〈聲訓瑣議〉❻一文列舉了《釋名》以外的五種類型：

第一類，以《春秋繁露》的「君者元也，君者原也，君者權也，君者溫也，君者群也」為代表。（深察名號三十五）

第二類，以服虔的「桃，所以逃凶也」為代表。即《左傳·昭公四年》「桃弧棘矢以除其災」服虔注。

第三類，以馬融的「童猶獨也」為代表。即《周易·說卦》

---

❻　王玉堂〈聲訓瑣議〉，在《古漢語論集》第一輯（長沙：湖南教育出版社，1985 年），頁 261-278。

「初六童觀」馬注。

　　第四類，以毛亨的「燬，火也」、「摻摻，猶纖纖也」為代表。前者是對《詩·周南·汝墳》「王室如燬」的注釋，《爾雅》郭璞注云：「燬，齊人語。」後者是對《詩·魏風·葛屨》「摻摻女手」的注解。

　　第五類，以毛亨的「獄，确也」、《說文》的「天，顛也」為代表。前者是對《詩·召南·行露》「何以速我獄」的注解。《說文》此類聲訓甚多，再引幾例：

　　璊，玉經色也……禾之赤苗謂之虋，言璊玉色如之。

　　綪，赤繒也，從茜染，故謂之綪。

　　絹，繒如麥稍。

　　騏，馬青驪，文如綦也。（綦字依段玉裁訂）。

　　耤，帝耤千畝也，古者使民如借，故謂之耤。

　　以下分析各類的形似而質異。

　　第一類像《春秋繁露》、《白虎通》、《風俗通》以及一些緯書（如《春秋元命苞》）的聲訓，正是我們前文認為應該撇在一邊的材料，這些材料甚至可以包括《淮南子》、《史記》、《漢書》中對天干、地支、律曆、四方、五行、五聲等概念的詮釋。《春秋繁露》用「元、原、權、溫、群」五個字釋「君」，「實際上這些字在詞彙意義上並無關係，作者根本不是在解釋作為語詞的君，而是依據聲音關係來申說為君之道。這類聲訓，只能算做依聲立說，不應當算在語言學所說那聲訓之內。」正如同「政者正也」一樣。

　　第二類以逃凶來說桃，事實上，桃與逃只是聲音相同，意義上卻毫不相干，「儘管用聲訓的形式把它們扯在一起，也不能算真正

的訓詁，因為它不是解釋語詞的固有意義，而是說明一件事物在某種特殊場合的寓意。……這種寓意是主觀附會的，對於語詞來說，完全是外加的東西，離開特定場合就不被承認。因此，此類聲訓在語言學上是沒有意義的。」

第三類是「以聲音為依據，告訴讀者，字雖作此，義實同彼。這種聲訓，指明音同通假現象，對於書面語言來說，是不可少的。不過它對詞義並不闡釋，與其說是訓釋語言，不如說是訓釋文字。」這類例子在《詩經》毛傳中尤多，例如：《鄘風·干旄》：「素絲祝之。」毛云：「祝，織也。」又〈柏舟〉：「之死矢靡它。」毛云：「矢，誓也。」《小雅·天保》：「吉蠲惟饎。」毛云：「蠲，絜也。」由於通假字中不乏同源通用字，因此，也有可能出現彼此系源的情形，以最後一例而言，三家詩本作「吉圭為饎」，周官蜡氏「令州里除不蠲」，注：「蠲讀如『吉圭為饎』之圭，圭，潔也。」又宮人注：「蠲猶潔也。」《大戴禮·諸侯遷廟篇》盧辨注引《詩》「絜蠲為饎」。吉、絜雙聲。三家詩吉或作絜，絜之言潔。絮、蠲二字同義，猶《呂覽》「臨飲食必蠲絜」二字並言也。（例據馬瑞辰《毛詩傳箋通釋》說）

第四類是用聲訓溝通方言古語。古語包括《說文》的「兌，說也。」「允，信也。」「尗，豆也。」由於時空的不同「有些詞的音義關係不易為異時異地的人所瞭解，聲訓溝通這種關係，這是真正的解釋語言。不過這種聲訓的作用並不超過一般的互訓，因此，還不是聲訓功用的主要表現。」按：聲訓溝通方言轉語，往往可以據以求其詞根轉換之情形，如《方言》卷一：「逢逆迎也。自關而東曰逆，自關而西或曰迎，或曰逢。」逆古音*ngjak，迎古音

*ngjang，這是古韻鐸、陽相轉之例，是由方言轉語形成的典型同源詞，但是就其訓釋的形式來說，並沒有聲訓的特殊標記，說它是聲訓，也是主觀認定的問題。

第五類，「要說明某義何以稱之為某，它依據聲音推求詞的由來，不但和那種依聲立說、說明寓意的所謂聲言有根本的區別，也比之指明通假、溝通異時異地殊語的聲訓更深入一層。同一般義訓比起來，也有不同，它從詞的根柢上對詞作出解釋，使人們從源流關係來了解詞，這才是作為漢代訓詁方法之一的聲訓。」

這一類字，在《說文》多見於一些常用詞，許慎大概以為詞義大家都明確，用不著解釋，因而直接用聲訓來推語源，如羊祥，尾微、馬怒、馬武、木冒、門聞、母牧之屬，但絕大部份仍與義訓混合起來使用，常常不先列聲訓字，雖然許慎運用聲訓的意圖有別於前四類用法，但受前四類影響，而不免有許多附會，這裡暫不提，倒是毛傳的「獄，埆也。」也被許慎採用了。但《說文》用「确」字。段玉裁說：「埆同确，堅剛相持之意。」又於「從狀從言，二犬所守也」下注：「韓詩曰：宜犴宜獄，鄉亭之繫曰犴，朝廷曰獄，獄字從狀者，取相爭之意，許云所以守者謂酬牢拘罪之處也。」陸宗達對《毛傳》的推源有詳細的說明：

> 詩的語意（指「何以速我獄」）是「為什麼跟我打官司（招我於獄）」。毛亨沒有解釋「獄」是訴訟的地方，而用同音字「确」來說明「獄」的語源，也就是推索「獄」字命名之由來。「獄」是以確定是非曲直而得名的。古代有「治獄」、「辨獄」，指審理訴訟作用判決的全部過程。由此可知

「獄」是舊時的「大理院」，即今天的「法院」，而不是
「監獄」、「牢獄」。古代的牢獄叫「鞫」，漢代有「鞫城」
（李尤有《鞫城銘》），那才是「囹圄」、「監牢」。❼

　　按獄之本義為「官司」或「訴訟案件」。〈曹劌論戰〉：「大
小之獄。」《左傳·昭公二十八年》：「梗陽人有獄，魏戊不能
斷。」《周禮·地官·大司徒》注：「爭罪曰獄，爭財曰訟。」皆
其例。唯陸氏謂確與獄同音字實非，《廣韻》獄，魚欲切，疑母燭
韻；確（确），苦角切，溪母覺韻，旁紐雙聲，上古必不能同聲。
韻部同屬屋部。

　　以上五類，王玉堂氏分別就其實質稱之為：1.依聲立說；2.說
明寓意；3.指明通假；4.溝通殊語；5.推求語源。只有最後一類才
是道地的聲訓，其餘都屬於非本質的聲訓，換句話說，它們被籠統
地看作聲訓只是因被訓字與訓字之間有音同或音近的相似，甚至我
們也無法從「訓詁的句式」的形式方面來區別它們，除了像《釋
名》全書佔最高比率的「AB 也，S（B）」這種典型聲訓句以外，
其他形式的聲訓，都沒有外形上的標記可供辨認，拙作（1983）曾
指出「某之為言某」「某者謂某」「某猶某」「某猶言某」，「某
之謂言某」「某之為言猶某」「某者所以某」都有可能作為聲訓標
記，但它們也同樣可以指前面四類的「準聲訓」　，真正的聲訓必
須透過沈兼士所稱「義類分析」或陸宗達、王寧所謂「系源或推
源」的檢覈。我們若僅承認合乎詞源學要求的聲訓才算數，那麼連

---

❼　陸宗達《訓詁學簡論》（台北：新文豐出版公司，1984 年），頁 101-102。

《說文》、《釋名》這兩部語言專著都會有百分之七十以上的聲訓
被除名❽，但這並不符合「聲訓」一向的用法，因此，筆者認為必
須承認《釋名》基本上都是聲訓，因為作者在自序中已明確指出他
作書的目的在探求名原，因此無論他對語源解釋是如何荒謬，他的
材料，無論如何不能被排除在「聲訓」之外，我們頂多只能說其中
有許多「不合理的聲訓」而已，至於《釋名》以外的訓詁材料（如
《說文》，《毛傳》、《鄭注》）以及非訓詁材料（如《史記》，
《漢書》、《淮南子》、《春秋繁露》、《白虎通》、《易緯》、
《書緯》、《春秋緯》等），雖然在形式上可認為是聲訓，但在實
質上卻必須以語源關係為斷，凡具有語源關係者，得名為「聲
訓」，否則皆屬「自冒於聲訓者」，姑名之為「準聲訓」。所以狹
義的聲訓指《釋名》及他書探源式的真正聲訓而言，廣義的聲訓，
則包括「真正聲訓」與「準聲訓」。

觀點二：真正的聲訓其本質在探求「詞的理據」或詞的「內部形式」，此種詞源意義，是通過同源詞的「音近義通」來體現的。

聲訓之興，由來已久，王先謙〈釋名疏證補序〉曾說：「流求
佴貳，例啟於周公，乾健坤順，說暢於孔子，仁者人也，誼者宜
也，偏旁依聲以起訓，刑者侀也，侀者成也，展轉積聲以求通，此

---

❽ 劉又辛，李茂康（1989）《訓詁學新論》說：「據我們統計，以上兩類（指
可信的和基本可信的聲訓）材料在《釋名》中不到百分之三十，百分之七十
以上的解釋屬牽強附會。」（該書頁 172）

聲教之大凡也。侵尋乎漢世……許鄭高張之倫，彌廣厥恉，逮劉成
國之釋名出，遂為經說之歸墟，實亦儒門之奧鍵已。」這段話從
《爾雅》、《易傳》數起，終於劉熙《釋名》之集大成。同時也點
明它是附儒門經說而發展出來的。它的定義是廣義的聲訓。然而聲
訓所以會成為探討詞源的方法，是因為它由經學家轉手到語文學
家，許（慎）、鄭（玄）、高（誘）、張（揖）及劉熙，固然都算
是經學家，但他們卻是用語言來探究詞義，他們揚棄許多沒有語言
依據的唯心論的「準聲訓」，代之以語言實證論的「真正聲訓」，
儘管不免徘徊於兩者之間，但是卻有許多可信的成績。劉熙《釋
名·自序》述其撰著之由云：

> 名之於實，各有義類，百姓日稱而不知其所以之意，故撰天
> 地、陰陽、四時、邦國、都鄙、車服、喪記、下及民庶應用
> 之器，論敘指歸，謂之釋名。

　　劉熙把名實之間的關係，稱為「義類」，也就是命名的「所以
之意」或「指歸」，從詞義學上，可以叫「詞的理據」，或「詞的
詞源結構」，更專門的術語，叫做「詞的內部形式」。張永言
（1981）指出：

> 詞的「內部形式」這個近代語義學術語，最先由十九世紀德
> 國語言學家洪保特（Karlwilhelm Von Humboldt, 1767-
> 1835）提出。但是，對於這個問題的探討，我國語言學家也
> 早就開始了，這就是關於所謂「名義」，即事物的「得名之

由」的研究。**❾**

張志毅（1990）有更明白的闡發，他說：

> 詞有外部形式（outer form，指詞的語音及其書寫形式）和
> 內部形式（inner form，指詞的語法結構和語義結構。）詞
> 的理據（motivation），是尋求這兩種形式跟事物的聯繫。
> 外部形式，是屬於表達這一平面（或層次）的。內部形式，
> 是屬於內容這一平面（或層次）的。這是歐美語言學傳統的
> 觀點。個別的蘇聯語言學家（如布達哥夫）說：「詞的聲音
> 形式與其最初內容間的聯繫性質，有時也叫詞的內部形式」
> 如果借用這個說法，那詞的理據便跟詞的內部形式相當。**❿**

　　對於詞的理據，自古以來，就有兩種觀點。一種觀點認為名稱
與事物之間，具有內在或自然聯繫，名稱取決於事物的本質
（physei），這種觀點叫「本質論」，另一種觀點認為，名稱和事
物之間沒有內在或自然聯繫，名稱取決於人們的協商，約定習慣或
規定（thesei），這種觀點叫「規定論」。從古希臘的哲學家赫拉
克利特（Heraklitos）和德謨克利特（Demokritos）對這兩種主張對
立以來，這個問題的討論延續十幾個世紀。我國古代也正好有這兩

---

❾　張永言〈關於詞的「內部形式」〉，《語言研究》，創刊部（1981.1），頁
　　9。

❿　張志毅〈詞的理據〉，見《語言教學與研究》1990.3，頁115。

個流派，荀子無疑是規定論的代表，他的「約定俗成」說旗幟鮮明地主張：

> 名無固宜，約之以命，約定俗成謂之宜，異於約則謂之不
> 宜。名無固實，約之以命實，約定俗成謂之實名。（正名
> 篇）

另一方面，聲訓派學者傾向於本質論，而且在訓詁學上形成一種派典，在孔子、孟子看來，「政者正也」，「校者教也」都是天經地義的，他們未必從語源上做此推理，但在聲訓家看來，「正」和「教」就必然是「政」與「校」的語源。這近乎是一種信仰，這種信仰的形成，也就反映了早期部分人對「語言本質」的認識，或者說是對語詞音義怎樣結合（也就是「命名」的方式）的認知。在聲訓家的語言感知中，聲音相近的詞每每義通，這是聲訓成立的主要依據。然而這種義通現象被逆推為制名的原始，沈兼士即依荀子「凡同類同情者，其天官之意物也同，故比方之、疑似而通，是所以共其約名以相期也」一段來解釋劉熙的「義類」，他說：

> 案荀子所謂意物也同者，意猶億也，言億度各物而領受之印
> 象相同也。比方之疑似而通者，疑猶儗也，言當薄其類而造
> 作之概念相似也。凡同類同情者依共其約名以相期者，即劉
> 氏「名之於實，各有義類」之說也。蓋領受之印象既相同，
> 造作之概念自相似，其命名之稱呼必同類也宜矣。……此聲

訓成立之基本原理也。❶❶

　　沈氏此說實據章太炎〈原名〉、〈語言緣起說〉二文而立論，此亦足見本質論之深中人心，至近代而不減。沈氏進而作聲訓義類分例，凡有六例：「一曰相同，二曰相等，三曰相通，四曰相近，五曰相連，六曰相借。一、二兩類，略當於章先生文始之變易，三、四、五三類，略當於文始之孳乳，第六類則音近通借之此，貌似聲訓而實非者也。」❶❷為說明沈氏這六例的精義，不妨錄其符號及例證於下：

　　一（≡）表相同。例：竅≡效《玉篇》　迂≡往《說文》

　　二（＝）表相等。　　屨＝履《說文》　永＝長《說文》

　　三（≐）表相通。　　教≐效《說文》　哀≐愛《釋名》

　　四（⇄）表相近。　　王⇄往《說文》　禮⇄履《說文》

　　　　　　　　　　　　風⇄氾《釋名》

　　五（—）表相連。　　氾—濫《說文》

　　六（…）表相借。　　來…哀《釋名》　養…長《夏小正傳》

　　案沈氏此六例無異於將「聲訓詞」與「被訓詞」之意義關係作顯微式的觀照，誠有利於聲訓能否成立的檢驗，這裡除第六類外，前五類都是沈氏認可的聲訓，然而何者為相同，何者為相等，何者為相通抑為相近？雖然有文字發展或語言分化的證據，然亦不乏自

❶❶　沈兼士〈論聲訓〉，在《沈兼士學術論文集》（北京：中華書局，1986年），頁256-282。

❶❷　沈兼士〈聲訓論〉，頁263-264。

由心證者，依筆者看來，恐怕只有一、二兩類，比較具有詞源上的理據，其他都還有相當距離。為什麼這樣嚴格呢？這就要回到「理據」的討論上。張永言（1981）指出：

> 每個客觀事物都具有多方面的特徵或標誌，如一定的形狀、顏色、聲音、氣味等，人們在給它命名的時候，只能選擇其中的某一個特徵或標誌作為依據，而這種選擇在一定程度上是任意的。因此，在不同的語言或方言裡，或者在同一語言的不同發展階段，同一事物獲得名稱的依據可能有所不同；這就是說，表達同一概念的詞可能具有不同的內部形式。例如蚯蚓這種動物：漢語「蚯蚓」得名於它的行動特點；古漢語方言「歌女」得名於它的鳴聲；德語 Regenwurm 和英語方言 rainworm 得名於它出現時的天氣。❸

這段話最值得注意的是命名的理據具有選擇的任意性，這是「同實異名」的緣由。既然是任意選擇其特徵來命名，就不一定反映事物的「本質」，例如最常援引作為音、義相關的例證是擬聲詞（亦稱象聲詞），就以章氏《國故論衡·語言緣起說》為例：

> 語言不馮虛而起，呼牛為牛，呼馬為馬，此必非恣意妄稱

---

❸ 張永言〈關於詞的「內部形式」〉，頁 9。又張文註中引俞敏說：「蚯蚓得名於曲伸。」見所著〈釋蚯蚓名義兼辨朐忍二字形聲〉（《國學季刊》七卷一號，1950 年）。又引崔豹《古今注·魚蟲》：「蚯蚓……善長吟於地中，江東謂之歌女。」至於蚯蚓究竟能鳴與否，那是另一個問題。

也。諸言語皆有根，先徵之有形之物，則可睹矣。何以言
雀？謂其音即足也；何以言鵲？謂其音錯錯也；何以言雅？
謂其音亞亞也；何以言雁？謂其音岸岸也；何以言駕鵝？謂
其音加我也；何以言鶻鵃？謂其音磔格鉤輈也。此皆以音為
表者也。何以言馬？馬者武也；何以言牛？牛者事也。……
此皆以德為表者也。要之，以音為表，惟鳥為眾。

　　章氏這裡舉出「以音為表」的理據，可以算是第一類型——自
然型或本質型。張志毅（1990）指出：「這些描述聲音的原則，被
蘇格拉底、柏拉圖稱為『象聲原則』。它們只是語音和物音的直接
對應。數量以及在總詞彙量中所佔的比例極小。其性質類似語音圖
畫，不追求物理感覺上的逼真，只求得心理感覺上的近似。這一類
詞不能代表人類語言詞彙的本質特點。因為這種音與音的對應並不
都是必然的，並不完全由物的本質決定的。如漢語的貓，鴨等是擬
聲命名，而英語和俄語則不是擬聲命名。……這一類型的理據，在
蘇格拉底、柏拉圖和中國聲訓派學者那裡常常被誇大了。」⑭
　　與這一類「非主流派」相對的第二類型——習慣型或規定型，
才是理據類型的「主流派」。張志毅分析這一型說：

　　各種語言依據各自的社會、認識與語言習慣，對同一事物從
　　不同視角，用不同理據命名，而且語言符號跟事物並不是直
　　接對應的，而總是要通過一個中介——意義、想法或其代表

---

⑭　張志毅〈詞的理據〉，頁 122。

符號「詞」。這些名稱跟事物的本質無關。**⓯**

　　張氏舉「桌子」為例：漢語「桌子」，原來叫「桌」且本來寫作「卓」，取「卓」的「高」義，命名的意圖是「卓」比几、凳、椅高。英語的桌子叫 table，來自拉丁語的 tabula──木板，命名的意圖為：桌子是用木板做成的。俄語叫 СТОЛ，來自動詞 CTaTb 鋪放，命名的意圖為：桌子可以鋪放東西。德語叫 der tisch，來自希臘語的 discos──圓盤，命名的意圖為：桌子是擺放食品的圓盤。張氏的結論是：「這一類，不同語言用不同語音形式表述同一事物的詞，其數量和在總詞彙量中所占的比例是極大的；其性質是超越感性知覺的理性抽象，具有無限的表達能力。它們代表了人類語言詞彙的本質特點，這一類詞的內部形式充分體現了詞的社會職能。」**⓰**

　　這一類型的理據，其實等於章太炎所說那「表德」，章氏依印度勝論，把命名的類型區分為實、德、業三者，他在〈語言緣起說〉一文說：

　　　語言之初，當先緣天官，然則表德之名最夙矣。然文字可見者，上世先有表實之名，以次柂充，而表德表業之名因之，復世先有先德表業之名，以次柂充而表實之名因之，是故同一聲類，其義往往相似，如阮元說從古聲有枯藁、苦窳、沽

⓯　　張志毅〈詞的理據〉，頁 123。

⓰　　張志毅〈詞的理據〉，頁 123。

薄諸義，此已發其端矣。**⑰**

拿「桌」字一例來看章氏的說法，所謂表德之名應指意義是「高」的「卓」字，而表實之名則為具體的名詞「桌」字，英語的桌子命名自「木板」，德語的桌子命名自「圓盤」，都屬於表德（也就是物性），而俄語的桌子卻命名自「鋪放」，像是以作用來命名，那就是表業了。如果我們套用這種三分法來看《釋名》的義類，那麼，劉熙運用聲訓的意圖是很容易理解的，試各舉五例：

表實之名：

　　人，仁也，仁生物也，故易曰立人之道曰人與義。（釋形體）

　　金，禁也，其氣剛嚴能禁制也。（釋天）

　　火，化也，消化物也，亦言毀也，物入中皆毀壞也。

　　淪，倫也，水文相次有倫理也。（釋水）

　　身，伸也，可屈伸也。（釋形體）

表德之名：

　　陰，蔭也，氣在內奧蔭也。（釋天）

　　陽，揚也，氣在外發揚也。

　　暑，煮也，熱如煮物也。

　　仁，忍也，好生惡殺，善含忍也。（釋言語）

　　敬，警也，恆自肅警也。

表業之名：

---

⑰　見《國故論衡》上，在《章氏叢書》（台北：世界書局，1982 年再版），頁
　　438。

負，背也，置項背也。（釋姿容）

含，合也，合口亭之也，銜亦然也。（釋飲食）

頌，容也，敘說其成功之形容也。（釋言語）

盟，明也，告其事於神明也。

跪，危也，兩膝隱地體危阢也。（釋姿容）

大體來說，名詞指實，狀詞指德，而動詞表業；這三種詞，其實是分不開的，章氏說：「人云馬云，是其實也，仁云武云，是其德也，金云火云，是其實也，禁云毀云，是其業也，一實之名，必與其德若與其業相麗，故物名必有由起。雖然，太古草昧之世，其言語惟以表實而德業之名為後起。故牛馬名最先，事武之語乃由牛馬孳乳以生。世稍文，則德業之語早成，而後施名於實。」這裡就牽涉到實、德、業三名起源的先後問題，先不論實德業三者因之理是否必然，章氏顯然認為實名最古，其次才有德業之名，由實而虛，似乎是事物發展的基本邏輯，但他又認為「實名」必與其德業相麗，用現代邏輯術語，三者是相互蘊涵的，正猶「堅白石」之相麗，實屬認識論之範疇。而這種蘊涵原則，就是聲訓家所普通接受的「義類相通聲類相同」的原則，或者化約為「聲近義通」一原則，他們完全忽略了音、義關係的符號本質。因此章太炎根據聲訓的「牛者事也」「馬者武也」，就推出「事、武之語，乃由牛馬孳乳以生」就誤入聲訓的歧途，因為聲訓家不過以「表德業」的事、武來說明牛、羊命名之特點，事、武之語絕非牛、馬之專德專業，怎麼能說它們是孳乳關係呢？章氏的實德業三名相因的「語言孳乳」說，主要表現為三種名稱之間的循環相生的過程有如下圖：

太古草昧→後世稍文：施名於實

　　表實之名……→表德業之名……→表實之名……→表德業之名

　　在太古草昧期，不管實名、德名、業名，除了少數的象聲詞可以追溯到「音為表」之外，大部份都是任意規定的名稱，並非通過物質的本質，前引的「桌」字是由表示高的「卓」字孳乳來的，但我們要追問太古草昧期，為何表示高的意義，有「卓」這個名稱呢？除了「卓」外，還有「高」、「嵩」、「喬」、「崇」、「巍」、「峨」這些詞，異音而同實，正是語音選擇的任意性的證明，但這些同義詞之間，也有一部分音同或音近的字，它們具有語源上的關聯，例如「高」和「喬」，或「崇」與「嵩」（崧），它們部分別具有相同的詞根（王力《同源字典》中的兩組同源詞），如果用這些具有派生關係的同源詞（暫不論其如何派生）彼此互為聲訓，基本上可以達到溯源或采源的目的，這樣的聲訓，應該就是劉熙心目中「義類相同」（或相通）的聲訓，也是語言學上典型的聲訓，無奈詞彙系統中的音同或音近詞屬同源詞的比例並不高，聲訓家卻把文字上的通假字及音義近似詞都拿來比附，形成了「同聲多同義」的錯誤命題，難怪龍宇純先生（1971）認為「古人聲訓多不足信」。但劉又辛等（1989）則認為《釋名》中「確有可信的材料」和「基本可信的材料」加起來不到百分之三十。百分之七十以上的解釋是牽強附會的。⓲如果按包擬古（N.C. Bodman, 1954）⓳列入統計的《釋名》聲訓組是一二六六條，那百分之三十應該是三

⓲　劉又辛，李茂康（1989）《訓詁學新論》說：「據我們統計，以上兩類（指可信的和基本可信的聲訓）材料在《釋名》中不到百分之三十，百分之七十以上的解釋屬牽強附會。」（該書頁 172）

⓳　N.C. Bodman, *A Linguistic Study of the Shih Ming*, Harrard Uuiv. Press, 1954.

七九條。則劉熙的聲訓，儘管如王力（1981）所批判的「唯心主義」「有很大的缺點和錯誤」，但是並非一無是處，王力也說「聲訓的具體內容則不能加以否定」，陸宗達（1985）則說「劉熙的《釋名》由於沒有把音近義通的適應範圍從理論上弄準確，因此牽強附會之處很多。但即使是這樣，《釋名》一書中，也還是有不少可供參考的資料。」❷⓿

　　這些論斷，都能比較客觀地對待《釋名》，認為在方法上雖然受作者時代的侷限，但書中尚有一些「真正的聲訓」，合乎詞源學原則的。就這一部分合理的聲訓而言，陸宗達、王寧（1988）作了較明確的評估，他們說：

　　　　聲訓只是兩兩系源，如果確定一個起點，把可以確定為同源的詞盡可能地系聯在一起，那麼，雖然不能準確地依次說明詞與詞之間的歷史淵源，但卻可以從歸納在一起的同源詞中，推斷其意義的特點和命名的著眼點，並可以顯示詞族的概況。❷❶

　　關於「系源」和「推源」，我們留待下文再說明。至於這樣的系源，是否如實地達到探求命名的「理據」這個作用呢，李開（1989）說：

---

❷⓿　陸宗達〈因聲求義論〉，香港《中國語文研究》第七期，頁 77。

❷❶　陸宗達、王寧〈論字源學與同源字〉，在《古漢語論集》第二輯（長沙：湖南教育出版社，1988 年），頁 16。

《釋名》在以聲訓解釋名稱和所以名的原因時，大量的還是同類名稱間的音、義上的聯繫，不完全是講名稱和事物性質間關係的。既然是名稱間的聯繫，在語言上表現為不同語詞間的音義聯繫，這是產生在「約定」以後而完全可能存在的「派生」聯繫。㉒

　　這是聲訓的理想和實踐之間的差距，由於標榜理想的溯源或系源的目的論，就會對不嚴格的聲訓或失於穿鑿的附會聲訓，作嚴苛批判，斥為唯心主義，甚至認為一無是處。王玉堂〈聲訓瑣議〉（1985），則對漢代訓詁家（不包括唯心主義的宣傳家如董仲舒之流）的聲訓給予十分客觀的評價，他說：

　　訓詁家們做的是切切實實的解釋語言的工作，他們不能不碰到語言的源流問題。像不同時代「約定」的詞有沒有什麼關係這個問題，……他們用聲訓這種形式來說明語源，可見漢代訓詁家不但認識到語言有源流關係的，而且還能抓住它的線索：聲音。他們的這種實踐，怎麼能叫做和荀子的理論背道而馳呢？我們只有既肯定荀子的理論，又肯定漢代訓詁家的實踐，才能得到一個比較全面的認識，就是：詞是約定俗成的，又是有關係可尋的：不承認約定俗成，是唯心主義，不承認詞的產生有先後，而先後產生的詞可能有音義關係，那就是形而上學。……劉熙既不能避免形而上學，也不能脫

───────────────

㉒　李開〈釋名論〉，《複印報刊資料·語言文字學》1990.3，頁 35。

離唯心主義。……荀子早已闡明的道理，漢代的劉熙還沒有
從行動上體現出來，這是事實。❷

又說：

> 《釋名》推求語源堅持了兩條，一是以聲音為線索，二是具
> 體的詞具體分析。堅持以聲音為線索，就基本上能突破字形
> 的束縛，直接找到有源流關係的詞。……堅持具體分析，就
> 能擺脫抽象說教的影響，反映實在的語言現象。……劉熙的
> 這些作法，代表了漢代訓詁家樸實的學風，表現了他們在方
> 法上的科學性。當然，上述方法都不能保證其成果完全無
> 誤，但因此而以「隨心所欲」一語抹煞，就欠公允了。❷

這些評價，可以說是針對王力在《中國語言學史》對聲訓的批
評而發，又如說「漢代訓詁家的聲訓和那些宣傳家的聲訓有很大的
不同。」「把劉熙和古希臘的本質論者等量齊觀是不合適的。」這
些觀點都較前人深刻，是可以接受的。不可否認的，大陸學者在王
力之後，近年來對漢語詞源與詞族的研究，有了更大的突破，原因
是他們肯仔細反省傳統方法的實與虛，做去蕪存菁的過濾，而不一
味抹煞，這無寧是一種新的生機。王力撰寫《中國語言學史》是在
六十年代初，動輒套用「唯物」「唯心」「形式主義」等刻板術語

---

❷　王玉堂〈聲訓瑣議〉，頁 273。
❷　同前註，頁 275。

來論斷一種學說，何嘗不是受到當時學術環境的習染所致，今之視昔猶後之視今，我們自無須厚誣古人，也不必為古人辯護，但是我們研究「聲訓」這一個一千多年的派典時，就不能不抽絲剝繭，探求不同時期不同作者有無進步的意義，而不能據現代語言學公理「聲音和意義的自然聯繫事實上是不存在的」（王力語），就堅信「古人所為聲訓，類無可取」（龍宇純 1971），或者如徐芳敏（1984）《釋名研究》第四章「以系聯法窺測釋名聲訓之可信度」所稱，由「系聯法」（即全面聯繫全書被訓字與聲訓字的關係）提供一項堅實證據：「它可以將不相干的字詞同置於一個語根之下，也可以為語根再尋求語根，更可以使孳生語成為語根、語根成為孳生語」，所以其結論是「聲訓之作，在一般情況下，均是穿鑿附會、不合於語源學的事實。」㉕

筆者並不懷疑這個論證方法，但卻無從得知作者心目中認定《釋名》中合乎語源學的聲訓究竟有多少，這些非一般情況的聲訓究竟要如何認定，按照龍先生「聲訓三條件」說，只能認定蒙蒙、徹徹、政正、仁人、梳疏、蝕食、銘名、麋眉這些「以源詞訓派生詞」的溯源性聲訓才可信，對於「同源派生詞互訓」的系源性聲訓，也認為不足信，那麼聲訓在詞源或詞族的研究上，價值自然很低，甚至無足取資，這是不是事實的真象呢？我們要在下一個觀點作進一步討論。

觀點三：傳統訓詁學把聲訓稱為「推源」或「推因」，實際

㉕　徐芳敏《釋名研究》（台北：台灣大學文學院叢刊，1984 年），頁 156。

上，真正的聲訓，多半以「系源」為目標。換句話說，「系源性的聲訓」比「推源性的聲訓」要多得多。

　　狹義的聲訓，最主要的價值，在於作為詞族研究的參考，其次才是利用其語音的聯繫，探討古代音系（尤其是漢代音系）。王力在《中國語言學史》中，雖然對聲訓推求語源的價值，抱持否定態度，但也局部肯定合理的成分，他舉例說：

> 《釋名·釋親屬》說：「父之弟曰仲父，仲，中也，位在中也；仲父之弟曰叔父，叔，少也。」（《白虎通義·姓名》略同）《釋長幼》：「三十曰壯，言丁壯也。」《釋言語》：「智，知也。」又「勒，刻也。」「紀，記也。」……《釋宮室》：「觀（指臺觀），觀也，於上觀望也。」《釋衣服》：「被，被也，所以被覆人也。」在這些地方劉熙接觸到了唯物主義的語源學，其他如《釋言語》「威，畏也」之類，也大有參考價值，我們還不知先有「威」還是先有「畏」，但「威」「畏」的意義關係與語音關係決不是偶然的，這就牽涉到「詞族」的問題，值得我們進一步研究。❷

　　王力 1982 年完成的《同源字典》即是漢語字族研究的專著，

---

❷　王力《中國語言學史》（台北：駱駝出版社，1987 年），頁 65-66。

但該書在引證字義、詞義時，很少引用《釋名》，偶而引用，也有一部分是證明字義而非字源，作為同源字的直接證據的材料，為數甚少，足見王氏對《釋名》的基本態度是十分謹慎的，即使如此，筆者也還可以摘錄二十四條為王氏所接受的聲訓。茲錄其同源字組與《釋名》聲訓，最後括號內標明該條聲訓見於《同源字典》的頁碼。

甲類：1. khiok 曲：giok 局跼（見群旁紐、屋部疊韻）

〈釋言語〉：曲，局也。（184）

2. ngô 遨（敖）：ngu 翱（宵幽旁轉）

〈釋言語〉：翱，敖也，言敖遊也。（207）

3. thô 超：teôk 卓（透端旁紐，宵沃對轉）

〈釋姿容〉：超，卓也，舉腳有所卓越也。（210）

4. mu 冒帽（冃）：miu 鍪霧（霿）（疊韻）

〈釋天〉：霧，冒也，氣蒙亂覆冒物也。（246）

5. dəng 騰：djiəng 乘（定神鄰紐，蒸部疊韻）

təng 登：sjiəng 升陞昇（端審鄰紐，蒸部疊韻）

〈釋姿容〉：乘，陞也。登亦如之也。（254）

6. puək 背：biuə 負偝蝜（幫並旁紐，職之對轉）

〈釋姿容〉：負，背也，置項背也。（263）

7. dzyak 藉：tzia 菹（苴）（從精旁紐，鐸魚對轉）

tzia 菹（苴）：tzian 薦（荐）（精母雙聲，魚元通轉）

〈釋牀帳〉：薦，所以自薦藉也。（391）

8. yet 曀：yet 壇堅翳（同音）

〈釋天〉：陰而風曰曀。曀，翳也，言雲氣掩翳日光使不

明也。（467）

9. piat 蔽：piuat 韍（市芾黻紱紼）（疊韻）

　　piuat 韍：piet 鞸（月質旁轉）

　　〈釋衣服〉：鞸，蔽膝也，所以蔽膝前也。

　　又：韍，鞸也。（498-499）

10. jien 引：jyen 演：jian 延衍（真元旁轉）

　　〈釋言語〉：演，延也，言蔓延而廣也。（537）

11. ngian 研：ngian 硯（疊韻）

　　〈釋書契〉：硯，研也，研墨使和濡也。（558）

12. duan 斷（斷）：duan 段（疊韻）

　　dziuat 絕：dziat 截（戳）（從母雙聲，月部疊韻）

　　〈釋言語〉：斷，段也，分為異段也。

　　又：絕，截也，如割截也。（567）

乙類：13. kən 根：kən 跟（文部同音）

　　〈釋形體〉：足後曰跟，在下方著地，一體任之，象木根

　　也。（83）

14. piuək 富：piuək 福（疊韻）

　　〈釋言語〉：福，富也。（265）

15. njiang 壤：njiang 膿（同音）

　　〈釋地〉：壤，膿也，肥膿意也。（363）

16. dyei 弟娣：dyei 悌（弟）（疊韻）

　　〈釋言語〉：悌，弟也。（420）

17. miei 眉：miei 楣湄（堳麋）（同音）

　　〈釋水〉：水草交曰湄。湄，眉也，臨水如眉臨目也。

（428）

18. tsheai 叉：tsheai 杈釵衩（疊韻）

〈釋首飾〉：釵，叉也，象叉之形，因名之也。（441）

19. biai 皮被：phiai 披帔（並滂旁紐，疊韻）

〈釋衣服〉：帔，披也，披之肩背，不及下也。（447）

20. nuət 內：njiəp 入（泥日準雙聲，物緝通轉）

〈釋言語〉：入，內也，內使還也。（459）

21. xuən 昏：xuən 婚（昏）（同音）

〈釋親屬〉：婦之父曰婚，言壻親迎用昏，又恆以昏夜成禮也。（508）

22. duən 屯（純）邨：duən 囤（笽）（疊韻）

〈釋宮室〉：囤，屯也，屯聚之也。（514）

23. njien 人：njien 仁（同音）

〈釋形體〉：人，仁也。（535）

24. pien 賓：pien 儐（擯）殯（疊韻）

〈釋喪制〉：於西壁下塗之曰殯。殯，賓也。賓客遇之，言稍遠也。（541）

　　這二十四組聲訓同源字，筆者將它們分為甲、乙二類，甲類沒有諧聲關係，乙類則具諧聲關係，沈兼士（1933）稱前者為「汎聲訓」，後者為「同聲母字相訓釋」。「汎聲訓」只有聲音的關係，完全沒有字形的牽連，因此無從判斷文字的先後，後者，則因形聲字每以聲母（即聲符）為初文，初文一般早於諧聲字，因此有源流可尋，乙類的被訓字與聲訓字可以析為三式：

　　(1) ax：x ……以聲母釋形聲字。

⑵ x：ax ……以形聲字釋聲母。

⑶ ax：bx ……以兩同聲母之形聲字相釋。

　　乙類中 16、17、18、21、22、24 六組屬於第一式，形聲字的聲符作為源詞，被訓字（ax）是它的派生詞，這是最理想的聲訓，至於 20（入，內也），23（人，仁也）則反過來以派生的形聲字（ax）訓其源詞（x），則易被視為因果倒置，其餘屬第三式，則看不出何先何後，與甲類的泛聲訓一樣。龍宇純先生（1971）提出「聲訓三條件」，他說：

　　聲訓法之背景，在於語言之孳生現象，孳生語與母語間關係，亦即聲訓條件必是：

　　一、二者語音原則上應為相同。……若止於雙聲而韻懸絕，或止於疊韻而聲遠隔，而所謂雙聲疊韻又並不嚴謹，則此聲訓已可斷其不可從。如前舉君溫、君尊、君群、君元、君權、天顯、天坦之類，並坐此失。

　　二、二者之發生必須一先一後而不可顛倒。如云甲、乙也，必乙語之形成在於甲語之前。……釋名釋形體之「人、仁也。」釋長幼之「長、萇也，言體萇也。」並與此相抵觸，故為不可信。而前所引羊祥、眉湄，首始、春蠢之類，亦因語言之先後未能確定，故其說之可信與否，遂無由裁斷。

　　三、二者語義上須具有必然之關係，而又不得為相等。此一條件較之前二者更為重要。蓋語音可因古今時異而出生變化，不容深究，語言之形成先後又往往無以確斷；皆不能硬性要求，唯此點必須嚴格遵守，決不可任意攀附。故如上述

君溫……春蠢之類，以為不足信，其原因尤在於此。❷⑦

　　龍先生此三條件近乎嚴密的形式邏輯，密合此三條件的聲訓，實少之又少，幸而龍文的目的並非為聲訓正名，而是以聲訓為「歷史推源的手段」所提出嚴格的檢驗程序，其困難程度也已在第三個條件中指陳，語音相同條件只是原則性，「不容深究」，語言形成之先後，也「往往無以為斷」，由此可見，聲訓法在本質上就多半達不到推源的目的，在漢代訓詁家的歷史條件下，只能做到這種粗淺的語源研究，是不能苛求的，正如王玉堂所說：「他們只是尋求詞的直接的、表面的聯繫，又多只是平面的聯繫，可供我們直接利用的成果是有限的。但他們做了語源研究的開創工作，在中國語言學史上的地位是不可否定的。」❷⑧

　　按照龍先生的三條件，前文所舉《同源字典》中的聲訓，入內、人仁兩條違背條件二，是不能成立的，但是如果反過來作聲訓「內，入也」「仁，人也」，卻是合理的聲訓，但姑不論這兩種聲訓形式何者成立何者不成立，並無礙於我們認同它們是同源詞，因為在聲、義兩條件上這兩組字皆具母語（或稱源詞）與孳生語（或稱派生詞）的關係，足見龍先生的第二條件，並不能作為判斷聲訓字組是否同源的依據，不能因為它不合嚴格的推源邏輯，就把它排除在可能的同源詞之外。因此，筆者覺得陸宗達、王寧二人提出

---

❷⑦　龍宇純〈論聲訓〉（新竹：《清華學報》新 9：1、2 合刊，1971 年），頁 94。

❷⑧　王玉堂〈聲訓瑣議〉，頁 277。

「歷史的推源」和「平面的系源」兩個觀念來分析傳統字源學,是一個很有建設性的分析法。陸、王二氏(1984)指出:

> 傳統表示字源的方法是聲訓。聲訓是選用音近義通的詞來作訓釋,清代學者稱之為「推源」或「推因」。這個名稱讓人認為,聲訓是用根詞來訓釋派生詞,以表明派生詞命名的來源,因此,現代學者用歷史眼光來看聲訓,指責否定之聲便紛紛揚揚而起。尋找派生詞的音義來源,分析派生詞的相互關係,都需要作細緻的考察工作。考察工作有兩種具體方法:一是推源,一是系源。確定派生詞的根詞或源詞,叫作推源。確定根詞(按指同源派生詞的總根)為完全推源,僅僅確定源詞(指某一派生詞直接所由出的詞)為不完全推源。在根詞不確定的情況下,將同源的派生詞歸納和系聯在一起,叫作系源。歸納全部詞族,叫全部系源,僅歸納系聯一部分同源詞,叫作局部系源。
>
> 推源是歷史的。因為,確定了根詞,又依次確定了源詞,便知道了它們派生的先後,確定了同源詞之間的歷史關係。……但是,這種工作借助傳統方法來完成的可能性幾乎是沒有的。……書面材料對完全推源很難提供確鑿的證據,對不完全推源也只能提供一部分證據。系源與推源則有很大不同,它不是歷史的,而是平面的,只要確定一個時段,把共時的同源詞歸納在一起就可以了。由於根詞不確定,……

所以，全部系源實際上也做不到。㉙

這段文字主要針對詞族研究方法，聲訓家有無這種意圖呢？理論上是有的，只是在他們有限的歷史知識下做不到推源，只能系源。陸和王並指出「考察傳統字源學留下的資料可以發現，前人在同源字問題上所作的工作，大部分是平面的局部系源和一部分不完全推源。在不完全推源中，源詞和派生詞的聯繫是直接的，因此都共時，也可看作是平面的，這就反映出傳統字源學的一個特點，它雖把字源看作一種歷史現象，但研究的方法卻是平面的，不是歷史的。」㉚

根據以上的二分法，陸和王（1988）把《釋名》訓釋詞和被訓釋詞同源的聲訓大致分為四種情況：

一、以源詞訓派生詞。如：「澗，間也」；「負，背也」；「冠，貫也」；「茨，次也」等。這一種是不完全推源。

二、以派生詞反轉訓源詞。如「光，晃也」；「人，仁也」；「超，卓也」；「子，孳也」；「道，導也」；「斷，段也」等。這類聲訓未達到溯源目的，是因果倒置的。

三、同源派生詞互訓。這類只能確定訓釋詞與被訓釋詞之間有同源關係，它們之間沒有直接派生關係。

四、被訓釋詞與訓釋詞之間無法證實是否有直接派生關係，無法推測其派生先後，如鬢，濱也；脛，莖也；乘，升也；經，徑也

㉙　陸宗達、王寧〈淺論傳統字源學〉，頁 372。
㉚　同前註，頁 373。

等。

　　傳統訓詁學定義下的聲訓，顯然只有第一種聲訓才是合理的聲訓。而後三種則不合理，因為「訓釋詞沒有指出被訓詞的來源。但是，不論《釋名》還是漢代其他註釋書中的聲訓，都是以後兩種為主的，真正符合以源詞訓派生詞這個標準的是少數。還可以看出，《釋名》的作者並不以第一種聲訓為他的目的。……聲訓而有互訓，可以說明作者是著重其同源而不計其因果的。」**❸❶**

　　因此，對於大多數的聲訓，陸和王認為只能用系源的觀點來看待，方見其合理性。從這個角度來重新衡量《釋名》所表現的同源字族，就會大大增加。這種觀點有沒有問題呢？作為第一章平面音系法的素材來看，也不能照單全收，關鍵仍是詞義是否有必然的關聯，若無關聯，就不能勉強系源，問題是，共時的系源是否經得起歷史的溯源的分析呢？這只有從現代語言科學的歷史比較法進行覆核，才能達到可信的成績。這也不能忽略漢字的原始本義的分析，因為吾人畢竟不能離開文獻而虛構三四千年前的古語。

　　關於同諧聲的派生詞是否必有意義關聯，這個問題要留待下文「右文說」中進一步討論。

觀點四：聲訓與義訓為訓詁方法的兩大派典，其形式與內涵有別，施用之目的各異，兩者常互濟以發明字義與詞源，但作為訓詁之證據，則不能等同互代，學者不能明辨而濫施，往往望文生義，造成負面之影響。

---

❸❶　陸宗達、王寧〈論字源學與同源字〉，頁 11-15。

　　由於聲訓對後代訓詁學的影響十分深遠，這種影響有正面和負面的，王力（1982）就指出：「不良的影響的結果成為『右文說』。……良好的影響的結果成為王念孫學派的『就古音以求古義，引伸觸類，不限形體。』……上古聲訓裏的糟粕多，精華少；王念孫學派因聲求義，則是精華多，糟粕少。」❸❷王氏說得很籠統，從聲訓到右文的發展是否全屬負面影響，有待進一步討論，但是聲訓中具有諧聲關係的字相訓的機遇率本來也不低，如果這類聲訓字組都是同源詞，那麼「右文說」的流弊完全要後人負責，不幸的，聲訓家在選用諧聲字為訓時，似乎也有相當任意性，給人一種同諧聲必同源的誤導作用。因此，後人在分析形聲字時，自然就走進了「右文說」的死胡同，而無法跳出，其實漢人的聲訓本來是「汎聲訓」為主，只取音同音近，並不偏愛形聲字，所以有那麼多聲訓字兼屬右文關係，完全是形聲字佔漢字比率在八成以上所致，從這點看來，王力的批評就不太客觀了。

　　聲訓除了與右文的關係之外，王念孫學派的因聲求義，擺脫形體，正與早期的汎聲訓的原則相合，但與其說它是直接從聲訓的影響來的，不如說是對右文說的一種反動，既然王氏說上古聲訓裡的糟粕多，而王念孫學說的精華多，怎麼能導出「良好影響」的邏輯？若說王念孫學說是對「漢代聲訓」的一種去蕪存菁與批判性的繼承與發展，那麼這種「後出轉精」的功勞更不能歸於糟粕充斥的漢代聲訓法本身了。

　　究竟這些聲訓的「糟粕」對後代的影響有多大，很難作全面的

---

❸❷　王力《中國語言學史》，頁 66。

評估，但它的影響力來自兩個層次，一個是方法論的影響，一個是聲訓材料的運用。方法論的影響主要表現在宋儒的右文說到清儒的聲義關係論與因聲求義論，層面極其深遠，至今尚能支配訓詁學者。我們舉一個因襲聲訓法而製造糟粕的例子來說明：

　　錢超塵（1986）〈論李時珍《本草綱目》中的訓詁方法〉一文曾指出李氏的一種「因名推義」的訓詁方法，偶而出現「望文生義」的錯誤，例如：

> 琥珀〔時珍曰〕：虎死則精魄入地化為石，此物狀似之，故謂之虎魄。俗又從玉，以其類玉也。（卷三十七木部）
>
> 蒲萄〔時珍曰〕：《漢書》作蒲桃，可以造酒，人醣飲之，則醺然而醉，故有是名。（卷三十三果部）
>
> 沙參（又名白參）〔時珍曰〕：沙參色白，宜於沙地，故名。（卷十二上草部）
>
> 苜蓿〔時珍曰〕：苜蓿，郭璞作牧宿，謂其宿根自生，可飼牧牛馬也。（卷二十七菜部）❸

　　琥珀和虎魄，蒲萄和醣飲、醺醉，苜蓿和牧宿都是同音為訓，問題出在李氏對這種因聲求義方法的原理缺乏明確認識，以為同音即可義通，再由字面上去附會，最明顯的是蒲萄，苜蓿兩個音譯外

來語，作了穿鑿的解釋，不知兩者皆大宛語❸的譯音，本無正字，前者或作葡萄、蒲桃，後者又作牧宿，只是記音，不可望文生訓。錢氏指出：

> 陶弘景說，琥珀是松脂滲入地下年久所化，唐蘇詢《海藥本草》說：「琥珀是海松木中津液」，宋寇宗奭《本草衍義》稱「琥珀，松脂渝入地所化」，宋陳承《本草別說》亦持此說，雖均不甚明確，但終較李時珍之說近於情理。沙參亦不限於沙土，陶弘景《名醫別錄》云：「沙參生河內川谷及冤句般陽續山」，蘇頌《本草圖經》亦云：「……苗長一、二尺以來，叢生崖壁間。」因此可知，「沙參」並非因為「宜於沙地」而得名。❸

錢氏並引用《廣雅疏證》卷十，王引之述「沙之言斯白也」之說曰：

> 《詩・小雅・瓠葉》箋云：「斯、白也」。今俗語斯白字作鮮，齊魯之間聲近斯。斯沙古音相近，實與根皆白，故謂之白參。又謂之沙參。《周官・內饔》鳥皫色而沙鳴。鄭注

---

❸ 史有為《外來詞：異文化的使者》（上海：上海辭書出版社，2004 年），頁 77-79。

❸ 錢超塵〈論李時珍《本草綱目》中的訓詁方法〉，頁 299-300。

云：「沙，嘶也。」斯之為沙，猶嘶之為沙矣。❸❻

　　錢氏說斯在古音支部心紐，沙在歌部生紐，古韻支部與歌部的主要元音很相近，心紐與生紐皆屬齒音。所以說，沙斯古音相近。因「沙」與「嘶」「鮮」相近，而「斯」「鮮」訓白，故名曰「沙參」。

　　我們引用「沙參」的例子來說明李時珍未能充分利用「因聲求義」的原理，故只能望文生義；而王引之充分發揮了聲義旁通的原理，因此言之成理，兩相對照，工拙立現，聲訓法運用之得失，實以客觀的詞源學觀念為基礎。

　　聲訓對後代影響的第二個層面是對材料的運用。吾國訓詁方法，前人每以形訓、義訓、聲訓三者並提，其實，形訓只是《說文》解釋「字義」的特殊手段，本非以「詞義」為本位的訓詁方法，即使不排除此法，也應歸為「義訓」之一例，而無獨立之必要。至於義訓與聲訓，則為訓詁之兩大端，兩者不論就形式和作用，都有不同，不可混為一談，或等量齊觀。龍宇純先生（1971）有「聲訓義訓明辨」一節，分辨其疆界，可為準則，但是無論《說文》或《釋名》，往往兩者參雜並用。景伊先師（1981）〈說文與釋名聲訓比較研究〉❸❼對《說文》聲訓義訓兩兼之例，有詳細說明，茲各舉一例，並略加分析：

---

❸❻　《廣雅疏證》卷十「苦心沙蔘也」條（台北：廣文書局，1971 年），頁233。

❸❼　《中央研究院國際漢字會議論文集‧語言文字組》（台北：中央研究院，1981 年），頁 469-482。

⑴聲訓(a)而兼義訓(b)者：

琴：〔禁也〕a，〔神農所作，洞越練朱五絃，周時加二弦。〕b

⑵義訓(b)而兼聲訓(a)者：

旌：〔所以精(a)進士卒也〕b

婚：〔婦家也〕b〔禮：取婦以昏時，婦人陰也〕a

姻：〔婿家也〕b〔女之所因，故曰姻〕a

這些變例和「純聲訓之例」，在《釋名》中也同樣兼出並見，有意無意間混淆了聲訓與義訓的界線，《釋名》每每先引用《爾雅》、《說文》的界說，再作聲訓。這樣也無形中提高了其訓詁價值，這一來就更令後人分不清兩者施用對象，範圍有別，再經《廣雅》作者仿照《爾雅》同義互訓之例，雜而揉之，冶為一爐。（參龍先生前引文「誤聲訓為義訓蓋始於廣雅說」一節。）這其中還以假借、引申、語轉等諸多現象為原因，直接影響後人運用訓詁證據時，不免張冠李戴，牽強附會，以致誤解古人本義。龍先生「誤聲訓為義訓舉例」一節，嘗舉四例，茲摘其二例於下：

一、《論語·里仁》云：「里仁為美，擇不處仁，焉得知。」張衡〈思玄賦〉擇字作宅，（原辭云：匪仁里其焉宅。）《後漢書·李賢注》同。惠棟《九經古義》因云：釋名曰，「宅，擇也，擇吉處而營之。」是宅有擇義；或古文作宅，訓為擇，亦通。宇純案：此不知釋名「宅、擇」之說為推求所以民居謂宅之理，非宅有擇義之證。《古論》即使作宅而其義為擇，（案古論雖作

宅，其義不必為擇，釋為動詞之家亦可。）亦當為文字
之假借，與《釋名》訓宅為擇無關。

二、《說文》：「天，顛也。」段玉裁注云：「此以同部疊
韻為訓也。凡門，聞也；戶，護也；尾，微也；髮，拔
也，皆此例；凡言元，始也；天，顛也，丕，大也；
吏，治人者也，皆於六書為轉注，而微有差別。元始可
互言之，天顛不可倒之。……然其為訓詁則一也。顛者
人之頂也，以為凡高之稱。始者女之初也，以為凡起之
稱。然則天亦可為凡顛之稱。臣於君、子於父、妻於
夫、民於食皆曰天是也。」宇純案：既以天顛與門聞同
例，又以天顛與元始同例，然門聞推求語源，元始闡釋
字義，豈可兩屬？臣於君、子於父、妻於夫、民於食稱
天者，尊之重之之義，非天為顛義之證。㊳

　　龍先生以上二例，抽絲剝繭，辨之極精，僅此二例，已足見古
人多疏於二者之辨，即如段氏且以小學名家，尚於此不甚措意，其
他學者更難免失察了。筆者可以再舉近人周谷城「古史零證」中兩
個誤解《釋名》聲訓的例子。周氏在文中解「辱」「晨」兩字云：

辱　抓破面皮（《說文》：辱，恥也，从寸在辰下；失耕時，於封畺上
　　戮之也。辰者農之時也，故房星為辰，田候也。）《史記・田單
　　傳》：「僇及先人」僇（戮）辱也。

晨　太陽從東方爬出來，衝破黑暗，俗云破曉。（《說文》：

㊳　龍宇純〈論聲訓〉，頁88。

晨，早昧爽也，按：晨俗作晨，晨為房星之震或體）

脣　嘴有緣能自由開啟。《說文》：脣，口耑也，從月辰聲。
　　（《釋名》：脣，緣也，口之緣也。）

　　按周氏將一系列從辰得聲的字按其義類歸納為五組：(1)震動或活動義；(2)崩潰義；(3)分開或分贈義；(4)破裂或破除義；(5)開墾或開啟義。上引辱、晨二字屬(4)，脣字屬(5)。拙作（1982）曾指出周氏訓辱為「抓破面皮」，晨則據破曉義，釋所從之「辰」為「衝破黑暗」皆為附會。周氏僅從《說文》「失耕時於封畺，上戮之也」一語，即訓「辱」為抓破面皮，這「面皮」究竟從何聯想呢？查《釋名》：「辱，衄也」，《說文》：「衄，鼻出血也。」周氏顯然接受了劉熙的聲訓，因為鼻流血，顯然不能面皮無損，殊不知《釋名》僅借音近表德的「衄」字來說明辱字的命名，全是抽象之聯系，周氏居然由「辱」→儏→（衄）推出具體的「抓破面皮」，是先預設辰聲有破裂義，再加以附會。至於「晨」字，朱芳圃以為「象兩手持辰之形，辰為除田穢之器，又按「晨」即耨之初文。」就《說文》訓「早昧爽」之「晨」，或房星之「晨」，皆與太陽衝破黑暗無關，筆者以為辰訓除田穢器或農器，因此「辱、晨」二字當與「耕作」關係最直接，由於晨字見於甲骨、金文，而从日之「晨」未見。筆者推測：辰為辱之初文（辱金文亦作辱），「辱」本為「耨」之初文。許訓辱為恥，當為假借義。本與「撕破面皮」無關。早晨之「晨」或「晨」，或指日出而耕作，或本即從臼持辰，非耕而何，故從辰非關破裂（破曉）也。

　　脣本居口耑（或外緣），《說文》、《釋名》相合，唯《釋名》用「緣」作為脣字命名之由，並無開啟之義，脣之訓緣，猶宸

之訓屋邊，本無開啟義。周氏不免妄加。**㊴**

觀點五：絕大部分不合詞源的「準聲訓」，除了作為探討上古及漢代音系之佐證外，其實也應視同「流俗詞源」一樣，來研究其形成的時代背景及思想反映，從而加深對古代社會文化現象的理解。

　　原始事物的命名，本是約定俗成，有的本來沒有什麼理據，漢代聲訓成為風尚，竟以為無字不可求，此聲訓所以不能不委瑣叢雜。然聲訓有語音條件的客觀要求，因此這些史料，首先被清儒拿來作上古聲母、韻類之佐證，並獲得不少成績。近人則周祖謨、羅常培（1958）曾歸納《釋名》所表現的東漢韻部。美國柯蔚南（W. South Coblin）教授（1977）有三篇作品處理聲訓與東漢韻部，並構擬《釋名》的韻部系統。**㊵**聲母方面，美國包擬古（N.C. Bodman）教授（1954）《釋名語言的研究──聲母及複聲母》一文，一直是最重要的文獻，竺家寧（1979）、拙作（1982）、徐芳敏（1989）都作了介紹。大陸學者張清常（1981）〈《釋名》聲訓所反映的古聲母現象〉（《訓詁研究》第一輯，頁 229-236），祝敏徹（1988）〈《釋名》聲訓與漢代音系〉**㊶**兩文，也頗有參考價值，尤其祝文詳為聲母、韻部列表，凡得古聲三十二（基本上是王力的系統）、韻部二十九，與先秦古韻有一些明顯的不同，至少提

㊴　姚榮松《上古漢語同源詞研究》，頁 139-143。

㊵　徐芳敏《釋名研究》（1989）介紹了柯蔚南的研究，頁 86-98。

㊶　祝文原載湖北大學學報（哲社版）1988.1，又載於《複印報刊資料・語言文字學》1988.3，頁 13-27。

供四點音變的線索：

　　㈠先秦之部「久、灸、玖、柩、疚、圞、舊、丘、邱、蚯、裘、郵、尤、訧、疣、牛、有、友、羑、又、右、祐、佑、宥、囿、侑」等字已轉入幽部。

　　㈡先秦幽部「翶、䚡、考、導、苞、嘷、咆、曹、牢、陶、醪、騷、袍、濤、茅、庖、雕、蜩、聊、好、報、奧、棗、浩、早、垢、后、掃、巧、爪、卯、鳥」等字已轉入宵部。

　　㈢先秦支部與先秦脂部有合併迹象，二部字經常組成聲訓。先秦之部字在《釋名》聲訓中與支部、脂部字沒有合併跡象。

　　㈣先秦歌部縮小了範圍。歌部中一部分字已轉入支部、脂部。如「騎、倚、離、侈」（歌部）與「支、伎、麗、痹」（支、脂部）組成聲訓。另一部分字轉入微部，如「皮、倚、礒、吹、桅」（歌部）等與「扉、旇、磓、推、巍」等微部字組成聲訓。❷

　　這種研究本身就有限制，主要是聲訓的條件，前文已論及「原則上相同或相近」，相近就很有彈性，加上可能的方言因素，有些接觸是雙向進行，很難說明放在一起聲訓字組就是合流，因為同音並不是必要條件，儘管 Bodman（1954）經由統計得到「聲母全同，比率最高」這樣的結果，可以使人相信劉熙做聲訓時是儘可能在求同聲同韻字，但是如果我們考慮許多「準聲訓」，語意上的關聯都可以牽強附會，那麼我們怎能保證作者在聲音方面不可以只求雙聲或疊韻，而必計較其聲韻皆有關係嗎？因此，單單用《釋名》一書一千二、三百條聲訓，進行東漢音系的擬構，終難得到圓滿成

---

❷　祝敏徹〈《釋名》聲訓與漢代音系〉（1988），頁13。

績，但並不否認它能反映某些音變的痕跡，但這種線索，必須與其他的語音材料合併來看，因此本文不擬討論 Bodman 和 Coblin 兩位學者對《釋名》語音擬構的情形，徐芳敏（1989）的論文已做了很多的評價和商榷。

　　佔漢代聲訓資料的大宗的，是我們認為不合詞源要求的「準聲訓」，這些材料形成的原因，除了前文所謂的主觀、唯心、穿鑿附會之外，並非完全沒有「意義」，這個意義卻是在詞源學之外，應該屬思想史或社會史的範圍，這當然不是本文討論的對象。不過，如果從「流俗詞源學」（Folk etymology）的角度來檢討這些原本屬於語文學的材料，或許並不離題。因為類似「準聲訓」這種帶有神秘色彩的「聲音鏈」（這是筆者杜撰的名詞，令人想到許多民間語詞接龍遊戲。）基本上反映的是古人「語言認知」的一部分，有許多正是先民對語言的信仰或者理解，而語言的變遷往往就寄託在使用者對「音義關係」制約的聯系上。

　　關於「流俗詞源學」，索緒爾的名著《普通語言學教程》（高名凱譯本）把它解釋為一種語詞形式的歪曲現象，他說：

　　　　我們有時會歪曲形式和意義不大熟悉的詞，而這種歪曲有時又得到慣用法的承認。例如古法語的 coute-pointe 變成了court-pointe「絎過的被子」，好像那是由形容詞 court「短」和名詞 pointe「尖端」構成的複合詞似的。（按：古法語的形式來自 couette「羽毛褥子」的變體 coute 和 poindre「絎縫」的過去分詞 pointe。）這些創造不管看來怎麼離奇，其實並不完全出於偶然：那是把難以索解的詞同某種熟悉的東西加以聯系，

借以作出近似的解釋的嘗試。人們把這種現象叫做流俗詞源。㊸

這個界說包含兩個要素，一個是一種歪曲或替代的解釋，一個是歪曲形式的完成。整個看起來，是傾向於一種偷天換日的構詞（實質上也不能算構詞）。這種解釋跟我們常見的「俗詞源學」的定義有些不同，例如：

高名凱（1957）《普通語言學》說：

> 應用語音的相同，依據語音的聯結而去胡亂推測詞的來源，沒有任何歷史上的科學的證明，語言學家管它叫做「俗詞源學」。比方說，「莫名其妙」本來是來自《老子》「無以名之，名之曰妙」的典故。但是因為「名」和「明」同音，於是就被俗詞源學家認為是「莫明其妙」。㊹

對照這個例子和索緒爾所舉的古法語例子，倒有幾分異曲同工，不過我們要問，是先有「俗詞源學家」，才有「莫明其妙」，還是人們先以「莫明其妙」替代「莫名其妙」，才形成俗詞源學家的理解，其實這兩件事可能是同時進行，俗詞源學家就是使用歪曲形式的「人們」。

㊸ 索緒爾《普通語言學教程》中譯本（北京：商務印書館，1982 年），頁 244。
㊹ 高名凱《普通語言學》（香港：劭華文化服務社，1957 年），頁 371。

不過「俗詞源學家」不完全是在偶然狀況下改變詞形與詞源，他們也可以創造「民俗詞源」的故事或神話。

王德春（1987）《語言學教程》提供這種實例：

> 按照詞語的表面特徵和詞義聯想來解釋詞源，叫民俗詞源。……民俗詞源研究雖然不能提供詞語真正的理據和科學詞源，但對了解民間風俗習慣、風土人情，以及民間文學創作有一定的參考作用。
>
> 例如，有一種鳴禽類小鳥叫「秦吉了」，《爾雅》說「秦中有吉了鳥」，此鳥因產於秦中而得名。但《瑯嬛記》作了民俗詞源解釋：「昔有大夫與女子相愛，書札相通，皆憑一鳥往來。此鳥善解人意，急對女子曰：『情急了』，因名此鳥為情急了（泰吉了）。」這實際上是通過民俗詞源解釋，創作了一個愛情故事。❹

綜括上述，「流俗詞源」亦稱「俗詞源學」，「民俗詞源」等。張紹麒（1988）〈現代漢語流俗詞源探索〉一文則認為「流俗詞源的定義可分為廣義和狹義。通常它指的是語詞自身的變化，是狹義的。」張氏採用狹義的用法，並解釋說：

> 流俗詞源是語言發展過程中產生的一種語詞變異現象，這種變異主要是由語詞內部形式的變化而引起的，它的本質特徵

---

❹　王德春《語言學教程》（1987），頁165。

是，語詞在發展過程中，在諧音的前提下，獲得新的內部形
式。

又說：

在語言發展過程中，由於種種原因，語詞的內部形式與語音
形式可能發生分離、脫落，人們也可能根據自己的需要，在
語詞語音外殼之內，為沒有內部形式或內部形式模糊的語詞
補充上一個嶄新的內部形式，或者創造一個新內部形式去替
換掉語詞原有的內部形式。語詞這種「後天」獲得的內部形
式與語詞的原有內部形式之間的關係往往是風馬牛不相及
的。這因此而造成語詞溯源研究中的許多麻煩。㊻

這是對「流俗詞源」一針見血的評價，筆者覺得「聲訓」本身
並無意像狹義的流俗詞源一樣，替換新的內部形式，甚而導致詞語
的變異，因此，不能輕率地把前文所說的「準聲訓」材料用「流俗
詞源」來稱呼，因為它們之間仍有本質上的距離，如果那麼做，
便是把「流俗詞源」做最寬泛的通俗用法，即《韋氏英語大詞典
（百科全書版）》（1979）所做的第二類解釋：「非科學的詞源
學」。㊼

㊻　張紹麒〈現代漢語流俗詞源探索〉（上），《複印報刊資料·語言文字學》
　　1988.11，頁 74。
㊼　同前註，頁 73。

　　筆者不願採用這種最寬的界說來指涉漢語特有的「聲訓」，不過卻必須指出，聲訓家所創造的命名理據，既然多不合科學，而它又廣為知識階層所吸收，無形中也就加給讀書人一些類似「流俗詞源」的觀點，例如用同聲符字作為該形聲字的命名理據（或內部形式），久而久之，即認同「凡從某聲皆有某義」的「右文說」，把詞根不相同的同偏旁字強加上原來所沒有的意義成分，這正是「類比」原理的運用。這樣，我們才算找到聲訓對後代影響深遠的真正原因。

　　下面我們可以從《釋名》中挑選一些近似「流俗詞源」式的聲訓組，來說明此一觀點的意義。

1.春，蠢也，萬物蠢然而生也。

　夏，假也，寬假萬物使生長也。

　秋，緧也，緧迫品物使時成也。

　冬，終也，物終成也。（釋天）

2.金，禁也，氣剛毅能禁制物也。

　木，冒也，華葉自覆冒也。

　水，準也，準平物也。

　火，化也，消化物也，亦言毀也，物入中皆毀壞也。

　土，吐也，能吐生萬物也。（釋天）

3.青州在東，取物生而青也。

　徐州，徐，舒也，土氣舒緩也。

　揚州，州界多水，水波揚也。

　荊州，取名於荊山也。必取荊為名者，荊警也，南蠻數為寇逆其民，有道後服，無道先彊，常警備之也。

涼州，西方所在寒涼也。（釋州國）

4.臥，化也，精氣變化，不與覺時同也。

寐，謐也，靜謐無聲也。

寢，權假臥之名也。寢侵也，侵損事功也。

眠，泯也，無知泯泯也。（釋姿容）

5.侍，時也，尊者不言，常於時供所當進者也。

御，語也，尊者將有所欲，先語之也。亦言其職卑下，尊者所勒御如御牛馬然也。（釋言語）

6.乳癰曰妒，妒，褚也，氣積褚不通至腫潰也。

心痛曰疝，疝，詵也，氣詵詵然上而痛也。

脛，否也，氣否結也。

小兒氣結曰哺，哺，露也，哺而寒，露乳食不消，生此疾也。（釋疾病）

7.男，任也，典任事也。

女，如也，婦人外成如人也；故三從之義；少如父教，嫁如夫命，老如子言。……（釋長幼）

8.天子之妃曰后。后，後也，言在後不敢以副言也。

諸侯之妃曰夫人。夫，扶也，扶助其君也。

大夫之妃曰命婦。……婦，服也，服家事也。

士庶人曰妻。妻，齊也，夫賤不足以尊稱，故齊等言也。

妾者，接也，以賤見接幸也。（釋親屬）

以上我們挑選八組相關的聲訓，每一個單詞的解說，分開來看，並不會讓讀者有強烈的「流俗詞源」或曲解詞義的感受，但把一整組貫串起來，實際就形成了作者的「意義組構」或說「詮釋架

構」，為什麼呢？例如「春」「夏」「秋」「冬」四季，春天萬物
孳生，大地春回，是一年中由靜寂而蠢動的歷程，夏天則看起來萬
物蓬勃暢茂，是生命力進入高峰的象徵（所謂寬假）。秋天結實，
秋風淒緊，萬物縝縮，是以時收成時節。冬天則一年之終，是萬品
皆成。這是中國人的一種傳統天道哲學，劉熙只不過利用「蠢」
「假」「縝」「終」四個聲音鏈，把它們舖排成一套義類，作為命
名的理據，從文字構造上我們也可以得到一些印證，例如「春」之
「從日艸屯，屯亦聲」《說文》段注：「日艸屯者，得時艸生也，
屯字象艸木之初生。」「秋」（篆作秌）之訓禾穀熟，字亦從禾
（龝省聲）。「冬」之「從仌從夂，夂古文終字」，仌訓凍，
「象水冰（凝）之形」。從《說文》字源上看，以上三字，《釋
名》在語源的詮釋上，相去不遠，只有「夏」字，本指中國之人，
用為季節名稱，純屬假借，本字實不可求。那麼《釋名》對這組詞
源的解說，究竟可信度如何呢？我們充其量只能接受「冬終」這一
組的詞源關係，因為這兩個字同源，至於「春」的命名是否一定與
「蠢動」有關，就如同夏假、秋縝的關係一樣，恐怕都是後天的詮
釋，而非必命名之本質，事實上這一組聲訓是前有所承的，徐芳敏
（1989）指出，「春蠢」已見於《禮記·鄉飲酒義》，《春秋說題
辭》，《春秋元命苞》等。❸「夏假」已見《禮記·鄉飲酒義》及
《尚書大傳》等。「縝」已見於《周禮·秋官·司寇》疏引〈鄭玄
目錄〉（字作遒）。「冬終」已見《河圖稽耀鉤》，《春秋元命
苞》等。這裡所引緯書多在劉熙以前。既然這些意義組構，往往前

---

❸　徐芳敏《釋名研究》，頁 174。

有所承，歷古相傳，其作為「民俗詞源」的資格就更加確定了。徐
芳敏（1989）〈從相關書籍看釋名聲訓之歷史淵源〉一章結論指
出，《釋名》聲訓承襲前人或同時代人書或注釋的比率為
15.61%，連同乙類（按指類似或顛倒，同名而異指，如在他書為
義訓者及部分疑似相關者，此類徐君統計得 4.54%）觀之，劉熙聲
訓有歷史淵源可尋者，佔全書五分之一，這個比率並不是十分齊全
的蒐羅，但已極可觀，《釋名》向被認為集聲訓大成之作，洵非虛
言。❹

　　回頭再檢視其他各組的「意義組構」。第二組是五行的名源，
同樣是就文字所顯示的物性來探源，聲訓家可說和傳統說法大異其
趣，最古的五行說或當以《尚書・洪範》為代表。〈洪範〉篇說：
「一曰水，二曰火，三曰木，四曰金，五曰土。水曰潤下，火曰炎
上，木曰曲直，金曰從革，土爰稼穡。」同《釋名》對照來看，除
了「意義組構」的思維模式的歧異外，應該說明聲訓家多少受到追
求同音或音近字的限制，這種限制是既外在又內在，外在限制是音
義都要能扯上邊，內在限制是個人主觀的選字，例如本組徐芳敏
（1989）也都分別找到《釋名》的根據，這種種限制使作者呈現一
種多元的解釋模式，大抵上是離不開兩漢社會風俗人情，倫理價值
的取向，我們看到劉熙的五行說，除「木」是華葉「自覆冒」之
外，其餘皆非就「物自性」來描寫，而強調它對「物」的作用，金
的「禁制物」，水的「準平物」，火的「消化物」，土的「吐生萬
物」，我們彷彿看到五行的「宰制性格」，無形中把五行觀念不斷

---

❹　同前註，頁 244。

強化或權威化，這與兩漢五行思想的流行大有關聯。同時，我們也可以注意〈洪範〉五行的順序，到了東漢也不同了，我們今天仍習慣用漢人「金、木、水、火、土」的順序。這些地方都能凸顯漢人聲訓在詞源學以外的價值。

　　第三組取五個州國的名稱，這些方名來源本極複雜，劉熙並不是一個考古學家，不可能用今天的方言地理學，方言考古學來還原這些地名的命名原始，他只能字面上稍加思索。表面上看「青州」「揚州」「涼州」好像只就字面引申或增字為訓，實質上這也是聲訓的變例，這三個地名皆以本字為訓（在形式上就把「青，青也」等省略了），在《釋名》的類例裡，「本字為訓」常反映專名與普通詞的關係，有時甚至有詞性或聲調的差異。此例最早見於《易》傳「蒙者蒙也」「比者比也」「剝者剝也」，前一字皆為卦名，後一字才是一般動狀詞。青州以「物青」或「東方主青」得名，揚州因多水而得名，涼州因寒涼而得名，「徐」之與舒，「荊」之於警，都是義從音得，想當然爾，然而「荊州」取名於荊山，下面用聲訓，才追究語源，就衍生出一種教化的意味了。這種意味正合我們前述的權威化性格。

　　第四組解釋睡眠的相關詞，也充滿萬物消長生息的氣論性格，「臥」則強調精氣變化與醒著時不同，「寐」則強調無聲，「眠」則強調無知，「寢」字說法最特異，實在也費解，王先謙的《釋名疏證補》說：

葉德炯曰：《說文》：「寢，臥也」此統訓寢字。文選高唐賦注引論語「宰予晝寢」鄭注云：寢，臥息也。與此權假之

　　義合，下文朽木糞牆，正戒其侵損事功也。

　　這段話後三句好像是王先謙的斷語，如果這些話確實是《釋名》「權假臥之名」的意思，那麼，劉熙是利用《論語》的特殊的事件，把「寢」字這個與臥息相同的詞特殊化了，因為「宰我晝寢」一事之不正，而連累及「寢」這個字，劉熙的意思似乎是說：「寢」是暫且臥息一下，不是正式的睡眠，這種不正式的打盹或閉眼休息一下，常常會妨害工作效率，所以就祭起聖賢的威嚴說，「寢」這個字聲音明明是「侵」，這是會侵損事功的呀！我們不知道王先謙《疏證補》的可信度，但是不藉由《疏證補》，筆者實在無從理解這條聲訓，這條聲訓也正是全組「意義組構」的核心。

　　第五組為侍、御二語，都強調尊卑對待的關係，侍御之人必須察顏觀色，尊者常常是不直接說的；有時則提早告訴你，以便你早點預備，在言與不言之間，分別了「侍」和「御」兩者語源的不同，說穿了，是聲音的聯想。御字的第二解也是聲訓的變例，強調尊者「勒御」卑奴，如對待牛馬，究竟是劉熙的「權力架構」在作祟，還是替溥天之下的奴隸階層作控訴呢？

　　第六組妠、疝、胅、哺四種疾病，都和「氣」有關，除「疝」是氣上之外，其餘皆為氣結或氣積，這也能反映古代的醫學原理，不多引申。

　　第七、八兩組，抽樣表現劉熙思想中的兩性關係，「男」任事，有能力，是強者；「女」柔順，故言三從之義。這種傳統思想的形成由來久矣，《詩經》的「弄璋弄瓦」已透露了男性中心社會的消息。第八組詮釋的婦女名份，表面上雖有階級尊卑之異，但在

男性配偶的對待意義來說，都是一樣的，為「后」則被禁止有發言權（在後不敢以副言），為「夫人」則全力為賢內助，為「婦」則以家事為常役，士庶人之「妻」，反而因為先生沒有貴族的名位，所以稍稍得以揚眉吐氣，可以平起平坐。而為人「妾」者最賤，故以見接為恩寵。這正是幾千年封建制度下的女性地位的寫照，雖然也看得到劉成國的權威性格，但我們卻不必指責劉氏的迂腐，因為那是時代思想的烙印，古今中外的社會發展，都有這種烙印。

葉維廉（1988）〈意義組構與權力架構〉一文對中國周漢以來有關天（神）、地、人嚴密貫通、呼應、印認的權力架構之發明，透過對語言的「意義組構」的探索，闡釋了董仲舒思想中「始制有名」、「人副天數」（政制象天）的「權力神話」，語言背後的權力架構是龐雜的，而由這種思想所詮釋的「以尊卑為綱」的專權架構，是藉「語言暴虐」來進行「漬染」，這是一篇發人深省的語言詮釋。在「權力架構的破解」一節中，葉氏說：

> 要破解權力架構必需要從根地對意義架構構成過程中所帶來的危險亦即是對語言或「名」的圈定圈定的行為質疑。可是這第二種破解的起點卻不能「空穴來風」，它必須從語言自身作反省，換言之，必須從既定的「名」這個符號出發而將它作為析解活動的構成及影響之危險性暴露出來。❺⓿

葉文在分析董仲舒的「深察名號」中的「士者事也，民者瞑

---

❺⓿　葉維廉《歷史、傳釋與美學》（台北：東大圖書公司，1988年），頁244。

也」及《大戴禮記·本命》中的「男者任也；子者孳也；男子者，言任天地之道，如長萬物之義也。……婦人，伏於人也，是故無專制之義，有三從之道」一節，雖然極力從男女名份的語言暴虐上去詮釋語言背後的權力意義，但並未有一語提及「聲訓」之為物，葉氏似乎對漢代流行的「聲訓」的實質一無所知，這是美中不足的，如果葉氏對待「準聲訓」（主要包括《春秋繁露》、《白虎通義》、《風俗通義》及緯書的聲訓）能從筆者這種「視同流俗詞源」的觀點來研究，就更能把這些「意義組構」落實在漢代的社會風俗，民間思想的層面來理解，其語言的「危險意識」或「暴虐意識」自然會降低，把所有儒生對語言的探討都看成董仲舒式的「威權主義」，恐怕也不無矯枉過正的地方。

小　結

以上五個觀點，分析了「聲訓」的義界，從詞源學的標準，把聲訓一分為二，既說明了聲訓的「系源」特質，也規定了其施用範圍，並就聲訓對後代的影響作初步分析，同時也從「流俗詞源學」角度來闡明「準聲訓」的語料價值。

第二節　論「右文說」與詞源

聲訓之法，至漢末應劭作《風俗通義》，尚大行其道，魏張揖《廣雅》，輯《爾雅》以後訓詁，「文同義異，音轉失讀，八方殊語，庶物易名，不在爾雅者，詳錄品覈，以箸於篇。」（上廣雅

表）其中多雜聲訓，遂「冶聲訓義訓於一爐」**❺**，此後學者專用聲訓者漸少，《顏氏家訓·音辭》：「謂孫叔然創《爾雅音義》，是漢末人獨知反語。」魏李登嘗撰《聲類》，以五聲命字。凡此皆標幟著「剖析字音」的反切時代來臨，而《說文》讀若、譬況、漢儒聲訓，汎取同音之法寖衰，此後訓詁以音義為主，迄唐陸德明《經典釋文》實集音義之大成。自魏晉迄唐的注疏家，略能擺脫文字束縛，注意到文字所代表的語言的，只有郭璞從《方言》繼承的「語轉說」，這種從聲音的聯繫來說明語言變化的訓詁法，多少已開啟後代「因聲求義」的方法。

　　真正的字源學到五代、宋初二徐兄弟的《說文》研究，才漸興起，不過學者的焦點已轉移到文字的聲符和意義的關係，而非《釋名》的名物派訓詁，這就是有名的「右文說」，所謂「右文」，就是形聲字的聲符。形聲字一般形符在左，主義；聲符在右，主聲。所謂「右文說」，即在形聲字聲符中求義的學說。據前人考察，此說發端於晉人楊泉。

　　《藝文類聚·人部》引晉·楊泉《物理論》說：「在金曰堅，在草木曰緊，在人曰賢。」楊泉的這三句話，似在說明堅、緊、賢三個從臤聲的字，意義上有某種聯繫。這是「右文說」最早的一個示例。

　　首先標舉「右文」一名，為宋人王子韶（聖美），沈括《夢溪筆談》卷十四說：

---

❺　龍宇純〈論聲訓〉，頁 89-90。

王聖美治字學，演其義為右文。古之字書，皆從左文。凡
字，其類在左，其義在右。如木類，其左皆從木。所謂右文
者，如戔，小也。水之小者曰淺，金之小者曰錢，歹而小者
曰殘，貝之小者曰賤。如此之類，皆以「戔」為義也。

此法推求同一聲符皆有相同意義，已經和「聲訓法」的逐字探
求名源的方法大不相同，就詞源學的意義而言，它是歸納一組具有
同源關係的同諧聲字，指出其聲、義的根源。在方法上比「汎聲
訓」的語源說更跨了一大步。

宋代持有類似說法者，有王觀國的「字母說」（見《學林》卷
五，有湖海樓叢書本）及張世南《游宦記聞》（有知不足齋叢書
本）卷九中，有關戔聲，青聲的兩個例子。這些都發揮了王子韶的
論點，王觀國將這種有意義的「聲符」稱為「字母」更有深刻意
義，他似乎已體察到文字有「語根」這個概念。《學林》卷五
「盧」字條說：

盧者，字母也，加金則為鑪，加火則為爐，加瓦則為甗，加
目則為矑，加黑則為黸。凡省文者，省其所加之偏旁，但用
字母，則眾義該矣。亦如田者，字母也。或為畋獵之畋，或
為佃田之佃。若用省文，惟以田字該之。他皆類此。❷

王觀國雖然沒有指出「盧」「田」兩個聲符所表示的意義，他

---

❷　王觀國《學林》（北京：中華書局，1988 年），頁 177。

卻從王子韶的「平面歸納」進而作了文字演化的「歷史分析」，從後代分析形聲字的來源，其中有許多都是先有原為「表意字」的聲符部分，再追加形符，在沒有追加以前，這些原始的「表意字」，本身即已聲義兼具，所以王氏說「但用字母，則眾義該矣」，可惜，他太看重後起的形聲字，而誤認為這種回溯為「省文」，與文字發展事實不合，不過我們卻必須肯定王觀國分析右文，比王子韶更為深刻，一般人認為他們的說法大同小異，是含糊籠統的說法。❺

　　綜觀宋人三家「右文說」，都只留下這種零星的例證，對右文的全面理論，並未開展，據《宣和畫譜·正書》載王子韶曾作《字解》二十卷，「大抵與王安石之書相違背，故其解藏於家不傳。」這是十分可惜的，然而「右文說」仍然不斷受到學者重視和發揚，也許是這個緣故，反而使王安石的《字說》淹滅不彰，最後也失傳了。我們可以說自宋以下，聲義關係的理論都在右文說的籠罩之下，足見右文說對詞源研究的影響，沈兼士（1933）〈右文說在訓詁學上之沿革及其推闡〉一文，是總結八百多年來此一學說來龍去脈的名篇，讀者可以覆按，本文擬在沈文的基礎上，從其他相關的角度來檢討這個詞源學史上的第二大「派典」。下面分五個方面來論「右文」。

---

❺　這個看法與蔡永貴、李岩（1988）〈右文說新探〉（複印報刊資料 1988.5）的看法不謀而合。不過蔡、李認為王聖美的右文說所論對象決非形聲字「右文」即母文，是孳乳字的核心，是具有形音義及分化新字的孳乳源，而非形聲字聲符，後人都誤解右文，這種看法也是把右文說和字母說混淆的例子，其實蔡、李的新探可能是王觀國的本意。

壹、從聲訓的啓迪看右文説的形成

「右文」和「聲訓」在本質上有別，沈兼士（1933）分析「聲訓和右文」，已用兩個公式指出兩者之不同：

右文公式：（ax，bx，cx，dx……）：x

同聲母字相訓釋：甲）ax：x

乙） x：ax

丙）ax：bx

至於汎聲訓（沒有形體關係，衹取音近），沈氏雖未立公式，可用 A：B 表示，沈氏指出：

> 同聲母字相訓，已有限制，然於若干同聲母之形聲字中僅隨意取二字以相比較，條件猶覺過寬。惟右文須綜合一組同聲母字，而抽繹其具有最大公約數性之意義，以為諸字之共訓，即諸語含有一共同之主要概念，其法較前二者為謹嚴。若以式表示之，如下：汎聲訓＞同聲母字相訓＞右文。

由此看來，右文說正是受到「聲訓」的啟發，當學者發現聲訓中居然有許多被訓字與聲訓字具有相同聲符，於是認為二者聲同義近，其關鍵即在「聲符」（右文）上，因此進而歸納同諧聲的字，得到一個同諧聲的字組具有同義的現象，因而標舉右文。問題在於漢人聲訓中，具有同諧聲的比例究有多少，不易統計。以《釋名·釋言語》一篇為例，全部一六九名中，具有諧聲關係的有五十六

名，約佔三分之一❹，大概全書的比例不會少於五分之一，這是因為漢字裡的同音字多，同諧聲者總佔有一定的比例，所以劉熙在使用這些聲訓時，並沒有右文的觀念。自然不會刻意為諧聲字系源，所以要從個別聲訓去發現整批的偏旁關係，確然需有一種較為進步的「歸納」觀念。不過，在許慎的《說文解字》中已初露「右文」的端倪。白兆麟（1988）指出：

> 《說文》立五百四十部首，據形系聯，「分別部居，不相雜廁」。可是，其中有三個部首沒有依形收字。譬如「拘、筍、鉤」三字，按照全書體例，應該分別歸入手部、竹部、金部，而許氏卻為此三字單立句部，因為這三個字都有鉤曲的意思，都從「句」得聲。又如「堅」不在土部，「緊」不在系部，卻歸入臤部。顯然，楊泉所說是從《說文》得到啟示的。❺

這個說法相當有說服力，因為「右文」是文字本身的訓詁，從《說文》內部得到的啟示更大。不過，白兆麟認為「『右文說』是對早期聲訓的反動」，從學術發展史的角度來看，固然帶有「由不科學而科學」「借助聲符以限制其支離散漫的反向運動」類的辨證意味，但我們認為「聲訓」和「右文」，在本質上，並不在一個平

---

❹　參拙著（1980）〈釋名聲訓探微〉，在《慶祝成楚望先生七秩華誕論文集》（台北：文史哲出版社），頁188。

❺　白兆麟〈右文說是對早期聲訓的反動〉，見《複印報刊資料・語言文字學》1988.10，頁15-16。

面上，「聲訓」處理的是語言中的名物命名根據，而「右文」是文字的探義溯源，處理文字偏旁和詞義的關係，目的和方向皆不相同，顯然不能針對探源對象的縮小，而視為一種「反向運動」。再者，這種修正結果，也同樣走向另一個極端「汎右文說」，擴大了詞源的聯繫，並不比「汎聲訓」的效果好，怎麼能肯定「右文說」這種「反動」一定比「聲訓」所反映的詞源更科學呢？怎麼能說從「凡從某聲多有某義」這種類推出來的詞源一定比由聲訓逐字推源來得可靠呢？

高明（1983）《中國古文字學通論》即指出：

> 「右文說」其所以未能成功，因它過分強調了形聲字的聲符與所表達的詞義的一致性，違背了漢字發展的客觀實際。……漢語的重要特點是同音詞很多，其中必然有的音同義近，但多數同音詞不僅詞義不同，而且相反。僅就戔、盧、青三個聲符而論，用它們作聲符的字，也不完全符合「右文」之說。如剗、踐、餞、諓、賤皆為動詞，並無小義；驢、籚、壚、顱，雖從盧字得聲，並不含有黑義；情、請、鯖、蜻，雖都從青聲，而並無精明之義。至於從形聲字體結構來看，聲符也不完全在右，正如段玉裁所說：「聲或在左，或在右，或在上，或在下，或在中，或在外。」這僅是對漢字定形以後的楷書而言，至於商周時代的甲骨、金文，更無嚴格規定。㊶

㊶　高明《中國古文字學通論》（北京：文物出版社，1982年），頁 58-59。

　　這裡已清楚地指明「右文說」的缺點，它和「聲訓」的不科學，基本上是相通的，聲訓執著於「聲同」，而「右文」則更執著於聲符要完全同，其束縛愈大，對求文字的「語根」來說反而限制更大，雖不能算是一種完全進步的發展，但是不可諱言的，「聲訓」無疑是「右文說」所以形成的潛在因子。

　　除了《說文》、《物理論》兩書的啟迪外，王荊公的「字說」可能是王子韶力倡「右文說」的「觸媒」。

　　王安石《字說》十卷，今已不傳，但後人從別的記載引用的，如陸佃的《埤雅》、《爾雅新義》、楊時《字說辨》、李時珍《本草綱目》等，可以約略知其大概是「掃蕩六書，不管文字原來是取形取聲，是轉注還是假借，一切說以會意，違背造字規律，當時就遭到學者反對。」 ❺❼謝啟昆《小學考》卷十八載楊慎說：

> 王荊公好解字說而不本《說文》，妄自杜譔。劉貢父曰：
> 《易》之《觀卦》即是「老鸛」，《詩》之《小雅》即是
> 「老鴉」。荊公不覺欣然，久乃悟其戲。又問東坡：「鳩是
> 何以從九？」東坡曰：「鳲鳩在桑，其子七兮，連娘帶爺，
> 恰是九個。」又自喜言：「波者水之皮」，坡公笑曰：「然
> 則滑是水之骨也。」

　　這雖是後人傳述的笑話，卻能反映《字說》為學者所不齒。不過，據趙振鐸（1988）的說法，《字說》「依韻編次，雖然名為字

---

❺❼　李建國《漢語訓詁學史》（合肥：安徽教育出版社，1986 年），頁 116。

說，但是其目的並不在於說字，而在於尋求語源，推究得名的由
來。」❺❽為了證明這項推論，下面從劉又辛（1982：163），及趙
書（1988：184）選錄幾個例子：

　　麞如小鹿而美，故從「章」。章，美也。（《埤雅》卷三）

　　貍—豸在里者。里，人所居也。（卷四）

　　狼—獸之有才智者，故從「良」作也。（同上）

　　貓—鼠善害苗，而貓能捕鼠，去苗之害，故字從「苗」。
　　　　（同上）

　　蟻—螻蟻有君臣之義，故其字從「義」。亦或從「豈」，善
　　　　鬥酣戰不懈，有行列隊伍。（卷十一）

　　蜘蛛—設一面之網，物觸而後誅之。知乎誅義者，故曰蜘
　　　　蛛。（卷十三）

　　籠—从竹，从龍。內虛而有節，所以籠物。雖若龍者，亦可
　　　　籠焉。（楊時《字說辨》引）

　　芥—芥者，界也。發汗散氣，界我者也。（李時珍《本草綱
　　　　目》引）

　　薇—薇者，微賤者所食，故謂之薇。（同上）

　　郊—與邑交曰郊。（葉大慶《考古質疑》引）

　　富—同田為富。（同上）

　　以形聲為會意者，比比皆是，從「貓」、「蟻」、「蜘蛛」、

---

❺❽　趙振鐸《訓詁學史略》（鄭州：中州古籍出版社，1988 年），頁 184。

「籠」這些附會的說教，似乎遙契漢儒「準聲訓」的精神面貌，甚至連「蟻」又作「螘」都有兩種解字法，而芥字的訓解方式，則完全抄襲聲訓，由此看來，聲訓的不良影響，倒隱隱約約透露出來，我們看《釋名》下列這幾個例子，不正和《字說》有異曲同工之妙嗎？

　　腕—宛也，言可宛屈也。（〈釋形體〉）

　　腳—卻也，以其坐時卻在後也。（同上）

　　跪—危也，兩膝隱地體危阢也。（〈釋姿容〉）

　　跽—忌也，見所敬忌不敢自安也。（同上）

　　甥—舅謂姊妹之子曰甥，甥亦生也，出配他男而生，故其制
　　　　字男傍作生也。（〈釋親屬〉）

　　嫂—叟也，叟老者稱也。（同上）

　　清—青也，去濁遠穢色如青也。（〈釋言語〉）

　　粉—分也，研米使分散也。（〈釋首飾〉）

　　袖—由也，手所由出入也，亦言受也，以受手也。（〈釋衣
　　　　服〉）

　　褥—辱也，人所坐褻辱也。（〈釋床帳〉）

　　幄—屋也，以帛衣板施之形如屋也。（同上）

　　這是《釋名》以聲符釋得聲字（ax：x）之例，如果被訓字是個「聲符兼意」的形聲字或「會意兼聲」的亦聲字，自然言之成理，持之有故，否則即是做了錯誤的示範，無如上列諸例，也是不合理的居多，除了「腕」（《說文》未見，《玉篇》：手腕）

「幄」（《說文》未見，《小爾雅》覆帳謂之幄，幄，幕也。《周禮·天官·幕人·鄭注》四合象宮室曰幄，王所居之帷也。）二字以外，餘字皆不合《說文》「純形聲」之例，段玉裁於「跪」、「跽」下引《釋名》，又於「嫂」字下云「形聲中有會意」（《說文》：兄妻也），似信《釋名》聲訓。褏字《說文》未見（《玉篇》訓麁褏），袖為褏之異體。由此可見，《釋名》以聲母釋聲子，其可信為詞源者，不及十之二、三，吾人當不能全信段注。雖然此類聲訓，在《釋名》全書所佔比例並不高，但就兩漢聲訓而言，又不在少數，若謂王荊公「字說」受《釋名》等聲訓之誤導則可，謂其目的在求語源則不可，說它是聲訓之不良影響，倒是典型的例子。

由於王荊公由聲訓中繼承並發揚了不合理的成分，引起士大夫的反對與語文學者的反省，思有以濟其溺，因而有「右文說」，這樣的發展是歷史的必然，我們只要看陸佃和李汝珍受《字說》的影響之深，就可以了解上面那二則學者戲謔王安石故事的深意了。因此，我們可以說：「右文說」是對王安石《字說》的直接反動，間接也減低了聲訓在文字學上的不良影響，白兆麟的說法，也有道理，不過尚隔一間。

貳、從形聲字的形成看右文說

「右文說」施用之範圍為佔中國文字百分之八十以上的形聲字，因此，要探討「右文說」的虛實，必須分析形聲字，探究其聲符與意符在表意功能上的作用，以及這些作用在文字形成的過程中，如何獲得，也就是從歷史的發展，來切入問題的核心。關於形

聲字的分類，兩千多年來的漢字研究史中，雖曾作過各種不同的嘗試，不論是從文字結體的部位，符號配件的類型，或者從聲符與得聲字的關係，甚或從諧聲程度的等級，聲韻調的異同等等，都是屬於平面的分類，如果僅就聲與意的關係來分類，大致不外乎聲中有意和無意兩類。甄尚靈（1942）曾對形與聲之先後問題，作了分析，他區分為一、意符先具，音符後加者。二、音符先具，意符後加者。蔣善國（1957）也從形聲字的發展的路線與其素材（以六書為基礎）的關係，作過初步的分類。龍宇純先生（1968）在討論形聲、假借二書發生的先後時，將形聲字分為四類。即：

甲、象形加聲

乙、由於語言孳生而加形，以求彼此間區別

丙、因假借而加形，以與原字區別

丁、從某某聲

龍先生同時認為：「乙、丙兩類，於音加形，是以音為主，以形為從。與丁類字絕不相同。……其實為六書之轉注。」❺❾則龍先生心目中「真正的形聲字」，只有甲、丁兩類。拙作（1983：313）曾指出：

> 乙、丙兩類聲符均為語根所寄，不過乙類字是初文與後起形
> 聲字的同源關係，丙類則是義寄於聲，不可以初文之形義說
> 之，而必求諸語源，則龍先生所謂的「轉注字」，實為同源
> 詞之表現於形聲字者，這兩類同源字，皆由於語詞之分化，

---

❺❾　龍宇純《中國文字學》（香港：崇基書店，1968 年初版），頁 152-166。

遂使人們產生區別同音字的需求。

　　龍先生對形聲字的分類，暫不論其「轉注之說」是否圓滿，乙、丙兩類確為後人以為聲符兼意的根源，此類加形字，也就是王筠所謂的「分別文」。在本質上，這兩類加形的形聲字是不同的，乙類是在本字基礎上的加形，聲符即未加形前的本字，故兼意；丙類在借字基礎上加形，聲符即未加形前的初文，既為借字，本與加形後的形聲字所記錄的詞沒有任何意義關係。雖然如此，並無礙於初文與加形字兩者之成為同源詞。但就形聲字偏旁的作用言，仍不可說兼意。

　　裘錫圭（1988）《文字學概要》對於「形聲字產生的途徑」，有更詳細的描述，他也指出：「最早的形聲字不是直接用意符和音符組成，而是通過在假借字上加注意符或在表意字上加注音符而產生的。……大部分形聲字是從已有的表意字和形聲字分化出來的，或是由表意字改造而成的。改造和分化的方法主要有下述四種。」❻以下是他的分類：

　1. **在表意字上加注音符：**

　　如：鳳、斤、龡（飲）、雞、裘的初文皆象形（或象意），後加凡、干、今、奚、求聲（裘金文從又聲）。加注音符而成的形聲字，跟原來的表意字，一般是一字異體的關係。加注音符的形式通行之後，原來的表意字通常就廢棄了。但是也有二者分成兩個字的情況，如：晶（星之象形）和星。网廢而罔為借字所專，网字專作

---

❻　裘錫圭《文字學概要》（北京：商務印書館，1990 年），頁 151。

「網」。

2.**把表意字字形的一部分改換成音符**：

如囿─甲文原作█，後改成「有」聲。

何─甲文原作█，象人肩荷一物，後來荷物人形簡化為「人」旁，象所荷之物的形符「ㄱ」改成形近的「可」，就成為从人可聲。

羞─甲文作█，本義是進獻食物，表意初文从「又」持「羊」，後來「又」改為形近的「丑」，就成為从羊丑聲。

有些俗字也是通過把字形的一部分改成形近的音符而形成的，如恥與耻（漢隸「心」「止」二形相近），又如肉的俗體「宍」（「肉」「六」中古以前音近）。

3.**在已有的文字上加注意符**：

加注意符通常是為了明確字義。按照所要明確的字義的性質，加注意符的現象可以分為三類。❻即：

A.為明確假借義而加意符

如：獅本借師众之師（前後《漢書》「獅子」皆作「師子」。《說文》無獅字。）甲骨文的翊（翌）本借羽。複音詞的「徜徉」、「蜈蚣」、「鶬鶊」，最早皆作尚羊、吳公、倉庚。

B.為明確引申義而加意符

如：「取」字引申而有娶妻意，後加注「女」旁分化出「娶」字。按此類為章太炎「孳乳」之一類，其例甚夥。

C.為明確本義而加意符

---

❻　裘錫圭《文字學概要》，頁 154。

如：「它」是「蛇」的初文，「爿」是「牀」的初文，「止」是「趾」的初文，「州」是「洲」的初文，「蛇」、「牀」、「趾」、「洲」等字，都是為了明確「它」「爿」「止」「州」等字的本義而加注意符。

有的形聲字也有加注意符的後起字，如然→燃，前者為本字，後再加注「火」旁，以別於多義的「然」。

他如：益→溢，莫→暮，暴→曝。（榮松按：此類即王筠所謂「累增字」，魯師實先稱之為「重形俗體」。）

裘氏又指出：「需要加注意符以明確本義的字，多數有比較通行的引申義或假借義，加注意符的後起字出現之後，初文通常就逐漸變得不再用來表示本義，而只用來表示引申義或假借義了。」但是也有例外，「有些加注意符而成的後起字，跟初文沒有分化成兩個字。如床、肱、淵、鉞。它們的初文都是象物字。這種後起字按理說應該跟「胃」字一樣，看作加注意符的複雜象物字。但是如果它們的初文同時還在某些常用的形聲字裡充當聲旁的話，一般人仍會把它們看作形聲字。」另外，「有的後起字是在初文上加兩次偏旁而形成的。」如：㐭→稟（加禾）→廩（加广），网→罔（加亡）→網（加系）之類。（在筆者看來，這類字就「明確本義」的作用來說，也是廣義的「重形俗體」）

4.改換形聲字偏旁

改換某個形聲字的一個偏旁，分化出一個新的形聲字來專門表示它的某種意義的現象，也很常見，如：振起的「振」引申而有賑濟的意思，後來就把「手」旁改成「貝」旁，分化出「賑」字來。

按：這也是「孳乳」之一種，其例甚多。❷

　　按裘氏的分析特別注意這些形聲字在「改造」和「分化」前的「表意」基礎，即其初文的表意成分，對於早期形聲字聲符的表意的定位，頗有澄清作用，就以上四種來說，裘氏認為「由第三種途徑產生的形聲字為數最多。」筆者按：第三類除 A 型外，其餘 B、C 二型都是兼意的，除第三類外，第一、二類，都是漢字由表意走向表音的「聲化字」，其加注或改換的音符，自然也只是標音不表意，第四類改換聲符的分化字，既已引申分化，則音符表意成分也大大降低，不過從系源的觀點來看，它們的聲符往往也就是根詞的聲音餘跡，如：疏之與梳，此之與篦，聲符大抵仍算是兼意的。除此而外，《說文》尚有多聲，省聲，亦聲的情形，足見形聲字的複雜程度，不過這些仍可以按上述的途徑，分析其形成過程。在以上四類之外，就是所謂的「純形聲字」，聲符只是標音作用。趙平安（1988）稱之為「一般形聲字」，是「古人造字時，把一個形符和一個聲符在同一平面上結合成一個新形聲字，記錄一個詞或語素……也就是許慎所說的形聲字。」一般形聲字也可分為兩類：

　　㈠純形聲字：如：茅（矛聲）、寄（奇聲）、罟（古聲）、犖（勞省聲）、恬（甜省聲）。

　　㈡聲兼義字：如：牭（四歲牛，從牛從四，四亦聲），鞣（奥也，從革從柔，柔亦聲），祏（宗廟主也。……從示石，石亦聲），眇（一目小也，從目從少，少亦聲）。

前者聲符只表音不表義，後者聲符既表音又表義。趙氏指出：

---

❷　　裘錫圭《文字學概要》，頁 151-156。

「一般形聲字的主要特點是：在它誕生以前，它所記錄的詞沒有書寫符號來表達，它的形符和聲符都不能單獨記錄它所記錄的詞。」⑥值得注意的是，趙氏把省聲和亦聲都歸到一般形聲字。不過因為《說文》關於省聲的說法有許多可議之處，所以把它看作純粹表音是比較保險的。至於亦聲字可代表由會意到形聲發展的過渡，即段氏所謂的「會意兼聲」「會意而包形聲」，故聲符是有義的。

　　聲符是否具有表意作用，僅就個別的偏旁與它的諧聲字的一對一關係，至於「右文說」能否成立，則須匯聚相同聲符的得聲字之間是否同具某義，問題在於同聲符的諧聲字，其產生的過程非一，往往是某些類型相同（如裘氏的第三類，趙氏的聲兼意字）的字同義，而其他不同類型的來源，則並不同義，且往往後者比前者字多，因此，「右文說」最大的致命傷，在於它的以偏概全，就一組同源詞的「右文」，是可以成立的，但並不表示所有同一聲符的字皆能成立。因此，就必須從其來源上逐字過濾。到目前為止，並沒有人將全部的形聲字，從形成的歷史類型上，作全面的分類統計，因此對於聲符表意字的比例，也沒有明確的數字，多半停留在印象式的猜測。若依《說文》段注的觀點，筆者的印象是：聲中有義者必十之七、八。林師景伊述黃季剛先生的說法，以為形聲字之正例必兼會意。⑥黃永武（1964）指出「形聲字之變例不能直說其義

---

⑥　趙平安〈形聲字的歷史類型及其特點〉，在《複印報刊資料・語言文字學》1988.6，頁 147-148。

⑥　景伊師之說，先見謝雲飛《中國文字學通論》頁 384，黃季剛先生研究《說文》條例之四。後見所著《文字學概說》（1971）其言聲符無義可說情形亦有四種（頁 135）。

者，凡有五端。」⑥魯師實先則謂「形聲之字必以會意為歸。其或非然，厥有四類。」⑥龍宇純先生則說：「《說文》形聲字中無義者殆十有六七。」⑥裘錫圭（1988：175）指出聲旁有義的形聲字「大概都是在母字上加注意符以表示其引申義的分化字。」但由於種種原因，這類的聲旁并不一定都有義。「所以，聲旁有義的形聲字在全部形聲字裡所占的比重，並不是很大的。」這是一種籠統的講法。

　　形聲字「聲符兼意」現象既為一部分漢字的客觀存在，從這部分兼意的形聲字中，進一步歸納出某些聲符常有同源詞群存在，進而把這些音同義近的同聲符字叫做「右文」，尚無大礙，這就是說，「右文說」在特定的條件下，可以成立，但並不適於所有的形聲字；宋人完全忽略這一點，即由局部的兼意現象，推論出「凡字其類在左，其義在右」的全稱肯定命題，就失去了立足點，到了清儒多數人仍沿著這種類推法，企圖做更大的概括，反而距離事實真象愈遠，缺乏形聲字發展的歷史觀點是主要原因，同時，對漢字的性質及聲符表音的符號本質缺乏認識，也是重要因素，下文我們針對後一因素，做進一步剖析。

參、從漢字「結構功能」的符號本質透視右文說

　　通常說形聲字的形符表意，聲符表音，這也是一般人對許慎的

---

⑥　黃永武《形聲多兼會意考》（台北：中華書局，1969 年），頁 168-171。
⑥　魯師實先《假借溯源》（台北：文史哲出版社，1973 年），頁 36-154。
⑥　龍宇純〈造字時有通借證辨惑〉，《幼獅學報》1:1，1958。

界說「以事為名，取譬相成」兩句的理解。但實際上，我們發現的是形符與聲符交叉為用的角色功能，也看到形聲字產生過程中，形符與聲符在不同階段，可以互相轉換，因此，聲符也就不純然衹是標音符號，它有時具有表意功能。這就給漢字的性質帶來定位的麻煩，而「右文說」正是對於傳統六書界劃的一種挑戰，因為如果承認絕大部分的聲符有意，無異是對會意、形聲兩說的界說的混殽，而且也和一般文字音符以標音為主要功能的常理大相違背，因此，討論右文說的是非，不能不從漢字的「結構—功能」的符號性質，來深入問題。

關於漢字的性質，裘錫圭（1985）的專文，多少帶有總結歷來討論此一問題的當前結論的意味。因此，我們錄下該文的「提要」：

　　本文指出作為語言的符號的文字跟文字本身所使用的符號（即構成文字的符號，以下簡稱「字符」），是不同層次上的東西。文字體系的性質由字符的性質決定。字符可分意符、音符和記號三大類。表意的象形符號是意符的一種。象形符號由於不再象形而喪失表意作用，是由意符變為記號，而不是由形符變為意符。漢字在早期基本上是使用意符和音符的一種文字（漢字的音符一般借本來既有音又有意的文字充當，如要跟拼音文字的音符相區別，可稱之為「借音符」），後來由於字形和語音、字義等方面的變化，演變成為使用意符、音符和記號的一種文字。如果從字符所能表示的語言結構的層次來看，漢字是一種「語素—音節文字」，

即有些字符只跟語素這個層次有聯繫，有些字符則起音節符
號的作用。**❻❽**

　　首先必須分清「字符」的三個次類：「跟文字所代表的詞在意
義上有聯繫的字符是『意符』，在語音上有聯繫的是『音符』，在
語音和意義上都沒有聯繫的是『記號』。」「拼音文字只使用音
符，漢字則三類符號都使用。」由於漢字的字符裡有大量的意符，
不但象形、指事、會意三種字採用，形聲字的形旁也是意符，因此
漢字最早被西方學者歸為「表意文字」。但是形聲字為漢字的主
體，因此漢字仍包含大量的表音成分（音符），簡單歸為「表意文
字」是不妥當的，因此，五十年代以後，國人提出「意音文字」的
名稱，以對應於西方語言學家新提出的「詞─音節文字」或「音
節─表意文字」兩名稱。所謂「意音文字」就是「意符音符文字」
的縮寫，裘氏認為這個名稱只適合稱「漢字在象形程度較高的早期
階段」，後來的階段應該稱為「意符音符記號文字」，或者也可稱
之為「後期意音文字」，因為「後一階段裡的漢字的記號幾乎都由
意符和音符變來。」**❻❾**

　　從另一個角度看，漢字的意符和記號都不表示語音（前者與語
素的意義有關，後者只具語素的區別作用），它們都是屬於語素這
個層次的字符，所以漢字裡的獨體、準合體和合體表意字以及記號
字和半記號半表意字，都可以看作「語素字」，加上表音節符號的

---

❻❽　　裘錫圭〈漢字的性質〉（《中國語文》1985.1），頁 35。

❻❾　　裘錫圭《文字學概要》，頁 16。

形聲字聲旁及純屬音節字的假借字，就應該把漢字稱為「語素—音節文字」。這個名稱和前面提出的「意符音符（或加「記號」）文字」可以並存。意符和記號都是屬於語素這個層次的字符，所以「語素—音節文字」一名對早期和晚期的文字都適用。

楊加柱（1987）〈從「結構—功能」看漢字的性質〉一文❼，把漢字定位為「義素—音節文字」，是對上述說法的一種修正。這種說法，更能突顯「聲符兼意」這類文字形成的原因，間接也肯定了「右文說」是漢字「結構—功能」的一部分特性，並非全然可以否定的。我們仍然先引楊文的結論（提要）：

> 漢字結構具有三個層級，即記號（筆劃）、字符、字。字符組合成字的方式不是線性的，而主要是「坐標式」；字符既記錄語言的語音要素，又記錄語義要素，而通過這些要素的交合來顯示這個字所記錄的詞義。漢字所以採用這種組合方式是漢語詞彙體系制約的結果。漢語詞彙的特點決定了漢字主要採用「形聲」構字的方法而不宜採用拼音文字的方法。從「結構—功能」看，漢字是「義素—音節」文字。❼

由於楊氏充分看清漢字結構的層級關係，他不但否定以漢字為「表詞文字」之說—「認為漢字只是囫圇地作為一個記號直接和整

---

❼ 楊加柱〈從「結構功能」看漢字的性質〉，見《複印報刊資料·語言文字學》1988.3，頁 145-151。

❼ 同上註，頁 145。

個詞發生關係」；同時也否定前述以漢字為「語素—音節文字」之說—因為「標記『語素』，這是『字』這一層級符號的功能，語素是音義結合的片斷；字符標註的語義因素，不是詞義和語素義；所以稱漢字為『語素—音節』文字是不恰當的。」❷換句話說，漢字的偏旁固然有時代表「語素」（語詞的基本單位），但大多數的情形是代表比「語素」還要小的「義素」（辨義成分或要素）。英文稱前者為 morpheme（或譯作「語位」），而後者是 sememe（或譯作「義位」），「義素」是「語素」的下一層級單位。語義學上有「義素分析法」（或「語意成分分析法」），西名 Seme（或 Componential）Analysis，拙著（1983）〈語義分析之理論基礎——語意成分分析法與同義詞〉一文曾加以介紹。

　　由於漢字的主體是形聲字，因此，「百分之九十以上的漢字都是由若干負載有聲音或者意義的字符組成的。如：『柄』『梳』『睛』『箆』『江』諸字：木、目、竹、水分別提示它們所代表詞的類屬這一義素；而丙、阝、畁、青、工則分別標記詞的聲音。」❸

　　儘管裘氏認為「由於種種原因，在我們現在使用的漢字裡，原來的意符有很多已經變了記號。相應地，很多表意字、形聲字和假借字，也就變成了記號或半記號字。」❹「漢字的意符和記號都不表示語音，……它們都是屬於語素這個層次的字符。」❺這個說

---

❷　同註❻❾，頁 150。

❸　同註❻❾，頁 145。

❹　裘錫圭〈漢文字的性質〉，頁 39。

❺　同前註，頁 40。

法，對於獨體的漢字還可適用，但對於合體字（尤其是一形一聲的形聲字或數目極少的多聲或多形字）並不完全適合，因為除非我們把音符完全視為標音符號（只表示「音節」），意符才能承擔語素的全部信息，但事實上，音符除了承載語音信息外，也能擔負「意義成分」的角色，例如：「痛」和「慟」，其共同「義素」是「苦楚」，這個義素固然透過聲符所傳達的「thung」（ㄊㄨㄥˋ）來承載，而起著另一區別作用的意符，「疒」表示生理上的，「忄」表示心理上的，顯然「痛」這個「語素」意義——生理上的苦楚，還包含兩個意義成分——｛生理上的疾病｝｛苦楚｝，可見，作為「痛」和「慟」所共有的意義成分｛苦楚｝，是透過聲符「甬」和「動」來承載，絕非由意符來體現，不但如此，「痛」和「慟」這組同義詞，還可以透過音義的聯繫找到其他的近義詞「恫」「痌」「疼」，卻不可能找來「怖」「怕」或「疥」「痳」，因為這些字不但「語素」意義不同於「痛」「慟」「疼」，更精確的說法，是音符「布」「白」與「動」「同」承載不同「義素」，音符「介」「加」與「甬」「同」「冬」也承載不同的「義素」。

楊氏進一步分析「漢字符號的層級關係」，他說：

> 所謂「符號」，就是載有一定信息的代碼。就文字說，就是載有某種聲音要素或意義要素的代碼。漢字的「筆劃」（點線構件）沒有負載音、義信息，它們只是以其形體區別作用作為組合成字符的材料—記號。在記號（筆劃）之上，組成了表示「語義要素」和「語音要素」的符號層級。……這一層級的符號（按即「字符」），有的標記字的讀音（某個音

節），有的則提示字義的類屬義素和其他相關的語義要素；
有的既標記音節，又表示與字義相關的語義成分。例如：
「火車」中的「火」與「燒」字中的「火」，是不同層次上
的符號。前者作為獨立的「字」，它直接標記漢語中的一個
最小的音義結合片斷—語素。後者，只是作為一個漢字的部
件，標明「燒」的相關語義，它在這個字中不是音義結合片
斷的代碼，而僅僅負載了一個「義素」那樣的信息，我們把
這一層級的符號叫「字符」，「字符」的組合就是「字」的
層級單位。它們用來直接代表語言要素。**⓻**

　　根據「記號」「字符」「字」三個層級由下而上合成字的結構
關係，楊氏分為三種組合類型：

㈠「零形式」組合（音義結構：語素—音節）
　　一個字符與其他符號組合，成為一個字。字符與字共體，
　　不存在字符分擔負載音義要素的狀況。直接以整體標記漢
　　語的語素或詞。獨體象形和記號指事字是這類組合的典型
　　形式。
㈡義素字符的組合（音義結構：義素・義素—音節）
　　一個字內有兩個或兩個以上的字符。這些字符各自表與字
　　義相關的義素。它們從不同的角度提示與詞義相關的意
　　義，這種提示意義的交會，使字義明晰、確定。如：冠從

⓻　楊加柱〈從「結構功能」看漢字的性質〉，頁 146-147。

一（負載「覆蓋」這一特徵）從元（表明人頭）從寸（表明冠是以手加於人頭的東西。）

㈢義素字符、音節字符的組合（音義結構：義素—音節）

佔漢字絕大多數的形聲字屬於這種組合結構方式。這種組合，具有比音素文字，象形表意文字更豐富的語言信息。按這個組合中的字符的負載功能，可以把它粗略地分為兩類：

1.純形聲（義素—音節）

大量的形聲字由兩個字符組合而成：一個字符表示某一個與詞義相關的語意特徵，另一個字符則標記這個詞的讀音——音節。例如：油（水名）從水由聲，柚（條也）從木由聲，同一個音節，由於有「水、木」兩個字符提示它們的類屬義，這兩個字義便明確而穩定了。

2.會意兼形聲（義素—音節·義素）

不少漢字的聲符不僅標記音節，還直接提示與詞義相關的義素，皆屬此類。如：賞，賜有功也。從貝尚聲。（段玉裁引徐鍇云：賞之言尚也，尚其功也。）

字，乳也，從子在宀下，子亦聲。（「子」既標記「產物」，又標記了「字」的語音形式。）

閨，特立之戶，上圓下方，有似圭，從門圭，圭亦聲。（義素字符「門」表類屬義，音節字符「圭」又表示「形狀象圭」這個語義特徵。）

在第一種組合裡，語素與音節合一，「字符」以「零組合」形

式成為獨立的「字」，「字符」所負載的「義素」也升格為「語素」或「詞」。第二種組合，則「義素」（兩個以上）交集成「語素」，字符的統一體兼負音節以體現為「字」。第三種組合則是義素與音節的分工為主，音符兼表義素者為輔。漢字最基本的那一級信息載體為「字符」，從其表達功能和結構方式來看，都應把漢字定為「義素—音節」文字，因為佔漢字百分之九十以上的形聲字的字符組合就是這一類型，楊氏總結說：

> 「義素—音節」是正例；有些聲符兼義的字，呈現「義素—音節·義素」形式，如：蝦、霞、瑕……，可視為變例；因為它們的基本結構、功能還是一致的。非形聲的合體字呈「義素·義素」形式，這種形式數量少，而且也沒有超出「義素—音節」的基本格局，可視為「義素—音節」式的一種不完全形式。至於獨體字和純記號組成的指事字（如上、下）表面上是直接標記「語素—音節」。但是從層級結構的觀點看，這些字屬「零組合」型，字符與字重合，這些字的字符負載的義素與詞的核心義重合，所以，它們仍然可以包括在「義素—音節」這一類型中。**❼❼**

楊氏此一分析，結合了現代語義學的「辨義成分」的分析，頗能凸顯漢字性能，並進而從詞彙體系上找到了形成此一性質的原因。楊氏又說：「漢語詞彙體系的基礎部分是單音節語素，而且往

---

❼❼　楊加柱〈從「結構功能」看漢字的性質〉，頁 150。

往一個單音語素就構成一個詞。詞沒有內部的語音屈折形態。……
漢字記錄漢語語素的音義結構，不是由字符的線性排列來體現，而
是在某些字符體現詞的語音內容的基礎上，通過另一些字符對詞的
相關義素的提示來顯現詞義的。各字符負載的音、義信息呈『坐標
式』的交會，這種交會就是詞義的投影，這樣的音義結構正反映了
漢語詞彙系統的結構特點。」「漢語音節有限，同音語素很多，而
區別同音詞的方法……是靠詞義的組合關係和聚合關係。同一語音
形式，在不同的語義類聚中便分別為不同的詞義。」下列即以英文
字符的線性排列與漢字字符「坐標式」交會作一對照：⓲

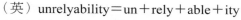

（英）unrelyability＝un＋rely＋able＋ity

（漢）柄，柯也（斧柄）。

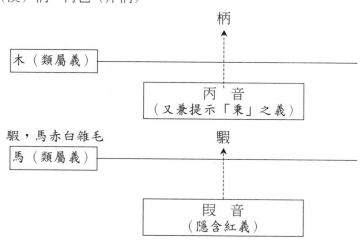

　　上圖中方框裡的意義都不是語素義，只有在兩軸交會點上，才顯現出詞義的主要音義特徵。這個圖已充分表達「右文說」所概括的是這種理想的漢字「字符坐標」，無奈形聲字的「正例」卻只是「義素─音節」，它以「純形聲」為演變趨勢，其「坐標式」的詞義（語素）投影，筆者認為應該改成：

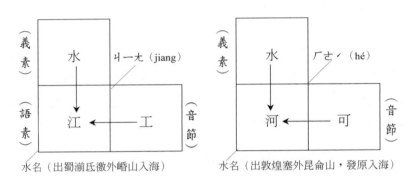

水名（出蜀湔氐徼外崏山入海）　　　水名（出敦煌塞外昆侖山，發原入海）

　　江、河具有相同「義素」，其語素義則是透過音、義結合的「音節」差異來分辨，音符仍是「語素」投影的一分子，只是它沒有「聲符兼意」那樣的義素交會，一切取決於「音節」的約定負載信息，加上字符的不確定性，尤其是聲符的可替性，更顯示聲符表義功能的式微及形聲字表義特點的模糊性，這樣看來，「右文說」是建立在「聲符兼意」的形聲字發展階段而立論，並非針對形聲字的全體立說，因此，它終究不能成為形聲字的主流，正如同「聲符兼義」一直沒有在形聲字中佔統治地位一樣。王英明（1990：32）提出的「聲符兼義的三階段發展論」可以作為本節的結論：

自形聲字的出現，到形聲字的成熟，「聲符兼義」字在此過
程中經歷了三個階段：

初期：以聲符為本選擇意符，組成新字。

中期：意符和聲符都具備表意功能，字的內部長期保持著不
均衡的態勢。

後期：聲符的表意作用逐漸退化。**㊾**

　　在前兩個時期，雖然不難找到「右文說」的例證，但文字孳乳
日繁之後，把同一音符在不同的字中，認為只含有一個語素（或義
素），因而把所有同聲符字，都用一個「義素」去串聯，就完全與
形聲字的發展事實背道而馳，右文說的發展，正是這個樣子。

肆、右文說與聲義同源論

　　右文說的產生背景既如上文，此一學說的重要意義是把傳統詞
源學由汎聲訓的語源論導入文字學的聲義關係論，從而開啟了詞族
（或字族）研究的新頁，同時也影響或支配了宋代以下八百多年的
訓詁理論。所以在溯源之後，必須沿其流波，探討它的發展，這個
發展到了清代達到空前的高峰，前人有關論述，可說汗牛充棟，因
此本文不擬作詳細的引述，筆者認為沈兼士（1933）〈右文說在訓
詁學上之沿革及其推闡〉及劉又辛（1982）〈「右文說」說〉兩文
已經對「右文說」的發展，做了十分詳實的闡發，尤其後文兼採古

㊾　王英明〈對「聲符兼義」問題的再認識〉，見《複印報刊資料·語言文字
　　學》1990.3，頁 25-33。

文字學研究之成果，對形聲字聲符與孳生字的關係，多所剖析，頗能補沈氏之闕漏。拙作（1983）〈古代漢語同源研究探源──從聲訓到右文說〉第四節為「右文說與聲義同源論」，嘗就清代迄民初論右文者，舉六家為代表，大略介紹其「以聲為義」之理論，並從詞源學角度，略論其得失。六家之中又以黃承吉、段玉裁、沈兼士為最詳。本文所以標舉「聲義同源」，則以段玉裁《說文解字注》所標舉之右文條例為清代右文學說的總綱。就理論而言，三家皆有開創；就實踐而言，段玉裁逐字闡明右文條件（包含古音關係及古義聯繫），可以說是發揚「右文說」的第一功臣。因此，在整個右文理論上，段玉裁亦同樣建構了一個理論的體系，總名為「聲義同源論」，其下尚含四個次要條例，這是林景伊師在《訓詁學概要》「聲訓條例」中的說法：

> 「聲義同源」是基本理論，由於聲與義同源；所以可證「凡同聲多同義」，由於同聲多同義，所以可證「凡字之義必得諸字之聲」；由於字義得之於字的聲音，所以可證「凡從某聲多有某意」；由於字從某聲多有某意，所以可證「形聲多兼會意」。❽

按呂景先（1946）《說文段注指例》「論古來造字命名之例」中「以聲為義」之例凡七，則在以上五例之外，又得二條，一曰「某字有某義，故某言之字從之為聲」。如：「防」下注：「故凡

---

❽　林尹《訓詁學概要》，頁 122。

有理之字皆從力。」「悒」下注：「邑者人所聚也，故凡鬱積之義從之。」二曰：「聲同義近，聲同義同」。如：「晤」下注：「晤者，啟之明也。心部之悟，瘳部之寤，皆訓覺，覺亦明也，同聲之義必相近。」「雈」下注：「白部曰雈，鳥之白也。此同聲同義。」

依筆者之見，可以再加一例曰「以形聲包會意」、「形聲中有會意」、「會意中有形聲」。三者名異實同，雖有造字輕重緩急之辨，要之皆言形聲、會意兩兼之情形。呂氏將此例併在「聲同義近，聲同義同」一例，似非密合。

綜觀以上八例，散見於《段注》個別字下，初並無邏輯順序或主從關係，不過，其核心理論顯然就是右文，林師以「聲義同源」為總綱，最能提綱挈領，在此一基本理論下，說明形聲字聲義關係的各個面向，最後證成一個文字學上的公理「形聲多兼會意」，至於後面林師所不錄的三個條例，分別視為五個主要條例的修辭變化，亦無不可。就清儒運用這些條例而言，只要立「聲同義近（同）」這個因聲求義的公式就夠了；因此，右文說的發展，到了清儒手中可以化約為兩個公式：

1.聲義同源（母觀念）→形聲多兼會意（造字觀）

2.聲同義同（子觀念）→因聲求義（訓詁方法）

「形聲多兼會意」的命題，一度被視為形聲字最重要現象，黃永武（1969）《形聲多兼會意考》詳探其始末，凡介紹清代以上49家，民國以還10家之說，並彙集前人述右文之例凡1015（不嫌聲義重複），依廣韻41聲紐排列。又自作示例93條，蓋取精確可靠之聲符，詳引義證，略如王了一之作《同源字典》，較之段玉裁

發明《說文》「以聲為義」之右文 68 條實又過之，其不主段氏一家，更見右文說者可以自由發揮的空間，然而一切問題亦在於此。

下面我們先討論「聲義同源」的母觀念。

語言以聲表義，語音和語義的關係十分密切。我們在討論「詞的理據」時，曾提及詞有外部形式（outer form，指詞的語音及其書寫形式）和內部形式（inner form，指詞的語法結構和語義結構，有些學者指詞源結構）。文字是語言的符號，語言有語音和語義兩方面，作為語言符號的文字，也必然又有音又有義，傳統上說漢字是形、音、義的統一體，文字只是多了一個託意寄音的形體，在音素文字（即拼音字），通常字形就是音素的組合，兩者是合一的。漢字並非拼音文字，往往不能即形知音，因此音和字（形）脫節的情形十分常見，在識字的過程中，總要經由形→音→義的順序，這只是一種關係，即以形求音、義的關係，也可以倒過來說：音、義寄託於形。傳統語意學，以詞為本位，以著名的「符號三角形」（the semiotic triangle）表現語言形式與外在事物之命名關係，如下圖：

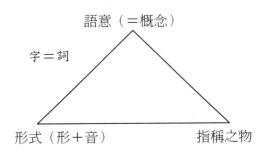

　　字或詞都是符號，以語音為基礎，沒有意義的聲音不能算是語音，音、義的結合產生了詞（或字）。在漢語裡，「字」具有雙重身份，一為詞素單位，一為詞本身（單音詞）後者是「語素＝音節＝字」的零組合形式。因此，當我說一個「字」的聲音有意義時，顯然指的是「字」的音節形式而言，而非指「字」中用來標音的「聲符」，換言之，每一個「詞音節」對應一個或幾個意義，在它轉化為文字時，通常會利用其他音符加以區別，這樣就可濟漢語同音詞素（即同音字）之窮。這些同音字有的「同音異字」，有的是「同音異符」，前者如現代漢語的「山」與「衫」，字形完全不同，後者如「同」與「銅桐筒」，我們說它「異符」而非「異字」，是因為它們共用聲符，區別僅在於「意符」。究竟這些同音字何以共用一聲？是有意義上的聯繫呢？或是因「同」是個常用字，取其標音慣性？如果這些「同」聲字，在意義上相同或相近，就可假定這些字具有同一詞根，則諸得聲字皆為同根詞，聲符為原始初文或語根所寄，自然就是「聲義同出一源」。但是「同」聲字並不具備這樣的條件。我們不妨多找幾個《說文》「同」聲字並摘錄相關的《段注》：

　　　同　合會也，從冃口。
　　　迵　迵迭也，從辵同聲。
　　　　　段注：玉篇云：迵，通達也，是也。水部洞，疾流也，馬
　　　　　　　　部駧，馳馬洞去也，義皆相同。倉公傳曰：臣意診
　　　　　　　　其脈曰迵風，裴曰：迵音洞，言洞徹入四肢。
　　　詷　共也，從言同聲，周書曰：在后之詷。

　　段注：許蓋用馬說，祭統：鋪筵設詞几。注：詞之言同
　　　　　也，祭者以共妃配之，亦不特几也。

侗　大兒，從人同聲。

　　段注：此大義未見其證，然同義近大，則侗得為大兒矣。
　　　　　論語：侗而不愿，孔注曰：侗，未成器之人，按此
　　　　　大義之引伸，猶言渾沌未鑿也。

駧　馳馬洞去也。從馬同聲。

　　段注：洞者疾流也。

洞　疾流也。從水同聲。

　　段注：此與辵部迵，馬部駧音義同，引伸為洞達、為洞
　　　　　壑。

桐　榮也，從木同聲。

筒　通簫也。從竹同聲。

　　段注：所謂洞簫也。廣雅云：大者二十三管無底是也。漢
　　　　　《章帝紀》：吹洞簫，如淳曰：洞者通也，簫之無
　　　　　底者。

銅　赤金也，從金同聲。

　　以上諸字，大略可以劃分為四個「詞義場」（semantic
fields）：

　　1.同（合會也）、詞（共也）

　　2.迵、駧、洞、筒，並有通達、急速義

　　3.侗（大也）、桐（榮也）

　　4.銅（與他字不相關係）

　　說文「同」聲字凡十五，此僅錄其中九字，佔 3/5，段氏發明右文集中在第 2 組，若用展轉引申之法，則通達必「榮」，合會與共，則意洽而情達，亦有通達意。劉師培在《正名隅論》說：「東類侵類二部之字義亦相近，均有眾大高闊之義」，並引「同」「共」入例，大概就是根據這樣的展轉引申而來的。這種引申方法，過於迂曲，完全忽略各詞義場的共性及各組字義間的親疏遠近關係，冶為一爐，清儒以來言右文者，罕得其理，皆坐此弊。今人亦每有疏失，如黃永武（1958）據前引段注，歸納出「從同得聲之字，如同迵洞駧侗，並有大義（段玉裁《說文解字注》迵篆下，又侗篆下）」**❸❶**，遍尋段注，僅得「同義近大，則侗得為大兒矣」一語，迵下「義皆相同」是指通達洞徹。且所謂「同義近大」似亦無根之論，可見詞義引申之泛濫，實造成前人輕信右文之主要原因之一。

　　音義同源的說法，常常見於清代學者的著作中。段玉裁《說文解字注》示部禛字下說：「聲與義同源，故諧聲之偏旁多與字義相近。」這是直接替右文說找到理論依據，我們也可以反過來推測，由於對右文說的肯定，才產生「聲義同源論」，根據沈兼士（1935：786-790）輯錄《段注》右文聲母（即聲符）例凡得六十八條，周小萍（1980）〈說文段注聲義同源說發微〉則泛取《段注》一切因聲求義之例證，凡得數百條。其實段氏此說當本於其師戴震，戴震為段氏《六書音韻表》作序即說：「詁訓音聲，相為表裡。」又在〈論韻書中字義答秦蕙田書〉中說：「字書主於故訓，

<hr />

❸❶　黃永武《形聲多兼會意考》，頁 80。

韻書主於音聲，然二者恆相因。」〈與是仲明論學書〉也說：「字
學、故訓、音聲未始相離。」都是說明語言的音和義，文字的形、
音、義是密切結合，互相依存，不能分離。周大璞（1985）指出：
「『詁訓音聲，相為表裏』這一句講得尤為確切，用現在話來說，
就是語音和語義的關係是形式和內容的關係。語義是語言的內容，
語音是語言的形式。所以二者當然是密切結合，互相依存，不能相
離，因而也必然是同源的。」❽按戴說如就語言的音義關係而言，
本甚通達，因為這種不能離的音、義關係，也可以是一種約定論，
不限於本質論才說得通，這不過是表示語言形、音、義的穩定性和
保守性，是語言的一部分特質，但是把它用來作為形聲造字的指導
原則，卻容易走上偏差的道路，這裡的關鍵在形體，我們在（丙）
節已做過討論。段玉裁卻把這三位一體分出先後來，他在《說文》
「坤」字注說：

> 文字之始作也，有義而後有音，有音而後有形，音必先乎
> 形。

又在《廣雅疏證·序》說：

> 聖人之制字，有義而後有音，有音而後有形。學者之考字，

---

❽　周大璞〈論語音和語義的關係〉，在《古漢語論集》第一輯，頁 211。此文
　　又收入周著《訓詁學要略》（武漢：湖北人民出版社，1984 年第二版），頁
　　205-236。

　　因形以得其義，因音以得其義。

　　周大璞（1985：215）批評段氏說：「說『音必先乎形』是對的；說『有義而後有音』，就不對了。聲義同源，同時產生，怎能分出先後來？」

　　段氏以後，阮元、黃承吉、陳澧、劉師培都有類似的說法，阮元《掔經室集・釋矢》一文說：「古人造字，字出乎音義，而義皆本乎音也。」黃承吉《字詁義府合按・後序》說：「蓋聲起於義，義根於聲，其源出於天地之至簡極紛，其究發為口舌之萬殊一本。」這兩說都強調了音義互為根本，「此義即此音」的音義循環論，至陳澧則強調了段氏「義先乎音」的看法，他在《說文聲表・自序》說：

　　　　上古之世，未有文字，人之言語，以聲達意，聲者，肖乎意而出者也。文字既作，意與聲皆附麗焉。

在《東塾讀書記》中說得更清楚：

　　　　蓋天下事物之象，人目見之，則心有意；意欲達之，則口有聲。意者，象乎事物而構之者也。聲者，象乎意而宣之者也。聲不能傳於異地，留於異時，於是乎書之為文字。文字者，所以為意與聲之迹也。

　　這是「聲象乎意」說，認為語言中所表達的意義，就是事物的

形象在人腦裡的反映，而語言的聲音，則是摹擬語義而發出來的，這就不確了，陳澧並引《釋名·釋天》：「天，豫司兗冀，以舌腹言之，天，顯也，在上高顯也；青、徐以舌頭言之，天，坦也，坦然高而遠也」一段，斷之以「此以唇舌口氣像之之說也。」顯然，陳澧是接受了劉熙「聲訓」的錯誤指導，以為方言的音變和語源有關，這就大錯特錯了，陳氏因而推衍說：

> 更顯而易見者，如大字之聲大，小字之聲小，長字之聲長，短字之聲短。又如說酸字，口如食酸字，口如食酸之形；說苦字，口如食苦之形；說辛字，口如食辛之形；說甘字，口如食甘之形；說鹹字，口如食鹹之形。故曰：「以唇舌口氣像之也」。

周大璞（1985：217）指出：「劉熙並不想藉此來說明什麼『聲象乎意』。至於陳氏關於大、小、長、短、酸、苦、辛、甘、鹹等字，則的確是想藉此來說明聲象乎意了，但是我以為這種解釋實在未免穿鑿。我們的祖先在創造這些字的時候，想來用的仍然是我們前面所說的約定俗成的辦法，而不會考慮它們的聲音能否像它們的意義。再者，和它們同音異義的字各有一些，……又如『長』字，和它同音異義的，《廣韻》也有萇、腸、場、跟、悵、蟐、瓺七個，『長』這個聲音又到底像那個字的意義呢？由此可見，聲象乎意這種說法，顯然是站不住腳的。」

劉師培以為陳氏之說「新奇而未盡」，於是引伸其說，作〈正名隅論〉，他說：「意由物起，既有此物，即有此意；既有此意，

即有此音。」並說：「義本於聲，聲即是義，聲音訓詁，本出一源。」這還是正確的；但他接著說：

> 古人之言，非苟焉而已，既為此意，即象此意製此音，故推考字音之起源，約有二故：一為象人意所製之音，一為象物音所製之音，而要之皆自然之音也。例如喜怒哀懼愛惡，古人稱之為六情，而喜字之音，即象嘻笑之聲，怒字之音，即象盛怒之聲，哀字之音，即象悲痛之聲。……不惟此也，凡事物之新奇可喜者，與目相值，則口所發音多係侈聲，在多大二音之間，故多字大字之音出於口吻，仍傳驚訝之情。……推之食字之音象啜羹之聲；吐字之音象吐哺之聲；咳字之聲驗以喉；嘔字之音出於口；斥字驅字之音象揮物使退之聲；止字至字之音象招物使來之聲。❽❸

這就完全不顧音義是由社會約定俗成的客觀現象，而走到主觀的冥想之中，首先他把語音和自然之音混為一談，即使某些人那些字可以有這樣的感覺，也是似是而非；齊佩瑢（1943）已指出這種說法的錯誤。他說：

> 如果照著發音的感覺去測定發音所表的意義，恐怕語義的種類也就很有限了，摩擦音表摩擦，燥裂音表燥裂，戛聲表打

---

❽❸ 劉師培〈正名隅論〉，在《左盦外集》卷六，引文見《劉申叔先生遺書》第三冊（台北：大通書局），頁 1660-1661。

· 144 ·

擊，鼻音表沈悶，邊擦音表滾轉，那麼旁的意義又用什音去
表示呢？不知《釋名》一書以及王聖美的右文說，只是闡明
語根及語言文字孳乳分化的現象，絕非論證「聲象乎意，象
意制音」的玄妙空想。⑧

　　他並指出：這種謬說即在西歐十九世紀的語源學者如：Jackob
Grimm（1785-1863），Jesperson（1860-1943）也都相信，足見語
言學是進化的，現代語言學者已完全揚棄這種說法，如果吾人仍迷
戀此種謬說，也就無法走進科學的語言學領域。

　　由此可見，清代訓詁家所謂「聲義同源」之說，有正確的一
面，也有不正確的一面，陳澧、劉師培之說，正是走偏了方向，倒
是與阮元同時的黃承吉（1771-1842），在右文的問題上，實事求
是，發表了很精闢的見解，他在那篇出色的論文〈字義起於右旁之
聲說〉中，提出製字的「綱目說」，他說：

　　諧聲之字，其右旁之聲必兼義，而義皆起於聲，凡字之以
　　某為聲者，皆原起於右旁之聲義以制字，是為諸字所起之
　　綱，其在左之偏旁部分，則即由綱之聲義而分為某事某物之
　　目。⑧

---

⑧　齊佩瑢《訓詁學概論》，引文見台灣版（台北：廣文書局，1968 年），頁
　　79，此書初版為國立華北編譯館 1943 年印行，1984 年大陸有校改版重印，
　　台灣有漢京文化公司 1985 年新印本。
⑧　黃承吉〈字義起於右旁之聲說〉，在《夢陔堂文集》卷二（台北：文海出版
　　社，1967 年）頁 23-32，引文見 23 頁。

　　黃氏的結論「右旁之聲必兼義」是錯誤的，他不但用全稱肯定，而且認為許慎《說文》內有亦聲例，是知聲即義，但還有「有聲無義」者，是許氏未審，這當然都是錯誤的看法。不過，黃氏在此四千三百餘字長文中，企圖從語言與文字的關係，提出「聲義為綱，偏旁為目」的形聲造字方法，並為右文說提出「理論依據」，綱目之說受王觀國「字母說」之啟發，已經接觸到形聲字聲符通常先於意符存在的歷史觀點，他有兩個證據是合乎科學的論證：

　　其一，他認為古人以凡字皆起於聲，任舉一字，聞聲已知其意，未嘗一一制字，故右書凡同聲之字，皆可通用，不拘左旁，此雖與段氏「凡同聲多同義」之說無甚差異，但指出假借只重聲綱，不顧其偏旁（目），頗得用字之心理基礎，故古人據字直書，原非假借，後人牽於形體，輒以為假借云云，更是探本之論。

　　其二，他舉嬰兒習語「未識字已解言，所解之言即是字，可見字從言制也。從言制即是從聲制。」此亦兒童識字心理。例如兒童閱讀「國語日報」，遇生字則只要能讀出注音，即可知上下文意。「注音符號」亦猶現代「注音國字」之右文，兒童是聞聲（其實為詞素或語素音節）知義的。

　　從這點看，黃氏對形聲字的根源，可以說有了進步的了解，可惜他忽略了形聲字的歷史類型的複雜性，把所有形聲字看成同一兼義類型，所以推出「凡一聲皆為一情，則即是一義」，陷入語言本質論的死胡同，反而比段玉裁更為拘執右文，其不可謂通語源，與聲訓家相等。

伍、右文説與形聲字借聲説

民國以還，除劉師培外，篤信右文說者，尚有梁啓超等，梁氏〈從發音上研究中國文字之源〉一文即以「凡形聲字什九皆兼會意」為公例，梁氏雖未用全稱肯定，但同意此說無異承認少數聲中無義為例外，對於篤信右文派學者，這些例外必有以自解，其中較著名的學者為黃侃、沈兼士、楊樹達、黃焯、魯實先。總括地說，他們相信形聲字的聲符可能是假借。此觀點章太炎早在《文始·略例庚》已有運用。章氏說：

> 昔王子韶剏作右文，以為字從某聲，便得某義。若句部有鉤笱，臤部有緊堅，丩部有糾丮，辰部有脤覾，及諸會意形聲相兼之字，信多合者。然以一致相衡，即令形聲攝於會意。夫同音之字，非止一二，取義於彼見形於此者，往往而有。若農聲之字多訓厚大，然農無厚大義。支聲之字多訓傾衺，然支無傾衺義。蓋同韻同紐者別有所受，非可望形為諭。**❽❻**

章氏本來是要批評右文受形體限制之不當，也說「會意形聲相兼之字，信多合者」，足見他對右文仍持局部肯定的態度，才會想到為「多訓厚大義」的「農聲」找到借音，果然，他在《文始》中即以「農聲」為「乳」之假借（卷七）。這種說法，為黃侃、沈兼士等門下所繼承，黃季剛先生謂「形聲字之正例必兼會意，其無意

---

❽❻　見《章氏叢書》上（台北：世界書局），頁53。

可說者，除以聲命名之外，有可以假借說之。」（林師景伊《文字學概說》）。有沈兼士（1935）則據此提出右文的一般公式及六種變式，其右文之一般公式為：

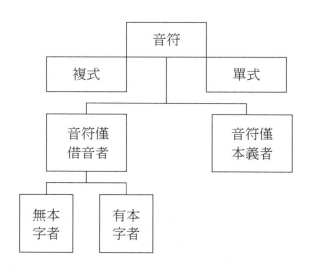

據此可將右文分為由本義分化及由借音分化兩派，「前者，其義有本義與引申義之別，後者，其本字有可知及不可知之分，此就單音符而言也。」此所謂「分化式」者，由一音符，按其同義關係枝別為若干同音符字族。因此右文實有(1)比較字義；(2)探尋語根兩種作用。

由於音符有僅借音者，即不用音符之本義，此說實替聲符無義的形聲字找到了兼義的理由，例如：農聲訓厚而農訓「耕也」，無濃厚義，然不得謂盥（膿）（腫血也），襛（衣厚也），獳（多毛

犬也），濃（露多也），釀（厚酒也）諸字之聲符無義，知訓厚之「農聲」為借音，《文始》謂其「蓋出於乳」，乳於右亦泥紐。此一推論過程有如下三步：

　　1.先歸納同聲符字得其共同之語素義（或義素）。

　　2.比較該聲符在《說文》之本義，而決定其為本義或借音。

　　3.再依求本字方法，假定其為某之借音。

　　因此，說某一形聲字之聲符有借音，其前提有二：

　　1.必須有右文現象在先。（不必同聲符皆為同義，只要歸納出幾個同義群即可）。

　　2.必須某義不屬於該聲符之本義或引申義。

　　由此可見，此借音分化之說是在右文的範圍內有效，不可應用到右文以外，如某一孤立形聲字，單比較其訓義與聲符之本義不合，即謂此一聲符為借音，蓋聲符不必以同義為條件，如果要求其一律有義，就是章太炎所謂「即令形聲攝於會意」「六書殘而為五」，不僅殽亂六書界說，也迷失了右文說的基本價值。以下我們據此原則來評估一下近世三家較有系統的「聲符借音說」：

甲、楊樹達「造字時有通借證」 （1944，復旦學報第一期，又收於《積微居小學述林》卷四，頁97-109）

　　楊氏說：

　　　　余研尋文字，加之剖析，知文字造作之始，實有假借之條。
　　　　模略區分，當為音與義通借、形與義通借兩端。名曰通借
　　　　者，欲以別於六書之假借及經傳用字之通假，使無相混爾。

　　按楊氏所謂「造字時有通借」皆就偏旁言，不以全字為單位，故與六書之假借、經傳之通假判為三事。揆其全文六十九例，既有借音，亦有借形，既見於會意，亦見於形聲。可見楊氏立說，實欲籠罩文字各類偏旁，非專為右文立說，不過由其舉例多寡亦可見其立論於右文之基礎，六十九例中，「形與義通借」僅得六例，不及十一，可見通借說仍以「音與義通借」為主，其六十三例中，屬「音同或音近借其義」之形聲字聲旁通借者凡四十八例，而形旁通借則止一見（按：韓，井垣也，從韋，取其帀也，倝聲。依段注「說韋同口」，《說文》口，回也，象回帀之形。韋從口聲，二音相同，故借韋為口。）借形說無關乎右文，今暫不論。其言「形聲字聲旁通借之例至夥」並按推論過程析為三類，一為據說文所記重文得之者，二為許君雖不云重文而實當為重文者，三為以字義推求得之者。試各舉一例：

例一：

　　　　三篇上言部云：「詥，今作詥會合善言也，從言，昏聲。」或作詥，云：「籀文詥从會」。按詥字義為會合善言，故籀文字从會作詥，字受義於會也。字又作詥从昏者，昏會音近，古音同在月部，借昏為會也。八篇上人部云：「佸，會也。」似昏字有會義，然許訓實本《詩·王風·君子于役》毛傳，毛意乃謂佸為會之假字，許據以為本訓，失之。

　　按此據《說文》重文之例，龍宇純（1958：14）駁之曰：

案：話為會合善言，非言會言，然會但有合義，如楊氏所云
話受義於會，則善之義何自生乎？豈楊氏知會云會合善言，
乃主言會合非主言善乎？然古言話言為善言，《小爾雅・廣
言》云：「話，善也」，是話字受義於會之說已云不可，謂
昏借為會，豈其然哉。至以《說文》恬會之訓為失，則不知
其本義究當何訓也。

例二：

二篇下辵部云：「遁，遷也，一曰：逃也，从辵，盾聲。」
徒困切又云：「遯，逃也，从辵，从豚。」徒困切按遁遯同
訓為逃而音同，實一字也。遯从豚者，豚性喜放逸，《孟
子》云：「如追放豚」，通言「狼奔豕突」是也。有逃亡乃
有追逐，故逐字从辵从豕，此知遯字受義於豚，遁字从盾，
乃豚之借字也。四篇下肉部云：「腯，牛羊曰肥，豚曰
腯。」腯从盾者，亦豚之借，腯字借盾為豚而義屬於豕者，
豕豚細言有別，統言不分也。

按「此許不云重文而實當為重文例」，龍宇純（1958）駁之
曰：

案：《說文》曰：「遁，遷也。一曰逃也。」段氏「一曰逃
也。」下曰：「此別一義，以遁同遯，蓋淺人所增。」遁之
訓逃，倘不必如段氏之疑，則當謂許君於此字之本義疑不能

定。朱氏豐芭以訓遷為本義,訓逃為借遯之義,蓋以訓遷為
借義則無本字可求,以訓逃為借義,則遁遯同音,吾人不言
本義假借則已,言本義假借,則宜從其說,楊氏言本義假
借,而剌取「一曰逃也」之訓謂遁遯一字,豈其所當為者
哉。

例三:

二篇上牛部云:「犗,騬牛也。從牛,害聲。」按此謂牡牛
割勢使不能生殖者,字從害聲,害蓋假為割,謂於體中有所
割去也。割从害聲,害割古音同,故假害為割矣。

按此「從字義推尋得之例」,龍宇純(1958)辨之云:

案:語之來源,或如楊氏所說,文字制作則不可強解。

又曰:

楊氏之求語源,亦不滯於文字之形體,如犗字謂「牡牛割勢
使不能生殖」,割從害聲,此就形體之同者求之,羯字謂
「牡羊割去睪丸使不能生殖」,曷割形不相涉,則但於音聲
求之。法之漢人聲訓,其說往往有可信者。然其必謂犗字以
害借割,羯字以曷借割,則是不明語言文字之為二事也。蓋
「犗」「羯」,(案:凡著以引號者明其所指為語言,不則

所指為文字）二語音與「割」同，謂其以「割」勢而曰
「牿」曰「羯」，此事之或然者。然文字之制作也，其語之
所以形成固非字之所當明示者，而制字時，其語之所以形成
是否猶為人所知亦是問題，故謂造字者以害若曷借為割，則
決不可也。

　　龍先生區別語源與造字並非一事，確為一針見血。由此三例正
反兩方所見之異，亦可見其方法之寬嚴，楊氏每以語源治文字，故
每欲通讀。語源之相通者，但求音義相近，其路必寬，條件愈寬，
其可靠性愈低，本文與其相關之〈形聲字聲中義有略證〉
（1934）、〈字義同緣於語源同例證〉（1935）、〈字義同緣於語
源同續證〉三文合觀，可以知其立論之基礎薄弱，蓋過信聲訓、右
文及聲近則義近之說，竟至以有律無，欲為王聖美、黃承吉之功
臣。楊氏在本文餘論中充分表現這種輕率之態度，他說：

　　或曰：「子往言形聲字中聲中有義，自前人所已及外，子所
　　發見亦已多矣，然其不可推求者仍至夥也，然則聲中有義之
　　說果信乎？」余曰：「此不必疑也。今字之聲旁無義者，得
　　其借字而義明：如旐之借兆為召，慈之借茲為子，及以上所
　　明是也。然古人制字通借之條不一，其最切近者，借聲類相
　　同之字，如若字借右為又，獄字借言為辛，詩字借寺為志，
　　聰字借悤為囪是也。其次則借同音之字，如遁字借盾為
　　豚。……再次則以雙聲為借，如麕鱺之借弭與而為兒，昵字
　　借匿為尼，是也。大抵愈切近則範疇較狹，尋其所借之字較

難，及其既得之，則確鑿而不易。……他日文治大進，不使一字無源，或終當持此術為推論之方，而余今日則姑欲先求其剴切不可易者，猶未暇及之，然終不得據此而疑聲中有義之說也。」**⑧⑦**

楊氏之失，龍宇純（1958）〈造字時有通借證辨惑〉曾有精闢之論辨，並針對楊氏六十九例，逐條反駁。龍先生說：

其所舉六十餘事，率皆繆誤，究其本根，蓋所犯錯誤凡三，其誤為何？一曰迷信小篆為即原始之形，而許君之說為即本初之義。二曰不達語言與文字之為二事，又固執其形聲字聲必兼義之謬見。三曰不解文字有原始造字之義，有語言實際應用之義。

又說：

所謂形聲字者，形以明義之類，聲以曉其事之名，如此而已，固無待於聲中兼義，而後乃為形聲字也。其有形聲兼會意者，蓋或以數語同出一源、遂取一字以為聲符，若英、頰、陝之並從夾聲也，或本以一字言事之類似者數事，後世加形以別為專字，若本以止言「阯」，後加阜而有阯，本以支言「肢」，後加肉而有「肢」，宋人所謂右文，正以此

---

⑧⑦ 見《積微居小學述林》卷四（台北：大通書局，1971年），頁108-109。

也。《說文》中形聲字聲中無義者殆十有六七，其不可以強
解甚明，而楊氏必謂牾羯借害若曷為割，其或受宋人由右文
推其語源之影響。然右文說固皆就事論事，……不聞見形聲
字之或聲中兼義，因謂凡形聲字聲中兼義也。**⑧⑧**

　　龍先生並批評楊氏以「形聲字聲中必有義」之鐵律為推論「造
字時有通借」之依據，見形聲字多非聲中兼義，又說「他日文治大
進，不使一字無源，或終當持此術為推論之方」，是又以「造字時
有通借」保證此鐵律之確立，是所謂循環論證。其言深中肯綮，雖
使楊氏用十倍之力，亦終無證成之時日。

乙、黃焯「形聲字借聲說」（1985，《古漢語論集》第一輯）

　　黃氏此說見於〈形聲字三論〉之一節。黃焯，字耀先，為黃季
剛先生之姪及門人，係武漢大學中文系教授，著有《經典釋文彙
校》（1980，中華書局）；述黃季剛論學語錄為《文字聲韻訓詁筆
記》，編次黃季剛箋識之文字稿有《爾雅音訓》、《字正初編》、
《量守廬群書箋識》等多種。
　　黃氏此說實據季剛先生之說而推衍其例證，他說：

　　　凡形聲字所從之聲，未有不兼義者。其有義無可說者，或為
　　　借聲。如：丕，大也，從不聲，不蓋畐之借。畐，滿也，從
　　　高省，象高厚之形，高厚與大義近。畐又即富之古文，富與

<hr />

⑧⑧　龍宇純〈造字時有通借證辨惑〉，《幼獅學報》1：1，1958 年，頁 2。

> 大亦義近。祿，福也，從彔聲，此借彔為鹿也，彔與鹿古多通用，如簏或作箓，漉或作渌，麓古文作箓皆是。祿之從彔，與從鹿同，其與慶之從鹿同意也。祺，吉也，此借其為丌也。祺之從丌，與重文禥之從基同，與祉之從止亦同，丌之與基與止，義並同也。秘，神也，從必聲，此借必為隱伏之也。……祠，春祭曰祠，品物少，多文詞也，從司聲，此明借司為詞也。祼，灌祭也，從果聲，此借果為沃盥之盥也。……祳，社肉盛以蜃，故謂之祳，此明借辰為蜃也。……瑱，以玉充耳也，從真聲，此借真為窴也。……璪，玉飾如水藻之文，從喿聲，此借喿為藻也。……珍，寶也，從㐱聲，此借㐱為真也。……珊，珊瑚，色赤，生於海或生於山，從删省聲，此借珊為山也。……特，樸特，牛父也，從寺聲，此借寺為㞢也。哨，不容也，此借肖為小也。……海，天池也，以納百川者，從每聲，此借每為母也。……媒，謀也，從某聲，此借某為謀也。……鋂，大瑣也，一環貫二者，從每聲，此借每為母也。……㝃，生子免身也，此分㝃字，正由分來，免，假聲耳。此皆借體之證也。(89)

綜觀黃氏全文凡五十八例，其中如祿字以重文為證外，其餘多據《說文》釋義推得，《說文》釋義每多聲訓，其目的在探語源，非言形聲字之借聲，如詞、祳、祼、璪、媒、㝃等字，許慎明用聲訓，黃氏據以為借聲之依據，其最大之錯誤，仍在於迷信右文，至

(89) 黃焯〈形聲字三論〉，《古漢語論集》第一輯（1985），頁 5-8。

「言形聲字所從之聲，未有不兼義者」，不知原始形聲字與後起形聲字之別，且後起形聲字有後來居上之趨勢，安用全稱肯定以律其餘？再者，如聲符借體有如省體之祠（詞）、袪（蜃）、瑱（寶）、璪（藻）、媒（謀）等字，《說文》何不逕云省聲乎？最不可思議者，如「珊」字，許明云生於海或生於山，安知造字者必從山產而造從刪省聲之「珊」，海訓天池，安見造字者必取「納百川」而取母聲兼義乎？如就語源觀之，不聲本有大義，何暇借畐為聲，真聲亦有實義，何必借寶而為充實，且其下文又有「寶，塞也，從真聲，作真讀置聲者，坻之借也。」則勢必展轉求其借聲，與形聲字之「取譬相成」，但求音近之本質大違，余故謂黃氏之借聲說，但攟拾聲訓、右文之主觀成見，故多據許書說解，妄為鋪敘，於右文說之真相遂距離更遠，可取者甚少。

丙、魯師實先「假借之文聲不示義」說

寧鄉魯師實先（1973）《假借溯原》一書，首宗劉氏《七略》，以轉注假借悉為造字之準則，他在上篇結語中說：

> 許氏未知此恉，故誤以引伸說假借，且以形聲之字聲不示義者，為其正例。後之說者，見形聲字聲不示義者，則曰形聲多兼會意，而未知必兼會意也。或曰凡從某聲必有某義，而未知聲文相同者，或有假借寓其中，以故不必義訓連屬也。或如劉熙《釋名》之類，據假借之字而加以曲解，是皆未知造字假借之理，故爾立說多岐。……準是而言，文字因轉注而繁衍，以假借而構字，多為會意形聲，亦有象形指事。是

知六書乃造字之四體六法，而非四體二用，斯則百世以竢來
哲而不惑者也。**⑩**

這段文字標明兩個基本主張：一為形聲字必以兼意為正例。二
為造字假借為構字法，其施用遍及會意形聲及象形、指事。六書的
假借乃是種高創造力的「造字假借法」，因為涉及範圍廣，本文仍
就它與形聲字的關係來說明，魯師指出：

許氏未知形聲必兼會意，因有亦聲之說。其意以為凡形聲字
聲文有義者，則置於會意而兼諧聲，是為會意之變例。凡聲
不兼義者，則為形聲之正例。斯乃未能諦析形聲字聲不示義
之恉，是以於會意垠鄂不明，於假借之義，益幽隱未悉也。
蓋嘗遠覽遐輈，博稽隊緒，而後知形聲之字必以會意為歸。
其或非然，厥有四類：
一曰狀聲之字聲不示義。……
二曰識音之字聲不示義。……
三曰方國之名聲不示義。……
四曰假借之文聲不示義。……**⑪**

按：這是歸納「聲不示義」的例外規律，再作「聲必兼義」的
全稱命題，此一歸納法須就形聲字之全體為範圍，極不易周全，且

---

⑩　魯師實先《假借溯原》，頁 257-259。
⑪　同前註卷上，頁 36-65。

易流於例外太多或繁瑣之病，以上四類中，二與四類皆有細類，如所謂識音字，當指純粹標音字，魯師又分為「附加聲文」與「名從異俗」二類，「附加聲文」就是在象形、指事、會意的基礎上加聲符衍為形聲，實亦轉注之法，如 夃之作刱，个之作箇，凷之作塊、処之作處，网之作罔；也包括為方言而造的字，如齊謂多為夥，又若龏從龍聲而復從兄聲作覾。所捐「名從異俗」則是對胡越蠻夷語言之音譯文字，如北野之馬曰駒驗、南越之犬曰獿獀。至於第四類，魯師亦指出許慎於璊、若、咸、此、庸、寁、會、艮、寡、𡺪、㫚、王、𥓓、𡑞、𦦙十五字釋義下明言「造字假借」，但多與殷絜卜辭及殷周金文不合，或可以省文說之，「然其釋璊、𥓓所從之㒼為蔓之借，釋𦦙所從之甾為由之借，則審之音義，蓋無可疑。」**92**

以下則為「聲不示義」的「造字假借」例，由於其例繁多，但舉其淺顯易見之例數事：

> 考《說文》口部云：「嘾，含深也，從口覃聲。」又云：「哨，不容也，從口肖聲。」又云：「喁，魚口上見，從口禺聲。」辨其釋義，則知嘾與目部之瞫所從覃聲，言部之諗所從念聲，黑部之黭所從音聲，手部之枕所從尤聲，并為罙之假借。以覃、念、音、罙，古音同部，假覃為罙，於嘾則見含罙之義，於瞫則見視之義，假念為罙，則見諗為罙諫之義，假音為罙，則見黭為罙黑之義，假尤為罙，則見抌為罙

擊之義也。哨與禾部之稍，女部之娋，所從肖聲，并小之假
借。於哨則示口小不能容物，於稍則示小小出物，以漸增
多，於娋則示小小侵進，良以小肖同音，故相通假也。喁從
禺聲，乃魚之假借，以禺魚雙聲，假禺為魚，所以示魚口上
見之義，如此之類，無俟深思諦論，一望而知其為假借造字
者矣。❾❸

　　以上數例，以古音言假借關係，別概括同部疊韻假借、同音假
借及雙聲假借三類，其中同音假借，最為可靠，依許書則哨、稍、
娋三字同源，皆有小義。謂聲符為語根「小」之所寄，然者云肖為
小之假借可也，此亦聲義同源之證。至於疊韻或雙聲假借，都只是
一種或然關係，以覃聲為例，其上古音為覃 *dəm，醰 *d'əm 或
*stjiəm，扻 *tiəm，諗 *njiəm 或 *st'jiəm，黯 *·rəm（用周法高
擬），其中影母之「黯」聲母稍遠，其餘大抵相近，諗字必作審母
（式任切）一讀較近。至於禺魚同屬疑紐，侯魚旁轉略遠，然亦非
不可能。然此所謂「聲符假借」，完全根據《說文》釋義，則離許
君釋義不足以言假借，又固執形聲字必兼義，其所受之限制與龍氏
批評楊樹達者相同，尤可疑者，《說文》覃聲字凡十七，「覃」訓
長味，「嘾」訓含深，「醰」訓深視，「燂」訓火熱，「撢」訓探
也，「嬧」訓下志貪頑，是覃聲與深意相關者，唯此六字，固可視
為罙聲、深聲之同源字，從語源上認為其詞根相同，故聲符為罙之
假借，其餘十一字，皆與深義無關，若欲逐字尋其「造字假借」，

---

❾❸　同前註，頁 71-73。

恐非易事，且古人造字，用罙聲、覃聲皆能表示語根「深長」之義，則必不斤斤於其初形本義，此因聲符以記錄語言中之「詞音」為務，亦章太炎所謂「旁轉對轉，音理多涂，變聲馳驟，其流無限，而欲於形內牽之，斯子韶所以為荊舒之徒」，從造字觀點來說，聲符乃從習慣之約定，聲同義近既已能滿足聲符的提示「義素投影」（見前第參目）之作用，則古人造字恐對聲符並不如後人之分辨本字。筆者以為，魯師聲符造字假借之說，作為求語源之利器，則誠為叔重之知音，作為六書造字之準則，恐古人尚不能憭然其怡，而字已造就矣。

以上所述三家，皆右文說於當代之發展，由於形聲字聲符往往為語根之所寄，自然可就其聲符以連繫聲符同近之同源字，而定其聲符之「本字」，然此「本字」云者，皆後人以意逆推，所見證據不同，系聯之詞源方向有異，則所得之借聲亦往往人各具說，顯示造字時偏旁本無待假借之法，倘若從語言符號之本質（即無可論證性或任意性）來看，過度強調某一規律往往適得其反，「右文說」、「聲符兼義」問題，皆應作如此處理，亦即回到語言文字奇耦不整齊的自然現象中去理解。

小　結

從聲訓到右文說，意味著漢語詞源學是從語言開始，走到文字的範圍，這種發展有正反兩方面的意義，人們意識到文字系統和語源認知有平行的關係，表現在漢字聲符與意符之間的制約關係，這種制約是受形聲字形成的歷史進程所規定的，研究形聲字的基本性質，也提醒筆者對漢字的性質作進一步的探討，於是從「結構─功

能」的符號本質,透視了「右文說」也有符號學上「信息負載」上的立足點。右文說堪稱中國文字訓詁學上的第一個大「派典」,它支配人們對漢字的認知和學習,也直接衍生了許多文字學理論,本文提出清儒的「聲義同源論」與近人的「形聲字借聲說」,這兩個學說對於判斷形聲字的字源關係有很大的影響,尤其後者,使形聲字完全在右文籠罩下,與文字發展的歷史事實是不相符的,但由此強化了同聲符間的音義聯繫,卻有利於詞源的研究。

第三節 因聲求義論與語根的探討

漢儒的聲訓,是廣泛的求語源,宋儒的右文,是縮小範圍求字源,在兩個訓詁派典的交叉影響下,聲訓轉化成道地的「因聲求義論」,作為訓詁方法論,右文也逐漸擺脫「凡同聲多同義」的偏旁關係,走上廣泛的「音近義通」「聲同義同」的訓詁原則。這條大路愈來愈寬廣,在我們看來,都是漢語詞源研究的奠基工程。下面我們分三目來探討。

壹、高郵王氏父子的「因聲求義論」

「因聲求義」的理論,最早為戴震所倡,在 ·「轉語」二十章序裡,他首揭的是「聲、義互求」的主張:

> 昔人既作《爾雅》、《方言》、《釋名》,余以謂猶闕一卷書,創為此篇,用補其闕。俾疑於義者,以聲求之;疑於聲

者，以義正之。**❹**

　　由此可知，戴氏著此書，是要在「故訓音聲，相為表裡」（戴氏《六書音韻表·序》）的原則下，通過聲轉的方法以探求詞義。其「轉語」理論的主要原則是：「凡同位則同聲，同聲則可以通乎其義。位同則聲變而同，聲變而同，則其義亦可比之而通。」這種以聲音為綱的訓詁主張，到了高郵王氏父子，則得到充分的實踐，並完成了「就古音以求古義，引伸觸類，不限形體」的方法論。王念孫在《廣雅疏證·序》中說：

　　　竊以為詁訓之旨，本于聲音。故有聲同字異，聲近義同。雖或類聚群分，實亦同條共貫。譬如振裘必提其領，舉網必挈其綱。故曰：本立而道生。……今則就古音以求古義，引伸觸類，不限形體。……

　　王引之在《經義述聞》中也多處發揮了他父親的觀點，如「卷三」云：

　　　夫古字通用，存乎聲音。今之學者，不求諸聲而但求諸形，固宜其說之多謬也。

---

❹　戴震〈轉語二十章序〉見《戴震集》（台北：里仁書局，1980 年），頁 106-107。

又如「卷二十三」云：

> 夫訓詁之要在聲音不在文字。聲之相同相近者，義每不相
> 遠。

王氏父子認識到聲音訓詁本為一物，以聲音貫穿訓詁就成了他們主要訓詁方法，前人往往不明此理，故有「字別為音，音別為義；或望文虛造而違古義，或墨守成訓而魠會通」（《廣雅疏證·序》），李建國（1986：173）指出：

> 王氏在《廣雅疏證》中貫徹了因聲求義的方法，所用術語出現最多的是「語之轉」、「語之變轉」，「聲之轉」、「一聲之轉」、「聲相近」、「古同聲」、「聲義同」、「聲近義同」；其次是「音相同」、「古聲同」、「古聲相近」、「古同聲通用」、「古聲義同」、「聲近義通」、「聲義相近」、「聲義相通」、「聲同義同」、「聲近義同」、「古同聲同義」等等，概括起來，不外近、同、通、轉四聲，用來說明詞語假借現象，辨析方言歧異，闡明聯綿字等。

由此可見，他的「因聲求義」「不限形體」就是要打破「右文說」局限文字形體，專就形聲字偏旁來探求字義的老路子，從段玉裁的《說文解字注》看，段氏也貫徹了戴震以音求義的主張，他為《廣雅疏證》所作的序中說：

學者之考字，因形以得其音，因音以得其義。治經莫重於得
義，得義莫切於得音。

又說：

> 小學有形、有音、有義，三者互相求，舉一可得其二。有古
> 形、有今形、有古音、有今音、有古義、有今義，六者互相
> 求，舉一可得其五。……稚讓為魏博士，作《廣雅》，蓋魏
> 以前經傳謠俗之形音義彙粹於是。不執于古形、古音、古
> 義，則其說之存者，無由甄綜；其說之已亡者，無由比例推
> 測，形失則謂《說文》之外字皆可廢，音失則惑于字母七
> 音，猶治絲棼之；義失則梏於《說文》所說本義而廢其假
> 借，又或言假借而昧其古音，是皆無于小學者也。懷祖氏能
> 以三者互求，以六者互求，尤能以古音得經義，蓋天下一人
> 而已矣。

　　王念孫在研究方法上，有一定的開創性，「他雖然也注意從文
字形體上推求古義，但不囿於形體，不斤斤於推求本字本義，而是
搜求舊例，廣集聲近義同之字，把詞義訓詁由單詞詞義的訓釋推進
到同義詞的綜合比較的階段，有了明確的詞義系統的觀念。」**❾❺**劉
又辛、李茂康（1989：206）則指出這是「歸納、繫聯同族詞」的
工作，例如《廣雅疏證》卷一「大也」條：

---

❾❺　李建國《漢語訓詁學史》（合肥：安徽教育出版社，1986），頁173。

般者，《方言》：「般，大也。」郭璞音盤桓之盤。《大學》：「心廣體胖。」鄭注云：「胖猶大也。」《士冠禮》注云：「弁名出于槃，槃，大也，言所以自光大也。」槃、胖并與般通。《說文》：「幋，覆衣大巾也。」「鞶，大帶也。」《訟·上九》：「或錫之鞶帶。」馬融注云：「鞶，大也。」《文選·嘯賦》注引《聲類》云：「鞶，大也。」義并與般同。《說文》：「伴，大皃。」伴與般亦聲近義同。

槃、幋、鞶、磐等字都從「般」聲，胖、伴從「半」聲，「般」與「半」上古同為幫母元部字，以上諸字讀音相同或相近，都有「大」義，無疑是一組同族詞。由此可見，王氏能充分發揮右文說的長處，而沒有受到它的束縛。下面這一條更為明顯。《廣雅疏證》卷一、正也條：

《考工記》：「粟氏為量，權之然後準之。」鄭注云：「準，擊平正之。」《漢書·律歷志》云：「準者，所以揆平取正也。」《說文》：「埻，射臬也。讀若準。」埻，或作準。臬，或作蓺。《大雅·行葦》傳：「已均中蓺。」鄭箋云：「蓺，質也。」《周官·司弓矢》：「射甲革椹質。」鄭注云：「質，正也。樹椹以為射正。」質與準同物，皆取中正之義。準、質、正又一聲之轉，故準、質二字俱訓為正也。

這個大詞族中，其實包含兩個小詞族，即：

　　1.準（埻）*tjiwən（之尹切）；質 *tjiet（之日切），*tier（陟利切）；正 *tjieng（之盛切，諸盈切）

　　2.藝 *ngjiar（魚祭切）；臬 *ngeat（五結切）

　　上古音擬音取自周法高《漢字古今音彙》，周氏系統和李方桂較近，僅韻尾和介音（如四等的 e 李作 i）有一點差異。從音韻結構的對稱上，這些無疑是很好的同源詞。王氏所謂「準、質、正」一聲之轉，主要集中在韻尾上。由此看來，《廣雅》的同義詞中本來就包含許多同源詞，王念孫的《疏證》已把前人有關形、音、義之關係證據，有條不紊的羅列出來，這個工作有點像王力的《同源字典》各組同源詞下的材料，只是王力已經把上古音及其音轉關係都羅列出來，而王氏尚未做到，只是點出音同、音近、音轉，但光是這一點，已經為後人提供極大的方便，可惜王氏的《同源字典》也並沒有充分利用《廣雅疏證》這一寶庫。

　　在考辨聯綿詞方面，無疑是王氏完全突破形體拘牽的另一卓越貢獻。聯綿詞是只含一個詞素的雙音節詞，詞中的每個字僅有記音作用，字義往往與詞義無關，沒有固定的書寫形式。王氏認為「大抵雙聲疊韻之字，其義即存乎聲，求諸其聲則得，求諸其文則惑矣。」（《廣雅疏證》卷六上）又說：「凡連語之字，皆上下同義，不可分割，說者望文生義，往往穿鑿而失其本指。」（《讀書雜志·漢書第十六·連語》）劉又辛、李茂康（1989：212-213）指出王氏父子在「考證聯綿詞的各種書寫形式、糾正前人分訓聯綿詞的謬誤」方面的貢獻。他們說：

　　「猶豫」一詞，前人曾作複合詞分訓。《顏氏家訓・書證》
篇說：「《尸子》曰：『五尺犬為猶。』《說文》云：『隴
西謂犬子為猶。』吾以為人將犬行，犬好豫在人前，待人不
得，又來迎候，如此往返，至于終日，斯乃豫之所以為未定
也，故稱猶豫。《漢書・高后紀》顏師古注也沿用此說。這
純屬無稽之談。王氏以聲為綱，不限形體，斷定猶豫、躊
躇、容與、夷猶等本為一詞，有理有據，可視為定論。」
（榮松案：見《廣雅疏證》卷六上「躊躇，猶豫也」條）「不借」一
詞，《釋名・釋衣服》釋作「不假借于人也」，王氏據古音
判定與搏腊、薄借、不昔等實為一詞，都是履名，這就糾正
了劉熙《釋名》的謬誤。（案：見《廣雅疏證》卷七下「履也」
條）

又說：

　　《讀書雜志》一書中，王念孫列舉前人誤釋「流貤」、「撟
　　虔」、「奔踶」、「勞倈」、「陵夷」等二十餘個聯綿詞，
　　一一予以駁正，給後人分辨、考釋這類詞以極大的啟發。

　　從漢語詞源學的角度來看，聯綿詞也是不可或缺的一環，前人
的研究似乎從這個時候才開始，清代關於這方面的研究代表性人物
是程瑤田，他的代表作為《果蠃轉語記》，馮蒸（1987）〈古漢語
同源聯綿詞試探〉一文曾歸納聯綿詞的研究史說：

古漢語同源聯綿詞研究史可以暫時精略地劃分為兩個時期：
早期和近期。早期的代表人物有：王念孫、段玉裁、程瑤
田、王國維；近期的代表人物有沈兼士，俞敏、劉又辛、張
永言、王廣慶等人。**⑯**

　　符定一的研究雖不突出，但其《聯綿字典》卻有一定的貢獻。
馮文並討論了同源聯綿詞構成的一般條件──語音、語義、語法和
古文獻訓詁，並指出：「語音條件最重要，而在語音條件中，聲母
條件又是決定性因素。」這個條件包括兩層：一是每個對應的同源
字在聲母方面應該「大類不殊」（即雙聲），二是個別的聯綿詞內
部前後兩個音節必須互為疊韻。但并不要求構成該詞族的某甲聯綿
詞與某乙聯綿詞的韻母相同。換言之，「這種疊韻關係是在語根聲
母限制內的下位關係。前後兩個音節的聲母共同構成一個不可分割
的語根（或稱音根）」**⑰**，這些研究都是王念孫的時代所注意不及
的。王氏作為此項研究的開創者，已經在其他條件方面，為後人打
好基礎。

　　王氏父子在「因聲求義論」方面還有兩項卓越的貢獻，一是考
訂假借字方面，王引之《經義述聞·序》說：

　　　詁訓之怡，存乎聲音，字之聲同聲近者，經傳往往假借。學

---

⑯　馮蒸〈古漢語同源聯綿詞試探〉，《複印報刊資料，語言文字學》1987.5，
　　頁 57-64。

⑰　馮蒸〈古漢語同源聯綿詞試探〉，頁 58。

者以聲求義，破其假借之字而讀以本字，則渙然冰釋。如其
假借之字而強為之解，則詰籀為病矣。

王氏父子運用這個原則，將「聲近義同」的學說用於假借字的
考訂，單是《經義述聞》一書就考釋了二百多個假借字。《經義述
聞》卷三二「經文假借」條下，列出這二五二條的條目，其中有二
三三條指出前人誤解之情形，茲舉五例：

> 如借光為廣而解者誤以為光明之光（說見「《易》『光亨』、
> 《書》『光被四表』、《國語》『少光王室，光遠宣朗』」），借有為
> 又而解者誤以為有無之有（說見「遲有悔」），借簪為撍而解
> 者誤以為冠簪之簪（說見「朋盍簪」），借蠱為故而解者誤以
> 為蠱惑之蠱（說見「蠱卦」），借辨為蹁而解者誤以為分辨之
> 辨（說見「剝床以辨」）。

王氏這方面的成就是驚人的，而影響也十分深遠。另一項成就
則是王引之的《經傳釋詞》一書，這本書集中解釋了一百六十個虛
詞，對每個虛詞的用法條分縷析，溯源明變，結論仍多為後人接
受。最值得注意的是，《經傳釋詞》也常用「一聲之轉」、「聲
近」、「同聲」等術語來說明虛詞之間的聯繫，可見它和實詞的
「因聲求義」方法並無二致，茲舉數例：

卷一「由猶攸」下：

> 《廣雅》曰：「由，以，用也。」由、以、用一聲之轉，而

語詞之「用」亦然。

又卷三「或」字下：

> 或，猶有也。……〈月令〉：「無有斬伐。」《呂氏春秋·季夏篇》「有」作「或」。……《左傳·哀七年》「曹人或夢眾君子立於社宮而謀亡曹。」《史記·曹世家》「或」作「有」。……蓋「或」字古讀若「域」，「有」字古讀若「以」（說見《唐韻正》），二聲相近，故曰：「或」之言「有」也。聲義相通，則字亦相通。

又卷六「直」字下：

> 直，猶特也（《呂氏春秋》〈忠廉〉、〈分職〉二篇注並云：「特，猶直也。」）、但也（《淮南·精神》篇注）。……直、特古同聲。故《詩·柏舟》……「實維我特。」韓詩「特」作「直」。《史記·叔孫通傳》……「吾直戲耳。」《漢書》「直」作「特」。

這些都是從聲音來訓解古書虛字的例子，學者很少注意這種虛詞的音義關係問題，倘若就古音以就古義，那麼這種聲轉、聲近、同聲的術語，必定合乎某種古音的條件。張以仁（1981：85-95）《經傳釋詞的「音訓」問題》從上古音的擬測分析了王氏這些術語的涵義，一般而言，「聲轉」都是就被釋字與詮釋字的聲母關係而

言。「聲近」則以韻母的關係為主，但還多半兼顧到聲母的關係，至於「同聲」，有時和「聲轉」相似，有時又和「聲近」相似，是意義最含混的一類。張先生並利用董同龢的上古音系，指出在「聲轉」例子的「聲母」關係上，由於清代諸大師多長於韻而拙於聲，故在「一聲之轉」的方法裡，大量混淆「喻三」「喻四」的關係及「澄」「禪」兩母的混淆，這種錯誤之不足為奇，正是清儒受到其時代和學術條件的限制，但是沒有張先生的研究，我們尚不知道這裡面的問題。

　　梅廣（1990）〈訓詁資料所顯示的幾個音韻現象〉一文❾❽也討論了同一問題，他稱為「虛詞相代用」的現象，從音韻的角度看，就不可能是單純的同義問題，有許多代用虛詞又不可能有同源關係，梅先生採用李方桂的上古音系，指出下列兩組可代虛詞之間的聲韻關係：

　　a. r←……→n(j)

　　　　與*rag：如*njag（《釋詞》卷七：如與聲相近）

　　　　以*rəg：而*njəg

　　b. ə←……→a

　　　　有*gwjəg：為*gwjar（《釋詞》卷二：為有一聲之轉）

　　　　以*rəg：與*rag

　　　　而*njəg：如*njag

　　a 種對當關係，古人稱為「聲相近」，基本上是聲母上有所不

---

❾❽　梅廣〈訓詁資料所顯示的幾個音韻現象〉，香港浸會學院 1990 年 6 月主辦「中國聲韻學國際學術研討會」論文。

同。質言之，n 和 r 的唯一差別是一個有鼻音成分，一個沒有鼻音成分。所以「聲（相）近」的確實意義是指兩個讀音同屬一韻部形成對轉，而在聲母（包括介音）上則以某一語音成分的有無而有所差別。

　　b 種對當關係就是一聲之轉，主要是聲母相同，而元音方面有高低的差異。它只強調字音的變聲關係，元音、韻尾的條件也不考慮在內，這自然不是通假的條件。

　　梅先生還討論這些「音韻條件」在乾嘉訓詁學上的意義，那就是發現音韻關係是一種可靠的形式條件，以作為建立意義關係的憑據。❾❾同時他指出「虛詞因輕讀關係在句中容易發生語音變化，以致讀音和另一個虛詞相混，因此就用那個同音的字書寫，這其實是一種特殊情況的通假，這是虛詞混用的主要原因。」

　　張、梅二先生對《經傳釋詞》的分析，無疑加深了我們對王氏父子「因聲求義論」方法的理解，也為我們指出音韻關係在訓詁方法上的複雜意義，對於漢語詞源研究，也有正本清源之作用。劉又辛、李茂康（1989：219-220）提出了本文最關切的問題，他們說：

　　　　至於同族詞，王氏父子還未提出這一術語，但在這方面已作
　　　　了大量深入地研究。在《廣雅疏證》中，系聯了一千餘組同
　　　　族詞，多數是可信或基本可信的。其研究原則和方法，今天
　　　　仍值得我們借鑒。由於時代的局限，王氏父子對詞的假借義

---

❾❾　梅廣〈訓詁資料所顯示的幾個音韻現象〉，頁 3。

與同族詞共有的語源義未能加以區別，有時將一些同族詞、假借字、異體字一并用「聲近義同」這一術語歸在一起，這未免顯得籠統、粗疏。不過，他們已清楚地意識到漢字、漢語的特點，以古音為線索，在實踐中廣泛地探求為字形所掩蓋的詞與詞之間的音義聯繫。這種研究方向無疑是正確的。但由於為《廣雅疏證》的體例所限，王氏不可能利用《廣雅》進行全面的詞族研究，於是著手撰寫《釋大》一書。

這些批評都十分中肯，王氏父子的「因聲求義論」及王氏《廣雅疏證》等書中探討同族詞的方法，考證謹嚴，立論審慎的長處，無疑是漢語詞源研究史上的一塊里程碑，對後人的研究，無論在方法上或材料上，都有極大的啟迪作用。

貳、戴震《轉語》以後的詞族研究

詞族（Word Family）研究即同源詞的研究，不過就漢語本身來研究詞族，而不涉及漢藏語系的語族關係，就是從古漢語和方言中歸納出同一來源的詞群，這些同源詞的認定，通常涉及一個詞根或者根詞。章太炎稱之為語根。我們上文討論的聲訓，已涉及同源的觀念，右文說則進一步擴充到一組同聲符的字群，它們也可能是同源詞，可以算是詞族研究的濫觴，我們也提到「聲符」往往為語根之所寄，意思是我們不能直接把「聲符」當詞根，因為語根所轄的詞族往往不限於一類聲符，它可能擴及聲義相近的字，完全不必有字形的聯繫。除此之外，揚雄《方言》提出的「轉語」材料則代表具有歷史比較意味的同源詞素材。這一方面，郭璞曾根據自己的

語言加以驗證，到了清代戴震根據這一線索，發展出自己的聲轉理論專著《轉語》二十章，無疑是為漢語同源詞研究提出更明確的語音根據。

甲、戴震《轉語》二十章

《轉語》二十章是否已成書，一般據段玉裁（曾為《聲類表》作序）、孔廣森的說法，都認為未成書。而近人曾廣源（撰《戴東原轉語補釋》）、趙邦彥（撰《戴氏聲類表蠡測》）皆認為戴震《聲類表》即轉語二十章。陳師伯元（1972）《古音學發微》曾「反復紬繹戴氏轉語原敘，而與《聲類表》九卷勘對，深覺二家書言之有據，憬然有悟《聲類表》即《轉語》二十章也。」⑩山西大學于靖嘉教授（1987）〈戴東原「轉語」考索〉一文，亦持相同之結論。

《轉語》之所以作，戴震曾於序中明言：

> 人之語言萬變，而聲氣之微有自然之節限。是故六書「依聲託事」，假借相禪。其用至博，操之至約也。學士茫然莫究。今別為二十章，各從乎聲，以原其義。……昔人既作《爾雅》、《方言》、《釋名》，余以謂猶闕一卷書，創為此篇，用補其闕。俾疑於義者，以聲求之；疑於聲者，以義

---

⑩　陳新雄《古音學發微》（嘉新研究論文第 187 種，1972 年）第二章第四節「戴震之古韻說」（頁 225-282），對《聲類表》與《轉語》之關係有詳細討論。引文見 244 頁。

　　正之。

可知戴氏著此書，乃在貫徹其「聲義互求」的原則，通過語音的轉
變以探求詞義。其實質仍是「因聲求義，不限形體」的詞族研究
法。

　　《轉語》序裡，戴氏分聲母為五類（按發音部位分），每類又
分四位（按發音方法分）。兩者一縱一橫，顯示「轉語」的規律：
「凡同位為正轉，位同為變轉」。「同位」指發音部位相同；「位
同」則指發音方法相同。他說：

> 凡同位則同聲，同聲則可以通乎其義；位同則聲變而同，聲
> 變而同則其義亦可以比之而通。

這裡明白說明「聲同義通」的道理，「同位」意味著不同的文字在
古音系統裡，由於聲母發音部位相同，意義往往相通，因而「可以
通乎其義」。隨著語言的發展，語音起了變化，在書面上文字的讀
音自然和原來不一樣。戴氏認為，音變包括發音部位的改變或發音
方法的改變。一個聲母在實際語言裡，發音部位起了變化，只要發
音方法沒有變化，所謂「聲變而同」，文字的意義仍然可以「比之
而通」。這當然是通過對於文獻同義詞、方言轉語之間的聲類歸納
得來的。戴氏接著就舉了「歙」字為例來說明這種變化。

> 更就方音言，吾郡「歙」邑讀若「攝」（失葉切），唐張參
> 《五經文字》、顏師古注《漢書·地理志》已然。「歙」之

正音讀如「翕」，「翕」與「歙」，聲之位同者也，用是聽
五方之音及少兒學語未清者，其展轉譌混，必各如其位。斯
足證聲之節限位次自然而成，不假人意厝設也。

　　周斌武（1988：119-120）在注解這段文字時，做了如下分
析：

　　「歙」從翕聲（許及切，曉母緝韻），「歙」字安徽方音讀
　　若「攝」（失葉切，審母葉韻）。按中古音，「歙」字兩
　　讀；《廣韻》：「書涉切又許及切。」由此可見，「歙」字
　　先讀「翕」（許及切）後讀「揖」（書涉切）。按聲母，由
　　曉母轉變為審母；按韻母，由緝韻轉變為葉韻。再從語義
　　看：《周易・繫辭》：「夫坤其靜也翕。」注：「翕，斂
　　也。」《詩・大雅・既醉》：「朋友攸攝，攝以威儀」疏：
　　「朋友皆有士君子之行，所以相攝斂而佐助之；其所以相攝
　　佐者，以威儀之事也。攝，斂也。」可見「翕」「攝」都有
　　聚斂，收斂的涵意。再從音韻上看，歙從翕聲；攝從聶聲，
　　都是表音的形聲字。「翕」這詞由於語音的轉變，通過
　　「歙」一字兩讀作為過渡——翕＝歙（許及切）→歙（書涉
　　切）＝攝。於是口語裡的「歙」（書涉切）在書面上也就出
　　現了「攝」這個詞，表示收斂，聚斂的意義。「攝」正是
　　「翕」的轉語。「翕」字從曉母變為審母，發音部位起了變
　　化，即從舌根音變為舌面前音，但發音方法沒有變化仍然是
　　擦音。這就是戴氏所謂「聲變而同」的意思。正因為「聲變

· 177 ·

　　而同」，所以在語義上可以比證「翕」「攝」同義。**⑩**

這是一個很具體的方音流轉之例子，我們不妨比較一下《說文》和
《廣韻》：
《說文》
　　歙①縮鼻也，從欠翕聲，②丹陽有歙縣
《廣韻》
　　①許及切（緝韻），②舒涉切（葉韻）
《說文》
　　攝，引持也，從手聶聲。
《廣韻》
　　a 雙協切（帖韻）──攝然天下安
　　b 書涉切（葉韻）──兼也，錄也
從諧聲來看，翕—歙都讀許及切，聲義兼賅，因「縮鼻也」即收斂
義，（翕《說文》：「起也。」段注：「《釋詁》、《毛傳》皆云
翕合也。……翕從合者，鳥將起必斂翼也。」）至於「舒涉切」則
為地名，轉讀所以別義也。攝字《廣韻》也有兩音，「奴協切」當
為本音，其義亦與聲符「聶」相應，《說文》聶：駙耳私小語也。
尼輒切，亦泥母。《廣韻》作「攝然天下安，出《漢書》」《說
文》但收「書涉切」之「攝」，訓「引持」，即《廣韻》b 兼也，
錄也一義，引持或兼攝並有斂整義，即周氏前文引《詩》「攝以威

儀」之「攝」。由此看來，就《說文》本音「歙」本來只有「許及切」，「攝」本來只有「書涉切」音本不同，其後「歙」音轉遂有「書涉切」一音以別於「縮鼻」之本音，這兩個字遂同有「書涉切」一音。這完全是語音流轉之巧合，但是在戴氏的觀念中，是用「聲變而同」來通其義，聲變所以同，就是因為它們的詞根原來都有收斂意。戴氏試圖用這種「通轉法則」，來解釋《方言》、《爾雅》中一切「轉語」資料。我們再看另一個例子，〈轉語二十章序〉說：

> 其為聲之大限五，小限各四，於是互相參伍，而聲之用備矣！參伍之法：「台」「余」「予」「陽」，自稱之詞，在次三章；「吾」「卬」「言」「我」，亦自稱之詞，在次十有五章，截四章為一類，類有四位，三與十有五，數其位皆至三而得之，位同也。……「爾」「女」「而」「戎」「若」，謂人之詞，「而」「如」「若」「然」，義又交通，並在次十有一章。

于靖嘉（1987：26）曾解釋這種「轉語之法」說：

> 「轉語之法」是戴氏在〈論韻書中字義答秦尚書蕙田〉裡提出來的。在〈轉語序〉裡叫做「參伍之法」。……「參伍」指聲母轉變。「互相參伍」指聲母與聲母的轉變，即聲母的音位變化。……這是指聲母造詞的範圍，以有限的聲母能滿足萬變的語言之用。……變化規律有二：一為類轉名「同

位」，或「正轉」，一為位轉名「位同」，或「變轉」。正
轉和變轉，就是轉語聲轉的兩個公式：正轉即在聲母的五類
中互相轉變。如：聲母喉類（見聲紐表）有：見溪群影喻曉
匣七個聲母，在它們中的彼此互轉，就是正轉。……變轉即
在聲母的四位中互相轉變。如：聲母第一位（見聲紐表）
有：見端知照精幫六個聲母，在它們中彼此互轉就是變轉。

又說：

為什麼台余予陽是在第三章？因為它們都是喻母，為什麼吾
印言我是在十五章？因為它們都是疑母。又為什麼叫做「至
三而得之」？因為喻母和疑母同是第三位的聲母（見聲紐
表）。……喻是喉類三位，是第三章，疑母是齒類第三位，
是十五章。同樣是第三位的聲母，就符合聲轉第二個公式，
就是位同，或變轉。⓲

　　為使讀者對這種「參伍之法」一目瞭然，下面列出于氏
（1989）〈章、黃對戴震轉語的繼承與發展〉一文⓳所附的兩個表
（古韻表于氏原作七類，今訂正為九類）：

⓲　于靖嘉〈戴東原「轉語」考索〉，載《複印報刊資料，語言文字學》1987 年
　　10 月，頁 25-35。
⓳　于靖嘉（1989），此文發表於香港大學 1989 年 3 月主辦「章太炎、黃季剛國
　　際研討會」。

《轉語》聲母章、位、類關係表

類	(一)喉類				(二)舌類				(三)顎類				(四)齒類				(五)唇類			
清	見	溪	影	曉	端	透			知照	徹穿		審	精	清		心	幫	滂		敷非
濁		群	喻	匣		定	泥	來		澄床	娘日	禪		從	疑	邪		並	明微	奉
位	一	二	三	四	一	二	三	四	一	二	三	四	一	二	三	四	一	二	三	四
章	一	二	三	四	五	六	七	八	九	十	十一	十二	十三	十四	十五	十六	十七	十八	十九	二十

說明：《轉語》分二十章為五類，聲類分四位

《轉語》古韻表

第一類			第二類			第三類			第四類			第五類			第六類			第七類			第八類		第九類	
1	2	3	4	5	6	7	8	9	10	11	12	13	14	15	16	17	18	19	20	21	22	23	24	25
阿	烏	堊	膺	噫	億	翁	謳	屋	央	夭	約	嬰	娃		殷	衣	乙	安	寱	過	音	邑	腌	諜
陽	陰	入	陽	陰	入	陽	陰	入	陽	陰	入	陽	陰	入	陽	陰	入	陽	陰	入	陽	入	陽	入
歌戈	魚虞	鐸藥	蒸登	之咍	職德	東冬	尤侯	屋沃	陽唐	蕭宵	鐸覺	庚耕	支佳	陌麥	真諄	脂微	質街	元寒	祭泰	月曷	侵鹽	緝盍	覃談	合盍

說明：各古音韻部只舉二個今韻為例

　　以上是就〈轉語二十章序〉來談「聲轉」，事實上戴氏轉語之法應該包含「韻轉」，戴震將古韻分為九類二十五部（如上附「古韻表」），除了第一類的阿部外，都是陰陽入三聲相配，第八、九兩類只有陽入無陰聲。這種陰陽入三分的結構及其韻轉之法，對後來的音轉說啟發很大。不過陰陽二聲及對轉之名是孔廣森所定的，戴氏韻轉的說明見於〈答段若膺論韻書〉，他說：

其正轉之法有三：一為轉而不出其類，脂轉皆，之轉咍，支
轉佳是也。一為相配互轉，真、文、魂、先轉脂、微、灰、
齊，換轉泰、咍，海轉登、等，侯轉東，厚稱講，模轉歌是
也。一為聯貫遞轉，蒸、登轉東，之、咍轉尤，職、德轉
屋，東、冬轉江，尤、幽轉蕭，……侵轉覃是也。以正轉知
其相配及次序，而不以旁轉惑之；以正轉之同入相配定其分
合，而不徒恃古人用韻為證。

　　這三種正轉，用「類」、「韻部」、「韻」三層來說明，即
是：
　　1.在本部內相轉：如第一部（阿部）歌戈麻支，第五部之咍
尤，第十四部支佳齊，第十七部脂微齊皆灰支之內。
　　2.在本類內相轉：如第二類層、噫、億三部之同各韻彼此可以
相轉，範圍較大。包括陰陽、陰入、陽入三種對轉。
　　3.鄰類同聲相轉：如第一類的陰聲各韻可以和第二類的陰聲各
韻相轉，以此類推，第二類可以與第一、三類相轉，第三類可以與
第二、四類相轉。範圍比 1、2 更大。
　　戴氏的第三類，相當於後人的「旁轉」，至於他自己的「旁
轉」，則指既非同類，又非連比之類的相轉，如支、佳韻字（在第
五類）雖有從歌戈（在第一類）流變者，既非同類，又非連比之
類，故為「旁轉」，伯元師所謂「隔類相轉」「蓋類既隔越，而可
旁推交通，故謂之『旁轉』。」❿

---

❿　　陳師新雄《古音學發微》，頁 243。

　　最後，我們以「爾、而、女、戎、若」五個古漢語第二人稱代
詞為例來說明它們的轉語關係。據中古音，爾，兒氏切（日母紙
韻）；而，如之切（日母之韻），女（汝），人諸切（日母語
韻）；若，而灼切（日母藥韻）；戎，如融切（日母東韻），從聲
母看，這五個字中古聲母是變聲，在上古音系也是同聲母，屬於戴
氏「同位」之列，在《聲類表》，則分別居於表五（紙），表一
（語）、表二（之）、表三（冬）、表一（藥）的濁聲十一章第三
位（即日母）。于靖嘉（1987：30）再用「韻轉」作一次說明如
下：[105]

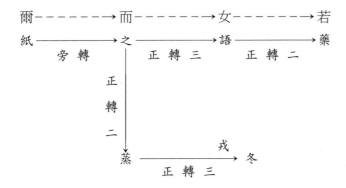

由於戴氏二十五歲寫了〈轉語序〉，到五十五歲於逝世前二十日才
匆匆草就《聲類表》，也未曾作例言，以致段玉裁雖受業十五年也

---

[105]　于靖嘉〈戴東原「轉語」考索〉（《複印報刊資料·語言文字學》，1987
　　　年），頁30。

未理解，只把它當作古音著作。至於我們從〈轉語序〉中獲得幾個例證，究竟後人的詮釋是否全為戴氏的本意，目前不敢斷言，如果再從戴氏〈論韻書中字義答秦尚書蕙田〉一文歸納文字音義關係為六例，前三例：義由聲出、聲同義別、聲義各別，其中所謂「義」是指「本義以外，文字由於音義轉變而產生的意義」，包括「文字通過假借而出現的同音異義現象」。（周斌武 1988：112）如果這些都是戴氏轉語之法類推的對象，我們可以確信，「轉語之法」並非專為詞族研究而設，它只是對音義變化中所產生的一義數音、一音數義等現象，找到「義由音出」「因音得義」的一種考察規律而已。由於他的例證偏重在方言詞或古今語，他「領悟語言的發音有自然的節限，語音的變化服從於一定的變化規律，主張衝破文字形體的障礙，把語言的音義貫串起來，因聲求義，探索方言和古今語音轉的規律。」（周斌武語）我們從上引的那兩個表就可以知道，他的態度是科學的，其成就也是輝煌的，我們並不認為他已得到了全部的規律，而是從他的意圖上說，如果假以年數，讓他能夠為自己的 147 個等韻圖每個圖作疏證，或許有更多可信的證據，也可以把規律發展得更細密。不過，有一個事實必須指出，戴氏的「轉語」只是從錯綜複雜的轉語（或者只是可能的轉語）材料中，歸納出的一些規範和間架，絕不是真正科學的驗證，這是文獻語言研究不同於現代語言學的地方，我們只能說它是「轉語」現象的局部解說，並非所有「轉語」必須服從於這些規律，例如：他把歌戈韻當陽聲，部分微母入喻，疑母歸在齒類，影喻相配而不知喻母三、四等來源有別，都是有待商榷的問題。

王力（1947）〈新訓詁學〉就對「一聲之轉」的證據能力提出

質疑,他說:

> 自從清人提倡聲韻之學以後,流風所播,許多考據家都喜歡
> 拿雙聲疊韻來證明字義的通轉,所謂「一聲之轉」往往被認
> 為一種有力的證據。其實這種證據的力量是很微弱的;除非
> 我們已經有了別的有力的證據,才可以把「一聲之轉」來稍
> 助一臂之力。「如果專靠語音的近似來證明,就等於沒有證
> 明。雙聲疊韻的字極多,安知不是偶合呢?……雙聲疊韻之
> 說也由於它的神秘性而取得它所不應得的重要性。這是新訓
> 詁學所不容的。❿

　　我們認為清儒對這些音韻條例所持的態度,並非要證明什麼,
而是想詮釋一些既定的事實,例如:揚雄《方言》中的「轉語」資
料,或者戴氏《方言疏證》所認為的「一聲之轉」或「語之轉」,
戴氏並不想證明它們究竟是不是轉語,而是在既定的事實上,去問
什麼樣的音韻關係構成這種既定的同義事實,「聲轉」「韻轉」只
是他們歸納得來的音韻條件。在方法學上,這是一種形式化的要
求。梅廣先生(1990:3)指出:

> 中國學術發展到清代已表現出高度的方法自覺,而乾嘉訓詁
> 學者的這個主張(按指「沒有音韻關係就不能建立意義關
> 係」一語)就是一個具體的例子。意義是語言中最難掌握的

---

❿　王力《龍蟲並雕齋文集》第一冊(北京:中華書局,1980 年),頁 320。

部分，所以清儒要求無論何種意義關係——字義的同異遠近
——的建立，都必須滿足某些形式條件，始能保證不流於鑿
空。文字可以構成一種形式條件，意義有關係的字，如果諧
聲偏旁相同，可以認為同源，這是文字學基本常識。但假如
兩個字形體並無相同之處，它們難道就不可能是同源嗎？當
然不是。……清儒對訓詁學最大的貢獻在於發現一種更全面
更可靠的形式條件，作為建立意義關係的憑據。那就是音韻
關係。[107]

這些說明，已道出戴震以來學者對音轉理論鍥而不舍的動機，而且
也肯定這種努力在學術史上的意義。王氏父子繼承了戴氏的學說，
有所創新，而且在詞族研究上又跨進了一大步，未嘗不是拜這個理
論所賜。

戴氏轉語說，直接影響到他的師弟程瑤田及弟子王念孫，程氏
《果蠃轉語記》和王氏《釋大》是利用聲轉理論歸併詞族的兩篇代
表作。

乙、程瑤田《果蠃轉語記》

《果蠃轉語記》從一個變聲疊韻的複詞（聯綿詞）入手，考求
跟它相關的「轉語」，與戴震「轉語」以單音字為主要對象者大異
其趣。程氏分析「果蠃」一詞的演變，列出二百多個相關名稱。文
長只摘錄片段為例：

---

[107] 梅廣（1990）〈訓詁資料所顯示的幾個音韻現象〉，頁3（油印本）。

《爾雅》：「果贏之實，栝樓。」高誘注《呂氏春秋》曰：「穗，果贏也。」然則果贏之名無定矣。故又轉為蠮贏、蒲盧，細腰土蜂也。（《說文》云：「蠮又作蜾」）《爾雅》作果贏。又轉為鳥名之果贏（《廣韻》：「贏，桑飛鳥也。」）又轉為溫器之鍋鑼（見《集韻》）。栝樓、果贏之轉聲疾讀之則瓜也。轉之為樓甄。《爾雅》云：「鉤，藤姑」是。又轉為樓蛄，謂之樓也（《方言》云）。又轉為蛙名之樓蟈，又轉為舟名之舲艫。又轉為莊周書之痀僂丈人。又轉為岣嶁衡山。又轉為笑昫瞜，又轉為車枸簍（《方言》云），車篷也。

由這個例子可知，「果贏」一音，乃是「有物形而名之非一字之專名」❿，大概凡是帶有圓形之物，都可以用此名，這正闡發了音義通轉的道理和事物命名的規律。「記」的開頭就說明這個要旨：

> 雙聲疊韻之不可為典要，而唯變所適也。聲隨形命，字依聲立，屢變其物而不易其名，屢易其文而弗離其聲。物不相類也，而名或不得不類；形不相似，而天下之人皆得以是聲形之，遂靡或弗似也。姑以所云「果裸」者推廣言之。

周大璞（1984：96）指出這段話的精義：「他認為雙聲疊韻的

---

❿　殷孟倫語，見所著〈果贏轉語記疏證敘說〉，收在殷氏《子雲鄉人類稿》（濟南：齊魯書社，1985 年）。

聯綿字沒有固定的含意和字形，經常變動不居。至於事物的命名，往往與事物的形狀有關，形狀相同或相似的，可以用同一個名稱；而同一名稱，卻不一定用同樣的字，只要能標誌這個名稱的聲音就行了。因此出現了「聲隨形命，字依聲立，屢變其物而不易其名，屢易其文而弗離其聲，物不相類也，而名或不得不類」的現象。比如瓜果之類叫做「果裸」，字亦作「果蓏」、「苦樓」、「栝樓」；與瓜果形狀相似的細腰土蜂也叫做「果裸」，字變作「蛄螻」，或又變為「螻蛄」、「蒲盧」。當然，事物當中也有名稱相同而形狀並不相似的，那是社會上約定俗成的結果。劉又辛等（1989）也指出本書的缺點：「既無聲韻演變的具體闡述，又無可靠證據，有時竟是隨心所欲，率爾牽合，甚至把外來語的借詞也歸入其中，實為可笑。」❿

丙、王念孫《釋大》

　　王念孫《釋大》一文，我們在第一章第二節介招「平面義系法」時，已分析了見母的首條「岡聲」所領頭的五個聲符之間的「聲義關係圖」，可以參考。這裡再介紹卷三群母「勍健乾」條：

> 彊謂之勍，海大魚謂之鱷，彊勍竸聲相近，故有力謂之彊，亦謂之勍。盛謂之彊，亦謂之竸。○伉謂之健，大筋謂之筋。○天謂之乾，健謂之乾，虎行貌謂之虔，大魚謂之鱷，虔勍聲之轉，故彊謂之勍，強取謂之虔，大魚謂之鱷，海大

---

❿　劉又辛、李茂康《訓詁學新論》（成都：巴蜀書社，1989年），頁187。

魚謂之鯨。

這裡似乎包含一個含有「彊與大」意義的語根，我們可以把一組同族詞用一個圖來表現，即：

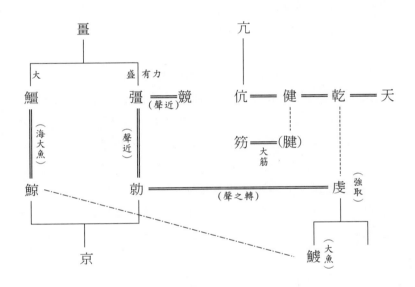

由圖可見聲義之同轉化的脈絡，但王氏的敘述卻只是平面的，它只是指出那些字聲相近，至於意義的分析也不夠清楚，有時候是展轉引伸之後，才勉強找到「大」義，其實這組的「大」是指「強壯有力」，因此「強取」的虔也在其中，並且做了「鱇」的偏旁。這個詞族的連繫只靠兩次「聲韻關係」的說明：(1)彊勍競聲相近；(2)虔勍聲之轉。其他的各字有時靠右文，有時又靠意義的平行關係並列的，如：伉＝健＝乾＝×天，就是一個同義組。這些地方

都顯示王念孫的語根觀念十分模糊，因此他沒有替這些平面的詞族找到中心點，我們也無從知道音轉或語轉的方向，再說，「天」雖然有乾、健義，但這個字是舌頭音，也和這一組字不同源，因此我們在上面的詞族關係圖上做＝×（不同族）的記號。直線相當於章太炎的「孳乳」，橫線則近乎「變易」。虛線是對當。

再舉卷六上喻母「昜」字條：

> 昜，開也；羊，祥也，善也。二者皆有「大」義。故大謂之洋，廣謂之洋。長謂之昜，高謂之陽；明謂之陽，強謂之昜，眾謂之昜，飛謂之陽，舉謂之揚，發謂之揚，日謂之陽，眉上廣謂之揚，馬額飾謂之鍚，盾背飾謂之鍚，大斧謂之揚，大薊謂之楊。揚，越聲之轉。《爾雅·釋言》：「越，揚也。」郭注：「謂發揚。」故發揚之轉為發越，飛揚之轉為飛越，播揚之轉為播越，激揚之轉為激越，清揚之轉為清越，對揚之轉為對越。故大斧謂之揚，亦謂之戉。

做照前面的辦法，仍以詞族關係圖來表示：

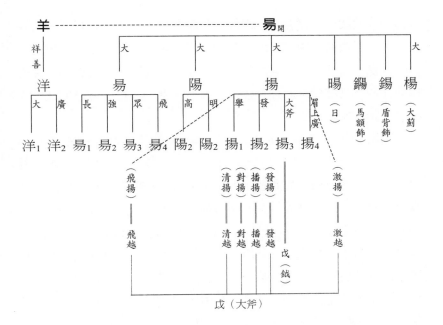

　　這個詞族包含三個表音的記號（初文或聲符），其中以易聲為
大宗，「羊」字的本義並無大義，因此它和「易」的關係是虛線的
對當關係，沈兼士的辦法就是「音符僅借音者」，如果要指出本
字，「易」是最好的選擇。用易的本義訓開，自然是「音符即本義
者」，至於「戉」則是本訓大斧，因此本含大義，引申而有大義，
由於「易」「戉」聲轉（易，與章切，上古陽部喻紐、李方桂音
*rang，董同龢 *diang 羊同音。戉，王伐切，王力上古月部為紐，
李音 *gwjat（祭部），董音 *riwat。聲母和韻部都不相近，只有
主要元音相同），由上古音看來，這種聲轉有些勉強，但是王念孫
卻找到一組對當的詞彙，揚與越互換，從詞義學的角度看，這種詞

彙的平行發展，其實要有同義的條件就夠了，並不需要以聲轉為條件。不過王氏的連繫，也許為我們提供更早的線索，因為斧鉞可以劈開巨物，而「易」本義訓開，似乎意味著道兩個詞在原始漢語的時期存在有某種構詞的連繫，就有待吾人進一步從漢藏語的比較來探討了。

劉又辛等（1989：188）對《釋大》有比較嚴厲的批評，他說：「王氏作此文的目的與程瑤田的《果蠃轉語記》相似，是從聲轉途徑探討聲義相通的問題。但是，他常把一些互不相干的詞義一概歸之於『大』，因而多有牽強專斷之處。比如，『易』是『陽』的初文，本義為雲開而見日；『揚』為舉起、飛起，《說文》：『揚，飛舉也。』『楊』為樹名。這些都和『大』義無關。至『馬額飾』與『盾背飾』之『鍚』、『錫』，更與『大』義無涉。這一類詞語比比皆是。因此，《釋大》遠不如《廣雅疏證》那樣考證嚴密，立論審慎。王氏關於整理漢語詞族的設想是好的，但他設計的框架和做法，從整體上說是失敗的。」通過我們前面的圖例來解讀《釋大》，筆者認為《釋大》在王氏父子那個時代，是很了不起的創舉，他所設計的框架基本上是成功的，我們必須認識到以下幾點：

1.《釋大》是綜合《廣雅疏證》得來的一種以同義為中心的平面系聯，這是繼承《爾雅》以來的傳統訓詁，他能夠走出意義框框，從聲轉的角度來系聯，而且按照 36 字母的順序排下來，這樣的工作不啻是給戴震《轉語》二十章的「參伍之法」提供了科學的印證資料，可惜他沒有進一步從規律方面去考察聲轉，而且只完成七個母，殊為可惜。

2.《釋大》的同義詞自然以引申為主，如果只從本義去系聯，絕對無法看到詞彙發展的關係，所以這篇文獻的價值遠超過詞族研究，即使從詞族的觀點看，也頗有價值，因為他是以同聲母的字根（聲符）為經，音同或音近為緯，把不同字根的同源詞串在一起，這就是在右文的基礎上，貫徹了他「就古音以求古義，引伸觸類，不限形體」的實踐，我們不能因為他的野心太大，詞族太龐雜，就忽略他在詞族研究上的奠基工作，「大」義只是他藉以貫串材料的形式線索，我們可以按照他每一字根與字根之間那空格○作為小詞群的界線，按字根來整理詞根，再通過小詞族之間「詞根意義」的比較，來尋找更原始的語根，當然不可能把「大」義的全部字根歸到一個總根，因為那是不合詞源原理的，王氏也許並沒有這個企圖。章太炎《文始》中的孳乳、變易，高本漢《漢語詞族》中的細類，在某種程度上說，是受王氏《釋大》這個框架的啟發。

3.王氏系聯字義的方法過寬，這是由於傳統訓詁上語義分析方法的籠統所致，《廣雅》本身就是一個大雜燴，把漢儒聲訓、義訓都混成同義詞，王氏雖然極力疏證以求通，但是仍然有許多注明「未詳」的條文，單就卷五《釋言》就多達二十條，如：「鄉，救也」、「偽，言端也」、「疊，懷也」、「播，抵也」、「免，隤也」等，足見王氏闕疑的精神，我們相信他這種「無一字無來歷」的實證是貫徹在他的《釋大》一文，例如前引劉又辛等對「鍚」「錫」「揚」三字的批評，王氏皆在小注中有證據，例如「馬額飾謂之鍚」下引《詩·韓奕》鄭箋：「眉上曰鍚，刻金飾之。」大概是取其在額頭眉上，故有高義。「盾背飾謂之鍚」下引《禮記·郊特牲》「朱干設鍚」鄭注：「干盾也，鍚傳其背如龜也。」孔疏：

「盾背外高，龜背亦外高，故云如龜也。」大概是取其盾背隆起的意思。「大薊謂之楊」下引《爾雅·釋草》「楊枹薊」郭注：「似薊而肥大」，大概是取其肥大義。雖然這些特點未必就是「錫、錫、楊」三字命名的根據，但是王氏的說法容有「牽強專斷」之處，不同於一般的傳會。而且從「馬額飾」叫「錫」，「盾背飾」「錫」看來，「錫」＝「錫」根本是一字異體，同一名稱可以施於異物，更印證了程瑤田的轉語規律。

綜合上述，我們對王念孫《釋大》對詞族研究上的貢獻是肯定的。同時，程瑤田《果臝轉語記》對於後來劉師培的《正名隅論》、王國維的《爾雅草木蟲魚鳥獸釋例》都有開啟方法的貢獻，漢語詞源學之源流遠長，不斷壯大，清儒的實證主義，無疑地立下了汗馬功勞。

丁、阮元《釋門》、《釋相》等

與王念孫同時的阮元，除了主編《經籍纂詁》，為一部訓詁名著外，他的《揅經室集》中有許多探討詞源的專篇，如：《釋門》、《釋矢》、《釋且》、《釋相》、《釋心》、《釋鮮》、《釋磬》、《釋蓋》、《釋戲》、《釋郵表畷》、《釋頌》等。其中以前兩篇最有名。茲摘錄《釋門》一篇主要論證部分為例：

> 凡事物有間可進，進而靡已者，其音皆讀若門，或轉若免、若每、若敏、若孟，而其義皆同，其字則展轉相假，或假之於同部之疊韻，或假之於同紐之雙聲。試論之，凡物中有間隙可進者，莫首於門矣，古人特造二戶象形之字，而未顯其

聲音，其聲音為何，則與鼟同也，鼟從釁得音，釁門同部
也，因而釁又隸變為衁、為衋、為璺，皆非《說文》所有之
字，而實皆漢以前隸古字。《周禮‧太卜》注：「璺，玉之
坼也。」《方言》亦云：「器破而未離謂之璺。」釋文注衋
本作璺，是璺與衋同音義也。玉中破未有不赤者，故釁為以
血塗物之間隙。音轉為盟，盟誓者亦塗血也，其音亦同也。
由是推之，《爾雅》鼟為赤芮，《說文》璊為赤玉、䝱為赤
麚，《莊子》橫為門液，皆此音此義也。若夫進而靡己之義
之音，則為勉，勉轉音為每，「亹亹文王」當讀若每每大
王，亹字或作璺，再轉為敏，為黽，雙其聲則為黽勉，收其
聲則為蠠沒，又為密勿，沒乃門之入聲，密乃敏之入聲。又
《爾雅》「孟，勉也」，……孟又轉為懋、為勱、為勖，
《書》「懋哉懋哉」，即勉哉勉哉，勱與邁同音，又懋之轉
也，勖者《說文》冂字之後次以冃、次以曰、次以冒，此皆
一聲之轉，《尚書》「勖哉夫子」之「勖」，其音當讀與目
同……又《方言》「侔莫，強也」，「侔莫」即黽勉之轉
音，《方言》之「侔莫」即《論語》之「文莫」，劉端臨
曰：「文莫吾猶人也，猶曰黽勉吾猶人也，後人不解孔子之
語，讀文為句，誤矣。」……又案卯字乃門字，門兩戶，故
篆為卯也，卯門一聲之轉，覼於此，更見古人聲音文字之精
義矣。」（《揅經室集》卷一）

　　拙作（1982：76-77）曾由詞族研究的觀點，將此文和王念孫
《釋大》作比較，指出阮氏這種作法，較《釋大》有這一步的觀

念。拙文說：

(1)《釋大》採用歸納法，先立義類，再依聲紐求其音轉。
《釋門》近乎演繹法，然先標聲類，如云「其音皆讀若
門」，並言其轉音，其展轉相假之規律為「或假之於同部之
疊韻，或假之於同紐之雙聲。」同部疊韻為王氏所未明言。

(2)觸類引申，不拘於一端，如因釁為以血塗物之間隙，音轉
為盟，盟誓者亦塗血也，由此推及釁、璊、䵓，皆有赤意，
楣則有門液意。

茲表其字展轉相假之次第：

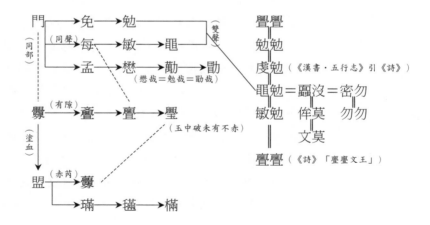

阮氏標舉一「門」字作為詞族演繹的起點，頗有「語根」的意
味，這個詞族由實轉虛，分化出三個主要的詞義，一是「進而靡

已」的「勉」字，二是「有間可進」的「釁」，三是以血塗物隙轉為「赤」義的「璊」，這些字都嚴格遵守同聲母，只有「釁」字古音值得討論，高本漢、周法高都根據曉母擬為 *xjən，但《說文》從分，分亦聲。段注：「釁又讀為徽，如《周禮》女巫釁人注，先鄭說是也。分聲讀徽，此即輝、旂入微韻之比，古音十三部在物韻」，段注的重點在說明文微對轉，我倒覺得徽從系微省聲，「微」古音明母，「分」古音重唇幫或並，從諧聲來看，釁這是曉母與明母諧聲通轉之例，當讀為輕鼻音 m̥ 或 xm，這樣整個詞族音轉都和 m- 有隙。又釁轉入微部，正與勉勉轉為亹亹（亦微部）平行。阮氏這個詞族還由單音詞到複音詞，可謂面面俱到，立一字以為「根」，考察其字展轉相假，或孳乳變易，對章氏《文始》的排比詞族，相信有一定的啟發，而他在演繹推論過程中，引證資料之繁複，亦可見其駕馭經典傳注之功力。由此看來，「詞根」的觀念在阮氏的詞源研究中已若隱若現，呼之欲出。

　　阮元在釋字的過程中，相當注意「音義關係」外，同時也闡明，本義和「引申義」，本義和「假借義」的雙重關係，指明「字義的『引申』和『假借』既有區別，又有聯繫。」（周斌武 1988：209），就以《釋相》為例，阮氏在這篇文章的首段說：

> 自周秦以來，以宰輔之臣皆名曰相。相之取名必是佐助之義（《詩》：「相維辟公。」《論語》：「則將焉用彼相矣！」）。乃《說文》「相」在目部，本義為省視，為以目觀木（《易》「地可觀者，莫可觀于木」），曷嘗有佐助之義？此必是假借之字，其本字為何？曰：襄字也。古人韻

緩，平仄皆可同義。是以輔助之相亦可平聲，贊襄之襄亦可去聲。傻人昧此，故不知「襄」「相」音同，可假借矣。

文中接著說明「襄」字的本義及引伸義。《說文》引漢令：「解衣而耕謂之襄」。阮元認為，古代凡是耕者，必然是成對的（耦），所以講「耕」實際上就包含著「佐助」的意義。漢人已稱之為「相人偶」。文章從兩個多義詞的詞義觀察其中的平行關係，阮氏說：

> 至於襄之訓因、訓除，相之訓道、訓勵，皆從人偶耕辟贊助而引申之者也。襄有因訓（《謚法》曰：因事有功曰襄）則「相」亦必訓因，凡二人二事之有因者必以相字連綴之，如相成、相佐、相偶之類是也。其實「相」皆借字，本義皆在解衣而耕之襄字也。《說文》恐後人不解「襄」字收入衣部之故，故引《漢令》以明之，而佐助之義即在其中，且《說文》衣為覆二人，本有偶之義，故不再為訓也。襄又訓除，乃《說文》引申之義，非第一義也。

案：阮氏為了證成「佐助」為襄之本義（或引申義），即依《說文》引《漢令》：「解衣而耕謂之襄」，他認為「凡耕者必有耦，故但言耕而即有佐助之義」，那麼「襄」字訓除去，他也不認為從「解衣」引申，卻從「人偶耕辟贊助而引申」，「耕辟」從他後文釋《詩·大雅·生民》「誕后稷之穡，有相之道」之「相道」為「襄道」（襄道者，耦耕也，攘草也）看來，就是「鋤草」的意

思。此外，他又據《詩·大東》「兩服上襄」的襄又訓駕，得出這樣的結論：

> 兩馬并駕之義，即兩人並耕之義。以襄駕之訓例之，知襄字之義重並耕而不重解衣矣。

另據《詩·棫樸》「金玉其相」作為「相」為「襄」之假借字的旁證。他說：「言金玉兩並為追琢〔即雕琢〕之章也。傳訓『相』為『質』，似望『章』字而始生其義，非本義也。」他又指出另一個假借的旁證是《文選·上林賦》「消搖乎襄羊」、〈西京賦〉：「相羊乎五柞之宮」。

阮氏如此理解《說文》來支持他的「襄」之本義及引申義，首先犯了一個錯誤，就是許慎「依形索義」的原則，許引《漢令》「解衣而耕謂之襄」，主要是因為襄字從衣，《說文》釋其構造為「從衣叟聲」，下面還引了一個古文襄。姑不論《漢令》的說法是否合乎本義，稍具常識者都會理解「襄」之義所重在「解衣」而不在「耕」，至少許慎的意思是這樣。其次，他又曲解了「襄」字從衣的意思，竟然採用許慎誤釋「衣」的字形為「象覆二人之形」，來成就其「偶並」之義。「衣」字金文皆作 〇 或 〇。商承祚說：

> 《說文解字》：衣象覆二人之形。案衣無覆二人之理，段先生謂覆二人則貴賤皆覆，其言亦紆回不可通，此蓋象襟衽左右掩覆之形，古金文正與此同。（《殷虛文字類編》）

由此可見阮氏之附會，實為過分相信許慎說解所誤。這一點幾乎是清儒追求字義與語源的共通毛病，我們今日有古文豐富的研究資料，可以減少許多不必要的錯誤。段玉裁這樣的大家，都不免為許慎曲護，何況一般經生。但是段先生對於「襄」字引申、假借，把握得至少比阮氏正確，下面是段注：

> 比襄字之本義，惟見於《漢令》也。引伸之為除去，《爾雅·釋言》、《詩·牆有茨》、《出車》傳皆曰：襄，除也。《周書·謚法》云：辟地有德曰襄，凡云「攘地」、「攘夷狄」，皆襄之假借字也。又引伸之義反復，《大東》傳云：襄，反也，謂除此而復乎彼也。《釋言》又曰：襄，駕也。此驤之假借字。凡云：「襄，上也」、「襄，舉也」皆同。又馬注《皋陶謨》曰：襄，因也，《謚法》：因事有功曰襄。此又攘之假借字。有因而盜曰攘，故凡因皆曰攘。今人用襄為輔佐之義，古義未嘗有此。

再看段氏對「相」字的看法，《說文》四上「相」下注云：

> 按目接物曰相，故凡彼此交接皆曰相，其交接而扶助者，則為相瞽之相，古無平去之別也。《旱麓》、《桑柔》毛傳云：相質也。（榮松案：《旱麓》無「相」字，當為《棫樸》之訛）質謂物之質與物相接者也，此亦引伸之義。

段氏除了說質為相之引申略迂曲外，以扶助（輔佐）為「相」

（省視也）之引伸，十分順理，《段注》刊於 1815 年，阮氏撰此文時不知是否讀過《段注》，但是他從「襄」與「相」的音義平行的觀點，試圖推翻舊說，重新詮釋其假借關係，但畢竟失之毫釐，差之千里，筆者認為《釋相》並沒有翻案成功，不是一為成功的論文。清儒說假借每每說過頭，王氏父子也作此病，可能是過份追求「音義相求」的後遺症吧！《釋相》一文關乎「引伸」「假借」的界說及求本字的方法，是探求詞源的重要環節，因此特別詳加辨正。阮氏在詞根探討上的開創性仍是值得肯定的。

參、章太炎標舉「語根」的意義

　　章太炎的語言文字學代表有清三百年樸學的總結，也代表從傳統小學向現代語言文字學的過渡。他在《國故論衡》、《文始》所表達的語言文字發展變化的理論，尤其能表現其繼承乾嘉以來，戴震、段玉裁、王念孫、阮元等所開創的訓詁傳統，並且進一步接觸十九世紀西方語言學理論，向前推進，突破傳統格局，欲闢榛莽的色彩。這一點可以由《文始》總結歷代詞源研究，結合古音學、語轉學、《說文》學而另立架構，設計〈成均圖〉系聯字族，標舉初文，創立孳乳、變易條例，似有「後出轉精」的氣象作為明證。本文敘述傳統詞源學的發展，以《釋名》探究名原為漢語詞源學之濫觴，而以《文始》殿後，實因其標舉語根與現代語源學遙相契合，且有總結傳統方法的意義。章太炎《文始》一書中，依音轉分九卷，按初文標字根，並從理論上用孳乳、變易之條例建立語言孳乳及文字衍化的規律，把字源的聯系推向詞族的研究，就章氏以後的現代詞源學家高本漢、藤堂明保、王力等人的著作來看，章氏的影

響仍存在，足見章氏堪稱現代詞源學的前驅者。

　　章氏在〈新方言序〉中提到「語根」一詞，他說：

　　世人學歐羅巴語，多尋其語根，溯之希臘、羅甸，今於國語
　　顧不欲推見本始，此尚不足齒於冠帶之倫，何有於問學手？

足見章氏已曉然於「語根」觀念對推源語始的重要，又在同篇分析
語言文字關係為六例：「一曰一字一音，莫知誰正。二曰一語二
字，聲近相亂。三曰就聲為訓，皮傳失根，四曰餘音重語，迷誤語
根。五曰音訓互異，凌雜難曉。六曰總別不同，假借相貸。」其第
四例，強調詞頭詞尾或重疊形式，對探求語根的影響，可謂知言。

　　章氏標舉字根的宣言，見於《國故論衡》〈語言緣起說〉一
文，他說：

　　是故同一聲類，其義往往相似，如阮元說：從古聲者有枯
　　槁、苦窳、沽薄諸義，此已發其端矣。今復徵諸說。如立
　　「為」字以為根，為者，母猴也，猴喜模效人舉止，故引申
　　為作為，其字則作偽，凡作為者異自然，故引伸為詐偽，凡
　　詐偽者異真實，故引伸為偽誤，其字則變作譌，為之對轉為
　　媛，偽之對轉復為譀矣，……
　　如立「乍」字以為根，乍者止亡詞也，倉卒遇之，則謂之
　　乍，故引伸為為取始之義，字變為作，《毛詩·魯頌》傳曰
　　「作，始也」，《書》言「萬邦作乂」、「萊夷作牧」，作
　　皆始也。凡寀始者必有創造，故引伸為造作之義，凡造作者

異於自然，故引伸為偽義，其字則變為詐，又自寂始之義，
引伸為今日之稱往日，其字則變作昨。

　　按此章氏標舉字根之始，其義自阮元發之，足見章氏孳乳引伸
之法，受阮氏啟發，上舉二例，立「為」字、「乍」字為根，其所
孳乳泰半為形聲字，就形聲字母子相生而言，雖立「字根」，實即
「語根」。茲略仿沈兼士右文之表式，例之如下：

(1)
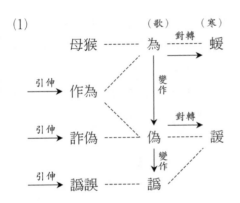

(2)
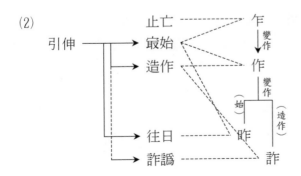

　　章氏在這裡尚未使用「孳乳」「變易」之名，然其法呼之欲出，蓋字義引伸過程中，由於語義小變，字形每有區別，這是形聲字孳乳的原則，另方面，為與蝯同屬禺類，偽與譌，皆訓詐，其義相當，而音有轉移，此即「轉語」，在章氏謂之「變易」。《文始》卷一「為」字下易「引伸」為「孳乳」，「其字變作」有的改稱「變易」，有的仍稱「孳乳」，章氏說：

> 《說文》：「為，母猴也，其為禽好爪，爪，母猴象也（按：段謂此五字衍文），下復（段作腹）為母猴形，古文作𤔥，象母猴相對，此純象形也。」對轉寒，變易為蝯，善援禺屬（禺，母猴屬也），母猴好爪，動作無猒，故孳乳為偽，詐也，詐偽猶作為，對轉寒，孳乳為譌，詐也，與𠃊相係，為之有法，孳乳為儀，度也，轉寒為楼，履法也。

章氏一則稱「為對轉寒，變易為蝯」，一則稱「偽，詐也，詐偽猶作為，對轉寒，孳乳為譌，詐也。」「為─蝯」與「偽─譌」音義對稱，同為「對轉」，前稱變易，後稱孳乳，余初不解，後來始悟：凡稱「孳乳」「變易」者，皆自「初文（語根）」出發，為與蝯，同實而異名，就語言來說，是造語根據不同，故為「變易」；偽與譌，已經「為─偽─譌」之展轉引伸，譌但訓詐，與為之本義有別，故為「孳乳」，如單就「偽─譌」兩字言，義同音轉，同實異名，稱「變易」亦無不可。上例含「為─蝯─偽─譌─儀─楼」這個詞族，較前圖增加「儀」「楼」二字。足見「孳乳」之多寡是看詞義「引伸」之多寡，文字分化之多寡而定。

　　至於第二組的字根「乍」，在《文始》中不再作字根，改隸於初文「且」字之下，同聲符的「作」「詐」，亦歸入「且」字族。（見《文始》卷五陰聲魚部甲，且字下），「昨」字則改隸同部「夕」字族下，視為夕之孳乳矣。由此可見，《文始》揚棄右文，全依音義關係，突破形體的限制，實有「自『字根』進入『語根』」之意味，故而批評右文（見《文始・略例庚》），宣稱「《文始》所說，亦有摶取本聲者，無過十之一、二。」這種觀念是進步的，其理師承戴、阮、二王諸說，而又更加嚴密有次第，更重要的是以自己總結的古聲母、韻部，作為音轉之依據。可惜，事屬草創，難免體大而思不周，這種以上古音韻架構為研究基礎，並以《說文》之初文、準初文為音轉義衍之起點，方法富有創意，理路亦超越清儒，但是他遭到詬病的，也正在這個方法論的起點上，「音轉」之是非留到後文再談，且論其以「初文」權充「語根」的毛病出在那裡，就拿前例的「為」字來說，古文字學家已根據形義給予《說文》如下的訂正：

　　　　為字甲骨文作🦣，羅振玉曰：「從爪從象，意古者役象以助
　　　　勞，其事或在服牛乘馬之前。」金文亦多從爪從象會意。或
　　　　簡化作🦣、🦣，象的形狀已不顯。《說文》古文作🦣，即🦣
　　　　之形譌。許慎謂「下腹為母猴形」，又謂古文為兩母猴相對
　　　　形，完全是出於主觀想像。（陳初生《金文常用字典》頁304）⑩

---

⑩　關於「為」之形、義，魯師實先〈說文正補〉（附刊於黎明文化公司版《說
　　文解字註》內）頁43-46釋「為」，有詳細的考辨，證據確鑿。

這幾乎是文字學界公認的說法，章氏完全相信許慎根據小篆譌變的形體所作的誤解，再從母猴的模倣作起點，孳乳出作為、詐偽，詐諼等字，詞族的歸納即使不誤，而「語根」卻是錯誤，這種情形絕不能以「得魚忘筌」來替他開脫，章氏由於「迷信《說文》」（王力語），跟著許慎鬧笑話的地方，也不只一次，王力（1982：40）就指出：「『也』字本是『匜』的古文，許慎偏要說是「女陰也」，章氏跟著錯，甚至說「地」字古文也常作「也」，因為重濁陰為地。這種議論是站不住腳的。」

這種錯誤當然不是章氏始料所及的，章氏受到時代和個人學術的限制，正如清代《說文》學者一樣，假如他是專業的文字學家，至少可以像王筠一樣，參考一些古文字的研究，把錯誤減少到最低。但是正如我們對於「語根」的了解一樣，「初文」或「字根」只是推求「語源」的一種媒介，我們是借著古人造字意圖來窺測古語的「詞素義」或「語素義」，因此歸納字族，永遠是探討「詞源」的一個有效手段，章氏在無法拿捏準確的「語根」，但他的心目中有「語根」存在，這一點是比他的以前的語源學進步的，因此，章氏追求「語根」的努力儘管並不十分成功，也並非如王力所說的「《文始》所論，自然也有可採之處，但其中錯誤的東西比正確的東西多得多。」⑩因為在一定的學術條件下，在詞源史上，作出這樣卓越的創意，其方法學上的意義是不能抹煞的，本文將從這個角度，來發掘《文始》的精義，當然也盡可能從學理上，指出章氏的疏漏。

---

⑩　王力《同源字典》，頁 41。

第三章　《文始》制作探源

第一節　章太炎傳略及其語言文字學著作

壹、前　言

　　1986 年是章太炎（1868-1936）先生逝世五十週年，有兩本有關他的生平的紀念文選出版，都是由任職上海社會科學院歷史研究所的章念馳（太炎先生哲孫）主編。一為《章太炎生平與思想研究文選》（浙江人民出版社，1986），一為《章太炎生平與學術》（三聯書店出版，1988），選的是近五十年來出版的有關他的論述，兩書合計 44 篇。章念馳在書前指出他曾選編《章太炎資料索引初編》一千一百多條。五十年來，章氏的著作時有出版，較大部頭的是上海人民出版社一九八〇年起陸續出版的《章太炎全集》，是重新編輯、整理校點的正體字本，已出至六冊。

　　章氏是中國近代史上有影響力的民主革命家和思想家，也是一位著名的學者。一生寫有大量政論文章和學術專著，他在歷史上的地位與作用主要並不在於政治方面，綜觀他一生的主要事業是在學術方面。其業績涉及中國近代政治史以及思想史、哲學史、史學史、文學史、語言文字學史、醫學史以至書法史等諸領域，其一生

經歷亦多采多姿，從思想史的角度來看，又是表現極為複雜而頗多轉折的一種思想歷程，任何傳記都不能滿足深思的讀者，1979 年中華書局出版的湯志鈞編《章太炎年譜長編》二冊，是迄今最完整的生平傳記。章氏五十五歲以前有「自訂年譜」，尚闕十四歲。其他的傳作或片斷記述文字就多得目不暇給，因此，為這樣的人物敘述生平傳略，究竟對本書有何必要性呢？由於章氏的學術中語言文字學佔有相當份量，而過去的研究，極少注意探討這方面的問題，頂多一筆帶過，這就更增加吾人想了解其著述語言文字學方面的背景和動機，因此，為了不浪費篇幅，以下的傳略，就著眼於他的學術生涯和語文著述的關聯。

貳、傳　略

㈠ 世代「書香」與漢學啓蒙

　　章太炎名炳麟，字枚叔，初名學乘。後因羨慕顧炎武之為人，改名絳，別號太炎。

　　清同治七年（1868）11 月 30 日（陽曆為 1869 年 1 月 12 日），章太炎誕生於浙江省餘杭縣南鄉倉前鎮一個書香世家。曾祖父名均，是餘杭縣學的增廣生，在海鹽的儒學做「教諭」，回鄉後曾建茗南書院，又在鎮上設章氏義莊、義塾。祖父名鑒，是餘杭縣的「附學生」，援例為「國子監生」，家藏宋、元、明版書籍五千卷，精於醫術。其父章濬（字輪香），亦擅醫。曾暫為杭州知府譚鍾麟幕客，居家讀書課子居多。

　　九歲，從外祖父朱有虔讀經，「時雖童稚，而授音必審」，

「課讀四年，稍知經訓」，這是漢學的啟蒙教育。並受到民族大義的啟發。十三歲由父親章濬課讀科舉文字，開始讀蔣良驥《東華錄》，「見戴名世、呂留良、曾靜事，甚不平，因念《春秋》賤夷狄之旨。」十六歲赴縣應童子試，因患癇疾而未果，遂輟制義。「頗涉史傳，瀏覽老莊」。十七歲，初讀四史、《文選》、《說文解字》。十八歲初讀唐人《九經義疏》，並改在長兄章籛指導下，「乃求顧氏《音學五書》、王氏《經義述聞》、郝氏《爾雅義疏》讀之，即有悟。」、「壹意治經，文必法古。」曾以兩年讀完《學海堂經解》，其後又旁理諸子史傳，二十一歲「始有著述之志」。

以上主要根據章氏「自定年譜」，他在十六、七歲就開始「晨夕無間」地讀經、史、子及文選，並開始研讀《說文》及乾嘉小學經典，這是嚴格的漢學訓練。章念馳說：「太炎先生青少年時代，由他外祖父、父親和長兄執教鞭，他不僅從他們那裡接受了嚴格的傳統文化訓導，受到民族主義思想的啟迪，還深深埋下了愛好醫學的種子，他當時還隨長兄章籛問學於仲昂庭醫生，『常得傳』醫學真髓。」❶

〔二〕 詁經精舍與乾嘉師承

光緒十六年（1890）章氏二十三歲，正月父親去世了，喪事完畢後，就到杭州西湖孤山的一個書院叫「詁經精舍」繼續深造。此時主持講習的是經學大師俞樾（號曲園，浙江德清人）。在清朝嘉

---

❶　章念馳〈論章太炎先生的醫學〉，章太炎、黃季剛國際學術研究會論文，香港大學，1989 年 3 月。

慶間，阮元督學浙江時，曾聚學生門徒於此，合著《經籍纂詁》一百十六卷，「精舍」係由當日修書之屋改為書院，先後有阮元、王昶、孫星衍等名儒居此講學。俞曲園是從顧炎武、戴震、王念孫、王引之等一脈相承下來的樸學大師，主持詁經精舍講習達三十一年之久。章太炎此時從學的先生除俞樾外，還有高學治、譚獻、黃以周等。高學治（宰平）年紀最大，早年曾與章濬在詁經精舍共過事，對章氏督導尤謹。譚獻（仲儀）治經傾向今文經學，好陽湖莊氏，文有魏晉風格，在「文辭法度」方面給章太炎很深的影響，黃以周（元同）撰《禮書通故》等，太炎重視「三禮」，注意《通典》，與黃的影響有關。同窗中相知最深的，則是楊譽龍和曹樹培二人。

　　章太炎在詁經精舍前後七年。精舍日課分句讀、抄綠、評校、著述四類。章氏在正規的漢學訓練中，表現傑出，可由下面的事實證明。1895 年刊刻的《詁經精舍課藝文七集》，共選六十五人二百零七篇詩文，章太炎有文十七篇。1897 年（章氏剛離開精舍，投身社會）刊刻的第八集，共選五十六人一百五十九篇詩文，章氏有文二十一篇，入選數量居第一。入選的全部三十八篇課藝文的內容則考證「三禮」有十八篇，考證「三傳」有十篇，他經合計十篇。俞樾的諸子學研究，章太炎影響很深，今存章氏第一部學術著著《膏蘭室札記》，是一部考釋駁論諸子為主的著作，原稿四冊，現存三冊，共四百七十四條，收入《章太炎全集（一）》。其中考辨經學僅八十餘條，考釋諸子有三百五十餘條，又以《管子》為最多，共一百一十五條。其他遍及秦、漢諸子，可說是一部《讀書雜志》、《諸子平議》類型的著作。據姜義華（1985：16）指出此書

著於 1891～1893 或可能延後一年，也就是在二十七歲以前。

在經學方面，章氏留意古文學派的《春秋左氏傳》，《章氏全集（二）》所收的《春秋左傳讀》、《春秋左傳讀敘錄》、《駁箴膏肓評》三書在渴志鈞《章太炎著作系年》皆繫於 1896 年。正常今文學的《公羊》之說如日中天的時候，章氏獨好古文，沒有隨波逐流，亦可見他的個性。「自定年譜」二十九歲（1896）云：

> 二十四歲，始分別古今文師說。……與穗卿（夏曾佑）交，穗卿時張《公羊》、《齊詩》之說，余以為詭誕。專慕劉子駿，刻印自言私淑。其後偏尋荀卿、賈生、太史公、張子高、劉子政諸家左氏古義，至是書成，然尚多凌雜，中歲以還，悉刪不用，獨以〈敘錄〉一卷、〈劉子政左氏說〉一卷行世。……余應其請（指梁任公招太炎為〈時報〉撰述），始去詁經精舍，俞先生頗不懌。然古今文經說，余始終不能與彼合也。

章氏委婉道出其離開精舍的另一原因，當然攸關治學旨趣及致用問題。在羅福惠撰的《章太炎的經學》中，讀到俞樾、孫詒讓對待現實政治態度的差異。他說：「俞樾趨向於保守，要求弟子埋頭治經，不聞政事。……年輕的章太炎感受到時代潮流的衝擊，社會責任的驅使，終於不顧俞樾的阻攔，投身於維新運動。戊戌政變後，為躲避清政府的緝捕，曾到過台灣和日本，同時發表了一些與封建頑固派鬥爭的論文。俞樾對此大為光火，責備章太炎為『入異域，背父母陵墓，不孝；訕言索虜之禍毒敷諸夏，與人書指斥乘輿，不

忠』、『不孝不忠，非人類也』。章太炎毫不退讓，抬出顧炎武的學說與老師對抗。並說：『先生既治經，又素博覽，戎狄豺狼之說，豈其未喻？』質問老師『何恩于虜，而懇懇蔽遮其惡？』（〈謝本師〉）……與俞樾相比，孫詒讓則進步得多，他理解並支持章太炎的政治活動。當俞樾宣佈把章太炎『革出教門』時，孫詒讓即表示承認這個『不孝不忠』的青年為自己的學生。」

這一時期是章氏的學術淵源和起點，在結束精舍學業之前二年（1894），中日爆發甲午戰爭，清廷戰敗，次年與日本簽訂喪權辱國的「馬關條約」，在這個刺激下，康有為等在北京籌設「強學會」；上海亦發起分會，章氏曾「寄會費銀十六圓」入會，該會宗旨在富國強兵，足見他的愛國熱忱。正因章太炎身處在中華民族外受帝國主義侵略，內受專制主義壓迫的年代，也正是新舊思想文化的交接點上，自不能免於整個大氣候的影響。

㈢ 「與尊清者遊」到「割辮與絕」

光緒二十三年（1897），章太炎三十歲，毅然走出書齋，一月到上海，任《時務報》撰述，基本上贊成維新變法。四月便因與康梁學派「輒如冰炭」，返杭州成立「興浙會」，編《經世報》，並參預《實學報》、《譯書公會報》筆政。次年，上書李鴻章，企求能「轉旋逆流」，也應張之洞之請赴武昌，助張辦《正學報》，回上海任職《昌言報》，九月，「百日維新」夭折，章太炎避地台灣，任《台灣日日新報》記者，撰文評康有為、袁世凱、張之洞和清朝政局。並為梁啟超在日本出版的《清議報》撰稿。1899 年夏，東遊日本，「與尊清者遊」，對立憲運動仍表同情。並經梁啟

超介紹，結識孫中山。

　　1900 年，八國聯軍入侵。章氏從維新夢中醒來。七月在上海召開的「張園國會」上，章太炎激烈反對立憲派唐才常等「一面排滿，一面勤王」的模糊口號，「宣言脫社，割辮與絕」，接著樹起反清的旗幟。次年三月他因再度被通緝，走避蘇州，執教於美國教士所辦的東吳大學。曾拜望老師俞樾，俞呵斥他從事革命為「不忠不孝」，〈謝本師〉即撰於此時。1902 年 2 月，章被迫再度走避日本，在日與孫中山定交，共商「開國的典章制度」和中國的土地賦稅問題。並翻譯出版我國第一部普通《社會學》（日人岸本能武太著）。七月返國潛居，對三年前（1900）初刻的《訄書》大幅度增補修訂，在〈尊孔〉、〈學變〉等篇中，批評孔子「虛譽奪實」和尊孔派的「茍務修古」，在思想界起了強烈影響。接著又與蔡元培等在上海成立「愛國學社」，與吳稚暉、蔣維喬等講授國文，並倡言革命，此時章太炎曾力薦其學生章士釗去《蘇報》任主編，《蘇報》刊載大量排滿文章，同時，鄒容的《革命軍》問世，《蘇報》先後刊載了章太炎的〈駁康有為論革命書〉、〈革命軍自序〉、章氏為《革命軍》寫的序、及讀者〈讀《革命軍》〉等文，並登了《革命軍》廣告，引發了震驚中外的「蘇報案」，清廷大事搜捕密拿，章、鄒相繼入獄於上海西牢。獄中二人唱和詩，獲得不少讚揚。可惜二十歲的鄒容入獄不到三年不幸病死獄中，章太炎則因此而開始勤讀佛典，1906 年六月刑滿出獄，隨即第三度東渡日本。

四 主編《民報》與東京講學

　　章氏由同盟會派人由滬迎接到東京，經孫毓筠介紹，加入同盟會，七月十五日中國東京留學生在神田區錦輝館舉行盛大歡迎會，章太炎發表了充滿革命樂觀主義的六千言的演說，全文刊登在《民報》第六號。《民報》是同盟會的機關報，創刊於 1905 年。初由胡漢民編輯，當時主要針對康、梁的《新民叢報》展開論戰。自第七期章太炎接任主編，章氏這個時期文章犀利，成為孫中山等革命派的主要發言人。他所從事的革命宣傳的主要綱領，由他在歡迎會上的演說辭中充分表現出來──「一是以宗教發起信心，增進國民的道德；二是以國粹激動種性，增進愛國熱腸。」章在本年（1906）十月《民報》第八號發表〈革命之道德〉，十一月《民報》第九號發表〈建立宗教論〉即是提倡公德與實現眾生平等的思想。關於國粹的發揚，同年起他也應留日學生的請求，主辦「國學講習會」，並刊行《國學振興社講義》，講授中國語言文字學、經學、史學、諸子學和文學。聽講者有馬裕藻、沈兼士、沈士遠、任鴻雋、任鴻年、康寶忠、杜羲、吳承仕……等。並曾為朱宗萊、龔寶銓、朱希祖、錢玄同、許壽裳、錢家治、魯迅、周作人八個人每週開設一次特別班。

　　1908 年 11 月，清政府與日本當局秘密交易，由日本政府下令封禁《民報》，章太炎親至警廷，慷慨陳詞，高呼「革命無罪」。《民報》封禁後，章太炎繼續留在日本講學。這時期對語言文字學的著述尤勤，共寫了《文始》、《新方言》、《小學答問》、《國故論衡》、《齊物論釋》等專著，此外，還在《國粹學報》、《學

林》等刊物上發表一系列學術論文。有系統地介紹了他對文字音韻學、學術思想史和文學史等方面的研究心得。其中《文始》以明語言之根，《小學答問》以見文字之本，《新方言》以通古今之郵。又《國故論衡》上卷十一篇，如〈成均圖〉、〈音理論〉、〈一字重音說〉、〈古音娘日二紐歸泥說〉、〈語言源起說〉、〈轉注假借說〉等都是章氏在語言文字方面的重要論文。其〈自述學術次第〉（載《制言》半月刊第二十五期）說：「中年以後，著纂漸成，雖兼綜故籍，得藉經思者多，精要之言，不過四十萬字，而皆持之有故，言之成理，不好與儒先立異，亦不欲為苟同，若《齊物論釋》、《文始》諸書，可謂一字千金矣。」可見他對《文始》一書的獨創性感到十分自豪。

　　《小學答問》是回答弟子之問，以探明本字、借字流轉變化之跡。章氏自己說：「及亡命東瀛，行篋惟《古經解彙函》、《小學彙函》二書，客居寥寂，日披大徐《說文》，久之，覺段、桂、王、朱俱未見諦，適錢夏、黃侃、汪東輩相聚問學，遂成《小學問答》一卷。」（諸祖耿：〈記本師章公自述治學之功夫及志向〉，《制言》第二十五期）

　　自 1906 年起，《國學講習會略說》、《文學略說》、《新方言》（1907）、《劉子政左氏說》（1908）、《莊子解詁》（1909）及《齊物論釋》自序（1911）及《國故論衡》上的大半文章都發表在《國粹學報》，《文始》則刊於《學林》（1910）未刊完，1913 年始出手稿石印本。章氏很珍視自己在文字學和音韻學上的研究心得，他曾把《新方言》寄回國請孫詒讓指正，孫看後認為很精審，亦覆信給太炎。章氏語言文字的見解對當時發生具體影

響的是 1908 年見於《國粹學報》的〈駁中國用萬國新語說〉（見《章太炎全集（四）》）主要駁斥巴黎留學生主張廢漢文改用「世界語」，亟指所謂「萬國新語」只適用於歐洲語文，不適於中國。並指出「國人能遍知文字與否，在強迫教育之有無，不在象形、合音之分也。」並按切音之法，設計由漢字形簡化成的切音符號，計紐文三十六，韻文二十二，作為注音之用，「非廢漢字而以切音代之」。這便是「注音符號」最原始的構想，民國二年教育部召開「讀音統一會」，確定以章太炎的切音為基礎，由弟子周樹人（魯迅）、朱希祖、許壽裳等稍加增減，遂定為現今之注音符號。

關於《民報》封禁前後，章太炎與孫中山關係之矛盾，及 1909 年汪精衛等背著太炎復刊《民報》引發的衝突，導致 1910 年章、陶（成章）另組「光復會」，從「同盟會」分裂，及前此（1908 年）年吳敬恆於《新世紀》刊登「章炳麟與劉光漢（師培）及何震書五封」，揭斥章氏曾欲要求端方資助赴印度事，引起同盟會內部的軒然大波，因而導致民國元年章氏一度與立意派的程德全等合流，組織「中華民國聯合會」，擔任會長。這些非關其學術生涯，筆者就從略了。

㈤ 擁袁反袁到護法反赤

民國元年，南京臨時政府成立後，章氏回國，便多與同盟會立異。曾與立憲黨人張謇等合組「統一黨」。旋又因反對「統一黨」併入「共和黨」而被逐。先前，由於支持袁世凱建都北京，袁任臨時大總統，一度對袁世凱抱有幻想，先被授為總統府高等顧問。是年冬，袁世凱改任他為東三省籌邊使，他帶著一份《東三省實業計

劃書》到長春履任，空忙一陣，就因種種阻礙和牽制，工作一籌莫展，民國二年宋教仁遇刺案發生後不久即行辭去。稍後，袁世凱「攘竊國柄，以逐私國」，章氏對袁完全失望，漸由擁袁而反袁。

二年六月，章太炎與吳興湯國黎在上海哈同花園舉行婚禮。這裡必須補述一下章氏的婚姻與家庭，章氏《自訂年譜》載其二十五歲就讀詁經精舍時，「納妾王氏」，二十六歲長女章㸁生。三十歲，次女章㕎生，次年（1898 年）章氏四十七歲的長兄，「無所出，撫㕎為己女以歸」。同年避地台灣，次年五月，東渡日本，是年「年譜」載「三女琞生」。1903 年（章三十六歲）「妾王氏歿」。十年後（1913）年譜才見「湯夫人來歸」。章氏長女章㸁與龔未生結婚則在 1910 年，據章太炎的長子章導（民國六年與湯夫人所生）追憶說：當年他的大姊、三姊都跟父親流亡日本，生活極為艱苦，其父從不帶他們上飯館，有一天父親帶了大姊、三姊、龔未生一起去飯館共進便餐。餐後，父親只攜了三姊回寓，一問始知這頓飯就是大姊與龔的婚宴。❷

民國二年七月二次革命爆發，章太炎即致電黎元洪，請黎氏代袁而起。八月「冒危入京師，宿共和黨」，臨總統府之門，大詬袁世凱「包藏禍心」，被袁世凱派兵軟禁，從是年八月至民國五年六月，長達三年，先幽禁在共和黨本部，繼禁於龍泉寺，三遷城東錢糧胡同。門禁森嚴，書信往返，亦經總所檢查。章氏在這危險處境下，除堅持與袁作鬥爭外，還著述講學不輟。先是民國二年十二月

---

❷　唐文權、羅福惠著《章太炎思想研究》（武漢：華中師範大學出版社，1986
　　年），頁 333-334。

九日開始的國學講習會，聽講者約百人，大部分是北京各大學的教員。其中有黃季剛弟子金毓黻，寫成《聽講日記》手稿，為世所重，❸章太炎講述內典經義，由弟子吳檢齋（承仕）記錄成《菿漢微言》一稿。後編入《章氏叢書》中。次年增訂《訄書》改名《檢論》，1915 年 7 月並手定《章氏叢書》上海右文社鉛排本。

這個時期，魯迅、許壽裳都曾去錢糧胡同探望過老師。季剛先生則過從最密，始終隨侍，多方護持，甚至為營救太炎先生，不惜屈身老師所公開聲討的四凶之一的袁氏心腹直隸都督趙秉鈞的秘書長二、三月。其中隱情，有潘石禪師〈師門風義〉一文可供探索。❹

由於囚禁日久，章氏由憤激（如曾絕食抗議）轉為深沉的自省。使他有可能對以往三十年學術思想的變化過程，進行一番清理。章太炎把自己做學問的道路概括成「始則轉俗成真，終仍回真向俗」。亦即由人間升到天上，又從天上回到人間。詳其是年所撰〈自述學術次第〉，簡單地說，對早年侮蔑不遺餘力的孔子思想學說，又漸予肯定。魯迅後來在雜文中對章氏手訂的《章氏叢書》頗有意見，如說：「革命之後，先生亦漸為昭示後世計，自藏鋒芒。浙江所刻的《章氏叢書》是出於手定的，大約以為駁難攻訐，至於忿詈，有違古之儒風，足以貽譏多士的罷，先前見於期刊中的鬥爭的文章，竟多被刊落。」（〈關於太炎先生二三事〉，《且介亭雜

---

❸　據王有為《章太炎傳》（廣州：廣東人民出版社，1984 年），頁 97-98。

❹　沈延國〈記章太炎先生若干事〉，《章太炎生平與思想研究文選》，頁 32-33。

文末編》）

　　民國五年六月，袁世凱死，章氏脫困。此後一度同孫中山先生緊密合作，被任命為護法軍政府秘書長。護法戰爭失敗後，他寓居上海，發憤杜門。但他畢竟不甘沉寂，民國九年，他又與一群同志提倡「聯省自治，虛置政府」運動。曾被吳佩孚聘為十四省討奉聯軍總司令部總參議，被孫傳芳聘為「修訂禮制會會長」，一度成了軍閥的座上客。被魯迅形容為「既離民眾，漸入頹唐」。或許出於對新文化運動的不滿，民國十二年七月，他創辦《華國月刊》，專門提倡「國故」。民國十三年冬，他公開反對國共合作，復組織反赤團體，民國十五年四月在上海組「反赤救國大聯合」，八月間他通電反對北伐，大約也從這年冬天起，章太炎幾乎不再參預政治活動。一直到民國二十年，九一八事變後，章氏才又投袂而起，對時局多所建言，呼籲抗日。

㈥ 投袂而起與講學以終

　　從民國十六年到民國二十五年六月十四日章太炎辭世，這是章太炎人生旅途最後十年，是他退回書齋時期，主要活動是講學與著述，表面看來也是最平靜的十年，但其實也並不完全平靜。原因是他是革命的大老，他關心時局，而又有許多主張和「當局」無法相容，必要的時候，又會發揮革命時期的戰鬥力，指斥當局。甚至對民國的前景絕望，視「中華民國業已淪亡」（1928，致李根源書七五），自稱「中華民國遺民」。這一幕可以民國十六年（1927）一月三日章太炎六十壽辰，〈生日自述〉一詩揭開序幕。詩云：

蹉跎今六十，斯世孰為徒？學佛集乾慧，儲書不愈愚。握中餘玉虎，樓上對香鑪，見說興亡事，挐舟望五湖。❺

民國十六年到十九年間，章太炎把大部分時間都消磨在書齋裡，從事著作，專心於古文《尚書》的研究，撰著《太史公古文尚書說》和《古文尚書拾遺》，又親自抄錄「民國五年出都以後所作詩三十八首」，匯訂成冊。他深居簡出，很少公開露面，連國民大學校長一職也辭退。當然也兼治宋明理學，如十六年十一月十六日〈致李根源書七〇〉說：「老夫自仲夏還，居同孚路賃寓，終日晏坐，兼治宋明儒學，借以懲忿。如是四月，果有小效，胸中壘痾之氣，漸能消釋。惟把捉太過，心火過盛……暇以詩自遣，苦無唱和。……行年六十，不久就木，而上不聞道，下不諧世，蟄居之中，雖稍能理遣，佛家所謂墮在無事甲里。」❻

民國廿年九月十八日，日本發動侵略我國東三省，他再一次感受到民族危機的深重，毅然而起，堅決主張從抗戰中尋求民族出路。次年日本帝國主義又在上海發動一二八事變，十九路軍奮起抗日，沉重打擊日軍的侵略氣燄，章氏曾撰文記其英勇事跡，讚此役為光緒以來三次對日戰爭的第一次大捷。接著他風塵僕僕，奔走於京滬之間，在北平見張學良，呼籲出兵抗日，並在燕大演講，號召青年拯救國家危亡。民國廿一年五月底，他途經青島講學，秋回到上海，六十五歲的他又應金天翮、陳衍、李根源、張一麐等邀請，

---

❺　章太炎《太炎文錄續編》卷七下（台北：新興書局，1956年），頁11。
❻　見湯志鈞《章太炎年譜長編》（北京：中華書局，1979年），頁889。

在蘇州「國學會」講學，勉勵青年學子要學習范仲淹的「名節厲俗」，顧炎武的「行己有恥」，以啟發青年的民族主義思想，並刊《國學商兌》，由陳衍任總編輯，一時盛況空前。但隔年冬天，章氏因與「國學會」旨趣不合而停講，由章氏和弟子在蘇州錦帆路章氏新居，發起「章氏國學講習會」，講習期限二年，分為四期，課程自小學略說、經學、史學、諸子、文學等略說，到《說文》、《爾雅》、《音學五書》、《經傳釋詞》、《金石例》及群經、諸子、《通鑑記事本末》、《文心雕龍》等。自民國廿四年九月正式開講，在這之前，四月起先辦「章氏星期演講會」，出版講演記錄，並創辦《制言》半月刊，由他自任社長。這份刊物至章氏去世後繼續出到四十七期。這是章氏晚年最具盛況的一次講學活動，聽者近五百人，外省來學者，寄宿學會內者有一百餘人。由章氏主持，並由弟子朱希祖、汪東、孫世揚、諸祖耿等任講師，並設特別演講，請王小徐、蔣竹莊及沈瓞民等擔任。我們從這些課程中的語言文字學部分，也可以看到，章氏一生學術，是和小學結合的，他既宣揚讀經，就不偏廢清代樸學的通經之路，「小學明而後義理、經學明」，民國二十五年（1936）六月十四日上午七時四十五分，這位六十九歲的最後的樸學大師，終因膽囊炎、鼻衄病與氣喘病併發，在蘇州的寓所與世長辭了。章氏去世之前，為告誡後代，曾草遺囑說：「設有異族入主中夏，世世子孫毋食其官祿。」正映照出這位老人心中殘破的海棠影，彷彿回到清末他誕生前後那個危機的時代，也適切地表達了這位革命元老的「晚節彌堅」。

參、章太炎的語言文字學著述

上文已約略提及章太炎一部分有關文字學方面的著述,由於章氏以樸學名家,著作繁多,語言文字學之論述,除見於《國故論衡》、《文始》、《小學答問》、《新方言》四本專著之外,其餘則散見於《章氏叢書》初續編中文錄,及各時期不同人編纂之文集及書信應答之中,搜羅匪易。為了下文徵引方便,以下主要根據《章氏叢書》初編(浙江圖書館校刊),《太炎文錄續編》,《章太炎全集(一)(二)(四)(五)》,並參考湯志鈞〈章太炎著作繫年〉(在章念慈主編《章太炎生平與思想研究文選》頁 369-432)列出比較重要的書名及篇目,或略加說明。

1. 膏蘭室札記

(撰於光緒十六年至十九年,原稿本四卷今存三卷,凡 474 條,此為章氏 24-26 歲肄業詁經精舍之隨日札錄。要以考釋文字為主,凡證一義,必昭晰音義,稽其事實,下以己意。其中亦有數條入《詁經精舍課藝》七、八集。又有章氏中歲採入《章氏叢書》之《管子餘義》、《莊子解故》及《太炎文錄初編》者。)今收於《章太炎全集(一)》頁 1-301。

2. 詁經札記

(撰於光緒二十一年至二十二年,屬於《詁經精舍課藝》第七、八集入選之作。其中〈無酒酤我解〉、〈束矢〉、〈髡者使守積〉、〈西旅獻獒解〉,曾收入《膏蘭室札記》,而文字有異。)今收於《章太炎全集(一)》頁 309-356。

3. 《文始》九卷

（《繫年》在宣統二年，1910，初刊於《學林》第一、二冊，未刊完，後出單行本。）收入《章氏叢書》初編（1915）。

4. 《小學答問》一卷

（宣統元年己酉錢玄同寫刻本）收入《章氏叢書》初編。

5. 《新方言》十一卷附《嶺外三州語》一卷

（《繫年》在光緒三十三年一宣統元年，原載《國粹學報》丁未年 9-12 月號，戊申年 1-6 月號續完，己酉（1909）七月日本東京刊本。）收入《章氏叢書》初編。

6. 《國故論衡》上卷

（《繫年》在宣統二年，1910，日本秀光舍庚戌五月朔日鉛字排印本，1979 年台北廣文書局曾翻印）收入《章氏叢書》初編。茲列上卷小學十篇目錄：

〈小學略說〉

〈成均圖〉

〈一字重音說〉

〈古今音損益說〉

〈古音娘日二紐歸泥說〉

〈古雙聲說〉

〈語言緣起說〉（1906，原為〈論語言文字之學〉下篇）

〈轉注假借說〉

〈理惑論〉

〈正言論〉

按：以上見 1919 浙江圖書館版《章氏叢書》。據 1915 上海右文社出版《章氏叢書》，則無〈古今音損益說〉，但另多兩篇為前

一本所不收。此二篇為：

〈音理論〉

〈二十三部音準〉

7. 《檢論》九卷

有關語言文字者：

〈造字緣起說〉附於卷二〈尚書故言〉之後。

〈方言〉附〈正名雜義〉卷五

〈訂文〉卷五

8. 《說文部首韻語》一卷

收入《章氏叢書》初編。

9. 《太炎文錄初編》五卷中屬語言文字者：

〈小疋大疋說〉上、下、〈毛公說字述〉、〈賓柴說〉、〈禽艾說〉、〈諸布諸嚴諸逐說〉、〈說渠門〉、〈說稽〉、〈說門〉、〈說物〉、〈與劉光漢黃侃問答記〉。以上卷一。

癸卯〈與劉光漢書〉、〈再與劉光漢書〉、丙午〈劉光漢書〉、丁未〈與黃侃書〉、〈再與黃侃書〉、〈三與黃侃書〉以上卷二。

〈論漢字統一會〉、〈駁中國用萬國新語說〉

以上《別錄》卷二。

10. 《太炎文錄續編》中屬文字訓詁類者：

〈王伯申新定助字辨〉

〈韻學餘論〉（原見《制言》第五期，1931，亦作〈論古韻四事〉，在《國學叢編》一期四冊，同年出版，又題〈音論〉載中華書局《中國語文研究》一書）

〈漢儒識古文考〉上、下

〈疏證古文八事〉

〈古文六例〉附：〈餘杭先生與黃季剛書〉、〈黃季剛上餘杭先生書〉

〈雜說三篇〉（〈說龍〉、〈說鵬鵰〉、〈說鬼〉）以上卷一

〈音韻學叢書序〉

〈經籍舊音題辭〉

〈音韻學通論題辭〉

〈今字解剖題辭〉以上卷二

11.其他單篇：

〈論語言文字之學〉（《國學講習會略說》，1906 日本秀光社）

〈中國文字略說——中國文字的源流〉（吳仁齋編《章太炎的白話文》頁 125，1922）

〈規〈新世紀〉〉，《民報》第二十四號。

〈答朱逖先論小學書〉（見《太炎先生著述目錄初稿》，載《制言》三十四期，文未見）

〈答朱逖先言六書條例非造字人勒定乃後人所部署書〉（同上）

〈答朱逖先論形聲字聲母本音書〉（同上）

〈論文字的通借〉（收入《章太炎的白話文》，原載《教育今語雜志》第四冊）

〈毛詩韻例序〉（《國學厄林》第一卷，1920，五月）

〈論文字歷史哲理的大概〉（即《教育今語雜志》第一冊之

〈社說〉）

〈說音韻〉（《太炎學說》上卷之子目，其中 1921 春夜觀鑑廬刊本）

〈與吳檢齋論說文書〉（《章太炎書札》，鈔本，溫州圖書館藏）

〈蜀語〉（《長江月刊》第一期，1917 年講演）

〈新出三體石經考〉（《華國月刊》一卷 1-3 期，1923）

〈答黃季剛書〉（原書無年月，函中謂接到《石經考》原稿，故繫於 1923 年）

〈與江旭初論阿字長短音書〉（《華國月刊》一卷 5 期，1924）

〈得友人所贈三體石經〉（《文錄續編》卷七下）

〈與黃永鎮書論古韻源流一、二〉（《古韻學源流》商務印書館）

〈說文解字序〉（王乘六等記，章氏星期國學講演會第一期，1935 年 4 月。）

〈白話與文言之關係〉（王謇等記，章氏星期國會講演會，第 2 期，1935 年 4 月），收在章太炎著《國學概論》，河洛圖書公司，1974，臺景初版。

〈小學略說上、下〉（王乘六等記，章氏國學講習會講演記錄第一、二冊，1935 年 10 月）

〈與金祖同論甲骨文書一〉，（日本《書苑》一卷一號，1937 年，又收入金祖同《甲骨文辨證》，按凡四帖，1941 年 11 月影印本）

〈與黃季剛論韻書二首〉（《制言》第 4 期，1931）

〈答李源澄論戴東原《原善》、《孟子字義疏證》書〉（《學術世界》一卷 7 期，1931）

〈答楊立三毛詩言字義〉（《制言》第 19 期）

〈評校說文解字注〉（書耑評語十八則，《制言》第 27 期）

〈蓟漢大師說文講記〉（徐復記，《制言》第 31、33、34 期）

第二節　《文始》制作的背景

《文始》和《齊物論釋》是章太炎自己最得意的兩部著作。這是章氏在民國二年（46 歲）遭袁世凱軟禁時「自知命不久長」而撰《自述學術次第》所作的自我肯定。現在看來，章氏一生的主要學術著作此時均已完成，何以眾多著作中獨標舉此二書為代表，足見章太炎對自己的學術，是歸結為小學和諸子兩個大範圍，各舉一篇滿意的作品，自以這兩書最有份量，就其對後代學術的影響來說，這兩書也是最大，可見章氏的自述是通過對前半生學術之反省所得，非信口自我標榜的話頭。我們可以說，語言文字和諸子學在章氏的學術殿堂中，既是地基也是畫棟飛簷，是入處也是出口，這兩本書之成為代表作，有許多相同處。簡單歸為兩點：

1.兩者都是會通的學問。《文始》是會通了文字、聲韻、訓詁而發現的語言文字孳乳發展的法則，它不限於形體，進而窺語言，探語根，它又能籠罩古今語言，故又編次《新方言》。「以見古今語言，雖遞相嬗代，未有不歸其宗」，這種工作雖由戴段二王推展

了一部分，但《文始》無論就方法、就材料及其所欲建立的語言發展體系，都是超越清儒的囿限的。《齊物論釋》也是這樣，它會通了莊子與佛學，同時在會通過程中，無疑又「參以近代康德、蕭賓訶爾之書」，因而能疏通滯義，開拓新境。章氏自述其過程是「余少年獨治經史通典諸書，旁及當代政書而已。不好宋學，尤無意於釋氏，三十歲頃，與宋平子交，平子勸讀佛書，始觀涅槃、維摩詰、起信論、華嚴、法華諸書，漸近玄門，而未有所專精也。……少雖好周秦諸子，於老莊未得統要，最後終日讀齊物論，知多與法相相涉。而郭象、成玄英諸家悉含胡虛冗之言也。」再看吳承仕所記《菿漢微言》卷末也說：「少時治經，謹守樸學，所疏通證明者，在器物之間，……繼閱佛藏，……以分析名相始，以排遣名相終，從入之涂，與平生樸學相似。……諸生適請講述許書，余於段桂嚴王，未能滿意，因繼閱大徐本十數過，一旦解寤，的然見語言本原，於是初為《文始》……由是所見，與箋疏瑣碎者殊矣。」

2.兩書各代表一門學術的新高峰，帶有歷史的使命。關於《文始》，姜義華（1985）指出：「章太炎把民族語言的建立與發展，同近代民族國家，近代民族文化與民族共同心理的建立與發展緊緊聯繫起來。」❼又說：「早在《訄書》的〈方言〉、〈訂文〉、〈正名雜議〉等文中，章太炎就專門討論了如何使各種方言逐步統一，如何使漢語適應於近代中國社會的變化與中外交往的擴大而發展等問題。出獄東渡以來，他又陸續寫了一系列專門論文和《小學

---

❼　姜義華《章太炎思想研究》（上海：上海人民出版社，1985 年），頁 472-473。

答問》《新方言》、《文始》、《國故論衡》上卷等一系列專著，進一步深入研究了這些問題。為了使這些問題能夠比較科學地解決，他還著重研究了語言的起源，語言與社會的關係，語言自身發展的歷史過程，語言內部各種因素的相互關係，語言發展的方向與途徑等基本理論問題。所有這些，也正是他在東京講學最為主要的內容。」❽《文始》無疑是一系列研究的最高峰，章太炎「非常出色地為中國古代文字音韻學的發展做了總結，又為中國近代語言學的發展奠定了基礎。」❾

　　關於《齊物論釋》，侯外廬（1944）《近代中國思想學說史》下冊曾指出：「由此（《蓟漢微書》頁 72-74）可知，章氏在哲學研究上，是通過非常迂迴而多角的道程，最後又重返於莊子的。」❿章氏依據自己研究而發現的自信與自負，獲得下面的結論：「凡古今政俗之消息，社會都野之情況，華梵聖哲之義諦，東西學人之所說，拘者執箸而鮮通，短者執中而居間，卒之魯莽滅裂，而調和之終未睹……余則採齊物以解紛，明天倪以為量，割制大理，莫不孫順。……漢宋爭執，焉用調人？……自揣平生學術，始則轉俗成真，終乃回真向俗。……若乃昔人所誚：專志精微，反致陸沈，窮研訓詁，遂成無用者，余雖無腆，固足以雪斯恥。」（《蓟漢微書》語）侯氏據此構成哲學家章太炎的一幅剪影如下：⓫

---

❽　同前註，頁 453-454。

❾　姜義華《章太炎思想研究》，頁 454。

❿　侯外廬《近代中國思想學說史》（下）（香港：生活書店，1944 年），頁 862-864

⓫　同前註，頁 864。

　　(A)研究方法：「始則轉俗成真，終乃回真向俗」。或者說是「以分析名相始，以排遣名相終」的方法。

　　(B)體系精髓：「採齊物以解紛，明天倪以為量，割制天理，莫不孫順」。

　　(C)自負自命：終結「漢宋爭執」，打破「秦漢以來，依違於彼是之間，局促於一曲之內」的僵化局面，更進而統一「華梵聖哲之義諦，東西學人之所說」。

　　這就是太炎哲學思想的輪廓。

　　以上是將現代分頭研究的成果放在一起，看來足以凸顯章太炎在語言文字學與哲學思想兩方面學說有其通而為一，「莫不孫順」的腔理存在。從這裡作為起點，我們要進一步理解《文始》制作的動機、方法、目標，及其所根據的學理，乃至他賴以完成此名著的學術涵養，都可以源源本本，「妄自破而紛亦解」地呈現出來。

壹、《文始》制作的動機

　　前文用《文始》作為章太炎小學研究的頂峰，並且有意把這種學術的「求是」的「真」，和民族語言的建設的「致用」的「俗」聯繫起來，肯定他的創作是有所為的。這裡，我們仍採用簡單的二元分析，來看他寫作《文始》的內緣與外因，外因必須聯繫他一生致力的民主革命運動，當時國內外形勢及其面對的那些問題與他的學術致用上的關係，同時也要考慮他寫作時期的人事環境。這些因素是多向交叉的。而內緣則相對地單純，只須由清代樸學發展的脈絡及章氏在消化及開展此一學術傳承上，站在何種位置，擁有某些新工具，接觸那些新方法，即可找到其突破點或創作的方向。

　　從內緣談起，章太炎從九歲到十三歲，由外祖父朱有虔教讀。朱有虔的祖父朱蘭馨是乾隆進士。父親朱錦琮，曾在國史館為謄錄，後任知縣、知府，著有《治經堂詩文集》四十卷、《信疑隨筆》十二卷和《治經堂外集》等。朱有虔本人也是庠生，撰有《雙桂軒集》二十卷（又名《秋芳館漫錄》，手稿尚存）和《讀書隨筆》若干卷，足見朱家是真正的「經學世家」。**⓬**清代漢學家的基本信條是：說經必須先考字義、再通文理，由聲音、文字以求訓詁，由訓詁以求義理。章太炎的啟蒙教育由這位科班出身的外祖父擔任，其督責必嚴，因此「授音必審」，課讀四年「稍知經訓」，證明章太炎啟蒙教育在文字音韻方面，打下了很好的基礎。不過那個階段僅止於「粗為講解」。文字訓詁的條理，則有賴於年長他十六歲的大哥錢炳森（名籛），對他在「說經門徑」上的指引，以及他勤讀顧、王、郝三家名著及《說文解字》的領悟。到了他成為俞樾的弟子，就完全接上了乾嘉學統，尤其是師承皖南戴震之學及俞樾、孫詒讓等晚清樸學大師的治學道路和方法。另一方面，深植他心中的清初黃宗羲、顧炎武、王夫之等人的民族大義，也透過顧氏《音學五書》和他的經學、小學根柢，作了緊密結合。如果我們不忘記章太炎的名號都來自顧氏，更可以從顧氏一生的學術及通經致用的主張，找到小學在章氏革命生涯中生根的理由。換言之，章氏的骨子裡既有顧氏小學「博」，也有顧氏通經的「用」，不過顧氏小學僅止於作為通經的工具，而章氏則進而視語言文字為「國粹」，是可以「激動種性，增進愛國熱腸」的「歷史教材」。1906

⓬　姜義華《章太炎思想研究》，頁9。

年蘇報案刑滿出獄，章太炎在東京留學生歡迎會上說：

> 為甚麼提倡國粹？不是要人尊信孔教，只是要人愛惜我們漢
> 種的歷史。這個歷史，是就廣義說的，其中可以分為三項：
> 一是語言文字，二是典章制度，三是人物事跡。❸

因為語言文字是民族文化的標籤，也是歷史的重要部分。在《訄
書·訂文》中，章太炎已明確指出，語言和文字都是人類社會生活
發展的必然產物，語言文字的豐富發展或乾澀退化，直接地關係著
社會的盛衰，他寫道：

> 泰逖之人，款其皋門而觀政令，于文字之盈歉，則卜其世之
> 盛衰矣。
> 昔之以書契代結繩者，非好其繁也。萬世之笘萌，皆伏于
> 蠱。名實惑眩，將為之別異，而假蹄迒以為文字。然則自太
> 上以至今日，解垢益甚，則文以益繁，亦勢自然也。先師荀
> 子曰：後王起，「必將有循于舊名，有作于新名」。是故國
> 有政者，其倫脊必析，綱紀必秩，官事民志，日以孟晉，雖
> 欲文之不孟晉，不可得也。國無政者，其出話不然，其為猶
> 不遠，官事民志，日以啙媮，雖欲文之不媮啙，不可得也。

　　因此，在主編《民報》時期，章太炎是把宗教和國粹兩者作為

---

❸　章太炎〈東京留學歡迎會演說辭〉，《民報》第六號。

「近日辦事的方法」，也就是階段性的宣傳革命的手段，因此，他成立《國學講習會》，應留學生的要求，系統地講授《說文解字》及段注。也講了《爾雅義疏》，《廣雅疏證》等，1906 年九月出版的《國學講習會略說》一冊，收錄的三篇講詞，其一為〈論語言文字學〉，而收在《國故論衡》裡的那篇〈語言緣起說〉即是〈論語言文字學〉的下篇。由此可見，語言文字學在章氏的「國學」領域中，是占有極重要的份量。因此，《新方言》、《小學答問》、《文始》、《國故論衡》都在 1909-1910 兩年中陸續刊行，這時他的講學活動持續不斷，換言之，章太炎在實踐（講學）中，完成這些語言文字學的名著。這種實踐的意義是正式宣告了「小學」擺脫經學附庸的地位，並賦予實質的理論內容。他在〈論語言文字之學〉一文中說：

> 合此三者（按指文字學、訓詁學、聲韻學），乃成語言文字之學。此固非童占畢所能盡者。
> 然猶名小學，則以襲用古稱，便于指示。其實當名語言文字之學，方為確切。……實則小學之用，非專以通經而已。（《國粹學報》第二年 24-25 期）

章太炎是把語言文字和文學、史學一樣，都當獨立的人文科學。因為它有三百年樸學的傳統，這個傳統正和一切人文的學科的發榮息息相關。傳樂詩（Charlotte Furth）〈獨行孤見的老人——章炳麟的內在世界〉一文，說得最清楚，他說：

在清代學術界裡，小學不安於僅是狹隘的技術性學問，而要求享有一種基礎科學的地位，係了解歷史、哲學與政治之一切層面所需要的根本方法。在大師戴震及章氏本人手中，小學幾乎成為研究所有哲學與文化所採取的一種語言學方法。章氏對其他中國學術的評斷，首先是以其對古典的語言學的了解為判準，在他心中古典的語言學代表義理（truth and meaning）之基本議題。❶❹

這個說法是有根據的，章氏 1909 年在《致國粹學報書社》（刊《國粹學報》己酉年第十號）「通訊」文中說：

> 弟近所與學子討論者，以音韻訓詁為基，以周秦諸子為極，外亦兼講釋典。蓋學問以語言為本質，故音韻訓詁其管籥也；以真理為歸宿，故周、秦諸子其堂奧也。經學繁博，非閉門十年，難與斠理，其門徑雖可略說，而致力存乎其人，非口說之所能就，故且暫置弗講。❶❺

他說「學問以語言為本質，故音韻訓詁其管籥也」，已經不限於「通經」一門，而是通及百家之學，至於經學就相對地浩繁，費時曠日，因此，在特定的革命環境和當前條件下，只能「暫置弗

---

❶❹　傅樂詩師等著《近代中國思想人物論——保守主義》（台北：時報出版公司，1980 年），頁 115-116。

❶❺　湯志鈞《章太炎年譜長編》上冊，頁 305。

講」，顯然他是以發皇語言文字之學為當務之急。

　　我們認為在這樣的意義下，章氏獻身於語言文字的溯源探討，一如他的古文經學之奉行「六經皆史」的理念一樣，都是古史學的一部分，在《國故論衡・小學略說》中，他已經闡明了他在語言方面的三大代表作的創作動機，他說：

> 余以寡昧，屬茲衰亂，悼古義之淪喪，愍民言之未理，故作《文始》以明語原，次《小學答問》以見本字，述《新方言》以一萌俗。

　　然而更深一層的動機，是要想補苴清代學術所未備，亦即要邁越昔賢。所以〈自述學術次第〉一文說：

> 近世小學，似若至精，然推其本，則未究語言之原，明其用，又未綜方言之要。其餘若此類者，蓋亦多矣。……此皆學術缺陷之大端，頑鄙所以發憤。古文經說，得孫仲容出，多所推明。余所撰著，若《文始》、《新方言》、《齊物論釋》及《國故論衡》中〈明見〉、〈原名〉、〈辨性〉諸篇，皆積年討論，以補前人所未舉。

　　因此，《文始》的語源研究，是一承先啟後的事業，因為章氏總結清儒在這探究語源的道路上的一切經驗，加上渡日以後，接觸西方歷史比較語言學的語源理論，有了更明確的語根、字族的觀念，這個清代樸學的最後一顆種子，就在革命生涯的罅隙中，因東

京講學的土壤而發芽，迅速茁長，並投入了振興民族文化，挽救國命民脈的戰鬥行列中。**⑯**

貳、《文始》制作的依據

章氏在〈自述學術次第〉中曾追述《文始》所由創作的學術理路，他說：

> 余治小學，不欲為王菉友輩滯于形體，將流為《字學舉隅》
> 之陋也。顧、江、戴、段，王、孔音韻之學，好之甚深，終
> 以戴、孔為主。明本字，辨雙聲，則取諸錢曉徵。既通其
> 理，亦猶有所歉然，在東閑暇，嘗取二徐原本讀十餘過，乃
> 知戴、段所言轉注，猶有汎濫，由專取同訓，不顧聲音之
> 異，于是類其音訓，凡說解大同而又同韻，或雙聲得轉者，
> 則歸之于轉注。假借亦非同音通用，正小徐所謂引伸之義
> 也。（同音通用，治訓故者所宜知，然不得為六書之一。）轉
> 復審念，古字至少，而後代孳乳為九千，唐、宋以來，字至
> 二、三萬矣。自非域外之語（如伽佉僧塔等字，皆因域外語
> 言聲音而造。）字雖轉繁，其語必有所根本。蓋義相引伸
> 者，由其近似之聲，轉成一語，轉造一字，此語言文字自然
> 之則也，于是始作《文始》。分別為編，則孳乳浸多之理自

---

⑯ 楊潤陸〈文始說略〉（1988.9 複印報刊資料）指出：1908 年 10 月《民報》
被封禁後，太炎先生以講學為主，弟子數百人。《新方言》、《小學答問)、
《文始》等有關文字音韻的專著是和講學分不開的，可以推測，《文始》的
寫作時間大約在 1908 年。

見，亦使人知中夏語言，不可貿然變革。

　　細玩此文，則章太炎制作《文始》的依據，大抵概括於此，分析來說：

㈠ 《文始》以戴、孔以下的音轉學為骨幹

　　無清代三百年之古音學，即無《文始》之作，但古音學中，作為《文始》基本理論的卻是戴震、孔廣森的音轉學，戴氏但揭「正轉」、「旁轉」，「陰陽表裏之相配」，孔廣森始稱陰、陽相配為「對轉」。章氏繼承這個理論而發揚光大，首先在韻部方面，總結上古韻部為 23 部，以王念孫 21 部為主，增孔廣森冬部為二十二，益以自己所發明的隊部（即王念孫脂部去入聲）故為二十三。將它按音轉關係構成〈成均圖〉，此圖即為章氏說明語言孳乳、變易的形式依據，據以開展對轉、旁轉等在詞族聯繫上的運用。除韻轉外，也考慮聲母的轉換，故又訂古聲為二十一紐，並據戴震「同位」、「位同」之轉語學而作「古雙聲說」，因此語根的孳乳就有了語音的規範。換言之，《文始》是探討語言變遷，不能停留在文字上，「文字用表語言，當進而求之語言」。

㈡ 《文始》以《說文》學為根基

　　按照章太炎自述的次第，是先讀二徐本《說文解字》十幾遍，領悟了「轉注」「假借」的真諦，進而想到由「文」到「字」，是由少而多，至許慎的九千字，其中必有孳乳、變易的條貫，而這些條貫正是《說文》個別字間的音、義的聯繫，而後串連成族。再就

每一字族均立「初文」或「準初文」為根，作為孳乳、變易的起點。全書體例，首列字根的《說文》本義、構形和六書歸類，其餘字亦以《說文》釋義為主要依據，旁徵經傳訓詁，即此而論，全書實為《說文》一書文字的孳乳浸多條理的考察，謂為《說文》學的一部分，亦不為過。

傳統《說文》學的核心是明六書，六書中最複雜的是形聲、轉注、假借；形聲字的聲義關係產生了右文說，另外，諧聲字的語音條件，關係整個古韻部及古聲紐歸字及音系的構擬，這些研究在章氏已有部分成績，不過尚未十分成熟，章氏的「古音娘日歸泥說」有一部的證據是諧聲字，章氏的古音二十一紐說則尚有若干缺陷。至於假借、轉注，則是異說紛紜，莫衷一是，章氏雖承戴段之學，然猶不滿戴段以互訓為轉注及以轉注、假借為用字原則之「四體二用」說，而提出他自己的「轉注假借說」（見《國故論衡》上），認為轉注、假借「悉為造字之則」，轉注是在原有文字的基礎上創造新字，以「考」「老」為例，實際上就是以「老」字作為基礎，孳生出一個「考」字，這個孳生關係的原因不在形體，而在聲音，也就語根的孳乳，產生語音的些許變化，才在形體上表現出來。章氏認為，不能把後人泛稱同訓的「轉注」與六書裡的轉注混為一談。所以，「建類一首」的「類」是聲類，「首」是語基，而不是許翰等人主張「同部互訓」為轉注的「義類」和「部首」，這是一個截然不同於前人的新觀點。假借也是一種造字方法，它以不為更製一字而體現了文字「志而如晦」的簡省原則。這篇文章的結論是：

轉注者，繁而不殺，恣文字之孳乳者也。假借者，志而如晦，節文字之孳乳者也。二者消息相殊，正負相待，造字者以為繁省大例，知此者希，能理而董之者鮮矣。

這個結論明顯指出：轉注、假借都是文字孳乳問題，轉注是文字的分化，假借字是文字的節制，能不造字儘量不造字，用既有的文字來引伸寄託，姑不論這個說法是否合乎「六書」的原始界說，章氏是用「語言觀點」來看待「轉注」「假借」，很明顯地，他用自己所創造的轉注、假借說，發展出《文始》中的「孳乳」「變易」理論，脈絡是十分清楚的。我們再看本文中充滿了語言的觀點，如：

蓋字者、孳乳而寖多，字之未造，語言先之矣，以文字代語言，各循其聲，方語有殊，名義一也。

又如：

首者，今所謂語基。……考老同在幽部，其義相互容受，其音小變，按形體成枝別，審語言同本株，雖制殊文，其實公族也。

他如「一語離析為二」、「此于古語皆為一名」、「本為一語之變」、「語言根柢各異，則非一首也」、「語言之始，義相同者多從一聲而變」，也充分說明了章氏以「孳乳」來理解「轉注」，

因此，黃季剛先生〈聲韻略說〉有云：

> 聲義同條之理，清儒多能明之，而未有應用以完全解說造字
> 之理者。侃以愚陋，蓋嘗陳說于我本師；本師采焉以造《文
> 始》，於是轉注，假借之義大明；今諸夏之文，少則九千，
> 多或數萬，皆可繩穿條貫，得其統紀。❼

　　由此可見，《文始》用來完全解說造字之理的正是清儒的「聲
義同條之理」，也就是聲轉、語轉之理，正完全合於章氏的轉注
說，但是章氏把具有音義關係的「假借」，視為引伸造字，卻與朱
駿聲氏以引伸為轉注同病，章氏似惑於許慎「令」「長」之例，而
未悟「本無其字，依聲託事」的符號功能，把轉注、假借拿來牽就
語源關係，這是值得批評的一點。

㈢　**《文始》以音義聯系為樞紐**

　　《文始》是一部語源學著作，既已明言「作《文始》以明語
原」（《小學略說》），他在《文始·敘例》中，更批評右文的缺
失，因此極力避免「復衍右文之緒」，他聲稱「《文始》所說，亦
有傅取本聲者，無過十之一、二。」可見他探究語源的方法，有意
突破字形的束縛，吸收聲訓的合理成分，從音義聯系的觀點進行字
族的研究。

　　音轉關係只是孳乳、變易的形式要件，詞義（或字義）關係才

---

❼　黃侃《黃侃論學雜著》（台北：學藝出版社，1969 年），頁 94。

是詞源關係的實質要件，《文始》之孳乳、變易，以韻轉為經，以事類（即義類）為緯，事類相同，亦往往出現右文關係。如：寒部「卵（古音如管），旁轉諄，于蟲孳乳為蚰，于木孳乳為梱，梱旁轉寒，變易為梡。……旁轉真，則昆，同也；棍，同也。……昆、佸，會諸字，在諄，孳乳為宭，群居也，為群，輩也。……在泰，孳乳為話，會合善言也，為儈……為薈……為繪……為膾，……為髻……為栝……。」以上所徵，「于蟲」「于木」俱為事類，昆、佸、會亦以義類（詞的核心義）組合。「在諄」「在寒」「在真」均為韻部，至於昆與棍；佸與話、髻、栝；會與儈、薈、繪、膾；宭與群，都不排斥右文，原因是它們義類相通。這種孳乳、變易的串聯，展示了詞彙的系統性，指出語言文字發展的方向，儘管是一種擬構的系統，而且似乎建立在《說文》的詞義系統上，但是已將清儒的詞源研究向前大大推進了一大步，較王念孫的《釋大》、阮元《釋門》、《釋天》之規模，作了大幅度的拓展。不過章氏的詞義關係並不嚴謹，在音、義兩種關係中作拉鉅戰，常常要顧此失彼，所謂「體大而思精」是辦不到的，但是在方法學上，這種「據音沿流」加上「據義系聯」，是漢語全面的字族研究模式，也繼承了傳統詞源研究的「標準理論」（可以指「聲義互求」的詞源學），這是章氏方法論中最重要的依據。

第三節 《文始》的體例

壹、《文始敍例》疏釋

《文始》一書的發凡起例，見於書前「文始敍例」。共分「敍」和「略例」十條。章氏著述的大意及基本觀點，盡在例中，前人研究，少作逐條疏通，因此難窺其全。以下筆者擬逐條分段疏解，指出它的理論架構。敍文分為五段：

(1)敍曰：倉頡之初作書，蓋依類象形，其後形聲相益，即謂之字。文者，物象之本，字者，言孳乳而浸多也。呂訖五帝三王之世，改易殊體，封于泰山者，七十有二代，靡有同焉。然則，獨體者，倉頡之文，合體者，後王之字。（韓非言倉頡作書，自營為厶，背厶為公。公非倉頡初文，特連類言之，王育謂倉頡造禿字，禿亦會意之文，非必倉頡所作。）古文大篆雖殘缺，倉頡初文固悉在許氏書也。

按：自「倉頡之作書」至「靡有同焉」全襲許叔重《說文解字敍》文字，如視同引文，則省略二處，一為「蓋依類象形」之下省「故謂之文」一句；二是「字者，言孳乳而浸多也」下省「著於竹帛謂之書，書者，如也」兩句。前者以不省為優，因下文仍以「文者……字者……」並列，上句「故謂之文」一句省略即不相稱，恐係章氏一時筆快而遺漏。本段引《說文》敍，旨在說明文字原始，斷自倉頡之初造書契，則以八卦、結繩皆為前文字階段，不關造

字。章氏《小學略說》就清楚表明：「或言書契因于八卦，水為坎象，巛則坤圖，若爾，八卦小成，乾則三畫，何故三畫不為天字？……或言文字之始，肇起結繩，一繩縈為數形，一畫衍為數字，此又矯誣眩世，持論不根。」（《國故論衡》上）。至於倉頡亦有異說，《書》疏引慎到曰：「倉頡在庖犧前。」許慎以倉頡為黃帝史官，本於《世本》。司馬遷、班固皆同其說。呂思勉〈中國文字變遷考〉：「以倉頡為黃帝史官，特東漢後附會之說，西漢固無是矣。」❸黃季剛〈說文略說〉：「按文字之生，必以浸漸，約定俗成，眾所公仞，然後行之而無閡。竊意邃古之初，已有文字，時代綿邈，屢經變更；壤地瓜離，復難齊一。至炎帝代夏，始一方夏；史官制定文字，亦如周之有史籀，秦之有李斯。然則倉頡作書云者，宜同鯀作城郭之例；非必前之所無，忽然刱造，乃名為作也。」❹呂思勉又謂：「試觀荀、韓、呂覽皆不言倉頡為何如人，亦不言何時人可知也；且觀荀子之說，則造書者不獨一倉頡，固已明矣。」❺

　　許敘之旨，在區別「文」、「字」，段玉裁曰：「依類象形，謂指事象形二者也。……形聲相益，謂形聲、會意二者也。……鄭注二禮論語皆云：古曰名，今曰字，按名者，自其有音言之；文者，自其有形言之；字者，自其滋生言之。……析言之，獨體曰文，合體曰字。統言之，則文字可互稱。」又曰：「封太山者，七

---

❸　呂思勉〈中國文字變遷考〉，《文字學四種》（上海：上海教育出版社，1985 年），頁 69。

❹　黃侃《黃侃論學雜著》，頁 4。

❺　呂思勉〈中國文字變遷考〉，頁 70。

十二家，見管子，韓詩外傳，司馬相如封禪文，史記封禪書。」章氏據此，強謂獨體的「文」是倉頡所造，合體的「字」，為後王所造，好像其中有可分的階段，並無根據。又謂「倉頡初文，固悉在許氏書」當然也不是事實，因為文字是演變的，舊體被新體替代，正所謂「改易殊體」，「初文」頗多與甲骨、金文不合，可以證明。

(2)自張揖、李登、呂忱、陸德明、曹憲、玄應、顏師古諸通人，塼治小學，依隱聲義，為得其宗。晚世王、段、錢、郝諸家，不韋憲章，穆若抽其條理，自餘或偏理《說文》，拘牽形體。文字者，詞言之符，以爻象箸竹帛，小道恐泥，亦君子所不鶗也，而世人多憙回遹，刮摩銅器，以更舊常，或以指事、象形為本，轉注、假借為末，其所據依，大氏譸張刻畫，不應禮圖，乃云：李斯作篆，多已承誤，叔重沿而不治，至欲改易經記，以倍戴為附舀，盜王為文王，則古義滋荒矣。

　　按：自魏晉迄唐，反切之道大行，張揖《廣雅》，冶義訓聲訓於一爐，李登《聲類》以五聲命字。呂忱《字林》、陸德明《經典釋文》、曹憲《博雅音》、玄應《一切經音義》，顏師古《漢書注》、《急就章注》等，具為音義訓詁之作，章氏所謂「得其宗」是就兼顧聲義言，別於「拘牽形體」，故自宋迄明，雖不乏文字學者，都因「偏理《說文》」而不提，而以王念孫注《廣雅》、段玉裁注《說文》，錢繹《方言箋疏》，郝懿行疏《爾雅》，為得其條

理。又以文字既箸之竹帛，君子不刊，但是清代文字學的鼎盛期，
一方面致力於《說文》的董理，一方面注意金文的蒐集考釋。據銅
器以考釋金文形體及《說文》古籀者，如吳大澂、孫詒讓、方濬益
等，蔚為風氣，每多刊正評叔重之訛，新說時出，甚至據以訂正經
典舊注，章氏似乎抱持排斥之態度，故視為「多騫回遹」、「譸張
刻畫，不應禮圖」，又認為金文考釋者，專主象形、指事，而忽略
轉注、假借。甚至以為「改易經記」，導致「古義滋荒」，這些話
無疑暴露了章氏的抱殘守闕，就以所舉兩個例子來說。第一個例
子：「以倍嗀為附喜」是指左傳定公四年，記周成王封伯禽時「分
之土田陪敦」。以「陪敦」為「附庸」，見於孫詒讓《古籀餘論》
卷三「召伯虎敦」之下，此敦銘文有「余考止公僕𤳈土田」句，孫
氏謂「𤳈當即庸字，《說文》㐭部：「喜，用也，讀若庸同」。此
即喜之省。又引《說文》土部墉，重文𩫱云：古文墉。僕，古與
附通，僕墉者即附庸，僕墉土田，猶詩魯頌閟宮云：「土田附庸」
左定四年傳說成王封伯禽云：「分之土田陪敦」，陪敦即附庸之假
借，因古文庸作𩫕，故或作敦，左傳本多古文也，彼附作陪，《說
文》土部作培，並聲近假借，與此敦借僕為附例同。」此說並見王
國維《毛公鼎考釋》，按今人楊伯峻《春秋左傳注》（頁 1536）
亦然其說。

　　第二個例子：「寧王為文王」，按尚書大誥：「寧王」凡六
見，「前寧人」凡三見，寧人、寧武、寧考各一見，吳大澂《字
說》、孫詒讓《尚書駢枝》，方濬益《綴遺齋彝器考釋》均謂金文
「文」字作𩰱（隸作㐱），與寧字形相似，此「寧」字乃「文」字
之訛。故此篇凡「寧」字皆當作「文」，寧王即文王，前寧人即前

文人，寧人亦文人，寧武即文武，寧考即文考。榮松案：曩昔聞寧鄉魯先生講授「鐘鼎文」至兮仲鐘「用侃豆㝬文人」，魯先生說，《尚書·文侯之命》：「追孝于前文人」。《詩·大雅·江漢》：「秬鬯一卣，告于文人」。並作「前文人」，或「文人」，文意相同，金文中「前文人」又見于白貳段、善鼎、井人妄鐘、追段。又金文中「文」字作「☆」（從心）之例尚有君夫段、師酉段等六見。又察此說已為當今治尚書者所公認，如屈翼鵬先生《尚書釋義》，吳仲寶師《尚書讀本》、周秉鈞《尚書易解》等，可以覆按。章太炎在當時雖為孫仲容所接納，然學術路線畢竟不同，此處可見端倪。

(3)古文自漢時所見，獨孔子壁中書，更王莽、赤眉喪亂，至于建武，史篇亦十七三四，《說文》徒以秦篆苴合古籀，非不欲備，勢不可也。然《倉頡》、《爰歷》、《博學》三篇，財三千三百字，《凡將》、《訓纂》繼之，縱不增倍，已軼出秦篆外，蓋古籀及六國時書，駸駸復出，而班固尤好古文（敘傳自述曰：正文字惟學林，《漢書》艸字多書作中，蓋多以古文箸之。）作十三章，網羅成周之文及諸山川鼎彝，蓋眾《說文》取字九千，視秦篆三之矣，非有名器之刻、遺佚之文，誠不足以致此。（《說文》所錄，亦有六國以後俗篆，如登壺從豆是也；亦有相如、子雲所作，如薀、琴等字是也；亦有漢時官府常行之字，如鄯善得名，為霍光所定是也，然此但千分之一耳。其在《倉頡》、《爰歷》、《博學》外者參半古籀，大氐字數與秦篆等，以其字本無秦篆，則

無由箸古籀之名，遂令後生縢口，亦可惜也。）此則古籀慭
遺，其梗概具在《說文》，猶有不備，禮經古文、周官故
書，三體石經（邯鄲淳通許氏字指，所書古文，必有明驗，今
亦徒存數百字爾），陳倉石鼓之倫，亦足以裨補一二。

按此段大旨有下列二點：

一、許慎敘謂「今敘篆文，合以古籀」，篆文指李斯倉頡三篇
「小篆」，不過三千三百字，古文指壁中書文字，籀文（即大篆）
則因《史籀篇》（漢志云：周時史官教學僮書也。）到東漢建武時
十五篇已亡六篇，（晉以後全佚），故云：「十亡三四」，至於凡
將、訓纂，許序認為是採倉頡以下十四篇，凡五千三百四十字，既
包括倉頡等三篇三千餘字在內，故云：「縱不增倍」，但其中增加
的必是新出的古籀及六國文字。因此，《說文》九千多字，三倍於
秦篆，其主要來歷，則「非有名器之刻遺佚之文，誠不足以致
此」。

二、《說文》雖錄六國以後俗篆、但為數甚微（千分之一），
因此，其超出秦篆（倉頡等三篇）的古籀，字數與秦篆等。但是見
於《說文》中籀文才二百餘字。因為這些採自古籀的字並無對等的
秦篆，因此未著古籀之名，總之，古籀梗概具在《說文》，當由相
關的古文經及石經、石鼓等來印證。

章氏主要是想說明許慎保存古籀之努力，與近人王國維、唐蘭
認為「史籀篇為春秋戰國間秦人所作」、「李斯以前秦之文字，不
分篆、籀」、「籀篇為書名而非書體。」說法頗有距離。龍宇純先
生謂「王國維以史籀篇為春秋戰國時秦人所作，故『不傳於東方諸

國，惟秦人作字書，乃獨取其文字，用其體例。』此說實由班志、許序變化出之，而亦無絕對理由。推考史籀篇之所以不行於齊魯，係因其書完成不久，而犬戎之難作，東遷以後，王室衰微，無復號令諸侯的力量，故關東方面，推行不能深遠。（龍氏自注：略本章炳麟〈小學述略〉）關西王畿所在之地則不然，書成固然便已推行。……秦處豐鎬故地，李斯等改定文字之前，所通行的為此等文字，李斯等改定文字，亦即據此等文字『或頗省改』。故籀文與小篆相合者十之八九，其勢不得不然。不必取諸史籀篇而後乃有此結果。」❷此說又與章氏「其在倉頡、爰歷，博學外者參半古籀，大抵字數與秦篆等」之說迥異，錄之以為參較。

按段注說：「此書法後王，尊漢制，以小篆為質，而兼錄古文籀文，所謂『今敘篆文，合以古籀』也。小篆之於古、籀，或仍之，或省改之；仍者十之八、九，省改者十之一、二而已。仍則小篆皆古籀也，故更不出古、籀；省改則古、籀非小篆也，故更出之。」段玉裁已清楚說明了《說文》保存古文的事實。任學良（1985：8）指出：古文的含義，可以從不同的角度來解釋，列表如下：

古文 {
1.對漢隸而言，篆文、籀文、倉頡文字都是古文；
2.對籀文而言，倉頡文字才叫古文；
3.對今文經而言，壁中書文字也叫古文。
}

許慎所收古文應該涵蓋這些不同角度的材料，而不限壁中書，至於《說文·敘》及章氏上文都指出當時出土的山川鼎彝，何以在

---

❷　龍宇純《中國文字學》（台北：台灣學生書局，1987年），頁 355-356。

《說文》中無一處標明，黃季剛說：

> 《說文》字體言所出者，獨無一條稱某彝之文，詳其由來，
> 蓋有二焉：一則古時鼎彝所出本少，見於史者，獨有美陽、
> 仲山父二鼎而已。當時拓墨之法未興，許君未必能遍見，故
> 《說文》中絕無注出某彝器者。二則〈敘〉云：鼎彝之銘
> 「即前代之古文，皆自相似」；《說文》中所云古文者，必
> 有鼎彝與壁中之相類者；既以孔氏古文為主，則鼎彝可略而
> 不言，若謂《說文》竟無鐘鼎，又非也。❷❷

以下看第四段：

> ⑷自宋以降，地藏所發，真偽交糅，數器其應，足以保任不
> 疑，即暫見一二器者，宜在蓋闕，雖攎撍不具，則無傷于故
> 訓也。若乃熒眩奇字，不審詞言之符，譬之瘖聾，蓋何足
> 選，誠欲遵修舊文，商周遺迹，盤紆刻儼，雖往往見矜式，
> 猶不逮倉頡所作為珍，反乃質之疑事，徵以泐形，得蠹毛，
> 失六朡，取敗瓦，遺球磬，甚無謂也。然其忻心邃古，猶自
> 有足多者。徒陳雅故，或不足以塞望，夫比合音義，稽諟倉
> 雅，耆秀之士，作者眾矣，及夫抽繹初文，傳以今字，劀切
> 而不可易者，若楚金以主為燭，若麐以〈為涓，蓋不過一二
> 事也。道原窮流，以一形衍為數十，則莫能知其微。

---

❷❷　黃侃《黃侃論學雜著》，頁 33-34。

此段論趙宋以來金石之學，認為「真偽交糅」，可信者少，除非有數器相應（實即旁徵愈多），單憑一二器物，則寧可闕疑，於故訓何妨，至於那些「熒眩奇字」，往往無從研判其與詞言之關係，即形音具闕，「譬之瘖聾」，總之，是疑信參半，不如倉頡初文見於文獻之可貴，器物真偽難辨，刻勒形體亦難知，常致因小失大，故排斥曰「甚無謂也」。

這是章氏在作《文始》時（1908）對金文的態度，與此同時，又撰有〈理惑論〉載《國故論衡》上卷。曾揭五疑以難吉金，如云：「由晉訖隋，土均尚厲，彝器顧少掊得，下及宋世，城郭陂池之役，簡於前代，而彝器出土反多，其疑一也。」「自宋以降，載祀九百，轉相積累，其器愈多，然發之何地，得之何時，起自何役、獲自誰手，其事狀多不詳。就有一二詳者，又非眾所周見，其疑二也。」又云：「古之簠簋，咸云竹木所為，管仲鏤簋，已譏其侈，而晚世所獲，悉是鎔金，著錄百數，何越禮者之多，其疑三也。」等等，其闕疑態度實亦出深思務實者所為。他並非一概不信，因此又說「然則吉金著錄，寧皆贗器，而情偽相雜，不可審知，必命數器互讎，文皆同體（如丁字作●，祖作且，惟作隹之類）斯確然無疑耳。單文閒見，宜所簡汰，無取詭效殊文，用相誑燿。」這個態度是和上文所引一致的。〈理惑論〉對甲骨文，則直斥「其人蓋欺世豫賈之徒，國土可鬻，何有文字。」理由竟謂「龜甲何靈，而能長久若是哉」，又以為龜甲是「速朽之物」，章氏早年追求新學，講「視天」「菌說」，至此已傾向保守。結論是「夫治小學者，在乎比次聲音，推跡故訓，以得語言之本，不在信好異文。」用〈理惑論〉的話還給他自己，就是「斯亦通人之蔽」。

　　章氏在廿七年後，這種態度並未改變，1935 年 6 月至 8 月間
有〈與金祖同論甲骨文書〉四通，其第一通說：「要而言之，鐘鼎
可信為古器者，什有六七，其釋文則未有可信者。甲骨之為物，真
偽尚不可知，其釋文則更無論也。抑僕又有說，今人欲習經史百
家，必先識字，所識之字，本今之真書也，而真書非有人創作，特
省減篆文而為之，篆文又損益古籀而為之，故欲明真書之根，必求
之于篆文，而溯之于古籀，《說文》其總龜也。」第二書有云「凡
識文字，非師弟子口口相傳，即檢閱字書而得者，方為可信。」第
三書有云「龜甲且勿論真偽，即是真物，所著占繇不過晴雨弋獲諸
瑣事，何足以補商史？且如周代彝器，存者百數，其可以補周史者
甚少也。」章氏已不折不扣成為一個落伍的老人。郭沫若於日本書
苑一卷五期發表了一篇針對章氏這四封信的批評（署名日期 1936
年 5 月 22 日），略謂：

> 其前二通均以甲骨文真偽為主題，所見已較往年大有改進，
> 如謂鐘鼎可信為古器者什有六七，甲骨之為物，真偽尚不可
> 知，于鼎彝已由懷疑變而為肯定，于甲骨則由否認變為懷
> 疑，此先生為學之進境也。

又謂：

> 竊觀先生之蔽，在乎盡信古書。一若于經史字書有徵者，則
> 無不可信，反之則無一可信。實則古書之存世者幾何，而存
> 世者亦饒有真偽之別。……至謂「文字源流除《說文》外不

可妄求」，寧非先生自身所當理之惑耶？《說文》誠為小學
之良書……今之治甲骨吉金文字之學者，胥奉許氏為不祧之
祖者也，然而許書乃文字學之源，並非文字之源，二者烏可
混？許氏生於東漢，去古已遠，所說解以小篆為主，間出古
籀，為數無多，且大率周末文字。其後敘云「郡國亦往往於
山川得鼎彝，其銘即前代之古文，皆自相似」，是許於鼎彝
未曾加以懷疑，但既言「往往」，則知所見未廣。設許氏而
生於今世者，其所為書必大改舊貫。……甲骨彝器之研究，
近日來日臻完備，其所裨補於商周史實者已甚多，有諸家書
彖在，今不具論。

郭氏此文，已指出章太炎在古文字學方面的困惑和自我設限，
而他的《文始》方法，正由「抽繹初文，傅以今字」入手，「初
文」只限於許叔重見聞，自然使他的「道原窮流，以一形衍為數
十」的詞族研究，受到許多無形的限制。

⑸余以顓固，粗聞德音，閔前修之未宏，傷膚受之多妄，獨
欲浚抒流別，相其陰陽，于是刺取《說文》獨體，命以初
文，其諸滋變，及合體象形、指事、與聲具而形殘，若同體
複重者，謂之準初文，都五百十字，集為四百五十七條，討
其類物，比其聲韻，音義相讎謂之變易（即五帝三王之世改
易殊體者），義自音衍謂之孳乳。坒而次之，得五、六千
名。雖未達神恉，多所缺遺。意者形體聲類，更相扶胥，異
于偏觭之議。若夫囱窻同語；四擴一文；天即為顛，語本于

囟；臣即為牵，義通于玄；屮出宰王，同種而禪；乩巨父互
連理而發；斯蓋先哲之所未諭，守文者之所疴勞，亦以見倉
頡初載，規摹宏遠，轉注假借，具于泰初，蓋周官保氏教國
子明六書，卒乃登之成均，主之神瞽，風山川以修憲命，其
後而日遠矣。

按：前文既謂「倉頡初文，固悉在許書」，又「古籀愁遺，其
梗概具在《說文》」，「誠欲遵修舊文，商周遺跡，盤紆刻儼，猶
不逮倉頡所作為珍」，因此「紬繹初文，傳以今字」的浚源系聯工
作，即成為章氏《文始》所要進行的工作，本段便提出計畫大綱，
即以《說文》獨體的象形和指事為「初文」，至於省體、變體和合
體的象形及指事字，也包括形符不成文的形聲字以及同體重疊的
字，合稱為「準初文」，兩項合計 510 字，有若干初文、準初文可
合併在一起，因此只有 457 條字族，每一條字族系聯的線索是「義
（事）類相同」與「聲韻相關」。詞根與字族的構成型式有二種：
即變易與孳乳。章氏的定義是：音義相讎，謂之變易；義自音衍，
謂之孳乳。如果用語言的詞形關係來劃分，「變易」是一語的多種
詞形，即幾個字音義相當，表現為完全同義詞。「孳乳」是一語的
多義分化，通常聲音連帶分化，所以既非同義亦非同音，表現為音
義相近字。

黃季剛先生曾解釋說：

變易者，形異而聲、義俱通，孳乳者，聲通而形、義小變。
試為取譬，變易，譬之一字重文；孳乳，譬之一聲數字。今

> 字或一字兩體，則變易之例所行也，或一字數音、數義，則孳乳之例所行也。㉓

至於「準初文」例，章氏在「其諸渻變」以下四句，各附小字自注，舉例說明，上文未錄，逐錄於此：

「其諸渻變」——渻者如：卂之省飛，𣎵之省木是也。變者如：反人為匕，到人為𠤎是也。此皆指事之文，若廴從彳而引之，夭、夨、尣從大而詘之，亦皆變也。如上諸文，雖皆獨體，然必以佗文為依，非獨立自在者也。

「合體象形、指事」——合體象形如果、如朵。合體指事如叉、如叉。

「聲具而形殘」——如氏從乁聲，𠙴從九聲，乁、九已自成文，𢀳乚猶無其字，此類甚少，蓋初有形聲時所作，與後來形聲皆成字者殊科。

「同體複重」——二三皆從一積畫，艸芔茻皆從屮積書，此皆會意之原，其𠬢字從𠂇又，北字從爪，亦附此科。非若止戈、人言之倫，以兩異字會意也，二三既是初文，其餘亦可比例。

黃季剛先生〈論文字製造之先後〉云：

> 據此文（按指許敘）則造字之始，必先具諸文，然後諸字始得因之以立。……蓋提挈綱維，止在初文數百：自是以降，要皆由初文變易、孳乳而來也。由文入字，中間必經過半字

㉓ 黃侃《黃侃論學雜著》，頁164。

之一級。半字者，一曰合體，合體指事，如叉，如叉；合體象形，如果，如朶。二曰渻變，渻者，如卂，如屰；變者，如匕，如七，如乏，如夭，如矢，如尢。三曰兼聲，如氏，如瓜。四曰複重，如二、三積於一；出屮積於屮；緣从幺又；北，从人匕，此種半字，即為會意、形聲之原。再後，乃有純乎會意、形聲之字出。其奇侅者，會意、形聲已成字矣，或又加以一文，猶留上古初造字時之痕跡。如龍之為字，以肉童省聲；固形聲字矣，而昌為象形。牽之為字，以牛玄聲；又形聲字矣，而冖象牛縻。此二文，或象形，或指事，又非前之半字比；今為定其名，曰雜體。以上所說，造字次序：一曰文，二曰半字，三曰字，四曰雜體。就大體言，二可附於一中，四亦三之支別，然則文、字二名，可以統攝諸字與所遺也。

又說：

就文而論，亦非造自一時。何以明之？屮之與屮，水之與川，聲有對轉，而語無殊；丨之與囪，日之與入，義有微殊，而聲未變，此如造自一時，何由重複？是則轉注之例，已行於諸文之間久矣。一幺也，既以為去之古文，又以為系之古文也；一丨也，既以為上行之進，又以為下行之退；同文異用，假借之例又行矣。今若推其本原，往往集數十初文而聯為一貫，用以得文字之太初；斯誠考文者一愉快事

也。❷

以上兩段完全針對《文始·敘》所作詮釋，季剛先生在〈聲韻略說〉曾謂應用「聲韻同條之理」以「完全解說造字」是他對太炎先生的建議，因造《文始》，因此，把《文始》視為章黃師徒二人的共同創造，亦無不可，黃君在《論學雜著》中每作發明，如〈論變易孳乳二大例上、下〉、〈與人論治小學書〉都可作為《文始》一書之導讀，黃焯編次黃季剛在大徐本《說文解字》上的識語為《說文箋識四種》（上海古籍出版社，1983），其一為〈說文同文〉，其二曰〈字通〉，可以視《文始》之輔翼作品，也成為本書詮釋章氏《文始》的重要參考，將在後文討論中作詳細的引述。黃氏說：「《文始》總集字學、音學之大成，譬之梵教，所謂最後了義。或者以為小學入門之書，斯失之矣。」可見季剛先生對《文始》一書之推崇。

總之，此書不但是一本闡發語源的專著，在章黃心目中，也是冶形體、聲音於一爐，說明造字次第及假借、轉注之理的一部集大成的語言文字學著作，在章黃的詞源理論體系中，假借轉注之理與孳乳變易之條幾乎成了同義詞。

以下疏釋〈略例〉十條。

略例甲曰：諸獨體皆倉頡初文，籀文從之，則《說文》稱籀（如 ㇆字是也）；小篆從之，則《說文》稱篆（如一字工字

---

❷　黃侃《黃侃論學雜著》，頁 3-4。

是也），古文多或，故重出古文者，其正篆不皆秦書，獨體
之文既寡，倉頡作書，勢不簡略，若是觀二三之複一，即知
準初文者，亦出軒轅之年，今敘《文始》，悉箸初文，兩義
或同，即從并合，其準初文或自初文孳乳，然以獨立為多，
若準初文無所孳乳，亦不可得所從受者，不悉箸也。

　　按：獨體的初文，不以小篆為限，可以是籀文或古文，有時出
現在《說文》正篆，有時出現在重文部分，須重新審定，《說文》
列字，「以先篆後古籀為經例，先古籀後篆為變例」（《說文》凡
字下段注），所謂其正篆不皆秦書，即指其領頭之篆，有從籀文
者，如人字下云：「此籀文，象臂脛之形。」，儿字下云：「古文
奇字〈人〉也。象形」又如：二字下云：「此古文上，指事也，丄篆文
上。」段玉裁說：「變例之興，起於部首。」所以儿，二先立古
文，是因作為部首。但部首卻專為篆文設，不為古文設，如帝字，
篆〈帝〉二聲，古文作帝，許云：「古文諸丄字皆从一，篆文皆从二，
二古文上字」，這正是以古文為正篆之理由。至於一二三下均列古
文弌弐弎，工下列古文〈工〉，都是先舉小篆，後言古文之常例，許慎
所謂「今敘篆文，合以古籀」，段注所謂「《說文》一書以小篆為
質。」至於黃季剛稱為「半字」的「準初文」，介於「文」與
「字」之間，章氏亦以為出於太古，雖自初文孳乳，但具有獨立的
音義，同樣可視為字根，若兩初文，或初文、準初文，同義則并為
一條，例如：卷一陰聲泰部乙，乚與〈乚〉；孑與子皆併為一條。至有
些準初文，既無所承，亦無孳乳字，這類字多從略，偶而收入，多
半有聲義上的某些連繫，如：

卷二脂部：

《說文》：「㸸，如野牛，青色，象形，古文作兕。」㸸為
初文，兕為準初文，故兕從儿，合體象形（犀亦似牛，語出
於兕）。

卷四支部：

《說文》：「只，語已詞也，從口，象氣下引之形。」此合
體指事也。或曰：只本古「聲」字對轉音也，故䓔訓聲，字
從只，又「聲」之語變也，未知其審。

卷七緝部：

《說文》：邑，國也，從口從卪，三體石經邦字作𨾊，此
則古文邑字作𨒪，從重卪，此準初文也。宋人所見彝器多
依石經為之，守邦國者用玉卪，守都鄙者用角卪，故邑古文
從重卪，𠨅𠃑相合則為鄉矣。

以上略例甲，釋初文、準初文之字體及其分合之道。

略例乙曰：象形、指事，始于倉頡（依類象形，本統指事為
說），其餘四事，亦已備矣，何者？二三積畫，既是重一，
徒無異形相合，已肇會意之端，乂從毆丶，回從重口（雖有

古文同字，回亦古文），命以象形、指事，于會意亦兼之
也。氏從乀聲，厷從九聲，𠃊𠃌雖不成名，乀九居然可識，
斯亦形聲之例也。初文、準初文無慮五百，當數千名之義，
假借託事，自古以然（小字自注逶後）。少之與尐，予之與
与，聲義非有大殊，文字即已別見，當以轉注，宛爾合符
（轉注不空取同訓，又必聲韵相依，如考老本疊韻變語也）。
或言六書始于保氏，殊無微驗，管子輕重戊曰：慮戲作九九
之數，以合天道，經典九數見名，則始保氏，保氏非作九
數，知亦不作六書，意者古有其實，周定其名，非倉頡時，
遽無六書也。

　　按此謂初文、準初文之中、六書之法已施其間。故六書之實必
倉頡之世已具，定名則在周代。「假借託事，自古昌然」下章氏原
有自注，補錄於下：

　　徐楚金始言引申之義，尋《說文》以令長為假借，則假借即
引申之義也。若本有其字，以聲近通用者，是乃借聲，非六
書之假借。其有彊為區別，倉卒未造其字者，雖借聲亦附假
借之科，若漢初帝女王女同稱公主，欲為區別，則書王女為
翁主，王莽時，丈夫婦人悉封男國，欲為區別，則予婦人以
任名，于古亦有斯例。姓氏初本一語，但言生耳，其後禮名
有辯，既造姓字，對轉其音而為氏，以示別異，然氏竟無本
字，此亦假借之例，其餘借聲之字，本與假借殊科。

　　由於章氏把介於獨體與合體之間的「複重」與「兼聲」，都視為準初文，兩者實質上為會意和形聲。再者，指事、會意向來均以獨體、合體區分，其實二者皆象意，言指事而會意之法亦在其中。至於假借之法，行於太初，當初文、準初文既造，即有純粹表音現象，觀甲骨文一字數用，理自不爽，至於轉注，章氏即以變易字當之，亦即音近義同之字。章氏前論假借，牽就許慎令長引伸之例，遂以字義引伸為假借，既為引伸，實非本無其字，亦不合以不造字為造字，節文字之孳乳之精神。龍宇純（1987：91-92）曾就許慎假借字例與解說相互矛盾提出解釋：「許慎以令長為假借例，實在是誤認了語言現象為文字現象。真正的假借，應是如『然而』、『苟且』之類，只是音的作用，意義上毫不發生關聯。推源許氏舉例所以產生錯誤，大抵因為我國文字義與形多少具有關係，在了解字義時，不免受字形所束縛，認為一字之本義要以字形所能顯見者為度，過此便是假借。因此，不僅一世紀時代的許慎犯此錯誤，清人戴震說『一字具數用者，依于義以引申，依于聲而旁寄，假此以施于彼曰假借。』觀念仍與許慎相同。」（《中國文字學》）章太炎在轉注方面超過了戴段，假借仍然沒有跳出戴段的影響，實則他必須這樣講，才能與其詞根孳乳、變易的理論密合無間，才能役「六書」為其詞源學所用。

　　　　略例丙曰：物有同狀而異所者，予之一名易與䗒，雁與鴚鵝是也。有異狀而同所者，鉅與黔，予之一名鉅與黔（鉅即今金剛石，黔即臭煤，物質本同，故黔音由鉅而轉，見本條），鼠與翿是也。庶物露生，各異其本，文言孳乳，或為同原，

> 若藍名本蒠，鼃名依黽，種族自別，形態相從，則其語由此迻彼，無閒于飛潛動植也，然《爾雅・釋草》以下六篇，名義不能備說，都邑山水，復難理其本原，故孳乳之文，數者多闕。

這是運用《荀子・正名》中論「制名之樞要」的一些原則，來分辨詞的形式與內容的關係，不妨先引荀子的原文：「物有同狀而異所者，有異狀而同所者，可別也。狀同而為異所者，雖可合，謂之二實。狀變而實無別而為異者，謂之化。有化而無別，謂之一實。此事之所以稽實定數也。此制名之樞要也。」狀是形狀，指事物的外貌；所是處所，引伸為事物的實體《楊倞注》於「同狀而異所」下說：「謂若兩馬同狀各在一處之類也。」「異狀而同所」下說：「謂若老幼異狀，同是一身也。蠶蛾之類亦是也。」荀子在這裡所要辨別的是「兩相同之物而空間地位不同者」與「同一物而變化其狀者」的區別，並注重物之同所、異所，一實兩實的數量原則，來「稽實定數」（即制定量名，所謂定數）。一實即一個對象，二實即兩個對象。定數者是定「實」之數。前云單名、兼名、共名、別名，則指性質而言，是依抽象原則而制質名。（以上大略依牟宗三先生《名家與荀子》一書，頁 264-265 的說法。）

章太炎這裡究竟如何運用這個原則來區別這些同源詞的異名呢？易和鼉的例子見《文始》卷四，陰聲支部甲：

> 《說文》：易，蜥易、蝘蜓、守宮也，象形。易古音本如鬄，對轉清，變易為蜓；次對轉寒，孳乳為鼉，水蟲似蜥易

> 長大者也。易之與鼉，猶裼之與袒，……故螾亦易之變易
> 字，支寒次對轉也。蜓，似蜥易長一丈，亦易之孳乳字，支
> 魚旁轉，淺喉作深喉也。

蜥易的「易」並非水蟲，而鼉（《廣韻》徒河切，《說文》單聲，
應入寒部，古唐干切）是水蟲似蜥易，兩者形狀相似（同狀），所
在空間不同（異所），這是《荀子》所說那「雖可合，謂之二
實」，也就是名稱雖然可以合用一個，但仍應該說是兩個實物。並
不是楊倞說那兩匹馬的關係，而是兩個相似的動物用了相似的名
稱，因為易（李方桂上古音作 *rik）和鼉（李氏 *dar 或 *dan）
是支寒次對轉。所以也並非同名。

再看另一個例子，屬於「異狀而同所」的鉅和黔，見《文始》
卷五，陰聲魚部甲：

> 《說文》：巨，規巨也。……又父訓巨，父有大義，巨亦有
> 大義，孳乳為夻，夻大也。……巨又孳乳為鉅，大剛也，鉅
> 訓大剛，亦與弙午相係。大剛者，《太平御覽》珍寶部卷金
> 剛條引服虔通俗文曰：亂金謂之鉅，然則鉅實金剛。……墨
> 子貴義曰：鉅者白也，黔者黑也。世人多以鉅業畫白為說，
> 鉅業與黔儷事非類，其實當為金剛，黔字《說文》但訓黎，
> 即墨突不黔之黔，謂竈中臭媒，莊子亦云：烏不日黔而黑，
> 謂不以臭煤自染也。今人言金剛為純炭質無雜礦者，即晶瑩
> 無色，此正昔人之所謂白臭煤，亦純炭質，二者同物而黑白
> 有異，故取以相儷，黔亦鉅之孳乳，自魚雙聲轉侵，猶故轉

訓為今，鹽語轉為鹹矣……。

章氏費了一番考證，鉅由「金剛」，變成古人的「白炭煤」，黔則為「黑炭煤」，兩者實同物而黑白不同，就合乎荀子的異狀（指黑白狀態不同）而同所（終究皆為炭煤），這是「狀變」而「實無別」（有化而無別），故為「一實」，所以在語言上，由鉅轉黔，由魚部轉侵部，它們的上古音為鉅 *gjag（李）和黔 *gjəm（李），這個次旁轉，韻部並不算近，不過章氏看來雙聲相轉就夠了。這種音轉關係似乎只是補充說明性質，其兩名是否有關則須通過其狀所關係來認定。

在多數情形下，「同狀而異所」而得語言「由此迻彼」較為普遍，如「藍」名本於「蔥」，「鼀」名依於「黽」，藍與蔥、鼀與黽，都是「種族既別，形態相從」，推而言之，同狀異所的物名孳乳，不因鳥類、魚類，或者動物、植物而有限制，名稱是可以因形態相近而通的。現代還常用的「杜鵑」一詞，兼指花，鳥，即為顯例，不過章氏也指出《爾雅·釋草》以下六篇（按當云七篇）名義不能備說，大概是因為《釋名》一書所不釋，《釋水》以上則與《釋名》大抵相應。不過王國維有〈爾雅草木蟲魚鳥獸釋例〉（《海寧王靜安先生遺書五》，台灣商務印書館），則觀察物名之雅俗古今關係。王氏所探討的幾乎都是古今雅俗名稱的複合關係，與章氏所探字源異趣，但至少證《釋草》以下的物名，並非不能備說，只是前人所罕喻之而已。

章氏提出的這些例證，都是他的一家之言，在《文始》中加以闡明，下面再舉「藍名本蔥」一例，見《文始》卷六，陽聲東部

乙，初文「囱」字下

《說文》：囱，在牆曰牖，在屋曰囱，象形，古文亦作囦，
或字作窗，變易為窻，通孔也，旁轉侵又變易為　，竈突
也。《廣雅·釋宮》曰：窻謂之竈，其窗謂之堗，竈突今皆
曰煙囱。……其在人之通孔，囱孳乳為聰，察也，囱衍為
聰，猶囧衍為朙也。其在艸之通孔，則孳乳為蔥，菜也。蔥
籠為連語，蔥亦兼得舌音，從齒音孳乳為繱，帛青色也，為
驄，馬青白雜毛也，從舌音對轉侯、孳乳為綠，帛青黃色
也，為錄，金色也，《荀子》言桓公之蔥，文王之錄，蓋亦
綠色。其藍字皆與蔥旁轉，染青艸也。然《說文》藍字重
出，一訓瓜菹，一訓染青艸，疑以蔥讀如籠轉其音而命之
也。

按：《荀子·勸學》：「青，取之於藍，而青於藍。」標明青
與藍在物質本原上的同一性，剛好含有青色意義的「繱」「驄」皆
從悤聲，而蔥菜之語源，自以「通孔」為主，是否又兼「青」色義
呢？我們不能說一個字的語根既是甲又是乙，合理的想法是囱聲的
通孔義是一族，青色義又是另一族，它們同聲只是偶合，並非一語
之轉，蔥、藍固然是東、談旁轉，這裡又牽涉到齒音與舌音來母的
聲轉，章氏又以蔥籠連語為據，認為蔥兼舌音，這些地方都有待商
榷。

略例丁曰：聲有陰陽，命曰對轉，發自曲阜孔君，斯蓋眇合

殊聲，同其臭味。觀夫言語遷變，多以對轉為樞，是故乞燕
不殊，亢胡無別；但禍嬴桯，一義而聲轉；幽会杳晻，同類
而語殊，古語有陰聲者，多有陽聲與之對構，由是聲義互
治，不聞翻忽，徒取《說文》為之消并，其數已三分減一，
履耑泰始，益以闡明，易簡而天下之理得者，斯之謂也。今
所搯敘，未能延繙九千，世有達者，當能彌縫其闕，假令盡
茲潢潦，澂以一原，觭字片言，悉知所出，斯則九變復貫，
卓爾知言之選者矣。

　　音轉理論是《文始》制作的主要依據，這個理論承襲自戴、
段、孔、嚴諸人。其核心的理論為「陰陽對轉」，其名稱則是孔廣
森提出來的。「陰聲」、「陽聲」的名稱，實萌芽於戴東原，而定
名於孔廣森。戴氏〈與段若膺論韻書〉說：「有入者，如氣之陽，
如物之雄，如衣之表。無入者，如氣之陰，如物之雌，如衣之
裏。」他只是用「陰陽」、「雄雌」，「表裏」諸語來譬況這兩類
韻母，有入聲的是指中古陽聲，無入者是指中古的陰聲。關於戴震
的古韻分部及《聲類表》有關聲轉的理論，前文介紹戴震的詞源研
究已提及，此不復贅。戴震將古韻部作陰陽入三分法，使入聲成為
陰陽相配的樞紐，因此「對轉之法」實亦由戴氏分配韻部所啟發，
其正轉之法中，有一類叫「相配互轉」，就是指「對轉」，只是尚
未揭此名目。孔廣森正式分古韻部為陰聲、陽聲各九部，他在《詩
聲類》自序說：

　　本韻分為十八，乃又剖析於斂侈清濁豪釐纖渺之際，曰元之

屬、耕之屬、真之屬、陽之屬、東之屬、冬之屬、侵之屬、
蒸之屬、談之屬，是為陽聲者九；曰歌之屬、支之屬、脂之
屬、魚之屬、侯之屬、幽之屬、宵之屬、之之屬、合之屬，
是為陰聲者九，此九部者，各以陰陽相配，而可以對轉。

孔氏於其對轉之法，更進一步說明如下：

入聲者，陰陽互轉之樞紐，而古今變遷之原委也，舉之、咍
一部而言之，之之上為止，止之去為志，志音稍短則為職，
由職而轉則為證、為拯、為蒸矣。咍之上為海，海之去為
代，代音稍短則為德，由德而轉則為嶝、為等、為登矣。推
諸它部，耕與佳相配，陽與魚相配，東與侯相配，冬與幽相
配，侵與宵相配，真與脂相配，元與歌相配，其間七音遞
轉，莫不如是。（《詩聲類》卷十二）

孔氏並提出相配各部對轉的佐證，包括《詩經》的韻腳、《說文》
諧聲、漢儒讀若、經籍異文、各家音義、反切等。陳師新雄
（1972：303）說：「觀乎孔氏所列對轉諸部，除談、合之轉，非
陰陽之關係，侵宵對轉欠合理外，其餘七類對轉之關係，非僅考之
於古而有徵，即審之音理亦相合也，故為後世所承認所接受，夫所
謂陰陽對轉者，即指陰聲韻部之字與陽聲韻部之字相與諧聲或協韻
而言，而其相諧協之韻部必彼此相當——即主要元音相同。」

這是早期關於「對轉」的界說，有兩點值得注意，一是建立在
古韻部的基礎上。二是適用來解釋的材料，多指《詩經》的例外押

韻（即超出本部的押韻）或者諧聲字的聲符與被諧字的異常關係。
過此以往，就進入了訓詁的領域，即是戴震的「轉語」，或王念孫
等「音近義通說」所用的「一聲之轉」，關於古音學上的對轉現
象，是有音理可循的，是音轉學的本體，至於用之於語源的探求，
則已進入「用」的範圍，韻轉的關係常被視為同源的一種條件，這
時「對轉」已成為不折不扣的古音規律了。王力（1956）曾解釋其
音理說：

> 古音中常有陰聲字變成陽聲字，或是陽聲字變成陰聲字的例
> 子，這是語音變化中常有的現象，漢語音韻學家叫做「陰陽
> 對轉」。所謂「陰陽對轉」，並不是說一個陰聲字可以隨便
> 變成一個陽聲字，或是一個陽聲字可以隨便變成一個陰聲
> 字；對轉之間是有一定的原則和條理的。陽聲變成陰聲時，
> 它所變成的，必是與它相當的陰聲。……例如陰聲的 a 相當
> 於陽聲的 an，aŋ，am，陰聲的 o 相當於陽聲的 on，oŋ，
> om，……凡是陰聲都可以變作與它相當的陽聲，而陽聲也
> 可變作陰聲，這就是陰陽對轉。㉕

王氏這樣解釋，似乎十分透徹了，但還有兩個問題未釐清：第一、
陰聲一個 a 對三個陽聲，是否隨便可配。第二、由陽聲的 an，
aŋ，am 變成 a，可以說韻尾失落，但由 a 添加韻尾，是否為音變
之常軌，如是常軌，何時添上 -n，何時添上 -ŋ，何時添上 -m，

㉕ 王力《漢語音韻學》（台北：藍燈文化事業公司，1991 年），頁 79。

似乎仍看不出規律。因此，對轉的說法，應該在古韻部既有的搭配關係上施行，王氏似乎避開了高本漢等人認為「與 an，aŋ，am 分別對轉的 a 韻部，除了主要元音相同之外，還有輔音韻尾的對應」的觀點，既然與 an，aŋ，am 相應的陰聲內有 -t，-k，-p 三類入聲字（當它們未自陰聲獨立成部），那麼同部內剩下的陰聲字應有韻尾 -d，-g，-b，才可保證與 an 對轉的陰聲是 at 和 ad，而不是 ak 和 ag 或 ap 和 ab，否則 -a 究竟要與那一種陽聲韻對轉呢？

對轉之理，到了後人的手裡，不斷擴充，因為例外押韻與諧聲的現象，並不限於主要元音相同，而且可施於相鄰近的主元音之間，其韻尾則同屬陰聲或同屬陽聲，這就是「旁轉」，然而，元音相近的陰陽聲之間，事實上也有偶然的接觸，於是假定這是因「對轉」與「旁轉」兩者兼施的結果，於是就有了「旁對轉」一名，依次擴充，就可以把古韻部之間各類接觸的情私加以命名，章氏似乎就因此悟出了〈成均圖〉的辦法，把各種韻部的關係放在垂直坐標分成的四個範圍內，由對角線連繫它們的韻轉關係，這樣的發展與詮釋就完全超過了戴、孔原來的格局，不過，在對訓詁材料的解釋上，這種擴充，使音轉成為一種涵蓋面極廣的學說。

關於〈成均圖〉，我們留待下文介紹。本條略例專論對轉，章氏所舉的例子是「乙燕不殊，亢胡無別」，前例是「泰寒對轉」，後例是「陽魚對轉」。《文始》卷一，陰聲泰部乙：

> 《說文》：「乙，燕燕玄鳥也。象形。」對轉寒，變易為燕，玄鳥也，箅口、布翅、枝尾，象形。此二皆初文，語有陰陽，畫有疏密，遂若二文。……

又卷五，陽聲陽部乙：

> 《說文》：「亢，人頸也。從大省，象頸脈形。或作頏，此
> 與芡次對轉，各為初文。亢對轉魚，變易為胡，《說文》
> 訓牛顄垂得，《詩》有「狼跋其胡」，《封禪書》有「龍胡
> 髯」，《金日磾傳》有「捽胡投莽何羅殿下」，則胡不必係
> 牛，猶《爾雅》以亢為鳥嚨，亢不必係鳥也，晉灼曰：
> 「胡，頸也。」，蘇林曰：「亢，頸大脈，俗所謂胡脈
> 也。」固人物之通名矣。

乙與燕，亢與胡，都是同實異名，故為變易。變易是僅有音轉，義
則無別。再如：但（寒部）、贏（歌）是寒歌對轉，禠（支入）、
裎（清）是支（入聲錫部）清對轉，也是義同聲轉。幽（幽部）、
窻（侵部），杳（宵部）、晻（談部），其中幽侵對轉，宵談對
轉，又是很理想的配對。這些分布在陰聲、陽聲兩組詞族，造成對
構的詞彙系統，因此章氏宣稱：「古語有陰聲者，多有陽聲與之對
構」。這就指出了漢語詞彙孳乳過程的一種特色。如果把《說文》
這類同根詞一一合併，至少可以減少三分之一的字數，這是比較保
守的估計，事實上章氏尚不能遍檢《說文》九千多字，如能繼續探
源下去，字字都找到條貫，當更有可觀的成績，日後如有這樣一位
「後出轉精」的達者，將是最為知言的一位語源學家。

> 略例戊曰：文字孳乳，或有二原，是故初文互異，其所孳乳
> 或同。斯由一義所函，輒兼兩語，交通複入，以是多涂。若

　　夫絳為大赤，輈為小車，得語所由，不于赤車，而于大小，斯胤言之恆律。若復兼隸赤車，即為二文所孳乳矣。譬之道路，少或一達，多乃九逵，無病支離，亦非破甑。夫圜周復襓，發揮旁通，斯語言所以神，今並箸互出者，變而通之，以盡利也。

　　這個略例已經把語言孳乳與變易的複雜性提示出來。章氏在每個初文孳乳的字族中，如果發現某個孳乳字與另外的初文字根音義相係，即註明「與某（初文）相係」或「與某相應」，這樣就與另一字根取得系源的作用，可以進一步擴大詞族的連繫，我姑且把這種兩頭系源的情形稱為「二原交叉孳乳」，章氏的解釋是「文字孳乳，或有二原，是故初文互異，其所孳乳或同，斯由一義所函，輒兼兩語，交通複入，以是多途。」是因為某一個孳生詞，它的意義中含有兩個「意義成分」（或者叫「義素」），例如：絳訓大赤，包含〔大〕〔赤〕兩個義素，其語根究竟在〔大〕？還是在〔赤〕？又如輈訓小車，包含〔小〕〔車〕兩個義素，其語根究竟在〔小〕？還是在〔車〕？通常語源學者多由「大」「小」這種通義上去探求，因為一切事物皆有大小對立性，所以章氏說「斯胤言之恆律」，這或許受王念孫《釋大》之作的影響，不過章氏也沒有排除從「赤」和「車」來探源的可能性，所以說「若復兼隸赤車，即為二文所孳乳矣。」

　　以下就據《文始》來檢覈這兩個字的語源。「絳」字在卷六、陰聲侯部甲。初文夅（夅）字下：

《說文》：「昺，厚也。从反亯。」謂上賜下也。亦旱味也。……旱味者，旁轉幽，孳乳為酖，酒厚味也。……引伸又遠，則厚為山陵之厚，听為厚怒聲，裕為衣物饒。……《墨經》曰：「厚，有所大也。」次對轉冬，則為隆，豐大也。本從降聲，當作戶中切。《荀子·樂論》曰：「塤箎翁博。」以東部翁字為之。世言淹博，則以談部淹字為之。……旱又對轉東，孳乳為洪，洚水也。《釋詁》：「洪，大也。」洪旁轉冬，變易為洚，水不遵道也。……旱又對轉東，孳乳為仜，大腹也，仜還侯，變易為胦，腹下肥也。……旱又對轉東，孳乳為雐，鳥肥大雐雐然也。又為鴻，鴻鵠也。《詩箋》曰：「鴻，大鳥也。」……旱又次對轉冬，孳乳為絳，大赤也。絳旁轉東，孳乳為紅，帛赤白色也。還侯為縠，日出之赤也。縠旁轉魚，孳乳為瑕，玉小赤也。

　　由上例可知，旱語輾轉孳乳，有厚味、盛大、豐饒、肥大等義，最後亦孳乳出「大赤」之「絳」，就其前面所承，似以大義為主軸，至於「絳」以後孳乳出的紅、縠、瑕等，則以紅義為主，溯其原則為「大」義，沿其流則亦含「紅」義，此或即「一義所涵，輒兼兩語」所指。引文省略處，有幾句似暗示紅義固在其中，其言曰：「洪又孳為訌，讀也。《釋言》：『虹，潰也。』潰即不遵道也。虹本訓螮蝀，兼取洚、紅二義也。」

　　「輎」字在卷九。陰聲宵部甲，初文小字下：

　　《說文》：「小，物之微也。从八、丨見而八分之。」丨本

下上通之字，然於此為指事。小有兩音：一讀如本音，作小，亦可作少，此齒音也。一讀如眇，此唇音也。其韵本在宵，亦轉如戳入泰。小孳乳為少，不多也。轉泰變易為尐，少也。猶戳得聲於雀矣。……小又孳乳為娋，小小侵也；為稍，出物有漸也；為削，一曰析也；為塑，人臂貌，《考工記》曰：「塑爾而纖。」為哨，不容也。《考工記》曰：「大匈哨後。」《注》：「哨，頃小也。」為陗，陵也。於繒為綃，生絲也，此最輕細者也；於天為霄，雨霓為霄，言小如稷也；於邑為郇，大夫稍稍所食邑也。……是肖本有小義，故《方言》曰：「肖，小也。」……小又孳乳為潲，水小聲也；為沼，小池也。從《一切經音義》引。為軺，小車也；旁轉幽，孳乳為糕，早取穀也，一曰小。其對轉談，則「纖」為細，「孅」為銳，細與羊屬之㸹相係。

以上引文稍長，目的在展示齒音這一讀而孳乳的情形，明母（眇音）一讀而孳乳變易者則不錄。前面一大段以肖聲為主，不無右文之嫌，自潲、沼、軺、糕以下則擺脫形體，然仍有「小」義，因此，軺訓小車，語源由「小」孳乳，不由「車」孳乳。蓋車為形符，義寄於聲，召聲僅有單一義素〔小〕，與「絳」訓「大赤」，夅聲本有大、赤兩義者不同。因此「軺」字僅有一原，章氏失其例。

以下舉《文始》卷一歌泰寒三部為例，列出一字而兼系二源的「交叉孳乳例」：

歌部牙下云：

　　1.對轉寒……孳乳為愆，過也，與干相係。

　　2.近轉泰，則為越，度也；為迏，逾也。與予屬之粵相係。

　　3.牙與于，歌魚旁轉，其所孳乳多相應。

　　歌部它下云：亦孳乳為迆，衺行也。《書》馬注曰：「迆，靡也。」與亡相係。

　　泰部𥝠下云：在禾稈，莖也；為稍，麥莖也。與全屬之莖相係。

　　泰部子下云：

　　1.近轉歌，亦與宀屬之奇、觭、踦相應。

　　2.次對轉真，亦孳乳為矜，矛柄也。亦有獨義。相承以鰥為之，與𥝠屬之楬亦相應。

　　泰部自下云：簡又孳乳為𥳑，存也，謂錄存之也。……此並與寒部之干相應。

　　泰部鑶下云：愾又孳乳為𩨉，怒戰也。此並與歌部之乁相應。（按：自旁轉脂，孳乳為愾。）

　　泰部卪下云：其至部、泰部有槷、𣕒，散之也。歌部有沙，水散石也。亦皆受義於卪，與丰屬之蔡相係。

　　泰部市下云：藩旁轉清，變易為屏、庰，皆蔽也。與丙相係。

　　寒部干下云：

　　1.從迂求義者，在泰為謁，白也。本與自相係，亦得言自干出也。

　　2.干亦有刺義，……又孳乳為辛，辠也。从干二。二，古文上字。與牙相係。

　　寒部肩下云：肩亦孳乳為揭，為何。與干相係。

　　寒部幻下云：ㄠ 相詐惑也。……孳乳為譞，詐也。與為屬之偽相係。

　　寒部亘下云：還寒則孳乳為旋，周旋也。與ㄣ（古文雲）相係。

　　寒部叀下云：亦孳乳為纏，繞也。與丫相係。

　　寒部釆下云：釆與至部之八相轉。

　　寒部片下云：片之聲義受諸釆。

　　寒部乑下云：轉隊，孳乳為轡，馬轡也。與𠬝相係。

　　寒部反下云：反與乑聲義對轉，最初亦受聲義於隊部之乁。（又隊部乁下云：乁左戾也。……然泰部之𠁣，寒部之反，實皆受義于乁。）

　　從這些例子看來，章氏用「相係」「相應」「相轉」或「受義於某」「聲義受諸某」，不言孳乳、變易，而是逆溯其另一語源，說明某一孳乳字為兩個初文字根衍生的交會，這些二源交通的現象，證明詞根衍生發展具有平行的現象，亦即略例丁所說的「古語有陰聲者，多有陽聲與之對構」，換言之，陰聲韻部可表現大小義，陽聲韻也能表示，其間不但俱有韻轉，而且可能為雙聲或聲轉。這些二源交叉孳乳，如果在相配的對轉之內，如歌泰寒，其原始語根較易判定，倘若無法決定，也可以把兩種韻尾並列作為詞根的自由變體，如藤堂明保對「詞根形態」的處理方式，即承認{ar ~ an}（歌、元）甚或{ad，at ~ an}（泰、寒）為二原共出的語根，但是如果「相係」或「相應」的初文，韻轉相差太遠，必須決定主、從，即某一初文為最初語根，另一初文為偶然適會，這種決定就有賴統計，看那一邊孳乳的同族字較多，詞義的引伸發展，較合

乎詞根音轉的條件，以排比其衍生孳乳的方向。

　　總之，這種詞根與詞根之轉換，必不會在同一時間完成，有些孳乳在先，有些則在後，章氏將《說文》這一詞庫壓縮成一個平面來系源，自然就有這種「二源交叉」現象，解決這個問題，筆者認為應作材料的斷代，分析概念的先後，再推斷詞根意義，才能從「二源旁通」，「並箸互出」中區別何者為正源與主流，何者為支流，何者為泡沫（只是巧合）。

　　　略例己曰：書契初興，或云汎籠圓則，或謂多倚實形，斯並
　　　一曲之見。夫因日有邇，因月有遠，則由物名以成意想矣。
　　　｜先中造，▐先主造，則由玄念以定形色矣。曩者八卦命
　　　名，文字未箸，震坎則以質命，巽艮乃以意施。語言不齊，
　　　自結繩之世已然，倉頡離於艸昧，蓋已二三千歲矣，冠常宮
　　　室，既略周備，文息利用，飾偽萌生，語有華實之殊，則字
　　　有通局之異，守其一隅，恐長見笑於大方也。若欲佪追生民
　　　之始，官形感觸，詞氣應之，形狀之辭，宜為最倣，以名召
　　　物，猶其次矣。

　　此例由造字之初，指事、象形的先後，論及物名究以意想玄念以定形色，或是形色先定，意想後出，此牽涉到語言不齊，倉頡造字與語言之初，相距久遠，又語言造字本兩回事，所謂「語有華實之殊，字有通局之異」，不能固守一隅，如執文字以非語言，或執語言以難文字，都不客觀，歸根究底，先民造語，起於感官觸受，詞氣相應以命名，因此，形狀之名應該最早，至於一一為萬物立

名，據實體以名物，卻是稍後的事。

　　章氏《國學略說·小學略說》有云：

> 造字之初，不過指事、象形兩例。指事尚有狀詞、動詞之
> 別，而象形多為名詞。綜《說文》所錄，象形、指事，不過
> 二三百字，雖先民言語簡單，恐亦非此二三百字所能達意。
> 於是有以聲為訓之法，如馬兼武義；火兼燉義；水有平準之
> 義，而以水代準（古音水準相近），齊有集中之義，齋戒之
> 齋，即段齊以行，夫書契之作，所以濟結繩之窮。若一字數
> 義，仍不能收分理別異之功。……依是則飾偽萌生，治絲而
> 益棼矣。於是形聲、會意之作乃起。

這裡明顯指出狀詞動詞為指事，並謂「形狀之辭最俶」，肯定指事
最先，物名則據實以命，故象形其次。不過，固執一端，仍非通達
之論，因為不管是「汎籠圓則」的指事，或「多倚實形」的象形，
本是相因相成，如有「日」「月」之具體名詞，乃孳生「邇」
「遠」兩詞，這是由實到虛（「由物名以成意想」），至於造字，
則丨、▲都是抽象之形，即先於實形可象的屮字、主字，這又是由
虛入實（「由玄念以定形色」）。同樣，八卦之命名，在文字以
前，震（☳）、坎（☵）取象雷水，據實形以命名，巽（☴）艮
（☶）雖取象風、山，實取意象。實際上，章氏在《國故論衡·小
學略說》中已否定八卦與書契的關係，他說：「或言書契因於八
卦，水為坎象，巛則坤圖，若爾八卦小成，乾則☰畫，何故☰畫不
為天字。」此亦重申「文字未箸」之意，舉震坎巽艮數卦，不過說

明初文取義於實名或意想，本不拘一格，大抵兩者都有，不可偏舉，明乎此，則指事、象形之先後，實無可爭論。

章氏晚年於蘇州所講《國學略說》似又肯定初文與畫卦有關，他說：「《說文·序》推至伏羲畫卦者，蓋初文之作，不無與畫卦有關，如〤即坎卦是已。若漢人書坤作〤〤，《經典釋文》亦然，宋人妄說坤為六斷，實則坤與川古音相近，〤〤、〤〤相衍，義或近是。《爾雅·釋水》：「水中可居者曰州。」大地搏搏，水繞其旁，胥謂之州，故鄒衍有大九州之說。《釋典》有海中可居者四大洲之言，〤〤者〤〤之重也。气字作〤，與〤卦近似，天本積氣，義亦相合，此三卦與初文皆有關係，言造字而推至畫卦，義蓋在是。」❷❻

> 略例庚曰：昔者王子韶創作右文，以為字從某聲、便得某
> 義，若句部有鉤笱，臤部有緊堅，丩部有糾章，辰部有脈
> 覷，及諸會意形聲相兼之字，信多合者，然以一致相衡，即
> 令形聲攝於會意。夫同音之字，非止一二，取義於彼，見形
> 於此者，往往而有。若農聲之字多訓旱大，然農無旱大義；
> 支聲之字多訓傾衺，然支無傾衺義。蓋同韻同紐者，別有所
> 受，非可望形為驗，況復旁轉、對轉，音理多涂，雙聲馳
> 驟，其流無限，而欲於形內牽之，斯子韶所以為荊舒之徒，
> 張有沾沾，猶能破其疑滯。今者小學大明，豈可隨流波蕩？
> 《文始》所說，亦有尃取本聲者，無過十之一二，深懼學者
> 或有錮駤，復衍右文之緒，則六書殘而為五，特詮同異，以

---

❷❻　　章太炎《國學略說》，頁 16。

詳方來。

　　本略例旨在批判右文說，發揮王念孫的「引伸觸類，不限形
體」的精義。他先局部併定某些右文是合理的，但不可作全稱肯
定，如云「凡形聲必兼會意」，因為一但以「一致相衡」，就使得
形聲為會意所攝，淪為會意的次類，形聲既無法與其他五書平行，
六書就殘而為五書了，這自然是不合理的。他認為聲不兼意的理
由，並不從語言符號的本質，如音符主要作用在標音一點立論，卻
從形、音、義關係的多歧性找理由，例如：同音字本極普遍，其數
量可多至數十字一音，既非一符一音，也非一音一義，通常情私是
一音多義，或一義多音，因此聲符無從規範字義是很明顯的，所謂
「取義於彼，見形於此」，即指聲符為他字之借音。這一點在前文
「論右文說與詞源」一節子目：「右文說與形聲字借聲說」，已有
詳論，茲不贅述。然此說雖欲破右文拘執字形之疑滯，反而為右文
說張目，因為章氏基本肯定聲義同源，故雖聲符之本義無關乎被諧
之字，仍可透過同音找到借音之本字，如此一來，輾轉以求，無非
先肯定某字先有義，再循音求字，然如何確定某字必有某義，不是
以《說文》說解為天經地義，即以凡某聲多有某義為據，形既不足
憑，音亦非一義，此借聲說之所以難有定論。再就方法論上說，既
然聲符只是借音，同音同義非只一形，在選擇上已有困難，若再由
音轉去求音近的本字，就可能有無限多的選擇，但章氏並不注意這
點。

　　章氏破右文的主要理由，是它妨礙了真正詞源的探求，因為右
文侷限於同一形體，而不能走進音義相求的詞根孳乳、變易的領

域，所以他認為王子韶的右文說冶王安石的《字說》，其實是同一路數，宋張有《復古編》主要是為了匡正王安石《字說》而撰，**❷**書中下卷後附錄辨證有「聯綿字」、「形聲相類」等，頗能「以音通古義之原」，雖其書不過字樣之流，章太炎仍稱贊「張有沾沾，猶能破其疑滯」，不過章氏抹煞了王子韶右文也是《字說》的反動，而視王子韶為王荊公之徒，實見理未瑩，說詳前章「右文說」之討論。

　　章太炎主張探原系族，要超越形聲字限制，完全取決於「旁轉、對轉」，「音理多涂」，雙聲相轉，也是變化多端，「其流無限」，因此《文始》一書，嫥取同一聲符的字，不超過十分之一、二，例如：略例丙，所引的圅聲字，略例戊，「輶」字所從初文「小」字所衍的肖聲字，在字族中都佔一定比例，有時不止十之一二，章太炎所說那「嫥取本聲」大概是指初文到衍生字全族字都是同一聲符，不雜其他聲符，這種例子確實罕見。

　　　略例辛曰：古韻二十三部，蓋是詩人同律，取被管弦。詩之
　　　作也，諒不於上皇之世，然自明良喜起，箸在有虞，斯殆泠
　　　倫作樂，部曲已分，降及商周，元音無變。至于語言流衍，
　　　不盡遵其局道，然非韵無以明也。近世有黃承吉，懭易顧、
　　　江、戴、段之書，以為簿書檢校，非閎通者所務，自定古音
　　　為曲、直、通三類，斯亦偏有得失。夫語言流轉，不依本
　　　部，多循旁轉、對轉之條，斯猶七音既定，轉以旋宮，則宮

❷　劉葉秋《中國字典學史》（台北：源流出版社），頁 87。

商易位，錯綜以變，當其未旋，則宮不為商，商不為角，居
然有定音矣。若無七音之準，雖旋宮亦無所施，徒增其眩亂
耳。夫經聲者方以智，轉聲者圓而神，圓出於方，方數為
典，非有二十三部，雖欲明其轉變，亦何由也。黃氏所條，
易則易矣，然且曲通相閡，侯東無以對轉，誠欲就簡，獨有
合為一部，循二毛之謅語，斯則可也。猶有辯異，曷若分其
牟什，綜其弇侈，以簡馭紛，則總紕於此，成文於彼，無患
通轉有窮，流迻或窒，權衡得失，斷可知矣。

此例進一步闡明語言流轉，必以古韻二十三部為據，因此，他
說：「經聲者方以智，轉聲者圓而神，圓出於方，方數為典，非有
二十三部，雖欲明其轉變，亦何由也。」所謂經聲，即依乎詩歌韻
律之自然，歸納而得的古韻二十三部之大界，而轉聲，則是語言流
轉，不依本部，多循旁轉、對轉的規律，其各部之間，亦有陰陽分
界與弇侈隔軸之異，章氏承顧、江、戴、段的討論，益以孔廣森對
轉、旁轉之法，發明〈成均圖〉，並作音轉的規律，其詳見下節。

本例首段言詩之起源，多敘舊記。實則《詩經》以前，古韻無
從詳考，近人有據兩周金文作韻讀者，如王國維《兩周金石文韻
讀》、郭沫若《金文韻讀補遺》、陳世輝《兩周金文韻讀合編》、
《兩周金文韻讀續輯》，陳邦懷《兩周金文韻讀續輯》等，凡銅器
韻有可析者，略備於此，其中合韻者不在少數，或可證明「語言流
衍，不盡遵其局道」。

章太炎並批評黃承吉對顧炎武以來古韻研究的輕蔑，自創曲、
直、通三類音轉規則之偏失。按黃氏之說見於其〈字詁義府合按後

序〉一文，摘其大要如下：

> 蓋凡字所主者聲，聲有定而讀音無定，音歧於各方參差進退
> 之口舌，故無定；然聞之者雖異，而言之者原是此音，則無
> 定而仍實有定。……竊以曲、直、通之三聲就明於所著《經
> 說》、《文說》中者，而其精蘊，要不出乎諸經及先儒所傳
> 傳註音義之中，初非別有鑿造。惟其如是，是以論聲韻者，
> 不得合其所不當合，亦不得分所不當分。若徒《三百篇》已
> 用之字之陳述，正非可拘為界畫，假如存《詩》有多篇，則
> 其所通之韻字，必不止如今《詩》所傳。從來治聲均，踰越
> 者亦失，謹嚴者亦失，見同聲而不知臆為之彌縫解說依亦
> 失，逢口讀之相近概謂之假借通轉者亦失。……夫凡字同聲
> 者，即同綱義。綱之統同者云何？曲、直、通之聲、義、象
> 是也。綱之分別者云何？逐事逐物，由曲而直，而通之聲、
> 義、象是也。而義象一皆繫屬於聲。大抵曲聲之字，不能與
> 直象之聲通轉，尤必不能與通聲之字通轉，而曲聲之部分為
> 最廣。凡《詩》之見為協韻者，皆同聲也。凡古書之用為通
> 假者，皆同聲也。惟聲同，故義象同，惟聲、義、象皆同，
> 故可通假。❷❽

按黃承吉批評顧炎武以下各家古韻部的通轉為「通」「守」兩
難，實有深刻之識見，但他提出「曲」「直」「通」三種聲、義、

---

❷❽　黃承吉《字府義詁合按》（北京：中華書局，1984 年），頁 265-266。

象的反映形式，其中「象」的部分甚至牽連及初文意象，事涉玄虛，亦不能揚棄字形拘束，其缺失又在「曲通相隔」「侯東無以對轉」，由此可見，黃氏之說，實多出臆構，其所謂「同聲」，其實指「同韻」，汎以同韻即同義，同韻即可通假，「且凡同一韻之字，其義皆不甚相遠」（見〈字義起於在旁之聲說〉），則是棄聲母同異而不問，其說欲求語源，恐多窒礙，章氏的批評是正確的。

> 略例壬曰：近代言小學者，或云纔識半字，便可例佗，此於韻類則合，音紐猶不應也。凡同從一諧聲者，不皆同歸一紐，若巳吕之聲皆在淺喉，而台胎在舌，似侯在齒。邜酉之聲，喉舌殊致，而自酉出，酉乃為齒音；九聲古今皆在深喉，而𤱶從九聲，篆文作𨄫，則在舌頭矣；八聲古今皆在重唇，而穴從八聲，則在淺喉矣。欲言譌音變古，則音異者，古亦有徵，古音本綜合方言，非有恆律。轉注所因，斯為縣象，假令考老小殊，不製異字，則老字兼有考音，其它可以類例，然則分韻之道，聞一足以知十，定紐之術，猶當按文而施，但知舌上必歸舌頭、輕唇必歸重唇、半齒彈舌讀從泥紐、齒頭破甑，宜在正齒，今之字母，可省者多，斯亦足矣，若以聲母作橜，一切整齊，斯不精之論也。

此例言上古聲紐之審定，較古韻部的類推困難，所謂「分韻之術，聞一以知十，定紐之術，猶當按文而施」，是就初學者而論。大抵古韻二十三部，按諧聲表檢索，凡諧聲相同，必歸同部，所以說「才識半字，便可例它」，但是就不能用來類推古紐，因為「凡

同從一聲者，不皆歸一紐」，即指出諧聲原則和古聲紐的關係，並非單純的同紐關係，而是發音部位與發音方法上的同類關係。古聲紐研究，自錢大昕提出：「古無輕脣音」，「舌音類隔之說不可信」，則脣音八母，古僅有幫、滂、並、明，舌頭舌上古歸端、透、定，唯泥娘二母，錢氏無徵，章太炎乃益以「古音娘日歸泥說」，日為半齒，娘稱彈舌，泥屬舌頭，章氏亦名其說為「半齒彈舌，歸之舌頭」（見《國故論衡》），章氏在本例之末，又提出「齒頭破碎，宜在正齒」，即把精、清、從、心、邪的上古聲母歸到照、穿、床、審、禪，此說未之前聞，與錢曉徵「古人多舌音，後代多變齒音，不獨知徹澄三母為然也」（詳〈舌音類隔之說不可信〉一文，見《十駕齋養新錄》卷五）的說法相反，錢氏認為「照穿床」上古亦歸「端透定」，後代乃轉為齒音，惜其舉例不多，不為章氏所接受。錢氏之後，有夏燮《述韻》，謂正齒當分兩支，半與齒頭合，半與舌上合（按舌上當進一步歸舌頭），其說為後代學者（包括章氏弟子黃侃）所接受，換言之，上古不但有齒頭無正齒，且部分正齒歸舌頭，部分歸舌頭，這一點章氏有未悟，因此，他的紐目表（即古聲二十一紐）就成了下面的格局：

紐目表

喉音(深喉)	見	溪	羣	疑		
牙音(淺喉)	曉	匣	影(喻)			
舌音	端(知)	透(徹)	定(澄)	泥(娘、日)	來	
齒音	照(精)	穿(清)	牀(從)	審(心)	禪(邪)	
脣音	幫(非)	滂(敷)	並(奉)	明(微)		

　　這是《國故論衡》所載，在《文始》中，章氏改稱為「紐表」，並把喉音改稱為「深喉音」，牙音改稱為「淺喉音」，以「精系」歸入「照系」，可能是受錢坫《詩音表》言「本類通聲」說影響，因為錢坫的本類通聲字母表，正是這樣處理的。陳師伯元說：「此即後來餘杭章氏之古雙聲也。」❷⑨陳師又說：「章氏以牙音無喻，喻注影下，則喻者影之變也。此從錢氏（大昕）影、喻無別之說也。」❸⓪關於齒頭古歸正齒，則與黃季剛所考相反，黃氏以正齒半隸舌頭（此一半指四十一紐之「照穿神審禪」，半隸齒頭（此一半指四十一紐之「莊初床疏」）。章氏於《菿漢微言》論古聲類，已改從黃君之古聲十九紐說。❸①因此，下面錄林師景伊《中國聲韻學通論》所列黃氏古聲十九紐正變表（附加正變說明）於下：❸②

發音部位	喉	牙	舌	齒	脣
正聲	影曉匣	見溪疑	端透定泥來	精清從心	幫滂並明
變聲	喻　為	群	知徹澄娘　照穿神日　審禪	莊初床邪　疏	非敷奉微
說明	清濁相變	清濁相變	輕重相變	輕重相變　（心邪清濁相變）	輕重相變

❷⑨　陳師新雄《古音學發微》，頁 611。

❸⓪　同前註，頁 641。

❸①　見《黃侃論學雜著·音略》，頁 69。

❸②　林師景伊《中國聲韻學通論》（修訂增註本），頁 73-74。

　　按季剛先生除修正齒音精系的正變關係，將照系改隸舌音端系下外，又以群母為溪母變聲，邪母為心母變聲，皆為清濁之變。故較章氏二十一紐少二，凡得十九紐。黃氏另由《廣韻》聲韻配合關係，證明正聲十九紐與正韻二十八部配合無間，紐韻互證則又另闢蹊徑，說詳陳師伯元《古音學發微》。章黃師徒，切磋無間，《文始》既為黃氏所倡，章氏成之，而古韻與古紐，黃侃復能彌縫其師說之不足，改從戴氏陰陽入三分法而得古韻三十部，古聲則修訂師說為十九紐，章氏不但不以為忤，而晚年亦能從其所善，此乃學術所以精進的原因。章黃學說之不足，本師陳伯元先生亦已補苴修訂，詳見所著《古音學發微》。要之，章黃古聲紐說，實總結清代古聲母之研究，至民國以後，曾運乾〈喻母古讀考〉、錢玄同〈古音無邪紐證〉、周祖謨〈審母古讀考〉、〈禪母古讀考〉，暨高本漢、王力、陸志韋、董同龢、李方桂、周法高等人，皆有修訂，且不限於單聲母，多兼及複聲母之說，則古聲母之全貌，實尚未獲致最後之定論。黃君之說，喻母當改歸定，為母改隸匣，群母依陳師則古隸匣母（見所著〈群母古讀考〉），依李方桂先生〈上古音研究〉，則匣母古隸群母，匣母為 *g，群母為 *gj，為母則為 *gwj，喻、邪兩母則併為 *r，然則黃君十九紐，除匣母未定，其餘大抵可信。唯章氏改稱「淺喉音」，與舊稱不合，不如還原為「牙」「喉」，以免混淆。

　　由於諧聲原則，確已反映不同部位的關係，如章氏所舉的例子──「已」「呂」皆在「淺喉」，其實是以喻隸影之誤，當云：「喻母本屬舌音」，故台胎在舌（定透），至云「似俟在齒」，則是以中古音言之，章氏以為邪禪之古音同在齒音，而不知禪母歸定

（李方桂禪床同源，並作 *dj），而邪母亦近乎定母（李方桂擬作
*rj）。至於酉本舌音（李 *r-，董 *d-），酋為齒音從母（*dz-），
則為塞音與塞擦音（自董氏言之）之諧聲，部位亦相近。「九」
（k-）聲而諧舌頭 n-（厹篆作蹂），「八」（p-）聲而諧舌根 ɣ-
（匣母李氏作 *g）實不合諧聲之常軌，其間確有不尋常的音變關
係，實令人莫知所從，章氏歸諸方言現象，「古音本綜合方言，非
有恆律」，亦不無道理。

略例癸曰：形聲既定，字有常聲，獨體象形，或有逾律，若
丙讀沾導，乃今胡菼字也，又讀若誓，則舌亦作丙矣。囟聲
近顛，今言囪門，猶並作息進切，然思從囟聲，復地入之
部，或字所以作脟，農取囟聲，則牆亦作囟矣，何者？獨體
所規，但有形魄，象物既同，異方等視，各從其語，以呼其
形，譬之畫火，諸夏視之，則稱以火；身毒視之，則稱以阿
揭尼，能呼之言不同，所呼之象不異，斯其義也。乃至丨字
指事，進退殊言；叩字會意，戢呶異讀，或亦從其類例，皆
以字非形聲，兆域不定。今述文始，以丙囟丨叩諸文，兼隸
異部，諸所孳乳，義從聲變，猶韵書有一字兩收也。又世人
多謂周秦以上，音當其字，必無譌聲，斯亦大略粗舉，失之
秋毫，夫蠢從冏聲，隊支互讀、彝從互聲，泰脂挾取，未越
弇侈之律也。乃若鼻（享）飄（孰）雕鱉（鱉）同在幽部，
鼻聲字古已入諄；奧燠奠燠，本在寒部，_{奧從釆聲，古文燠從釆聲。}
奧聲字古已入幽；至轉為弔，輨變為摯，至宵亂流，幽泰交
捽，此於韵理無可言者，明古語亦有一二譌音，顧其數甚少

爾。必云聲理宜然，即部部可歸一韵，若云東冬諸目，定自後人，不容議古，古之韵略，欲以何明？今者沿用《切韵》，以明封畛，不謂名自古成，由名召實，更無異趣。如

嚴章甫以五音分配，既用《切韵》標目，又雜以己所定名，朱元倩則借卦名標韵，皆謂陸書非古，寧自改作，然即新定諸名，亦豈周秦所有，江慎修以第一第二分部，段若膺亦依用之，直由曲避嫌疑，致斯瞹曃，既不明署部名，將令學者猝不易了，不若仍從《切韵》，存其符號也。古音或不當形聲，欲求孳乳，自宜欹曲相邅，若賞知音，即須奔侈有異，斯非丙囟丨品之例所能飾也。

　　本例討論一文兼隸異部，多屬無聲字（即非形聲字），並論諧聲時代，聲符已與諧聲字不在同部，除了「未越弇侈之律」的韻轉外，亦有「韻理無可言者」，說明古語也有少數謅變的音讀。最後針對古韻部名稱沿用《切韻》舊目抑改作新定的問題，指出「以名招實」最為重要。最後針對古韻部名稱沿用切韻舊目抑改作新定的問題，指出「以名招實」最為重要。茲分述如下：

　　㈠獨體象形，何以多音？章氏的解釋是：獨體只能規範字形，不能規範字音，某一形體，取象某物，大抵有定，但異方殊語，同一事物，名稱不同，例如：中夏稱為「火」，印度稱「阿揭尼」，所謂「能呼之言不同，所呼之象不異」。文字的形聲本起約定，形聲字的聲符有常，這是標音功能的成熟，而獨體象形本不帶聲，一形可以兼象多物，故非一字一聲。其實不獨象形，表抽象事物之指事，或比類合誼之會意，皆以不帶聲為特色，也同具有多音的可能，此所謂多音，與後代破讀，異音別義，或假借不同，乃因一個意象之形可以兼表不同之事物。即以章氏所舉《文始》丙、囟、

丨、朋四字為例。

1.丙

《文始》卷一「丙」字下：

> 《說文》：「丙，舌皃。從谷省，象形，古文作西，讀若三年導服之導。一曰竹上皮，讀若沾。一曰讀若誓。」讀若誓者，變易為舌，在口所以言別味者也。旁轉支，孳乳為舓，以舌取食也。

《文始》卷九「丙」字下：

> 《說文》：「丙，舌皃。……一曰讀若誓。」沾在談，導即禫，在侵，本出入二部也，西、丙二形皆象舌，文不必從谷省也。在侵近轉緝，孳乳為㖭，歠也。在談孳乳為狧，犬食也。他合切，即𠯗矣。對轉宵，孳乳為饕，貪也。飻亦貪也，與饕雙聲相轉。在侵則孳乳為貪，欲物也。貪又變易為婪、為惏，皆貪也。為婪，下志貪頑也。……

按：《說文》：「讀若三年導服之導」下段注：「士虞禮注曰：古文禫或為導，……是今文禮作禫，古文禮作導。……不云讀若導而云三年導服之導者，三年導服之導，古語蓋讀如澹，故今文變為禫字，是其音不與凡導同也。」由《文始》卷九，知沾在談部，導（即禫）在侵部，「本出入兩部」，又一曰談若誓，變易為「舌」，誓、舌同屬泰部。則同一「舌皃」之象，有禫、沾、誓三

讀，而兼入侵、談、泰三部，正可說明「㠯」字但有象形，其音則各從異方之語呼之，此即無聲字多音之證。

2.囟

《文始》卷三「囟」字下：

> 《說文》：「囟，頭會匘蓋也。象形。古文或作𡆞。」此二皆初文，象形有詳略也。或字作𦞤，乃轉入之，囟變為天、顛，猶丨孳乳為真，齒音斂為舌音也。天，顛也；顛，頂也，天顛旁轉清，變易為頂，顛也。……天次對轉支，則孳乳為帝，……詩傳曰：審諦如帝，《說文》：帝，諦也，帝有諦義，猶囟孳乳為思矣。……

《文始》卷八「囟」字下：

> 《說文》：囟，頭會匘蓋也，象形，古文作𡆞，或字作𦞤，囟本在至部，音轉從宰聲，亦在之部。𧸇字在冬，又從其聲，蓋古文無匘，以囟為匘，猶以丙為舌也，自之轉幽，讀如匘，冬幽對轉，故𧸇得其聲，猶㥲嫋作㥲懁矣……囟自之幽旁轉侯，皆孳乳為匈……囟者智慧所藏，故又孳乳為息，容也。……

按：囟門之囟，本音息進切，聲義與顛、天近，故《文始》卷三以為「變易為天、顛」。三字同在真部。不過囟與天、顛之聲母則有齒、舌之殊。我們將在第四章中檢驗這類「聲轉」的可信度。

囟之或體作膟，在之部，當為「真」部旁對轉，但卷八云「囟本在至部」，不詳何據。思亦在之部，則囟或本有「之」部一音。自之轉幽，則有幽字，幽冬對轉，故辳字入冬部。揆章氏將初文「囟」分隸真、之兩部，並非義出兩原，只是音有歧出，究竟是真部＞之部，抑或之部＞真部，這又涉及孳乳變易的先後及詞根音形態的擬構問題，留待下文討論。

3. ｜

《文始》卷二「｜」字下：

> 《說文》「｜，下上通也。引而下行讀若退。」後出字作復，卻也。孳乳為隤，下隊也。……自《玉篇》、《唐韻》｜皆有古本一切，則亦作喉音矣。若如退之舌音，則對轉諄，孳乳為遁，遷也。……中、小中皆作｜，中象形，小指事，然中有通義，亦有小義，則從｜兼取義也。……

《文始》卷三「｜」字下：

> 《說文》：「｜，下上通也。引而上行讀若囟。」後出字為畀，升高也；為進、為晉、為遷，皆登也；為先，前進也；為兟，進也。孳乳為前，不行而進也。……為僊，長生者僊去也。僊作舌音，變易為真，僊人變形而登天也。……

　　按：本條兩個「｜」字，一音進，一音退，音義俱相反對峙，明顯為一組「同形詞」，只是字形相同，其音、義全不相干。這種

同形詞是在文字使用時，對字形的觀察角度不同，如由上往下看此「｜」，便是「下墜」、「後退」，「遷循」諸義。若由下往上行，則此「｜」即含「上通」，「升高」，「前進」，「僵去」諸義。這也是無聲字多音說的一典型例子。

4.朙

《文始》卷五「朙」字下：

> 《說文》：「朙，眾口也。」「又讀若戢。」孳乳為呶，讙聲也。又為佷，亂也。佷對轉陽為毆，亂也。與窒毆異義。又為嬢，煩役也。又孳乳為讓，相責讓也。《春秋傳》曰：「嘖有煩言。」

《文始》卷七「朙」字下：

> 《說文》：「朙，眾口也。從四口，讀若戢。」孳乳為囍，疾言也。又為沓，語多沓沓也。沓又變易為呭，為詍，皆多言也。《孟子》、《詩傳》皆云：「泄泄，猶沓沓也。」世聲本在緝部，詍、呭音常如牒，如諜，然自《大雅》，已變入泰部矣。朙又孳乳為嘮，轟語也。《詩傳》曰：「口舌聲也。」朙次對轉宵為喿，鳥群鳴也。為譟，擾也。

按：朙字兩讀（呶、戢），皆由「眾口」孳乳，其所孳乳，義皆相似，或為煩亂，或為雜沓而多。此又同一物象而各從其語。章氏總括丙、凶、｜、朙四例，兼隸異部，論其孳乳，則曰「義從聲

變」。

關於「無聲字多音」之理，自南唐徐鉉，清姚文田、劉逢祿、丁履恆，已揭其旨，劉、丁二氏，皆主張「字有兩讀，當兼收二部」。丁履恆《形聲類篇》「形聲餘論」曾說：

> 讀若禪，又讀若沾，又讀若誓，應兼收侵陽二部。……引而上之讀若匃，引而下之讀若退，應兼收真脂二部。（見陳伯元師〈無聲字多音說〉一文）

無聲字多音之原因非僅一端，章氏上例所述，但得其一，陳師伯元〈無聲字多音說〉，析其原因凡四：

> 一曰：文字之初起，本緣分理之可相別異，以圖寫形貌，各
>   　　　地之人，據其形象以為文字。因其主觀意象之殊異，
>   　　　雖形象相同，取意盡可有別。
> 二曰：造字之時，原非一字，音義原異，只以形體之相近，
>   　　　後人不察，乃合為一體，因而形同而音義殊矣。
> 三曰：古者文字少而民務寡，是以多象形假借。夫字既轉為
>   　　　他字之用，則必亦假他字之音以傳此字之形。
> 四曰：形聲之字所從之聲，每多省聲，而所省之聲，其形偶
>   　　　與他字相涉。於是字音亦遂涉而異。❸

---

❸　陳師新雄《鍥不舍齋論學集》（台北：台灣學生書局），頁 517-520。

　　陳師並從《說文》「形聲字」、「重文」、「讀若字」、「假借字」及今存方言五項逐一證明多音之理，頗可參考，茲不贅述。

　　㈡關於聲符與諧聲字不同部的問題。段玉裁曾確立一個諧聲基本原則——「凡同諧聲者必同部」，對於諧聲字的大部分來說，這個原則是成立的，否則便無各家古音的「諧聲表」了。但是卻也出現了不少的例外，這種例外情形，可以說明諧聲字形成的時代，往往和稍後的《詩經》韻時期，在陰陽聲上面有顯著的不同。有時詩韻往往也能證明較古的諧聲字韻母。例如：「態」從「能」得聲，現在「態」讀 thai，「能」讀 neng，顯然去古已遠，那麼在諧聲字時代它們是否同韻部呢？答案是肯定的。楊煥典（1984）指出：

> 在諧聲時代，因為「能」還沒有鼻音韻尾，跟「態」是完全同音的，後來由於語音的變化，「能」的陰聲韻讀法雖保留在「態」中，但它本身則在發展過程中獲得了鼻音韻尾，才成為陽聲韻字。這還有許多旁證可以證明。例如：《詩經·賓之初筵》二章，「能、又、時」押韻，段玉裁認為「能」也是個形聲字，從㠯（以）得聲。所以「能」和「時」押韻就不難理解了。又如《離騷》中，「能、配」押韻，也充分說明「能」的鼻音韻尾不是從來就有的，而是後來在語音發展過程中產出來的。❸❹

---

❸❹　楊煥典〈關於上古漢語的鼻音韻尾問題〉，《中國語文》（北京：商務印書館，1984 年 4 期），頁 290。

　　楊文又指出：實際上，「能」字到漢魏晉時，仍有陰聲韻讀法。如《淮南子·原道訓》「能、時」押韻。張衡〈東京賦〉「台、能、灾」押韻，陸機〈挽歌詩〉「知、時、思、能」押韻，由此可見「能」在上古漢語中並沒有鼻音韻尾，同時也否定了「態原來是有鼻音韻尾的，後來才脫落了」這種假說。其實「能」字在《廣韻》本兼收「奴來」「奴登」兩切，古音是之蒸對轉，這種標準的音變，自然不是章氏所說的「一、二謔音」，因為和「態」同類的諧聲字還有很多，再從楊文中挑選幾個例子，標音據周法高上古音，斜線右邊為現代北平音：

諧聲字		聲符		諧聲字		聲符	
弼	*b'iwat	丙	*t'am/tian	媼	*əw	盈	*·wan
播	*pwa	番	*pwa, pjwan	還	*grwan	睘	(xuan)
姐	(da)	旦	*tan	揮	*xjwar	軍	*kjwən
擴	*k'wak	廣	*kwang	打	(da)	丁	*treng, teng
儺	*na	難	*nan	俛	*mian/fu	免	*miwan
糯	*nwan	奧	*njiwan	思	*sjiər/si	囟	*sjien/sin
鉢	(bo)	本	*pwən	洗	*seən/xi	先	*sean

　　章氏認為「巂從禸聲，隊支互讀，彞從互聲，泰脂挾取」，在〈成均圖〉中，隊支、泰脂同屬陰弇聲，並為旁轉，因此說「未越弇侈之律」。至於臺（享）聲在諄（即文）部，其得聲字「孰」在覺部（幽部入聲），「孰」亦入幽部；又如奧從宀弄聲，采古音*kiwan，奧、燠、薁、墺等古音在幽部（或覺部），諄與幽陽弇與

陰侈分界，寒幽亦然；皆不在〈成均圖〉通轉規律之內，凡此若非許慎諧聲說法未當，即是音變不合常軌，章氏視為譌聲，足證〈成均圖〉之韻轉是有限度的，並非如近人誤以為「無所不適，無所不轉」。

　　㈢章太炎古韻二十三部名稱大抵皆沿清人王念孫、江有誥的名稱，有幾部改易新名，如耕部改用「青」（《國故論衡》用青，《文始》用清）祭部改為「泰」，元部改稱「寒」。清儒所訂古韻部名稱，不外三種類型，一為承用《切韻》韻目以為標目，二為改用韻部序次以為標目，如江永十三部，段氏十七部。三為改以自創新名，如戴震、嚴可均、朱駿聲等三家。章氏認為第一派容易了解，運用方便，故從之。茲列鄭庠（十部）下迄陳伯元師（三十二部）附表凡十一家上古韻目對照表於下：❸

鄭庠六部	顧炎武十部	江永十三部	段玉裁十七部	戴震廿五部	孔廣森十八部	王念孫廿一部	江有誥廿一部	章君廿三部	黃君三十部	今定三十二部
東一	東一	東一	東九	翁七	東五	東一	東十五	東十四	東十八	東十八
					冬六		中十六	冬十六	冬二一	冬二三
	陽七	陽八	陽十	央十	陽四	陽五	陽十四	陽二	唐十四	陽十五
	耕八	庚九	庚十一	嬰十三	丁二	耕六	庚十三	青四	青十一	耕十二
	蒸九	蒸十	蒸六	膺四	蒸八	蒸二	蒸十七	蒸十二	登二四	蒸二六
支二	支二	支二	支十六	娃十四〇十五	支十一	支十一	支七	支三	齊九	支十
									錫十	錫十一
			脂十五併于真	衣十七	脂十二	脂十三	脂八	脂八	灰四	脂四
									微七	
								隊七	沒三	沒八

❸　錄自陳師新雄《鍥不舍齋論學集》，頁 359-360。

				乙十八		至十二		至五	屑一	質五
				囆二十		祭十四	祭九	泰十一	曷末六	月二
				遏二一						
			之一	噫五 億六	之十七	之十七	之一	之十九	咍二二 德二三	之二四 職二五
魚三	魚三	魚三	魚五	烏二 堊三	魚十三	魚十八	魚五	魚一	模十二 鐸十三	魚十三 鐸十四
	歌六	歌七	歌十七	阿一	歌十	歌十	歌六	歌十	歌戈七	歌一
真四	真四	真四	真十二 諄十三	殷十六	辰三	真七	真十二	真六	先二 魂痕五	真六 諄九
		元五	元十四	定十九	原一	元九	元十		寒十二 寒桓八	元三
蕭五	蕭五	蕭六	蕭二 併于尤	夭十一 約十二	宵十六	宵二一	宵三	宵二一	豪十九 沃二十	宵十九 藥二十
		尤十一	尤三	謳八	幽十五	幽二十	幽二	幽十五	蕭十六	幽二一 覺二二
	併于魚		侯四 併于尤 屋九		侯十四	侯十九	侯四	侯十三	侯十五 屋十七	侯十六 屋十七
侵六	侵十	侵十二	侵七	音二一 邑二三	緂七 合十八	侵三 緝十六	侵十八 二一	侵十七 緝十八	覃二六 合二五	侵二八 緝二七
		覃十三	覃八	醃二四	談九	談四	談十九	談二二	添二八 談三十	添三十 談三二
			諜二五	併于合	盍十五	葉二十	盍二三		帖二七 盍二九	帖二九 盍三二

貳、〈成均圖〉與音轉規範

章氏在〈文始敘例〉之後，列「韻表」、「紐表」各一種，作為全書總結音轉理論的綱領及其運用音轉以究語言孳乳、變易的規

範。前文分析「略例辛」時，已介紹過「紐目表」，即章氏的上古聲母說。下面我們集中來介紹章氏的古韻學說，即以〈成均圖〉為依據，說明其圖如何構成，再說明圖後所列「同列」「近轉」「近旁轉」「次旁轉」「正對轉」「次對轉」「正聲」「變聲」諸名詞的界說。由此可明章氏音韻學說之全體大用。關於音轉的實際規律和例證，章氏已撰成〈成均圖〉和「古雙聲說」二文，見於《國故論衡》上卷，因此在《文始》中僅列圖表不再引伸，《國故論衡》這二篇就成為《文始》音轉理論之說明，本節以下所析，多依據《國故論衡》。唯須說明者，「古雙聲說」實以「諧聲」為主要論據，而《文始》之「聲轉」係針對孳乳、變易之文，兩者在音理上固然平行，但對於聲轉寬嚴的要求，並不相等；「古雙聲說」，有意盡量放寬音轉的可能，以解釋例外諧聲，但在建立同源關係的字族時，則應要求嚴格對應，以免聲轉漫無限制，而使「音轉理論」淪為「韻轉理論」的同義詞。

甲、釋〈成均圖〉命名與章氏的古韻分部

　　何謂〈成均圖〉？章氏自釋說：「〈成均圖〉者，大司樂掌成均之法，鄭司農以均為調，古之書韻曰均，如陶均之圓也。」（《國故論衡》上卷）

　　按：《說文》：「均，平徧也。」《說文》無韻字，假均字為之。魏晉間始別造「韻」字，《文選·嘯賦》（成公綏）：「音均不恆，曲無定制。」李善注：「均，古韻字。」（《集韻》：王問切），章氏先引《周禮·春官·大司樂》：「掌成均之法，以治建國之學政，而合國之子弟焉。」鄭司農云：「均，調也。樂師主

調其音，大司樂主受此成事已調之樂。」鄭玄注：「玄謂董仲舒云：成均五帝之學，成均之法者，其遺禮可法者。」《周禮正義》：「成均為學名，文王世子有明文，先鄭成調之訓尤迂曲，故後鄭不從。」可見「以均為調」之說，並非通達之論。章氏又說：「古之言韻曰均，如陶均之圓也。」則是以均為鈞。陶均是陶工制陶器所用的轉輪。《管子·七法》：「不明於則而欲出號令，猶立朝夕於運均之上。」因為轉輪是圓的，因此章氏〈成均圖〉用「均」代「韻」字外，還兼取「運均」的圓形意味。不過為了行文統一，我們下文一律寫作〈成均圖〉。

以下先列出《國故論衡上》中的兩個表、一個圖：

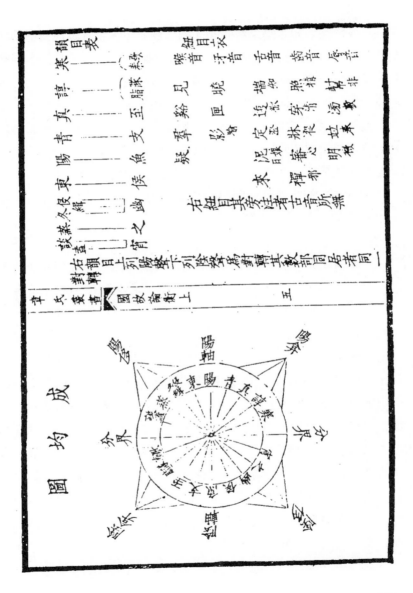

成均圖

　　〈成均圖〉的基礎是右欄的「韻目表」，表中陰陽互為對轉的韻部，有一部對一部，也有一部對二部或三部的，凡是數部同居的，是共有一個對轉的韻部。對轉是承襲孔廣森的說法，前文已有討論，但是章氏如何形成自己的二十三部，卻須進一步說明。

　　根據斬華（鍾敬華 1985）〈論章太炎的古音學〉一文的研究，章太炎對古韻分部的主張，大約經歷了四個階段：

1. 初採夏炘的《古韻二十二部集說》

　　見 1906-1907《國粹學報》「論語言文字之學」。又丙午年（1906 年）〈與劉光漢書〉云：

> 古韻分部，僕意取高郵王氏，其外復采東、冬分部之義。王
> 故有二十一部，增冬部則二十二。清濁斂侈，不外是矣。
> （《文錄》卷二）

　　古韻分部經過顧炎武、江永、戴震、段玉裁、孔廣森、王念孫、江有誥等人的努力，到乾嘉時期，已達到最高峰，韻部數目，則由顧氏十部增加至王念孫、江有誥的廿一部（戴震廿五部除外）從上文釋〈略例癸〉所附各家古韻表可以看出，江有誥和王念孫兩家不同的韻部祇有兩處：(A)王念孫的「至部」獨立，為江所無。(B)江有誥採孔氏的冬（分自東）部獨立，為王所無。其餘各部兩家共有，因此王、江各得廿一部，合其同異即為二十二部，夏炘《詩古音二十二部集說》正代表章氏以前的結論，基本上是從分不從合，例如：「在東、冬分立上，他從孔、段、江（有誥）而不從王；在

至部的獨立上，他又從王而不從段、江（有詰）。」❸所以章氏這個時期主張古韻二十二部。

2.《新方言》寫作時期

在 1980 發表的《新方言》中，章太炎提出了脂、灰分部的主張，並且列了一個二十三部韻表（卷十一）：

之一　　蒸十

侵十一

幽二　　緝二十

冬十二

宵三　　談十三　　盍二十一

侯四　　東十四

魚五　　陽十五

歌六　　元十六

灰七　　諄十七　　月二十二

脂八　　真十八　　質二十三

支九　　耕十九

章氏說：

> 惟冬部與侵部同對轉。緝、盍近於侵、談；月近灰、諄；質近脂、真；然皆非其入聲，有時亦得相通。此四部為奇觚韻，今世方言流轉亦依是為準則。脂、灰昔本合為一部，今

❸　靳華〈章太炎的古音學〉，《研究生論文選集·語言文字冊（一）》（南京：江蘇古籍出版社，1985 年），2 頁。

驗以回白夔等聲，與脂部鴻纖有異，三百篇韻亦有分別，別
有辯說，不暇悉錄；或依舊義，通言脂微齊皆灰；或以脂部
稱灰；或云脂諄相轉，不悉改也。（《新方言》卷十一）

　　按章氏表上的「月」即〈成均圖〉的「泰」部，「質」即〈成
均圖〉的「至」部，這個表上，以陰聲「幽部」與陽聲侵、冬和入
聲緝相承；又以宵部與談、盍相承，和《國故論衡》、《文始》相
同，至於從脂部劃出灰部，灰部與陽聲諄部、入聲月部相承。脂部
與陽聲真部、入聲質部相承。這是古音學史上第一次提出脂、灰分
部的問題。章氏的灰部至少包含回、白、夔等聲，它和脂部的分別
是「鴻纖有異」，並有《詩經》裡分用的證據。所謂「鴻纖之異」
的說法，又見於《文始》卷二「隊脂諄類」前面的總論，他說：

陰聲旁轉隊（即《新方言》的「灰」）多毗于「泰」（即
《新方言》的「月」），脂多毗于「至」（即《新方言》的
「質」），此其鴻纖之異也。

　　根據章氏（1924）〈與汪旭初論阿字長短音〉，他定泰部古讀
為 a，至部古讀為 i，因此靳華（1985）認為章氏所謂「鴻纖之
異」應該是指開口度大小的不同。不過這是否是《新方言》寫作期
的觀點，實在不得而知，因為他此時不過在韻目上將脂灰劃為兩
部，對歸字並沒有作具體的劃分。甚至在《新方言》寫作時「或依
舊義，不悉改也」，這就說明這個時期只是初步提出構想，在入聲
的搭配上，以月（泰）承灰諄，也有問題，不過他已在上引文中認

為「緝、盍、月、質」四部都不是相配的入聲。

3.《文始》、《國故論衡》時期

在《文始》及《國故論衡》的〈成均圖〉中，章氏仍分古韻為二十三部，並做了若干修正。「韻目表」及〈成均圖〉已見上文。

明顯的改易是：以泰代月，改承歌寒（寒舊作元），以隊代灰，隊脂同居近轉以配諄，以至代質以承真。值得注意的是在《文始》和《國故論衡》中，隊部內容有不同。在《文始》中，隊部包括平上去入聲，在《國故論衡》裡，隊部變成純粹的去入韻部，隊部和脂部的區別變成了去入韻部和平上韻部的不同。靳華（1985）指出章氏對這個問題的舉棋不定，因此，脂微分部的完成不得不留待王了一先生來完成。這是章氏古韻學的第二階段。

關於「隊部」，章氏在《文始》卷二說：

> 隊、脂相近，同居互轉，若聿出內朮戾骨兀郁勿弗卒諸聲，諧韻則《詩》皆獨用，而回隹壘或與脂同。

這裡「隊」部包括聿、出等聲的去入聲及回隹壘等平上聲字。在《詩韻》中，前者獨用而後者有時與脂部同用。章氏說隊、脂兩部是「同門而異戶」。

4.晚年定論

章太炎晚年發表〈論古韻四事〉（中國大學《國學叢編》第一期第四冊；亦作〈韻學餘論〉，載《制言》第五期；又題〈音論〉，載中華書局《中國語文學研究》）又吸收嚴可均的意見，把冬部并入侵部。他說：

> 自孔氏《詩聲類》，始分冬于東鍾江自為一部。然其所指聲
> 母，無過冬、中、宗、眾、躬、蟲、戎、農、夅、宋十類而
> 已。徧列其字，不滿百名，恐古音不當獨成一部。

除了「字少」不當獨立外，又有《詩韻》合用為憑，章氏說：

> 按《詩·七月》二之日，鑿冰沖沖，三之日，納於凌陰，沖
> 陰為韻。〈小戎〉騏馵是中，騧驪是驂，中驂為韻。〈思
> 齊〉：雝雝在宮，不顯亦臨，宮臨為韻。〈篤公劉〉：食
> 之，飲之，君之，宗之，飲宗為韻……此六事者，皆冬與侵
> 同用，是知冬當并入侵，非自為一部也。……余向作《文
> 始》，尚沿其說，及作二十三部音準，亦未改正。由今思
> 之，古音但有侵部而已，更無冬部也。書已刻行，不及追
> 改，然學者當知之。

因此，章氏晚年的定論應該是二十二部。

乙、釋「陰陽分界」與「弇侈隔軸」

〈成均圖〉縱分圓周為陰、陽兩界，其垂直線為「分界」，橫以通過圓心的陰、陽軸線，區別上下為弇、侈兩區，即陰軸的上下分別為陰弇聲和陰侈聲，陽軸的上下分別為陽侈聲和陽弇聲。其界和軸分隔為四區，陰弇與陽弇，陽侈與陰侈各成對角，然後依歌泰隊脂等韻部，陰陽及元音之遠近，排列入弇侈兩區，兩對角區必為同弇或同侈，所以能互為對轉。然後就可以把陰陽相對的韻部通過

圓心連成輻射狀的關係圖，〈成均圖〉實際就是古韻部內在結構與韻轉關係的綜合表現。以下先釋幾個名詞：

1. 陰陽分界

《文始·略例丁》：「聲有陰陽，命曰對轉，發自曲阜孔君，斯蓋眇合殊聲，同其臭味，觀夫言語變遷，多以對轉為樞紐。」前文「疏釋」已就陰聲、陽聲之名義及對轉音理略加闡述。《國故論衡》所列「韻目表」，即仿孔氏《詩聲類》列上下兩行，並說：「右韻目上列陽聲，下列陰聲，為對轉，其數部同居者同一對轉。」可見〈成均圖〉的分界，正是把平列的上下兩行，轉為圓周的左右半圓弧，左為陰聲，右為陽聲，陰陽對轉的平行線，改為通過圓心的交叉線，由於二十三部中陰聲十一，陽聲十二，並非如孔氏陰陽各九部，兩兩相配。若配成十一組，仍有一部奇觚，然章氏不配為十一，仍配為九組，其中陰陽各有兩組為二、三部同居者，揆其何以如此，恐受孔氏部居之影響甚深。

章氏分析陰、陽聲說：

> 孔氏《詩聲類》列上下兩行，為陽聲、陰聲。其陽聲即收鼻音，陰聲非收鼻音也。然鼻音有三孔道：其一侈音，印度以西皆以半摩字收之，今為談蒸侵冬東諸部，名曰撮脣鼻音。其一弇音，印度以西皆以半那字收之，今為青真諄寒諸部，名曰上舌鼻音。其一軸音，印度以央字收之，不待撮脣上舌，張口氣悟，其息自從鼻出，名曰獨發鼻音。（《國故論衡》上）

　　按《廣韻》陽聲韻尾凡有三類，一曰雙唇鼻音 -m，章氏名為「撮脣鼻音」，侵覃以下九韻屬之（舉平聲以賅上去聲）。二曰舌尖鼻音 -n，章氏名為「上舌鼻音」，真臻以下十四韻屬之。三曰舌根鼻音 -ŋ，章氏名為「獨發鼻音」，通、江、宕、梗、曾五攝凡十二韻屬之。這是中古音系，推溯章氏上古陽聲十二部，寒諄真當收 -n，青陽東蒸當收 -ŋ，侵冬談當收 -m，（冬併入侵，正是章氏晚年的主張）。但是，上文的三類鼻音與我們推論不同，章氏是這樣分的：

　　　　陽侈音——談蒸侵冬東五部——收 -m

　　　　陽軸音——陽一部——收 -ŋ

　　　　陽弇音——青真諄寒四部——收 -n

　　從上古到中古的不同，表示語音的變遷。不過章氏對於陽聲韻尾的認識恐怕不盡正確，例如他把中古收 -n 的東冬蒸歸入上古 *m，另一部青則改入 *-n，上古收 *-ŋ 反而只剩下一個陽部，說冬、蒸上古來自收唇，還有一些證據，但是說東部曾經有過 *-m＞-ŋ，青部曾經有過 *-n＞-ŋ 的演變，並沒有什麼證據。我們看章氏怎麼說：

　　　　夫撮脣者，使聲上揚，上舌者使聲下咽，既已乖異，且二者
　　　　非故鼻音也，以會厭之氣，被閉距于脣舌，宛轉趨鼻以求漯
　　　　宣，如河決然。獨發鼻音則異是，印度音摩、那皆在體文，
　　　　而央獨在聲勢，亦其義也。❸❼談、蒸、侵、冬、東諸部，稍

---

❸❼　關於章氏「鼻音有三孔道」之說，俞敏（1989）「《國故論衡·成均圖》

不審則如陽，然其言之自別。《釋名》云：風，沇豫司冀橫口合脣言之，風，氾也；青徐踠口開脣推氣言之，風，放也，放在陽為開脣，風氾在侵談為合脣，區以別矣，焉可憮也。（《國故論衡》上）

章氏認為 -m、-n 都不是自發性的鼻音，而是氣流先受阻於脣、舌，再轉道由鼻以宣洩，既受口腔的成阻，因此本屬輔音性質，印度所謂「體文」，而 -ŋ 則不然，它的節制部分在喉部（其實在舌根），形同元音（梵文所謂「聲勢」），所以有根本上的不同，也許才稱為「獨發鼻音」，但他也看 *-m ~ *-ŋ 之間關係最密切，所以才說收 *-m 諸部稍不審就像收 *-ŋ，這樣也照顧了音變。又引《釋名》風字由於上古從凡聲（*-m），中古收 *-ŋ，兩重韻尾

注」一文，曾有新的解說：他認為梵文鼻音有四個孔道，一為鼻化之音，因為後頭是摩擦音，故用鼻化元音。二為在脣音前頭 ṁ 念成 m，因為梵文字母是音節字母，每個輔音字母後頭都帶 a，所以管 m 叫半摩（ma）字。三為 ṁ 在舌音前念 -n。四為 ṁ 在舌根前念 ñ。章氏學的梵文是學的一派悉曇，這一派人不會發鼻化元音，所以只剩下「三孔道」了。又關於「印度摩刪皆在體文，而姎獨在聲勢」之說，俞敏也指出：「印度音 ña『俄』也在體文裡。有一派悉曇章用 a，ā，i，ī，u，ū，e，ai，o，au，aṁ，aḥ 算十二個韻，那才是「姎在聲勢」。可是那是一種簡本。……恐怕有些經本摻雜方言成分，西歐人管這種文字叫『佛教梵文』。」按照正規的說法，梵文有字音（即聲勢）十四字，比聲二十五字，超聲八字，比聲、超聲合稱為三十三體文。（據羅常培〈梵文頸音五母的藏漢對音研究〉附表）上文引的十二個韻，省略的有 ṛ，ṝ，ḷ，ḹ 四個，摻入者有 aṁ，aḥ 兩個。俞文中還有屬於「字邊」的附加符號，(ṁ)叫「大空點」，(ḥ)叫「涅槃點」，都不算在「體文」內。（《羅常培紀念論文集》，北京：商務印書館，1984 年，頁 283-284。）

在漢代不同方言區並存，因此，劉熙做了兩種聲訓，一訓氾
（*-m），一訓放（*-ŋ）。至於現代方言 -m、-n 並存的現象他也
觀察到了，他說：「今江河之域，撮脣鼻音收之亦以半那字，惟交
廣以半摩字收之。」（《國故論衡》上）

　　正因為章氏採取陽聲韻部的弇、侈、軸三分法，陽聲等於陰聲
加上鼻音，因此其相對轉的陰聲韻部也同樣有弇、侈、軸三類相
應，章氏說：

> 夫陽聲弇者，陰聲亦弇，陽聲侈者，陰聲亦侈，陽聲軸者，
> 陰聲亦軸，是故陰陽各有弇侈而分為四，又有中軸而分為六
> 矣。不悟是者，鼻音九部，悉似同呼，不能得其觖理。
> （《國故論衡》上）

　　由上看來，似乎「弇」「侈」之分是根據韻尾的搭配關係得來
的。值得注意的是，章氏除了分配弇侈四區外，又加上中軸的魚—
陽對轉，成為六類，那麼是不是代表陰聲韻部也有三種韻尾呢？我
們先分析「弇」「侈」二名再論。

2.弇侈隔軸

　　〈成均圖〉以橫軸區分弇侈，陰軸的上下分別為陰弇聲和陰侈
聲；陽軸的上下分別為陽侈聲和陽弇聲。陽聲的侈、弇、軸即
-m、-n、*-ŋ 三種韻尾，可以作為依據，那麼陰聲的弇、侈究竟
如何分別？「弇侈」這一對術語，清代古音學家一般用來指主要元
音張口度的大小，如江永《古韻標準》「第四部總論」說：「真、
諄、臻、文、殷與魂、痕為一類，口斂而聲細，元、寒、桓、刪、

山與仙為一類，口侈而聲大，而先韻者，界乎兩類之間。」又「第
十二部總論」也說：「二十一侵至二十九凡九韻，詞家謂之閉口
韻，顧氏合為一部，愚謂此九韻與真至仙十四韻相似，當以音之侈
弇分為兩部。」以後人的擬音看口斂或口弇指元音 ə，口侈則指元
音 a，此為真：元及侵：談兩部間的區別。但是章太炎這裡用
「弇、侈」卻無法從元音看出對立的類型，反而在陽聲韻尾上顯現
出區別，顯然陰聲韻也應從韻尾下手。陳晨（1990）〈漢語音韻札
記四則〉一文，已先我而得此理，札記之四：「釋章太炎〈成均
圖〉的六個韻尾術語」❸作了下列的標音圖：

韻尾標音	-ø	-i	-u	-ŋ	-n	-m
〈成均圖〉術語	陰軸 獨發口音	陰弇 上舌口音	陰侈 撮唇口音	陽軸 獨發鼻音	陽弇 上舌鼻音	陽侈 撮唇鼻音

　　馮文並指出標音的理由：「因為陰陽之間兩兩對稱，既然都是
指韻尾，與陽聲相對應的又不帶鼻音的，那一定是發音部位相當的
元音韻尾，-i 和 -n 發音部位相近，-u 和 -m 發音部位相近，再核
諸這幾個陰聲韻尾所轄的上古韻部，除個別韻部尚需討論外，基本
上與我們的推測相合。」下面是馮文列出這六個韻尾所轄的章氏所
定上古韻部：

---

❸　陳晨係北京師範學院中文系馮蒸之筆名，此文發表於《漢字文化》1990：
　　428-32，11，筆者所見係馮氏 1991.1.28 寄贈之出版品。

-ø（陰軸）	魚	u	-ŋ（陽軸）	陽	ɑŋ
-i（陰弇）	支 至 脂 隊 泰 歌	ie i uei uei ɑ o	-n（陰弇）	青 真 諄 寒	iɛn in un ɑn
-u（陰侈）	宵 之 幽 侯	ɑu ɑi iɔu uɔ	-m（陽侈）	談 蒸 侵 冬 東	ɑm im iɛmi um ɔm

　　各部後（　）內之音值是據俞敏（1984）所擬的韻目表音值，擬音的根據主要是「二十三部音準」，俞氏的擬音和《錢玄同音學論著選輯》（1988，山西人民）末附「十七家古韻分部對照表」中章氏廿三部的標音（曹述敬過錄俞氏擬音）有些出入，例如曹氏錄：脂／隊為 uəi，幽為 iu，把幽標成同一主元音就沒有分部的必要，因此俞氏（1984）的擬音尚不夠理想，至於這樣標音是否完全是章氏的意思，恐有待研究，用這個擬音顯然陰聲的支、泰、歌、之等部是不合馮文的假定的。章氏雖然在入聲韻尾方面還有自己的看法，但似乎也該考慮「陰弇」中包含 -t- 類，因此，筆者採用李方桂（1971）的韻尾系統，仍可以看出陰聲軸、弇、侈三類韻尾對立的大致傾向：

　　陰軸聲：收-g、-k（魚）。

陰弇聲：收-d、-t、-r（脂、微、至、泰、歌），例外：-g、-k
　　　　（支）

陰侈聲：收-gw、-kw（幽、宵），例外：-g、-k（之、侯）

不過，這裡存在的基本問題是章氏似乎牽就對陽聲韻尾的認知，不得不使其對轉的陰聲韻部也呈現了-g、-k 同時出現在軸、弇、侈三類中，這也許是章氏未曾措意的一點。

丙、音轉軌範

1. 韻轉理論

〈成均圖〉排列各韻部的次序，以順時針方向來說，何以陽侈聲要排成：談／盍→蒸→侵緝／冬→東→陽？何以陰侈聲要排成：宵→之→幽→侯→魚？就對轉邏輯來說，只要決定了陽侈或陰侈一邊的排法，另一邊即隨對轉而取得次序。這些排列，基本上又受「旁轉」「次旁轉」「次對轉」等韻轉關係的疏密所制約，這種疏密關係，就構成了章氏的「韻轉規律」，作為「音轉軌範」的基礎部分。

章氏在〈成均圖〉之後，列有七種「韻轉規律」，綜合《國故論衡》、《文始》錄之於下：

陰弇與陰弇為同列

陽弇與陽弇為同列

陰侈與陰侈為同列

陽侈與陽侈為同列

凡二部同居為近轉(1)

凡同列相比為近旁轉(2)

　　△凡同列相遠為次旁轉(3)

　　　凡陰陽相對為正對轉(4)

　　　凡自旁轉而成對轉為次對轉(5)

　＊凡陰聲陽聲雖非對轉，而以比鄰相出入者，為交紐轉(6)

　＊凡隔軸聲者不得轉，然有閒以軸聲隔五相轉者，為隔越轉(7)

　　　凡近轉、近旁轉、次旁轉、正對轉、次對轉為正聲

　　△凡雙聲相轉不在五轉之例為變聲

　　　（＊凡交紐轉隔越轉為變聲）

　　加星號者為《國故論衡》原有，《文始》所刪，加△為《文始》新增，或取代舊文者。《國故論衡》初刊於宣統二年（1910）庚戌五月朔日，日本秀光舍鉛字排印。《文始》於同年《學林》第一、二冊刊出第一部分，其後出單行本，當在此年以後，因此兩書雖然同一時期，而《國故論衡》一部分論文已於前一、二年發表，因此可以確定《文始》刪除早先提出的「交紐轉」、「隔越轉」兩種原屬「變聲」的規律，並改以「凡雙聲相轉，不在五轉之例為變聲。」又《國故論衡》原來也未立「二部同居為近轉」一條，故連同交紐、隔越共六條，本文合兩書為七轉，不依《文始》五轉為定案，以存其初意，並以窺其「韻轉觀念」之轉變。❸

　　根據上述，章氏的「韻轉規律」七條，可以簡表如下：

---

❸　關於這點，湯炳正（1990）〈成均圖與太炎先生對音轉理論的建樹〉一文，有詳細的討論，見湯著《語言的起源》（台北：貫雅文化公司，1990 年），頁 374-375。

$$\text{正聲}\begin{cases}
1.近轉………二部同居 \\
2.近旁轉……同列相比 \\
3.次旁轉……同列相遠 \\
4.正對轉……陰陽相對 \\
5.次對轉……自旁轉而成對轉
\end{cases}$$

$$\text{變聲}\begin{cases}
6.交紐轉……陰聲陽聲以比鄰相出入者 \\
7.隔越轉……閒以軸聲隔五相轉者
\end{cases}$$

　　凡是在界軸坐標的四個區內，同區諸韻部都是同列（陰陽，弇侈都相同）。同列者可以旁轉，相近者為近旁轉，相遠者為次旁轉。對轉是弇侈相同，陰陽相對，由於同列都是四個位置，就有四個同居的韻部，即歌泰，隊脂，侵冬緝，談盍，這些同居韻部之間稱為「同居近轉」，這種同居關係，表現了韻部的「近親」關係，而比較疏遠的，則有次旁轉及次對轉。由於〈成均圖〉的嚴密對稱和分量，使每一條對轉線通過圓心都是分割兩個半圓。

　　凡是被分界隔開的陰弇和陽侈之間，陽侈和陰弇之間，都不能發生旁轉，隔著軸的同陰陽但弇侈相異的韻部，也不能有次旁轉，因為根本不同列。這樣看來，〈成均圖〉並不是轉來轉去都可以相通。這是就正聲四類而言。至於交紐轉和隔越轉，正好都是漫越了弇侈的界限所出現的例外，謂之變聲，徒授人「無所不轉」的口實，但卻又有某種規律性存在，例如：交紐轉只限緊鄰分界的那一對，隔越轉只限於「以轉聲隔五」。為什麼那麼巧都要隔五，就更顯得〈成均圖〉充滿玄思巧構的色彩了。

　　從理論上，我們可以把各種「韻轉規律」下所統的「韻轉」細

目列舉出來。章氏在《國故論衡》就已做了韻轉和例證的列舉，他從軸聲的陽部和魚部的旁轉開始，因為「魚者閉口之極，陽者開口之極，故陽部與陽侈聲、陽弇聲皆旁轉。……魚部與陰侈聲、陰弇聲皆旁轉。」

(1)陽部旁轉(8)

　　陽→東，陽→侵冬，陽→蒸，陽→談（以上轉陽侈）

　　陽→清，陽→真，陽→諄，陽→寒（以上轉陽弇）

(2)魚部旁轉(10)

　　魚→侯，魚→幽，魚→之，魚→宵（以上轉陰侈）

　　魚→支，魚→至，魚→脂，魚→隊，魚→泰，魚→歌（以上轉陰弇）

　　由此看來，居軸聲的魚、陽兩部旁轉最活躍，它們甚至可以因旁轉而對轉（章氏稱「次對轉」）而越界與陽聲或陰聲相轉。章氏說：

　　　　陽與陽弇聲旁轉極於寒矣。又從寒以對轉而得泰。
　　　　（如對揚亦作對越，戚揚借為戚戉是也。）
　　　　陽與陽侈聲旁轉極於談矣，又從談以對轉而得宵。
　　　　（如駜駜牡馬，亦作駆駆牡馬，又枉轉為夭，量轉為料是也。）
　　　　魚與陰弇聲旁轉，極於歌矣，又從歌以對轉而得寒。
　　　　（如簞或作觛，無作曼，烏作安，跋扈作畔援，魁梧作魁岸是也。）
　　　　魚與陰侈聲旁轉極於宵矣，又從宵以對轉而得談。

（如古文扈作岉，從马聲，草木之華為马，音轉為扈，為
罕。又叔從古聲，楈讀若芟是也。）

　　章氏並解釋魚陽在韻轉時的「活躍」（章氏用「交捷」）有別
於其他各部所受的隔軸限制說：

　　夫惟當軸處中，故兼檻弇侈之聲，與之交捷，其弇侈者為軸
　　所隔，則交捷之塗絕矣。

至於其他各部的旁轉亦依次列舉於下：

(3)陽侈聲旁轉：東冬，東侵、冬侵（同居而旁轉），緝侵（同
　　居）、冬蒸、侵蒸、蒸談、談盍（同居最親）（以上近旁
　　轉）東蒸、東談、冬談、侵談（以上次旁轉）

(4)陽弇聲旁轉：青真、真諄、諄寒（以上近旁轉）青寒、真
　　寒、青諄（以上次旁轉）

(5)陰侈聲旁轉：侯幽、幽之、之宵（以上近旁轉）侯宵、侯
　　之、幽宵（以上次旁轉）

(6)陰弇聲旁轉：支至、至脂、脂隊（同居）、脂歌、隊泰、泰
　　歌（同居）（以上近旁轉）支脂、支泰、支歌、至泰（以上
　　次旁轉）

以上旁轉例畢。再看對轉：

(1)侈聲對轉：

　　a. 正對轉：東侯、冬幽、侵幽、緝幽、蒸之、談宵、盍宵。

　　b. 次對轉：東幽、緝之、侵之、冬之、東之。

(2)弇聲對轉：

    a. 正對轉：青支、真至、諄脂隊、寒泰、寒歌。

    b. 次對轉：青至、真支、真脂、寒支、寒脂隊。

(3)軸聲對轉：陽魚。

以上正聲列畢，再列變聲兩類：

(1)交紐轉：寒宵、談盍與歌泰。

(2)隔越轉：支宵、至之（附幽至、宵至），脂隊與幽、泰侯（附幽泰、宵泰、侯隊）（以上陰聲）青談、真蒸、諄侵、寒東（以上陽聲）。

從段玉裁的「古合韻」，孔廣森的「陰陽對轉」，到章氏的〈成均圖〉，由單純的詩韻關係，到韻部音理的對稱，到全面的韻尾、元音遠近關係的排比，並綜合所有聲韻訓詁關係的佐證，提出韻部之間交錯往來的排列組合，包括超過常理的例外音變，章氏不愧是清代音轉學的總結者，也是理論體系的構造者。試把上列各種音轉大類作一統計：

	近旁轉	次旁轉	正對轉	次對轉	交紐	隔越
	旁轉		對轉		例外（變聲）	
陽部	8		1	2		
魚部	10		（1）	2		
陽侈聲	8	4				
陽弇聲	3	3			2	4
陰侈聲	3	3				9
陰弇聲	3	3				
侈聲			7	5		
弇聲			6	6		
	48		29		15	

　　撇開變聲（交紐轉、隔越轉）不計，章氏所列出的四種韻轉的韻部搭配只有 77 種（48+29），距離 23 部無所不轉的排列組合（22×22÷2=242）可能出現次數還差一大截，（只佔 1/3）由此可見章氏利用軸聲、分界，劃分陰、陽、弇、侈為四區，再進一步說明韻轉類例，完全是建立在音轉資料的實證分析基礎上，因此，〈成均圖〉的巧構或許容易令人誤解為「無所不通，近乎取巧」，其實是對章氏科學態度的誤解，或者對韻轉規律的限制失察所得的印象。更重要的是章氏綜合了歷史音變的一般軌跡，用來說明語詞之間的發展關係，他說：

> 語言之始，義相同者，多從一聲而變；義相近者，多從一聲而變；義相反者，多從一聲而變。（《國故論衡·轉注假借說》）

又說：

> 觀夫言語變遷，多以對轉為樞，是故乙燕不殊，冘胡無別，但褟嬴程，一義而聲轉，幽會杳晻，同類而語殊，故語有陰聲者，多有陽聲之對構。由是聲義互治，不問翿忽。（《文始敘例·略例丁》）

　　這說明了有許多同源詞是分布在對轉的韻部上，平行對構。它們並非同時產生，而是經由音轉所形成。以此類推，這種一義而聲轉，也可能存在於元音、韻尾相近的某些韻部之間，這就構成旁轉

及次旁轉的規律。至於各部元音的遠近次序，應該折衷於二十三部音準的各部聲勢，以及實際已發生的音轉的例證上。即此而言，〈成均圖〉的建構是充滿原創性的，其韻轉規律是否有效，則尚待觀察。

2. 聲轉理論

韻轉理論是章太炎音轉理論的核心，但是在實際運用上，不論是詞根的孳乳或變易，總是與聲轉相副而行，此猶章氏論轉注中所謂「言語有殊，名義一也，其音或雙聲相轉，迭韻相迤，則為更制一字。」大抵章氏解轉注，是包括「轉語變易」和「言詞孳乳」兩方面的。❹「轉語變易」或稱「聲變異文」，其音轉概不出二途：

一曰雙聲相轉：聲母相同或同部位，韻部則發生對轉或旁轉的語變。

二曰迭韻相迤：韻部相同，聲母則因發音部位或發音方法的轉移而起的語變。

這樣的音轉關係，是「韻變必雙聲，聲變必疊韻」的條件音變，是聲韻互相制約的。如果一種轉語變易跳出了聲韻相互制約的關係，就很難辨認它們是否為「一語之轉」或「一聲之變」。但實際上，章氏在處理詞根的變易或孳乳時，都會有「聲韻俱轉」第三種情況出現，這種情形，使章轉的限制大大減少，尤其在韻轉規律相當寬宏的情形下，不同部位的聲母若可以互換，舒斂自如，則又形成聲母無所不轉的錯覺，這形成章氏聲轉理論的包袱了。試以《文始》的孳乳為例，劉曉東（1985）就抽繹出下列的規律：

---

❹ 楊潤陸〈文始說略〉（複印報刊資料，1989.9），頁 15-24。

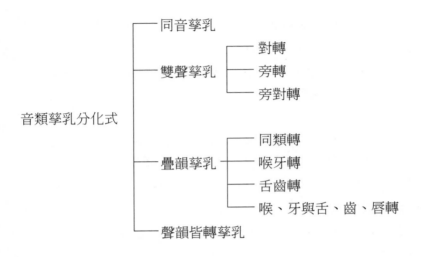

　　「疊韻孳乳」下所列的四種聲轉方式，充分體現了章氏的聲轉理論，那就是在「聲轉必疊韻」的前提下，容許喉牙舌齒唇五音之間有極寬的轉迆，換言之，喉牙可以互轉，舌齒可以互轉，甚而喉牙與舌齒唇彼此皆可以往來，那就毫無限制了，但畢竟還在疊韻下進行。最後一種「聲韻皆轉孳乳」完全失去制約，應該是一種例外，否則無異抵銷了前面三種條件音轉的作用。

　　〈文始敘例〉僅在「紐表」定古聲為深喉音、淺喉音、舌音、齒音、唇音等五類二十一紐之後，規定「諸同紐者（按指影喻、端知、照精、幫非之屬）為正紐雙聲，諸同類者（按指見談群疑之屬）為旁紐雙聲，深喉淺喉亦為同類，舌音齒音鴻細相變。」於是古聲母只有喉、舌、齒、唇四大類，最引人注目的聲轉是「舌、齒相變」。但是在《國故論衡·古雙聲說》一文，章氏則利用諧聲字之間的聲母現象，說明舌、齒、唇、半舌四類皆與喉、牙通轉，因

得出「百音之極，必返喉牙」「喉牙足以衍百音」「喉牙貫穿諸音」，其細目為：(1)喉牙互有蛻化：喉音為牙，牙音為喉。(2)喉牙發舒為舌音；舌音遒斂為喉牙。(3)喉牙發舒為齒音；齒音遒斂為喉牙。(4)喉牙發舒為唇音；唇音遒斂為喉牙。(5)喉牙發舒為半舌；半舌遒斂為喉牙。

這些現象，當代古音學家，也看到了部分事實，但並不認為可以用喉牙來貫串，例如：「喉牙舒為舌音」的曉明諧聲，或認為古有輕鼻音聲母，「喉牙舒為半舌」或以為古有複輔音，有些例外諧聲究竟發生怎樣的音變，還是由於文字的訛變、諧聲的認定原則的分歧而造成的，目前並不完全清楚，章氏根據這些例證，反過來解釋某些意義對當的詞而聲母不同類也不同位的關係，視為孳乳、變易的聲轉律的一部分，就不免太危險了。換言之，我們不能因為《說文》諧聲中庚聲（見母）有唐（定母），鹹聲（匣母）有覃（定母），就相信「喉牙音舒為舌音」是一條聲轉孳乳律，而得出「甘又孳乳為淡，薄味也」（《文始》卷九「甘」字條）這樣的結論。

參、孳乳與變易條例

章太炎在《文始》敘例中，為「孳乳」與「變易」下的定義是：「音義相雔謂之變易，義自音衍謂之孳乳」，除此之外，並沒有專為這兩個「衍生構詞」的機制（derivational device）設立條例，而這兩個機制，則猶如針線之於刺繡一般，貫串《文始》全書，成為系聯詞族的指標，二者條例不明，使《文始》的閱讀，號稱艱難。其實，從章氏的定義中，不難知道，孳乳與變易的條例，

就在「音」與「義」的相胥而變之中，亦即在詞根的「沿流系源」的《文始》本文中體現，換言之，音的部分已在「音轉規律」中體現，義的部分則見於「略例丙」的「同狀異所」與「異狀同所」兩例（說詳前文「略例疏釋」），至於形體異同，只是衍生之結果，非關其孳乳、變易之原因。

「孳乳」一名始見於〈說文序〉：「其後形聲相益，即謂之字，字者孳乳而寖多也」。至於「變易」之名，〈說文序〉只有「改易殊體」一語。在《說文》中，這兩個名詞，只是說明文字由少而多的現象。楊潤陸（1989）指出：「變易之名始見於《周禮·天官·外府》鄭玄注：『玄謂齊、資同耳，其字以齊次為聲，人員變易。古字亦多或！』鄭玄所說的變易就是或體字，也就是〈說文序〉所說的『改易殊體』。」

首先，必須區分兩者的界線，黃季剛先生說：

> 變易者，形異而聲、義俱通；孳乳者，聲通而形、義小變。試為取譬，變易，譬之一字重文；孳乳，譬之一聲數字。今字或一字兩體，則變易之例所行也，或一字數音、數義，則孳乳之例所行也。**❹**

這就把變易和孳乳的界線劃分清楚了。變易是一語的多種詞形（即字形），孳乳是一語的多義分化，也形成多。以《文始》陰聲歌部為例，如：丂（初文，跨步也）變易為「過」（度也），季剛先生

---

❹　黃侃《黃侃論學雜著》，頁 94。

說：「跨步義與度義非有殊，故曰變易。」又牙旁轉支部為「赽」
（半步），也是義非有殊的變易。而牙孳乳為本部的「騎」（跨馬
也），季剛先生說：「騎可以言跨，凡跨不可以言騎，是二字義界
通局有分，故曰孳乳，明因義殊而別造一字也。」❷

季剛先生在口述時更明白地說：

> 古今文字之變，不外二例，一曰變易，一曰孳乳，變易者，
> 聲義全同而別作一字，孳乳者，譬之生子，血脈相連而子不
> 可謂之父。中國字由孳乳而生者，皆可存之字，由變易而生
> 之字，則多可廢，雖《說文》中字亦然，若孳乳字非特不可
> 廢，且須再造也。❸

這就更指出兩大條例的作用有別。

其次，黃季剛先生曾取《文始》卷一第一條初文「牙」字下以
「變易橫列，孳乳直列」的圖形系聯字族，圖例已見本書第一章第
二節貳之(4)。但這種圖形隨字族關係而變化，本不可以一例餘，茲
再舉卷一，泰部「夬」字族為例，先以分欄標示初文及變易字、孳
乳字，次錄《文始》原文（即第四欄之說明）。再加(a)至(t)等附
注號，並以注釋說明全書體例。

---

❷ 同前註，頁 94。
❸ 黃焯《文字聲韻詁筆記》（台北：木鐸出版社，1983 年），頁 34。

初文	變易字	孳乳字	《說文》釋義：孳乳、變易及音轉說明
夬			《說文》：「夬，分決也。從又，象決形。」此合體指事字也。(a)
	潰	決	孳乳為○，行流也。(b)
		泧	決又變易為△，漏也。(c)
		殨	潰孳乳為○，爛也。
		讀	為○(d)，中止也。《司馬法》曰：「師多則人讀。」《春秋傳》：「民逃其上曰潰。」以潰為之(e)，此一族也(f)。
		缺	夬又孳乳為○，器破也(g)。
		玦	缺又孳乳為○，玉佩也，如環而缺。
		軼	為○，城闕其南方也。
		闕	為○，門觀也，此二族也。
		抉	夬又孳乳為○，挑也。
	掓	矎	為○，掋目也。
	睍		抉對轉寒(h)，變易為△，搯也。
			矎對轉寒，變易為△，出目也。
	搰	圣	夬旁轉隊(i)，孳乳為○，致力於地也。
	掘		變易為△，掘也。
			為△，搰也。(j)
		汨	又孳乳為○，治水也。
		穴	旁轉至，又孳乳為○，土室也。《詩箋》曰：「鑿地曰穴。」（圣字說解有兔堀，蓋即穴之聲轉。然堀字又訓突，義稍異。）
		突	由是還泰(k)，有○，穿也(l)。
		窫	有○，深抉也。此三族也。
		韧	夬又孳乳為○，巧韧也，謂巧於彫刻也。
		挈	韧又孳乳為○，刻也。
		契	挈孳乳為○，大約也。《釋詁》挈訓絕，郭璞曰：「江東呼刻斷物為挈斷。」是本與分決同義，

		憲	書契取諸夬，蓋謂此也。 韧對轉寒，孳乳為○，敏也。敏、巧義近。
	券		契對轉寒，變易為△，契也。憲訓法者，即契之借。（款識之款借為絜、契，款木為舟，借為契。《詩傳》契又訓開，開則通，故款亦訓空，又借為窾。）(m)
		彝	大約劑書於宗彝，故契又孳乳為○，宗廟常器也。《釋詁》彝與法則同訓。
		器	彝又孳乳為○，皿也。此四族也。
齮 齕 齦		齧	夬有口決之義，孳乳為○，噬也。
			近轉歌變易為△，齧也。(n)
			旁轉脂變易為△，齧也。
			齕對轉諄變易為△，齧也，此皆齒決。此五族也。
	捐	棄	夬有決絕之義，故孳乳為○，捐也。
			對轉寒，變易為△，棄也。捐夬相轉，猶睊眕相轉矣。(o)
		殞	棄近轉歌孳乳為○，棄也。俗語謂死曰大殞。此六族也。
	括 稇	絜	夬為分決，契為約束，契孳乳為○，麻一端也。引申為度長絜大之義。凡圓物皆圍而度之。
			絜又變易為△，絜也。《韓詩》說：「括，約束也。」
			次對轉諄(p)，變易為△，縶束也。通以闌為之(q)。
			對轉寒，孳乳為○，纏臂繩也。
		絭	為○，小束也。
		紬 柬	因而分別之。夬對轉寒，孳乳為○，分別簡之也。《釋詁》：「柬，擇也。」
			因而數揲之。夬旁轉脂，孳乳為○，會也，筭也。
		計	與絜為絜度同意(r)。此七族也。

		銛	其○訓斷。
		桀	○訓磔(s)，又夬通得孳乳(t)。
		害	其○訓傷。
		禍	近轉歌，孳乳為○，害也，神不福也。又夬亦通得孳乳。
		傑	桀又孳乳為○，勢也，謂能殺也。
	捲		傑對轉寒，變易為△，氣勢也。《國語》曰：「有捲勇股肱之力。」韋解：「大勇曰捲。」此即傑矣。捲亦作奰，大貌。或曰拳勇字。

以下以注釋說明全書體例如下：

(a)　全書分九卷，其目如下：

卷一　歌泰寒類

卷二　隊脂諄類

卷三　至真類

卷四　支清類

卷五　魚陽類

卷六　侯東類

卷七　幽冬侵緝類

卷八　之蒸類

卷九　宵談盍類

卷首有通轉總例，次依陰聲、陽聲各部分列各條孳乳變易字族，每條以「初文」或「準初文」起首，凡云《說文》另行起，則必為字根，為另一族之起頭。

「夬」字為《文始》卷一歌泰寒類、陰聲泰部乙，第十一個初文，引《說文》，先釋本義、字形，並析六書分類為合體指事，此為每條通例。

(b)　以下分行列舉孳乳、變易字，今將各字列於前欄，原字代以○表孳乳字，代以△表變易字。字後仍列《說文》釋義。

(c)　凡為再孳乳或再變易字，必與其所從出之「源詞」系源，故此云：「決又變易為潰」決，其「源詞」也。夬則為「根詞」。

(d) 凡源詞相同，常承上省文，但云「為○」，如此云：「為瀆」及「瀆孳乳為瀆」之省文。

(e) 凡云「以○為之」，此說假借之例，此條引《春秋傳》「民逃其上曰瀆」，「以瀆為之」乃指《春秋傳》以瀆為瀆之假借。

(f) 凡云「此一族也」、「此二族也」……等，言初文孳乳、變易至此，其義已窮，下所孳變，另起一義也。

(g) 凡新族之起首，必返初文（根詞），如云「夬又孳乳為缺」是也。

(h) 「抉對轉寒，變易為捾」，此「對轉變易」例。

(i) 「夬旁轉隊，孳乳為圣」，此「旁轉孳乳」例。

(j) 「變易為揗，掘也；為掘，揗也。」此「互訓變易」例。

(k) 凡由旁轉，對轉韻部，轉回初文本部，則曰還某部，此云「由是還泰」，返回本部「泰」部也。

(l) 孳乳為某，亦變文曰「有某」，此云「有突」，下行云「有突」，皆孳乳字也。

(m) 凡云「借為某」，皆分別本字與假借之例。

(n) 「近轉歌，變易為齮」，此「歌泰同居近轉」之例。

(o) 「捐夬相轉，猶䁑䁑相轉」，此為「平行變易」之例。

(p) 「（契）次對轉諄，變易為稛」，此「次對轉變易」之例。

(q) 「通以屬為之」，此說通假之例。

(r) 凡云「與某為…同意」，亦平行孳乳例。

(t) 「又夬通得孳乳」，言其初文（字根）兩原，此略例戊，「二原交叉孳乳」之例。詳見「略例疏釋」。

以上得一般行文之凡例十九條，其變例則不暇細列，在讀者翫昧得之，當以三隅反。

第四章
《文始》詞源理論的檢討

第一節　　《文始》詞源理論的特色

　　《文始》詞源理論的內涵，大致可以從第三章介紹它的〈敘例〉、〈成均圖〉及音轉規範、孳乳與變易兩大條例看出一個大概的面貌。陸宗達、王寧等（1990）曾作下列概括性的描述：

> 《文始》用孳乳和變易兩大條例來統帥漢字之間的同源關
> 係，用〈成均圖〉把音韻學的研究成果運用到字源的研究
> 中，以對轉和旁轉來描寫同源字之間聲音變化的軌跡，用荀
> 子提出的「同狀異所」和「異狀同所」來囊括同源字之間的
> 意義關係，這些方法，都在後來被採用。❶

這裡已包括了我們論述章氏「詞源理論」所需的每個部件，因為

---

❶　陸宗達、王寧、宋永培（1990）〈論《說文》字族研究的意義〉一文，收在
　　《訓詁學的知識與應用》（北京：語文出版社），頁 97-109。

陸、王二氏是以「方法論」的方式來說明，我們可以換一個「理論呈現」的方武，來複述這個理論：

> 《文始》的詞源理論是建立在以〈成均圖〉為基礎的「音轉理論」上的一套漢字語源系統理論。這個音轉理論，是把初文、準初文所反映的「詞根」作為音義孳生變化的起點，詞根的音義隨語言的轉變（含方言變化、詞義引申、詞形替換等）而不斷衍生新詞或同名異構。新詞與舊詞之間的語音轉換是循一定的軌跡而不出其類。換言之，在詞義聯系上，是以詞根義為起點，將《說文》音義相關的字，按孳乳與變易兩種類例，貫串成同源字族，分別陰陽，按圖索驥。

由以上的說明，可歸結出《文始》詞源理論的幾個特點：

一、它是衍音不衍形的

例如：卷一寒部初文「く」變易為「涓」、「泫」、「潛」三字，並沒有字形關係。「く」寒部見紐（*kewan），「涓」同音（異調）、旁轉真為「泫」（匣母），次對轉支為潛（見紐）。試列出其上古韻部及擬音（為方便起見，用《漢字古今音彙》周法高音）。

字族：く — 涓 — 泫 — 潛
韻部：寒　　寒　　真　　支
上古　kewan　kewan　gwen　krer，grer
中古　姑泫切　古玄切　胡畎切　古諧切，戶佳切

在字義方面：〈訓「水小流」，涓訓「小流」，汖訓「汖湝流水」，湝訓「水流湝湝」。字形上看不出聯系，唯一線索是同屬舌根見、匣二母，旁轉或次對轉，音轉關係的成立，另一個憑證是字義。

就大體言之，衍音亦包括少數同聲符的字，但不以「右文」為依據，而是以字義為據。例如：寒部初文「扶」字下：

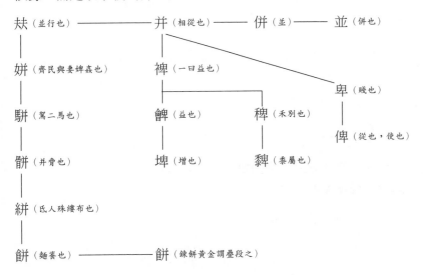

由此可見，衍音為形式要件，衍義為實質要件，衍形則固在衍音之中，且變易、孳乳非止一聲，故右文非章氏系源之要件。

二、它是以孳乳為主幹，以變易為支線

「孳乳」起於詞根意義的轉化，因而派生新詞，「變易」則係同根之轉語在不同時空形成的異形詞，故以「初文」為詞根，首先

聯系其「詞根語」有無變易，再就孳乳過程中，逐一檢查不同階段之孳乳字，有無新生之變易字，就好像樹木的主幹是向上生長的，但其間不時又有叉枒自幹中橫出，叉枒復有叉枒。茲舉二例：

(一)**卷五陰聲魚部「旅」字下：**

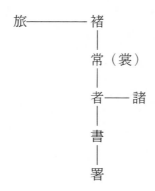

按初文為「旅」，橫列變易，直列孳乳。

(二)**卷二陰聲脂部「尸」字下：**

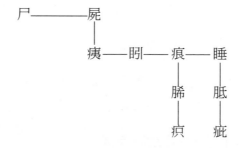

通觀全書四百餘條，孳乳多於變易，這是語言發展的常軌。亦有一字孳乳十數名而不雜一字「變易」者。足見語源探索，自以孳

乳為主幹。

三、它是以對轉、旁轉為樞紐，聲變則稍不措意

　　《文始》音轉規範，一般多取古雙聲，再按〈成均圖〉展轉孳乳、變易，〈敘例〉中亦於「對轉樞紐」，三致意焉。因此在實際說明衍生詞時，韻轉條件必先於「孳乳」「變易」之前出現，至於聲轉，則常不措意，足見章氏於詞源探討，仍受清儒偏重古韻研究，疏於古聲研究之影響，觀其古聲二十一紐尚多錯誤，亦可知其輕重。

　　試以卷四清部「霝」字族為例：

> 霝（旁轉真／變易為）→零（對轉支／變易為）→滴（變易為）→瀝（又為）→涷。
> 其於流水，（霝）（旁轉真／孳乳）→粼→濼（旁轉寒）（次對轉泰）→夵→瀨。
> 其於人體中水，（滴瀝孳乳為）→涕（旁轉脂）→洟。
> 其於室受雨零者，（滴孳乳為）→楠。
> 其佗霝瀝之事，于酒為→醨，（旁轉歌）→釃〔從麗聲，本音讀如羅，後作齒音。〕（旁轉魚）→湑（又轉幽）→茜。
> 于絲為→涷（清寒旁轉之例）（孳乳）→練→棟（以涷得名）。
> 于金為→鍊（孳乳為）→漱。
> 于米亦為→涷，（孳乳為）→滴→瀾。
> 〔自瀝滴變齒音如涷〕（則孳乳為）→漸（旁轉魚）→釋

（又轉幽）→溲→潃。〔清幽無相轉之道，雙聲相迆，遂得至此〕

以上引文，把字義的部分省略，通計此條，需以下衍生字凡26字，其於韻轉，清轉真二次，轉支三次，轉泰二次，轉脂四次，轉歌一次，轉魚二次，轉幽三次，轉寒七次，至於聲轉則僅於三處提及：即釃字下（本音 l-，後作齒音），灑字後（自瀝滴變齒音如涑），潃字後（雙聲相迆）。本字族孳乳與變易字，除來母外，有端母（滴、樀，都歷切）、透母（涕、洟，他計切）、定母（樀，又音徒歷切）、喻母（洟，又音以脂切）心母（釃、茜、潄、湑，私品切、淅、潃、溲）、禪母（釋，施隻切，周法高音*st‘jiak）、清母（涑）、見母（灑）、匣母（湑，又音胡居切）。另三字閏、潤、膩為泥母，附見於自注中。

依照章氏「紐表」後的聲轉條例有「舌音齒音鴻細相變」，因此本族中為數較多的舌頭端系，齒音（精照系），都是合乎條例的，但是又讀喻母的「洟」，又讀匣母的「濟」，見母的「簡」，章氏並未說明，是否按照「古雙聲說」，認為「喉、牙」（或深喉、淺喉）為百音之極，與來母相轉，自不必說明。當代古音學者，多半傾向於把來母與心母的諧聲，擬為 sl-，而把 s- 當詞頭，作為某一種構詞前綴，如果這樣，那麼本族中的「釃」可按周法高擬為 *slier，其他六個心母字，是否和這個 *s- 有關聯，就有待探討，不過章氏已經注意這些不尋常的「聲轉」，只是他並沒有能像「韻轉」一樣，逐字提示，其主從本末是很明顯的。

四、它是據「說文學」所開拓的漢語詞彙發生學

　　章氏整個詞源理論是建立在《說文》字源學的基礎上，這一點黃季剛先生說得十分清楚，他說：

> 《文始》之為書也，所以說明假借、轉注之理。（〈聲韻通例〉）

又說：

> 聲義同條之理，清儒多能明之，而未有應用以完全解說造字之理者……本師采焉以造《文始》，於是轉注、假借之義大明。令諸夏之文，少則九千，多則數萬，皆可絕穿條貫，得其統紀。（〈聲韻略說〉）

　　章氏根據「說文學」來建立他的詞源理論，析言之，有以下數端：其一，用轉注、假借說來闡明他的孳乳、變易理論。他的轉注說是前所未有的發明，他從語言的角度重新詮釋了「建類一首」的涵義，他說：「類謂聲類，首謂語基」，這就為他的「變易理論」找到了文字學上的立足點，簡單地說，轉注字就是語根相同的同源字，考老、來麥、令命，莫不皆然。主張語言文字不可混為一談的文字學家，可以視章氏的轉注說為一家之言，不必強許慎以就之。其次，章氏以引申說假借，也是在為他的「孳乳理論」找依據，由於新詞的產生多從舊詞發展分化，詞義的引申運動是主要依據，章

氏把這種詞義演變分化而成的新詞義，視為詞的再生，而又往往不造新字，即名為假借，這一點完全無視於許慎「本無其字，依聲託事」的符號學原理，即自原始即不造字的借音字，章氏既不能歸之通假，復不能以引申說之，那麼這類「無本字的假借」似乎落空了。所以黃季剛先生所說的「轉注、假借之義」大明，也是就詞源學立論。

其二，章氏所建立的詞根，也即是孳乳、變易的起點，為《說文》將近五百個初文。《文始》每一條先引許慎釋義、釋形，並分析六書歸類，然後察其音義相同，音同義近，音近義同，賦予音轉說明，引證《說文》或群書義證，以明其語源關聯。這是完全以《說文》為依歸。黃季剛先生後來也對這點提出了批評，他說：

> 近時若章太炎《文始》，只能以言文字，不可以說語言，如羊，祥也。火，燬也。以文字論，先有羊、火，以語言論，而祥、燬實在羊、火之先，故《文始》所言，只為字形之根源，而非字音、字義之根源也。❷

這是黃焯先生的上課筆記，也許說得過了頭，因為《文始》在方法學上的意義其實是詮釋語言大於詮釋文字。所以，陸宗達、王寧等（1990），從「說文學」來肯定這個做法，他們說：

---

❷　見黃焯編輯《文字聲韻訓詁筆記》（台北：木鐸出版社，1983 年），頁199。

在字源的研究上，缺乏的是事實的「全部總合」和事實之間的聯系。對早期漢語同源詞的全面系聯工作，當然還要從漢字做起，它的取材可以從兩方面：一是把先秦文獻所用的文字用積、分的方法全部統計出來，然後進行系聯；二是采用某一部漢代以前的小學專書已積起的漢字。《文始》用的是後一種取材，並且選定了《說文》，這是正確的。首先，《說文》是以文獻用詞的詞義為基點來整理漢字的。……第二、《說文》嚴格遵守形、義統一的原則，是講本字與本義，它排斥了借字與借義，給系聯同源字提了最有利的條件。第三、《說文》的聲訓、讀若、形聲字系統中，已經包含了一部分同源字的資料，為全面系聯同源字提出了不少線索。所以《說文解字》是全面系聯同源字最好的材料。❸

這個看法基本是正確的，如果把章氏的詞源學定位為初步的系源，則在方法上的要求就不那麼嚴謹，陸王二氏也說：「如果把《文始》看成是字族的系聯，而不把初文、準初文稱作「詞根」，這個設計方案的總體就更易被人理解了。」❹

　　另一方面，由於章氏全面系聯《說文》的字義，使我們看到《說文解字》空前未有的詞彙系統，視為章氏獨創的「詞彙發生學」亦不為過。

---

❸　陸宗達、王寧、宋永培〈論《說文》字族研究的意義〉，頁 106-107。
❹　同前註，頁 106-107。

第二節　論詞根的依據——初文、準初文

　　傳統詞源學中的聲訓法，是由下而上，追溯詞的音義來源，這種溯源法是從平面的詞彙系統中，選擇派生詞語根或源詞，作為聲訓字。利用形聲字右文以求同源字族，則是假設古文作為該字族之語根所寄，這是據形沿流的方法。《文始》則跳出偏旁的束縛，從文字發展的早期形式作為起點，就是《說文》的獨體字，稱為「初文」，另外初文的變體統稱為「準初文」，將二者視為後來文字語詞派生的根源。章氏的基本理念是以文字發展的先後，作為語言孳生先後的依據，他根據許慎《說文·序》：「倉頡之初作書，蓋依類象形，故謂之文，其後形聲相益，即謂之字。文者物象之本，字者言孳乳而寖多也。」簡單地把文字的發展劃分為兩個階段：「文」和「字」，章氏又看到了「文」與「字」的中間階段，即黃侃所謂的「半字」階段，章氏稱之為「準初文」。上一節我們已指出，章氏挑選《說文》作為全面系聯字族的依據，似不得不爾的理由，即使我們今天有了古文字的豐碩資料，想要進行全面系源的工作，仍將面臨許多困難，例如有些古字的讀音是無法確定的。因此，《說文》乃至上古經典文獻的詞彙仍是不可或缺的憑據。那麼「初文」和「準初文」究竟能否反映漢語的早期面貌？這個問題成了檢驗《文始》詞源研究成敗的一個指標。

壹、初文之界說及類例

　　除了章太炎把獨體的象形，指事字視為「初文」，與派生字相對，作為漢字最基本的形體單位之外，「初文」還有另一種用法，

即與「後起字」相對而言。指一個字的最初寫法，例如：「派」，本作厎，象分派的水脈，後加意符作「派」；趾，本作止，象腳趾，後加意符作「趾」。厎、止即初文，派、趾是後起字，實際是增形字。❺馬敘倫《說文解字研究法》對「說文初文」有較詳細的說明：

> 許書九千三百餘文，其初文并後造之字並存者固多，亦有初文與後造之字，各為一義，因而不知其為初文者，如天為顛之初文，章炳麟據金文作人證之，是今「天」下曰：顛也，以後造字訓初文耳。曹籀以八為別之初文，而今訓別也；亦以今訓古。又如旁下曰：溥也，滂下曰沛也，沛為水名，以雙聲借為溥，則旁滂一字而旁為初文矣。及為隶之初文，而今訓逮也，逮下曰：唐逮，及也。政為整之初文，整訓齊也；而政訓正也。或為國之初文，而今訓邦也，此雖不以今訓古而義相同，故學者猶易求之。若鄭樵以帝為花蒂字，則帝為蒂之初文，而今訓諦也，王天下之號。魏校以祘為籌算縱橫之形，則祘為等之初文，故說解亦曰讀若算也。……鄭樵以王為盛天之義，則王為旺之初文，而今訓天下所歸往也。郝敬以屯為旾之初文，而今訓難也。王筠以采為番之初文，而今訓辨也。楊桓以止為趾之初文，而今訓下基也。黃生以正為射臬，則正為靶之初文，而今訓是也。朱駿聲以卑為椑之初文，而今訓賤也。俞先生以甘為含之初文；出為茁

---

❺　羅邦柱主編《古漢語知識辭典》（武昌：武漢大學出版社，1988 年），頁 22。

> 之初文；官為館之初文。……孔廣居以虍為虎之省文，而今訓虎文也，羅振玉以戔甲文作𢦔，證知為戰之初文，而今訓賊也。……王筠以申為電之初文，周伯琦以酉為酒之初文，而今皆以五行月令之義訓之，既以別義為本義，則凡從此得義之字，皆不易明矣。❻

馬氏所列初文與後造字約百字，不繁備舉，節引上段，可見文字由簡趨繁，初文多屬獨體，後造字多屬會意、形聲，此其一。標舉「初文」，不白章太炎，自鄭樵、魏校、郝敬、王筠、楊桓、黃生、朱駿聲、俞樾、孔廣居均以著之文字，此其二。不但如此，《說文》重文即存有初文，小篆則為其後造字，馬文也舉例說：「初文字又有存於重文中者，如詩下之𧥒，齒下之𠚕，肱下之厶，殄下之𡿭，笠下之互，箕下之𠀠，櫱下之𣎵，席下之𡘹，囟下之𦚏，闢下之𨳇，雲下之𠔾，民下之𠈇，（或謂從母聲，則非初文）系下之𢁼，絕下之𢇍，終下之𠔁，鎧下之𥂁，是其例矣。」此其三。古文字中，初文比比皆是，見於容庚《金文編》、孫海波《甲骨文編》，隨文注明「某孳乳為某」或「某用為某」，前一字為初文，編中所錄，後一字皆後造字，不見於編中，如：《金文編》0712 享下注「與庸、亯、墉為一字」，0716 𩫖（隸定為𩫖）下注：「孳乳為敦，又孳乳為錞」，0719 畐下注：「孳乳為福」，072 啚下注：「孳乳為鄙」，又如：《甲骨文編》卷九·二令下注：「令用為命」；卷九·五勹下注：「卜辭勹用為旬」；卷九·

❻ 馬敘倫《說文解字研究法》（台北：華聯出版社，1967 年），頁 42-43。

八勿下注：「通物，更勿即詩三十維物之維物」；卷九・一○貐下注：「ㄅ象牡豕之形而畫勢於其旁，即貐之初文。」此其四。由馬文觀之，各家對初文之定義並不相同，有初文即後造字之偏旁（通常為聲符）者，如：旁與滂、或與國、帝與蒂、王與旺、屯與邨、采與番等是。亦有初文與後造字同聲符者，如：政與整是。又有音義相近，形體迥別，類似章氏的「變易」字，如天之於顛，八之於別，及之於隶，祘之於筭，正之於埩，甘之於含，戔之於戰等是。此其五。馬氏更就《說文》訓詁異同，言許慎於初文訓釋，有因聲訓以存其跡者，如天之訓顛，八之訓別，是以後造字訓初文，許慎既別為二字，明當時字已分化，不復為同字。知兩者造字之初為變易而漢時為孳乳。分化日久，至以別義為本義，兩者訓詁既分涇渭，則初文逐漸淹沒不顯，非有古文字研究重為印證，則不易曉然，可見古文字研究實大有助於初文之探討，此因馬文而申論初文觀點之六。

　　以上六項，足徵章氏標舉初文以為字源，於理勢上為可能。但是初文之界說，本有寬嚴難易之殊，一般古文字學，就一字一義求其初造之形與後造之關係，多只停在假借之層次，故往往古文字語料中，某字某形透過假借而疏通文義，遂以某字某形為被借字之「初文」，如此，則一形數用的「初文」，其對應的後造字恐不限一字，是者「初文」之探求，往往隨文改易，屢變其宗，難有定論。然章氏之運用初文，是以許書既定的本義，作系聯字族的總根，因此，並不斤斤於某字為某字之後造字，只問某字是否合乎音轉規律及詞義平行或引申關係。故知章氏所謂初文，與古文字學者心目中的初文，是有一段距離的。

貳、《文始》中「初文」的分析及
黃侃「初文多轉注」說

一、初文多音

《文始·略例癸》：「形聲既定，字有常聲；獨體象形，或有逾律。……獨體所規，但有形魄。象物既同，異方等視，各從其語以呼其形。」又《文始》卷八「亥」字條也說：「蓋古文象形字多異讀。」黃季剛則創立「聲母多音之論」以為初文音義不定於一，他說：

> 蓋初期象形、象事諸文，祇為事物之象徵，而非語言之符識，故一文可表數義。如《說文》：中，古文以為艸字；疋，古文以為《詩》大疋字，亦以為足字。又如亥之古文與豕為一，玄之古文與申實同。惟其一文而表數語，則不得不別其聲音，此聲母所以有多音之論也。❼

按初文多音之理，前章疏釋《文始·略例癸》已詳言之，例中舉《說文》㢴、囟、丨、畕四字異讀，《文始》分見於不同卷次，明其視為不同詞根，而有不同孳乳，章氏所謂「諸所孳乳，義從聲變，猶韻書有一字兩收也。」（略例癸）章氏也注意到了諧聲字中聲母（符）與聲子之間韻部不在音轉規律之內，如「至宵亂

---

❼　黃焯編輯《文字聲韻訓詁筆記》，頁 204-205。

流」、「幽泰交捽」、「此於韻理無可言者，明古語亦有一二譌音」。可惜他過於信賴《說文》，因此，不能發現有些音，根本是字形演變上的錯誤，以囪聲為例，章、黃的看法相同，黃季剛曾說：

> 夫農从囪聲，農在舌音泥紐，冬韻，囪在齒音心紐，先韻，此於音理相隔頗遠，故知囪之一字，必有可以讀泥之音。質以惱亦以𡃃，即囪之異體，知囪有𡃃音，𡃃轉農，確是雙聲相變，然遂謂囪古讀泥紐而無心紐，則綯、個（斯氏反）諸字所從又不可說。故知囪之一音，古實兩音，讀信則個、細、思諸字從之得聲，讀𡃃則農從之得聲，凡《說文》聲子與聲母不同者，皆可由此得其說解也。❽

按《說文》𡃃，頭𩑶，從匕，匕，相匕箸也。巛目象髮，囪象囪形，本為會意字，「囪」為象形，故以「囪」為初文，由於不辨囪與𡃃之造字，取義仍有別，而誤謂囪有𡃃音，此不必然者一，農訓耕人，從晨囪聲，農，籀文農從林；古文亦作辳。段注：「錯曰：當從囪得聲，玉裁按：此囪聲之誤。」是前人已疑囪非聲。按：金文農𥂱、農卣，史農觶、散盤等字皆從田，故知小篆從囪，實由田訛變。❾此其不必然者二。由此可見，囪與𡃃必非同一詞根，不當以初文字根相從，而斷囪亦有泥紐一讀。

---

❽　黃焯編輯《文字聲韻訓詁筆記》，頁52。
❾　劉心源、林義光等說，詳《金文詁林》，頁1489。

　　無聲字多音之理，必不可無，季剛先生口授先師林景伊先生之
條例，已見於述黃先生研究《說文》條例中（謝雲飛《中國文字學
通論》附錄一），潘石禪師早年有〈聲母多音論〉一文（《制言》
三十七、八期），皆承學季剛先生之說，而欲暢其旨者，迨陳師新
雄撰為〈無聲字多音說〉，詳論其原因，及此學說之歷史，並羅列
多音之例證近百條，都為五項：㈠就《說文》形聲字證之；㈡就
《說文》重文字證之；㈢就《說文》讀若字證之；㈣就《說文》假
借字證之；㈤就今存方言以明之。最後並述「無聲字多音說之作
用」；暢言此理，其例證之多，可補季剛先生所未言，亦有承先啟
後之功。余初則信而不疑，近讀黃燿先（焯）先生之《筆記》每將
此理與初文轉注之理相貫，輒見其齟齬，故發此疑，然此理純粹就
形聲字言，頗能解釋例外諧聲之故，然語音變轉無方，若執中古之
音讀，而欲全數推之原始造字之時，必具二音、三音、四音，亦不
過指出造字時有此一可能，而不能確定諸音必同時存在。今以豆聲
有「短」音為例，恐造字時但有豆音，然方言語轉而衍生「短」一
音，遂謂豆字原有二音。今閩南語短音 ᶜte（漳廈）或 ᶜtə（泉），
屬陰聲，實為造字時「短」字不必讀陽聲韻之證。其後方音消長，
讀陽聲韻之「短」一音留在《切韻》，而若閩南音之讀法，則未為
韻書吸收，然則「短」今音 tuan，非豆聲原有二讀，乃「短」字本
身陰陽對轉而已，不然從豆聲而音 -uan 者當不只一例耳。因此，
無聲多音非但要證明其有，更要明其如何有？何時消失？何以消
失？方能效其驗於古音之探求。

二、初文有異體

劉曉東（1985）曾歸納《文始》中對初文異體的說明，如卷一「麗」字條下云：

> 《說文》：麗，旅行也，從鹿、丽，古文作丽，篆文作𠕋，丽、𠕋皆獨體指事，蓋𠕋亦初文也。初文亦不必一體，如籀文為史籀所製，亦有一字兩體者，小篆從之。

又如卷八「克」字條下亦云，「初文本有殊體也」。至其異體，則有由形變而殊者，亦有聲變而殊者，劉曉東分別從《文始》中找到例子❿，其由形變殊者，如卷五「馬」字條云：

> 《說文》：「馬，怒也，武也。」……古文、籀文皆作「𢒠」。然馬、𢒠皆初文。倉頡造字，象形者亦多異體。

其由聲變而殊者，如卷一「乙」字條云：

> 《說文》：「乙、燕燕，玄鳥也。象形。」對轉寒，變易為「燕」，玄鳥也。𥏻口、布翄、枝尾，象形。此二皆初文，語有陰陽，畫有疏密，遂若二文。

---

❿　劉曉東（1985）〈文始初探〉，在《研究生論文選集·語言文字分冊（一）》（南京：江蘇古籍出版社），頁 175。

三、初文多轉注

　　按：章氏在敘中云：「初文……準初文，都五百十字，集為四百五十七條」，其合併之理，即因部分初文，彼此亦有孳乳關係，故《文始》每以「甲之聲義受諸乙」標明，甲、乙皆初文。如：卷一「片」字條云：「片之聲義受諸采」；卷一「反」字條云：「反與屮聲義對轉，最初亦受聲義於隊部之乀」；卷一歌部「它」字條云：「它亦受義於丞。」又卷一泰部「屮」字條云：「凡呆、戉、鐖自為初文、準初文，皆受義於『歹』。」又卷三至部「屮」字條云：

> 屮本義與壬相類，壬者，物之挺生也，屮、壬亦至清次對
> 轉，此初文之轉注也。

　　由此可見，由於語根分化派生，亦可能形成同名異構的初文，其分化及造字的時間並不平行。
　　黃季剛先生更詳盡推闡「轉注、假借行於太初」、「初文多轉注」之理，他說：

> 就文而論，亦非造自一時，何以明之？屮之與耑，水之與川，聲有對轉，而語無殊：丨之與囟，日之與入，義有微殊，而聲未變；此如造自一時，何由重複？是則轉注之例，已行諸文之間久矣。一丨也，既已為玄之古文，又以為系之古文，一彳也，既以為上行之進，又以為下行之退；同文異

用，假借之例又行矣。今若推其本原，往往集數十初文而聯為一貫，用以得文字之太初。⓫

　　季剛先生既以孳乳變易兩大條例來貫串六書，而孳乳、變易根於義的分化與音的轉換，以此施諸初文，則見「轉注觸處皆是，不只燕之與乙，丙之與丂，丫之與乖已也。」⓬

　　黃先生的轉注界說是「同聲同義而異字」、「其或聲音小變，或界義稍異，亦得謂之轉注。」前者近乎變易，後者近乎孳乳，則轉注實文字衍生之法則，其論「初文多轉注」說：

> 初文轉注之例，如以互字為根，所生之字，至為蕃變。彑，豕之頭，象其銳而上見也，讀若罽。居例切。其不作豕字而作豕頭，猶不作羊頭而作屵，不作鬼頭而作甶……又由大之作人，可知彑即古豕字，丫即古羊字，甶即古鬼字。……彑，專名為野豬，公名則為一切野獸之稱，有喉、舌、齒三音，其作喉音，則語由丨來，其作彑，象形，即古銳字。

這段話有幾點值得注意：其一，彑為豕之頭，象其銳，故從銳得音；《說文》豕訓彘，竭其尾，故謂之豕。則「式視切」之音乃取其竭尾，各取不同特徵以造字，豕為舌音，與喉音之彑，正不必出自一語，今欲強合為一，故必為原始初文虛構舌、齒二音，這是詞

⓫　　《黃侃論學雜著》（台北：台灣中華書局，1969 年），頁 4。
⓬　　黃焯編輯《文字聲韻訓詁筆記》，頁 44。

· 345 ·

源學無法認同的。其二：互之專名為野豬，可以由銳頭之象得之，但互形為希（脩豪獸）、豨（希屬）、彘（豕也）、㺢（豕也）、彖（豕走也）諸字所承受，亦不必皆由互字得聲，即互必不能兼諸字之聲，而推出「一切野獸共名」一稱，再賦予舌、齒二音，此乃強以字根（字形之根）為語根之弊。其三、其作喉音，則語由丨而來，此亦不知何據而云然？且諸字除汎稱豕外，彖為古文殺，彖為豕走，希為脩豪獸（羊至切），豩本小豕，取義既別，怎能因同屬豕類，即混而一皆承自初文互，由此看來，初文轉注之說，未免過信字形之連繫，而簡化上古語言之真象，即以互、豕二篆，並無統為一根之理由，竟謂「互」統有一多音之根，並因此而推得一字多音，則為筆者所不敢同意。

參、對《文始》初文之評價

由章、黃對「初文」之推闡，可以知道《說文》初文、準初文，在漢字發展上，極為重要，章、黃之精到處，是從來沒有離開語音專論形體，但其缺點亦在過度膨脹了音轉學的作用，並利用初文所呈現的多音多形，利用「轉注」來貫串許多本來可能並非同源的字。這一點，我們用上面一例即可說明。另外一個最引人爭議的問題，就是過信許慎《說文》的釋義，因此，許多初文在根本上發生了動搖，整個字族的聯系即無法成立。這一點成為《文始》最大的致命傷。

關於《文始》誤承許慎說解錯誤，因而使其字族無法令人接受的例子，我們在第二章第三節之（參），「論章氏標舉語根的意義」，已舉出卷一「為」字《說文》釋形、義的錯誤，章氏是依

《說文》釋「為」為母猴，而聯繫到「偽」、「譌」、「蝯」諸字，其詞根義為「模倣，詐偽」。但古文字學者公認：「為之字形當從又從象，其本義乃服象任勩勞」，並謂「蓋以象為任重之獸，最賴勩勞，是以從象之為，於卜辭僅用於營作壖邑之土功大事，其義非如作之複結廣施，經傳以為作互訓者，乃後世引申之義，而非本義也。」❸這個例子，只是把與猴屬有關的「蝯」字排除在字族之外，至於偽、譌二字仍可由「作為」一義引申而孳乳，並未牽動太大。

茲再舉三例，以見《說文》中部分「初文」之說解已發生根本的動搖，以下說解主要根據陳初生《金文常用字典》，下文簡稱〔字典〕。

王《說文·一上》玉部，《文始·五》「王」下 AP159 ❹

《說文》：「王，天下所歸往也。董仲舒曰：『古之造文者，三畫而連其中謂之王。三者，天、地、人也。而參通之者王也』孔子曰：『一貫三為王。』玉，古文王。」

〔析形〕：《說文》就後起之字形為說，非王之本義。王字甲骨文有作 <u>大</u>、<u>大</u>、<u>大</u>者，橫不定為三畫。豎亦不定為一，可知許慎所引兩家之說均不符造字本義。金文則作 王、王、王、王等形。王之構形，眾說紛紜，吳大澂以為

---

❸　魯師實先〈說文正補〉，附刊於《說文解字注》（台北：黎明文化公司，1974 年初版），頁 46。

❹　表示《文始》卷五，初文「王」字下，AP 代表《章氏叢書》大字石印本（台北：世界書局）原刻頁碼。

　　　　王之初形乃象地中火噴出之形；徐中舒謂象人端拱而坐之
　　　　形；吳其昌、林澐則認為王字在造字之初為斧鉞之象形。
　　　　〔字典〕頁 35-36。

　　按：章氏「王」字族僅有五字：皇（△）、喤、瑝、鍠、暇，
其詞根義訓「大」，似由「君王」之義引申。
　　方《說文·八下》方部；《文始·五》「方」下 AP163

　　　　《說文》：「方，併船也。象兩舟省總頭形。汸，方或從
　　　　水。」
　　　　〔析形〕：方字甲骨文作 ㄎ、ㄎ、ㄎ、少，金文同。徐中
　　　　舒謂象耒形。「古者秉耒而耕，剌土曰推，起土曰方，方或
　　　　借伐、發、墢等字為之。古者耦耕，故方有並意」。〔字
　　　　典〕頁 829。
　　　　吳式芬以為古旁字，借作四方之方。字形象人依傍門框之
　　　　形。
　　　　葉玉森：象架上懸丁。❺

　　以上並無定說。
　　按：章氏「方」字族計有：20字（△表變易，餘為孳乳。）
　　舫、汸、榜、榜、紡、輔、俌、駙、仿、並（併）、迫、放、

❺　吳、葉二說，轉引自鄒曉麗《基礎漢字形義釋源》（北京：北京出版社，
　　1990 年），頁 34。

鼙、痲、怖（△怖）、恟、病、痏（△）、縶、簿。其中與併船之詞根義相關者，計有泭、橃、榜（所以輔弓弩）、紡（併絲織之）、輔、備、駢、仿、並（併）等文。徐中舒、吳式芬兩說皆不離詞根義。

　　亞《說文・十四下》亞部；《文始・五》「亞」AP132

　　《說文》：亞，醜也，象人局背之形，賈侍中說：以為次第也。

　　〔析形〕：甲文 ✛ 一期 ✛ 五期，金文同，亦有作 ✛、✛ 等，春秋石鼓 ✛。王國維《明堂廟寢通考》所繪明堂、宗廟、大寢、燕寢的平面圖形均為「亞」形。高鴻縉曰：「字原象四向屋相連之形，乃古者宮室之制也。」（《中國字例》）李國英先生曰：「亞即堊之初文，象室屋之形，故又或從土作堊（《說文》訓白涂也。）堊者，古居喪之室也，《禮記・雜記》上云：『大夫居廬，士居堊室』……堊室但白涂而無文飾，金文亞正有從白作 ✛ 者，是其證也。」（《說文類釋》頁 101-102）于省吾以為象隅角之形，是「阿」的初文。鄒曉麗以為由殷墓發掘有亞形墓來看，亞之本義當為帝王「亞」形墓眼觀四方耳聽八隅之義，丁山、陳夢家以「亞」為爵名，為後起引申義。又謂許慎訓亞為醜，恐因惡假借亞所致。❶

按：亞字本義、本形並無定說。章氏「亞」字族凡得 8 字，其詞根義並取醜惡，過毀諸義，是據《說文》所釋本義孳乳。亞→尢（尥也）→惡（過也）→殃（凶也）→詬（相毀也）→蠱（蚗也，蚗者蛇惡毒長也。）→歇（心有所惡若吐也）→快（不服懟也）。其中尢（《禮記・檀弓》假借為「童汪」。）、殃、快三字為魚陽對轉。然則亞之本義若不訓醜，由其音義所建立之字族，亦不妨稱為同族詞，因章氏雖借初文「亞」之音義建立音義聯系，並不因去掉一「亞」字而完全否定惡、殃、蠱、快諸字之具有語源上的關聯。

從以上所舉的為、王、方、亞四個初文的考釋，雖然古文字學家已跳出《說文》的束縛，而重新析形釋義，但也往往無法與《說文》的釋義完全劃清界線，足見《說文》雖然在析形方面，受到當時所見古文及師說之侷限，每多誤釋或見理未瑩，但是許慎對本義的推求，常常也能參酌通行辭義，再結合字形，因此，有時雖與構形相違，而其字義又不無參考價值，《文始》在聯系字族上面，或許也可反過來作為驗證《說文》本義的一項參數，也就是說，當初文異說難以折衷時，那些與舊說音義相關的字，說不定也能提供我們若干語義消息，倘若新的釋形，提供完全不同的音、義，則原來《文始》的詞根義即應視為子虛。由我們初步的觀察，這類完全虛構的字族，此例並不高，換言之，整個字族的建立，並不完全仰賴初文的形義，而在其音轉及意義引申關係是否確鑿。而後者才是系源工作得失的關鍵。

第三節　評《文始》音轉理論

　　我們前文已指出，以〈成均圖〉為基礎的「音轉理論」是《文始》詞源理論的核心，因此，對《文始》做好全面評價的前提，是對此一核心理論，做正確的評價。這個工作陳師新雄（1972）《古音學發微》 ❶ 和靳華 1985〈章太炎的古音學〉❷ 已做了基礎的部分，此外，王力（1956）和俞敏的兩篇近作（1984）❸ 也都有參考價值。但是，誠如陳晨（1990）指出的〈成均圖〉的擬音問題，還有待進一步的研究。❹

　　本節擬先評章太炎的古音學，次論〈成均圖〉的得失。

壹、章太炎古音學的評價

　　章太炎的古韻分部和古聲研究，我們在第三章已做了介紹，綜合他的成績，可以分以下四事來說明：

　　㈠他在古韻分部上的貢獻是第一個提出脂隊分部（即後來的脂微分部）的主張。

---

❶　陳師此書完成於 1969 年，該書第二章第十一節「章炳麟之古韻說」，第三章第五節「章炳麟之古聲說」。

❷　根據《研究生論文選集》出版資料顯示，靳華的論文完作成於 1978-79 年，論文指導教授為復旦大學吳文棋、濮之珍兩位。

❸　王力《漢語音韻學》（1956）頁 396-400 介紹了章氏古音學，俞敏〈國故論衡・成均圖・注〉載《羅常培紀念論文集》（北京：商務印書館，1984 年）；〈章太炎語言文字學裡的梵文影響〉，載《中國語文學論文選》（日本東京，光生館，1984 年），頁 247-253。

❹　陳晨〈漢語音韻札記四則〉（《漢字文化》1990.4），頁 28-32，11。

王力（1937）提出「脂微分部的理由」，曾提到章氏的隊部，他說：

> 章太炎在《文始》裏，以「嵬、隗、鬼、夒、畏、傀、虺、隤、卉、衰」諸字都歸入隊部；至於「𠂤」聲、「佳」聲、「畾」聲的字，他雖承認「詩或與脂同用」，同時他卻肯定地說「今定為隊部音。」……章氏把這些平上去聲的字歸入隊部，也該是經過長時間的考慮，值得我們重視的。❷①

又說：

> 因為受了《文始》與〈南北朝詩人用韻考〉的啟示，我就試把脂、微分部。先是把章氏歸「隊」而黃氏歸「脂」的字，如「追歸推誰雷衰隤虺」等，都認為當另立一部，然後仔細考慮，更從《詩經》、《楚辭》裏探討，定下了脂微分部標準。❷②

據王力先生統計，《詩經》中用脂微韻字者共 110 個例子，認為可以分用者 84 個，約佔四分之三，認為可以脂微合用者 26 個，不到四分之一。再以段玉裁的〈群經韻分十七部表〉為證，在 34 個例子中，認為可以脂微合用者 27 個，約占五分之四，認為可以

---

❷① 王力《龍蟲並雕齋文集》第一冊，頁 141-142。
❷② 同前註。

脂微分用者只有 7 個，約占五分之一。還有一些長篇用韻不雜的例子，例如《板》五章叶「懠毗尸屎葵師資」等，都不能認為是偶然現象。根據這些「證據」，王力的「脂微分部」是可以成立的。王氏的結論是脂微二部「同門而異戶」完全與章氏的「隊脂同居」的斷言相合。脂微分部後來董同龢又從諧聲字方面檢查，證明分立的可行性。（見《上古音韻表稿》），但溯其始，章氏的貢獻是不能抹煞的，雖然他在《國故論衡》和《文始》之間，對「兩部字的隸屬問題」，舉棋不定。❷❸

靳華（1985：4-5）指出：「脂微分部的意義是很明顯的。從語音系統看，脂微分部并相應地把質物分部以後，與脂部相配的真、諄二系中的空檔就補滿了。……段玉裁把真以下十四韻劃分為三部，但脂微齊皆灰諸韻與之相配者，僅劃分為兩部（見戴震《答段玉裁論韻》），戴震對此早就提出過疑問；脂微分部以後，這個問題就解決了。」❷❹

章氏晚年採用嚴可均的意見，把冬併入侵（見〈音理論〉一文），也影響王力古韻分部的結論。

㈡章氏古聲研究方面，最重要的創見是「古音娘日歸泥說」，他也是第一個把古聲紐歸納為廿一紐的人，儘管其中還有許多錯誤的歸納，但是對古今聲變的觀念卻有啟發性。這一點前章已做了較詳細的說明。

---

❷❸ 王力《龍蟲並雕齋文集》第一冊，頁 158 附註。

❷❹ 關於這一點，陳師伯元〈戴震答段若膺論韻書幾則聲韻觀念的啟示〉（香港浸會學院，中國聲韻學國際學術研討會論文，1990 年 6 月）一文（第二節）有更詳細的剖析。

　　㈢章氏也是第一位對古韻部的音讀,作了比較系統、全面研究的古音學家。

　　章太炎假定古韻音讀主要依據的材料約有六類,一是現代方言,二是佛典的譯音,三是讔語,四是古書傳注、諧聲和異文,五是駢詞,六是古韻的對轉關係。❷

　　章氏的古韻部的擬音,散見於《國故論衡》的〈音理論〉、〈成均圖〉;而完全的描述見於〈二十三部音準〉一文。

　　關於陽聲韻尾的問題,在上一章中已略作討論。其中留下的問題是:陽聲韻部收 -ŋ 的只有一個陽部,中古收 -ŋ 的東、冬、蒸三部,他認為上古都是收唇的,中古收 -ŋ 的青部他認為上古是收舌的(-n),他的理由是:

> 　　古音蒸侵常相合互用,東談亦常相合互用,以侵談撮唇,知蒸東亦撮唇,今音則侵談撮唇而蒸東與陽同收,此古今之異。(《國故論衡·成均圖》)

　　靳華(1985)認為這種理由站不住腳。他指出「蒸侵之間,東談之間固然有些相合互用的情況,但東陽之間、陽蒸之間何嘗沒有相合互用的情況。章太炎自己在〈成均圖〉中就曾指出陽蒸旁轉和東陽旁轉的例子。」更重要的,章太炎並沒有從音理上解釋韻尾演變的問題。靳華(1985:16)說:

---

❷　靳華〈章太炎的古音學〉,《研究生論文選集·語言文字冊(一)(南京:江蘇古籍出版社,1985 年),頁 13-14。

為什麼上古收 -m 的東蒸，收 -n 的青到了中古都演變成了
-ŋ？……他在假定古韻音讀時，基本上沒有考慮這一類的問
題。

又說：

東蒸青三部的情況和各部不同。各部從收 -n 變為收 -ŋ 是
由於異化作用。但東蒸青三部有開口字，怎樣解釋它們到中
古變為 -ŋ 的理由呢？由於存在這些問題，後來的古音學家
大多數不採用章氏的這種做法。

這些批評都是十分中肯的。此外，關於去入韻部的性質問題，章氏
只主張五個去入韻部獨立，之宵支魚幽侯六部沒有相配的獨立的去
入韻部，在章氏看來，藥覺等韻（王力收 -k）不過是之宵等部的
變聲。實際上，他仍舊是把去聲當陰聲看待，卻對他講的去入為一
類產生矛盾，既然去聲和平聲同屬陰聲韻，為什麼它一定要和入聲
相押而不能跟平聲通押呢？
　　章氏二十三部的音讀，是用零聲母的字來注明，並使用「縱
口、橫口、張口、閉口、口開、聲噎」等術語來描繪發音器官的狀
態，雖不科學，卻也是他以前的古音學家所做不到的。以下據俞敏
（1984,a）的轉寫，章氏「韻目表」而擬音如下：❷⑥

---

❷⑥　俞氏擬音符號，為了排印方便，改變了某些符號，現按其說明，還原為國際
　　音標。

寒	an	歌	o	〈二十二部音準〉擬音	
				歌泰寒類：阿遏安	
		泰	a		
諄	un	脂	uei	脂隊諄類：媁尉盈	
		隊	uei		
真	in	至	i	至真類：乙因	
清	iɛŋ	支	ie	支青類：娃、䀨	
陽	aŋ	魚	u	魚陽類：烏姎	
東	ɔmɔ	侯	uɔ	侯東類：謳翁	
侵	miɛ				
緝	iɛᵈ	幽	iɔu	幽冬侵緝類：幽雝猶邑	
冬	um				
蒸	im	之	ai	之蒸類：埃𪋿	
談	am	宵	a	宵談盍類：夭菴	
盍	ap				

這個對轉表，寒—歌；諄—脂隊；陽—魚；侵緝冬—幽；蒸—之，這幾組主要元音都不同，有的連韻尾也不相應，無疑對所謂「陰陽對轉」的音理無法圓滿解答的。靳華指出，泰部定 a，不讀ai，是比以前古音學家進步的地方。其他不合理的地方，包括歌讀o，魚讀 u，「隊脂」無別，「侯幽」只有區別韻頭，「之」讀ai，「蒸」讀 aim（與俞氏擬作 im 不同）等。這些細節不擬詳細討論。

總之，章氏「從分析豐富而複雜的材料入手來研究古韻音

讀」，在古音學史上，是應該肯定的。但是「他在假定古韻音讀時帶有相當大的主觀性和隨意性」，就成為其缺點。因此，「他在這方面的研究還沒有進入科學的擬測階段」。❷這些存在的問題，對於其「音轉理論」的客觀性也構成負作用，但並無礙於他成為清代古韻學家中考古與審音兼長的總結者。

㈣章氏把古韻通轉的問題，作了總結，並創作〈成均圖〉，作為探究詞源音轉的依據，也是前無古人的。至於其得失，在下一目中將提出筆者個人的評價。

貳、《文始》「音轉理論」的檢驗

古音學上的音轉說，起於戴震、孔廣森、嚴可均等人對於韻部關係的詮釋，戴震將古韻部陰陽入三分，定為九類二十五部，每類以陰陽入三部相承，已建立了音轉的基本架構，孔廣森、章炳麟都是在這個基礎上進行修正，此外，段玉裁根據詩韻古合用分析了韻類的遠近關係，重新安排韻部次序，嚴可均根據諧聲關係來說明韻類的相通，都是音轉學的功臣，因為前修未密，才有章氏的補苴，章氏在《國故論衡·成均圖》中批評孔廣森說：

> 孔氏所表，以審對轉則優，以審旁轉則窳，辰陽鱗次，脂魚櫛比，由不知有軸音，故使經界華離，首尾橫決，其失一也。緝盍二部，雖與侵談有別，然交廣人呼之，同是撮脣，不得以入聲相格，孔氏以緝盍為陰聲，其失二也。對轉之

---

❷　這些批評，都是採靳華〈章太炎的古音學〉（1985），頁 18-19。

理，有二陰聲同對一陽聲者，有三陽聲同對一陰聲者，復有
假道旁轉以得對轉（此所謂次對轉……），非若人之處室，
妃匹相當而已，孔氏所表，欲以十八部相對，伉儷不踦，有
若魚貫，真諄二部，勢不得不合為一，拘守一理，遂令部曲
掍殽，其失三也，今為圜則正之，命曰〈成均圖〉。

　　章氏〈成均圖〉之作，在韻部方面彌補了孔氏的拘守十八部，
在音轉方面，拓展了孔氏只知對轉，不知有旁轉、次對轉的視野，
同時重新安排了韻部遠近的關係，訂正了孔氏以緝盍為陰聲的錯
誤，這些方面，都是章氏發皇音轉理論的獨到之處。揆其所以能致
此，則不外乎審音之術的進步，這與章氏博採方言，出入文獻，探
委窮源的「語言文字學」有關。章氏的語言文字學是博大的，前儒
的音轉學得之於押韻、諧聲、異文、讀若、假借，是音韻現象本
身，章氏綜合了戴、段、二王的音義貫串的訓詁，將音轉學從詞源
的訓詁中重新驗證，並用來指導詞族的研究，這種「擴充的理
論」，由於牽涉到的材料太龐雜，因此，就更不容易檢證，同時也
容易受人誤解，進而批評〈成均圖〉為「無所不通，無所不轉」，
近年來詞源研究漸漸受到語言學界的重視，籠罩在章氏「音轉理
論」上的一層神秘外衣才被揭去。

　　首先，我們應以實證的態度來看待〈成均圖〉，它不是唯心主
義的圖象遊戲，如果不用這個圖，章氏仍然可以像孔廣森那樣，只
畫那張以「陰陽二聲，上下對列」的平面韻目表，除了直接呈現
「陰陽對轉」之外，把韻部的遠近關係、旁轉、次旁轉、次對轉、
旁對轉等都用文字來說明，說不定可以祛除玄想。但是章氏利用

〈成均圖〉，一種渾然無別的意理即存乎其中，這是一般人易生誤解的原因，章氏為了避免這一錯覺，因此利用分界與軸線，把圓圖區分為四個正方，並用「弇」、「侈」這類不太精當的術語，來提示讀者，強調其音轉在一定的規範下進行（如：韻尾的對稱性或相似性，元音相當或相近等）。但是由於通轉的材料太多，有些現象就超出了原先的規範，成為不易解釋的轉變，章氏為反映大量的訓詁事實，祇好在「正聲」之外，再列「變聲」，即是所謂的「交紐轉」和「隔越轉」。由於不在「五轉」之列，往往不易為人理解，這些「變聲」的確使〈成均圖〉的音轉體系過於龐大，音轉規律過於複雜，使人望而生畏，甚至他後來在《文始・敘例》中，又放棄這兩條規律，改為「雙聲相轉」一條來概括，但他並沒有對後來出版的《章氏叢書》中《國故論衡》的原來條例加以刪正，湯炳正（1990：392）認為：「先生既有改變前論的態度，也有二者並存以待將來論定的意味。」

如果我們忽視了湯先生的提示，很可能認為章太炎已放棄了「交紐轉」與「隔越轉」這兩個規律，事實上，章氏只是取消了名稱，並未否定這種語言現象，只是輕描淡寫地用「雙聲相轉」來涵蓋，這或許牽涉到學術立說中的名實問題，「巧立名目」一辭通常是出於對作者「創造力」無法領會的譏誚。章太炎設立這兩個「名目」卻是建立在大量的語言資料上頭，因此使我們不敢忽視章氏立名的用心。

甲、關於〈成均圖〉中「交紐轉」的問題

凡陰陽聲的通轉，由對轉、次對轉而成，在陰陽分界線的「歌

泰」和「宵」，居陰聲的兩極，「談盍」和「寒」居陽聲的兩極，它們各以對角交叉成兩組「對轉」，即：歌泰—寒；宵—談盍，用簡圖表示如下：

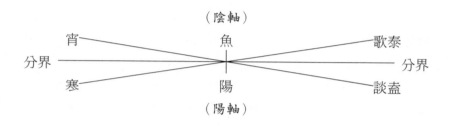

利用旁轉或次對轉等，都不可能使隔界的兩部：（宵—寒；歌泰—談盍）發生聯系，但是大量的文獻資料顯示這兩組的來往密切，章氏就為它們立「交紐轉」一名。並且在〈成均圖〉的說明中列出了事實，轉錄於下：

A.寒部與宵部相轉之證據

⑴《大雅》以虐、謔、蹻、蟊、謔、熇、藥（以上宵部）與灌（寒部）為韻；

⑵《說文》訓芼（宵部）為草履蔓（寒部）；

⑶《廣雅》訓蹻（宵部）曰健（寒部）；

⑷靯之與稾，乾之與豪，翰之為高，乾之為稾、瑶之與兆，象之與逃，謹之與嚻，灌之與澆，蹁之與號，東選之與撟捎，偃蹇之與夭撟。（以上前一字寒部，後一字宵部）

B.談、歌相轉之證據

⑸冄聲（談部）之字為那（歌部）

(6)勇敢（談部）之謂勇果（歌部）

(7)盈科（歌部）借為盈坎（談部）

C.盍、泰相轉之證據

(8)盍（盍部）借為曷（泰部）

(9)蓋（泰部）又從盍（盍部）

(10)枼（盍部）又世葉（泰部）

(11)世（泰部）又借葉（盍部）

　　這些相轉的事實，在戴震和孔廣森的對轉體系裡也都是無從解釋的，而在章氏的圓圖裡，雖陰陽分界，卻比鄰而處，所以章氏說：「此以近在肘腋，而漫陰聲陽聲之界，是故謂之變聲也」（〈成均圖〉）章氏並沒有提出音理上的解釋，實際上，這兩組陰、陽，弇、侈各異，除了主要元音可能同是 a 以外，找不到互轉的條件。

　　這個特殊的音轉，龔煌城（1976：43-51）〈從同源詞的研究看上古漢語音韻的構擬〉一文，已提出宵、元韻轉解釋。龔先生利用章氏提供的上述詞源的證據，認為宵部何以沒有相配的陽聲韻 *-ang^w（用李方桂音），推測在《詩經》以前，甚至諧聲時代以前，曾經發生 *-ang^w＞-an 的音韻變化，亦即宵部原有陽聲韻，只是在《詩經》時代已經變入元部了。龔先生也總結上古漢語具有圓唇舌根音韻尾 *-g^w, -k^w 諸部與其他諸部對應與平行關係如下：

月　-at　　　宵　-ak^w　　葉　-ap

　　　　　　　　　　　　　　　-aps　→　祭　-ats

歌　-ad　　　宵　-ag^w　←　○　-ab

元	-an	←	○	-ang^w	談	-am
術	-ət		幽	-k^w	緝	-ap
					-əps	→ 隊 -əts
微	-əd		幽	-k^w ←	○	-əb
文	-ən	←	（中-əng^w）		侵	-əm

以《廣雅》訓蹻曰健，偃騫曰夭撟三組為例，健、偃同屬元部（即章氏寒部），蹻、夭同屬宵部，李方桂先生的擬音為：

健	*gjan	偃	* ·jan
蹻	*gjak^w	夭	* ·jag^w

龔煌城（1976：45）推測元部字在《詩經》以前可能來自與宵部相配的陽聲韻部。因此，可以比較《詩經》時代前後兩組同源字的音韻變化如下：

《詩經》以前		《詩經》以後
健	**gjang^w	>	*gjan
蹻	**gjak^w	>	*gjak^w
偃	** ·jang^w	>	* ·jan
夭	** ·jag^w	>	* ·jag^w

如此，我們就可以解釋章氏提出異乎尋常的「交紐轉」，它可能是原始漢語或漢藏語音變的遺跡，由於宵部的陽聲韻 *-ang^w 早在上古音之前就變到元（寒）部去了。但是在同源詞方面，它仍和陰聲宵部有種種的連繫。

　　歌泰與談盍之通轉，則是 ad、ats 與 am、ap 的音轉，從龔先生前面的平行關係表，葉（盍）-aps →祭 -ats 正可說明「盍」部與「泰」部關係，正如同「緝」部和「隊」部之間的平行變化了。當然，歌談的交涉，亦當有更早期的演變存乎其間。如此看來，章氏「交紐轉」之提出，正是對音轉現象勇於探索的一種科學態度。

乙、關於〈成均圖〉中「隔越轉」的解釋

　　章氏韻轉的另一限制是「凡隔軸聲者不得轉」，這個道理和分界相鄰不旁轉一樣，凡是隔著「分界」或「軸」的緊鄰兩部分，都是弇、侈不同，既然「對轉」是樞紐，所以同弇、侈即是最重要的音轉條件，前面的「交紐轉」已打破了這個限制，現在又發現「旁轉」關係也有了例外：支宵隔五而轉，青談隔五而轉，至之隔五而轉，真蒸亦隔五而轉，而且仍有諸多語言事實為據。這就把他自己辛苦設立的隔軸的限制打破了。為什麼並列的「宵之幽侯魚支」隔著陰軸魚部，必須宵和支這麼遠（隔五）反而能轉？這種隔五會不會只是巧合？這些都是很難理解的。

　　湯炳正（1990：398-399）曾提出一種解釋，他說：

> 隔越轉，主要是為了解決旁轉中特例。……他認為收 -u 型的陰聲韻部（按：指陰侈），決不能轉為收 -m 的陽聲韻部；同樣，收 -i 型的陰聲韻部，也決不能轉為收 -m 的陽聲韻部。他們如果勉強要轉，「然其勢不能上遂而復下墮、故陰聲有隔越相轉之條」。

又說：

> 什是是「其勢不能上遂而復下墮」呢？
>
> 我們知道，凡是收 -u 型的陰聲韻部，在音理上是很難隔軸而跟收 -i 型的陰聲諸部旁轉的。這是因為 u 與 i 雖皆為閉口之音，然舌的部位，u 在極後而 i 在極前，相距實在太懸殊。那麼上列大量的語言資料，又該如何解釋呢？……先生認為這是由特殊原因所造成的；即凡收 u 諸陰聲，因音理打隔，本不能跟收 n 諸陽聲相對轉的，如果勉強對轉，則從 u 到 n 的過程中，必然是「其勢不能上遂而復下墮」，亦即無法「上遂」而達到 n，只能半途「下墮」而落到 i。……由於這個轉變，從 u 到 i 而止，從而形成上述諸部隔越相轉的奇異現象。

我們認為章氏「其勢不能上遂而復下墮」的意思很簡單，上是陽聲，下是陰聲，陰聲的「宵」部，對轉談，次對轉蒸，但終受制於陽軸，無法到達陽聲的青部，只好退回求陰聲的支部，這就是「下墮」之義，章氏此處利用圖形強作解人，仍然沒有說出什麼音理，湯氏的說明，也並無新義。因此，「隔越轉」就是隔著陰陽軸之間的兩部，其間距恰巧五部，彼此有音轉來往，如此而已。其中的巧合如何形成，不得而知。章氏「其勢不能上遂而復下墮」的說法，確有故弄玄虛的嫌疑。

丙、從變易、孳乳例證統計詞根音轉的實況

《文始》定《說文》中的 510 字為初文、準初文，又集為四百五十七條，「討起類物，比起聲均，音義相讎謂之變易，義自音衍謂之孳乳，坒而次之，得五六千名。」（《文始·敘例》）換句話說，這四百五十七條可以視為 457 個語根，把同語根所派生的詞，按孳乳、變易兩大規律，排列在同一語根之下，章氏對派生詞的排列順序，沒有明顯的規則說明，似乎是按意義的相近來連繫孳乳，這種情形和引申系列是差不多的，而隨時插入個別詞的變易字，就總數而言，變易字可能不及孳乳字的十分之一。就以歌部為例，字根及衍生字共 264，其中變易字為 37，佔總數 14%。如此看來，詞根的音轉主要仍以孳乳字為主要對象。以下圖示《文始》九卷中運用韻轉規律次數的統計實例：

表一　歌部孳乳變易韻轉關係次數表

字根	歌	泰	寒	隊	脂	諄	至	真	支	清	魚	陽	合計
1　平	6	9	7						2		4	2	30
戈	2		1								2		5
丯	10	2	2						2		2		18
冎	2	1	1	1									5
5　果	2												2
瓦	2												2
乁	6		1										7
也	6		1			1							8
乛	17	3	5	3	3	3	2						36
10　為	3		3										6
匕	21		9	1					1		2		34
禾	10		2										12
丞	7	2		3					1				13
它	14		1		1				1				17
15　多	7		2			1		1	1	1			13
麗	6		11			1		4	1				23
厂	3		8			3							15
叉	11	1	1	1								1	15
19　悆	1			1					1				3
合計	136	18	55	10	4	8	3	5	10	1	10	3	264

　　以上歌部字根（初文與準初文）凡十九個，共衍成 264 字，其中 136 次在歌部本部內發生（含字根本身）。換言之，有 128 次是在異部發生的孳乳或變易，按各部衍生字的多寡排列如次：

　　歌寒正對轉：55 次

歌泰同居近旁轉：18 次

＊歌隊近旁轉：10 次

　歌支次旁轉：10 次

　歌魚旁轉：10 次

＊歌諄次對轉：8 次

＊歌真次對轉：5 次

　歌脂近旁轉：4 次

　歌至次旁轉：3 次

＊歌陽　　　：3 次

　　歌寒對轉次數之高，充分支持其「言語變遷，多以對轉為樞」之說。歌與泰、隊的關係，也頗能說明同居與近旁轉之區別，歌與寒、諄、真、清（一次）依次遞減，亦合次對轉的遠近次第，但是與魚陽軸聲皆有旁轉，總計十三次，僅次於隊脂諄組 22 次，如魚陽和歌的音轉是由於具有相同的主要元音，那麼隊脂的元音至少和歌泰甚近，在音理上比較說得過去，王了一把歌脂微分別改擬 ai，ei，əi，似乎受這種現象的啟示。比較理解的是歌支關係密切，反而相隔略遠。表一所顯示的韻轉現象，完全在弇聲之間進行，是嚴守其軸聲與分界規律的。再看看同居的泰部和對轉的寒部韻轉的情形，為節省篇幅，以下只列字根數及各部衍生字數的總數。

表二　泰部孳乳變易韻轉關係表

韻部 衍生字 字根 36	歌	泰	寒	隊	脂	諄	至	真	支	清	東	緝	宵	談	盍	總計
	24	198	81	31	19	8	7	3	6	2	1	1	1	1	2	385

表三　寒部孳乳變易韻轉關係表

韻部 衍生字 字根 33	歌	泰	寒	隊	脂	諄	至	真	支	清	魚	陽	總計
	19	49	218	16	7	19	6	23	27	27		1	412

表四　歌泰寒三部孳乳變易韻轉關係合計表

韻部 衍生字 字根 88	歌	泰	寒	隊	脂	諄	至	真	支	清	魚	陽	東	緝	宵	談	盍	總計
	179	265	354	57	30	35	16	31	43	30	10	1	1	1	1	1	2	1061

　　以上三表，魚陽以下都可以看作例外，軸聲的魚，只和歌旁轉，卻與泰沒有任何音轉，就有可疑，寒部不與魚部韻轉，就是因分界之故。表四寒清的關係（27）超過了鄰近的諄、真二部，寒部轉支清的總合（54）也超過了隊脂諄的總合（42），無論就寒諄近旁轉，寒脂隊次對轉而言，都是不自然的，至部在韻轉中總是比支部疏遠，但是從支魚和清陽的關係來看，又沒有理由把支清和至真換位。三部總的看起來，關係的遠近是：

歌泰寒 ＞ 隊脂諄 ＞ 支清 ＞ 至真 ＞ 魚陽

下面我們再看「隊脂諄」和「至真」這兩組：

表五　隊脂諄三部孳乳變易韻轉關係統計表

韻部	字根	韻部	歌	泰	寒	隊	脂	諄	至	真	支	清	魚	幽	之	總計
隊	19	衍生字數	6	26	18	58	25	32	4	0	3	3	2	4		181
脂	28		12	16	54	55	165	56	8	30	33	4	1	4	1	439
諄	14		4	5	30	12	9	48	0	1	1					110
字根數	61		22	47	102	125	199	136	12	31	37	7	3	8	1	730

表六　至真二部孳乳變易韻轉關係統計表

韻部		歌	泰	寒	隊	脂	諄	至	真	支	清	陽	侯	東	幽	之	總計
至	13	1	11	7	2	7	13	69	42	16	7						175
真	19	9	21	53	17	24	24	28	106	23	23	1	1	1	1	2	334
字根數	32	10	32	60	19	31	31	97	148	39	30	1	1	1	1	2	509

　　從表五看，隊脂諄三部的字根韻轉，仍以歌泰寒三部旁轉或旁對轉為最便捷，其次與「至真」「支清」的關係仍然伯仲之間，再其次為幽、魚、之。由於隊脂相當於後來脂、微分部，牽涉到這兩韻主要元音的不同，因此應該分開來看，果然在隊部字根的孳生群中，至真 4 次，支清 6 次，而脂部字根孳生群則至真 38 次，支清

37 次，這就說明了至真，支清遠於隊部而近脂部，〈成均圖〉的次序是合乎這些證據的，如果再比較一下諄部與真部的字根互轉的情形，諄部字根轉真僅一次，而真部字根轉諄則有 24 次，這是否意謂語根的轉換有一定方向，諄→真（1 次）暗示這些字根和真部有別，而真→諄（24 次）的情形，暗示一部分的諄部字是由真部來的，應該歸入真部，這樣，我們就可以像王力一樣，配成微（隊）物—文（諄）和脂質—真。

另外，隊脂與幽的關係為章氏的「隔越轉」，雖然隔五是個看似巧合的規律（或者人工的安排），但這也正表示，陰聲韻部之間的遠旁轉不受軸聲的阻隔，儘管「弇」「侈」代表韻尾的差異，但只要主要元音相同，如 əd、ər、ət（李方桂微部擬音）與 əgʷ、əkʷ（李擬幽部）之間的旁轉依然存在。當然章氏並未能把脂微真正分開，因此，隊脂諄三部就有重新分析的必要。我們從前面這些統計，至少說明章氏〈成均圖〉的安排及韻轉規律，大致十分嚴謹，是由詞根孳乳變易的訓詁佐證中理出的條理，絕非形而上的虛構。

丁、《文始》音轉理論的得失

前面的分析，側重在〈成均圖〉音轉邏輯是否能夠成立，因此，主要探討章氏音轉規律中較脆弱的環節。對於已為學界公認的對轉、旁轉，因論者已多，材料隨處可得，故本文從略。要之，通轉之理，本為語言自然演變的規律，這些規律可以用來解釋方言差異或歷史音變，也可以用來探討同源詞的詞根孳乳，《文始》的音轉表現屬後者。至於〈成均圖〉音轉理論是否嚴密是一層，應用音轉理論進行詞源研究的過程嚴謹與否是另外一層。

　　就第一層來說，〈成均圖〉成功地總結了清儒的韻轉理論，並且加以擴充，其架構可謂體大而思密，至少各種可能的韻轉皆無遺漏。但是在古聲母的認識上，章氏還停留在錢大昕等人的時代，所以其「古雙聲說」，顯得含糊籠統，如果從科學的擬音來看其音轉體系，則仍有許多缺陷。

　　就第二層來說，章太炎把握「漢語同源詞的孳乳主要採取對轉或旁轉的形式」此一中心觀點，所以在孳乳、變易的推衍中，從未忽略對轉或旁轉的提示，這一點是相當嚴謹的。但是由於《說文》形構及說解的謬誤，章氏並未注意，加上詞義的引伸，並沒有一定的原則，使他的詞族顯得過於龐大而且鬆散，因而抵消了其音轉的客觀性，加上章氏在聲母之間的轉換，僅僅據後世音讀的歧異，而強加聲轉的解釋，如「舌舒作齒」，「由喉轉齒」、「喉音舒作舌音」、「兼齒舌二音」、「有喉舌齒三音」、「一聲之轉」，這些都是先肯定同源再描述聲轉，顯得本末倒置，這是他未能超越戴、王諸人的聲轉理論所致，由此導致他的詞根衍聲能力太強，彷彿什麼音都轉得出，只要意義相關就行了。關於這一點，劉曉東（1985：181）舉出一個例子：

　　　卷五「亦」字條云：「墻旁轉清則為城，所以盛民地。」按：章先生以齒頭音與正齒音合於一類，所以墻、城為同聲，韻旁轉。其實墻、城並非同聲：墻，在良切，古從紐，齒音；城，是征切，中古禪紐。依黃季剛先生說古當為定紐舌音。是墻、城二字聲韻皆不同，章先生由於聲錯而誤系。而且從詞義來源方面看，《說文》：「城，以盛民也」。

《釋名‧釋宮室》：「城，盛也，盛受國都也。」《水經
注》卷一引《風俗通義》：「城，盛也。」故訓昭然，是
「城」之名實由「盛」得，與「墙」無涉。

按：依李方桂上古音，墙為 *dzjang，城為 *djing，在聲母和
元音方面皆有不同，章氏以為古聲同為 dz-，至於陽與清為「近旁
轉」，本為正常音轉，《國故論衡‧成均圖》內列有三例，《文
始》卷五陽部內找到三例，茲錄於下：

1.《禮經》「竝」亦作「併」

2.又「將」借為「請」

3.「丁、鼎」借為「當」

4.初文「弜」下云：「彊」，重也。……由重之義，旁轉清，
變易為「橄」，榜也。

5.初文「永」下云：「永」，水長也。……旁轉清，變易為
「巠」，水也。

6.初文「皀」下云：「皀」，穀之馨香也。……雙聲旁轉清，
孳乳為「馨」，香之遠聞也。

以上六例，聲母多雙聲，將與請為精、清旁紐，弜（其兩切）
與橄（渠敬切）同屬群母，永與巠，匣見旁紐，由此可見，章氏言
旁轉，大抵兼顧雙聲或旁紐，墙之與城既非雙聲，部位相隔，韻轉
而非雙聲，故非同源，《文始》中，這類因古聲母歸屬錯誤而致誤
的，不在少數。

靳華（1985：11）也指出章氏韻轉理論的另一個缺陷，就是
「把兩種性質不同的『韻轉』混同起來」。他說：

用以說明方言差異和歷史音變的「韻轉」跟用以說明一個音系內部的韻部的對稱性的「韻轉」在性質上是不同的。前者是一種真正的語音上的轉變，而後者實際上是不能「轉」的。……站在北京音系的立場上看上海話的「來」、「蘭」押韻是陰陽對轉，但這並不等於說在北京音系裡陰聲韻 ai 和陽聲韻 an 可以相互轉變。同樣，如淳說「陳宋之俗言桓聲如和」，……在當時的通語和陳宋以外地方的方言裡，陽聲韻的「桓」和陰聲韻的「和」也是不可以隨便轉變的。章太炎的韻轉理論的缺陷之一就是把這兩種不同性質的「韻轉」混同了起來，章氏企圖用一個模式（即〈成均圖〉）解釋一切的韻轉現象，實際上就是要用一個音系的韻部系統去解釋許多由於不同音系交叉產生的複雜現象，問題就在所難免了。

由於漢語方言的複雜性，以及各個歷史音系之間的關係也很複雜，把這些不同性質的音變、音轉材料去建構一個「音轉規律」，難怪其名目繁多，而且正、變並出，令人不辨主從。劉氏也指出：「章太炎採取這種辦法也是由於客觀條件的限制。」如果我們把章氏的〈成均圖〉和切韻式的綜合音系相比，作為上古各種音轉的綜合圖，在描述不同時、空音系時，知道其中有「古今通塞，南北是非」，故可改寫成新的「次規律」，就不致於把通轉的標準無限度放寬，而章氏理論的第二個毛病─通轉太寬這一點，也可以在實際運用中獲得修正。

第四節　論變易與孳乳

變易與孳乳是《文始》的兩大條例。上文我們在描述《文始》「詞源理論」時，曾經這樣說明它在理論中的角色：

> 在詞義聯系上，是以詞根義為起點，將《說文》音義相關的字，按孳乳與變易兩種類例，貫串成同源字族，分別陰陽，按圖索驥。

這種理論的著重點在於穿通音義、系聯字族的作用，並沒有賦予構詞學上的衍生功能，筆者主要的根據是章太炎在「敘」中強調他的工作是「浚抒流別」、「相其陰陽」、「討其類物」、「比其聲均」。孳乳與變易的界說也離不開音、義：「音義相讎，謂之變易；義自音衍，謂之孳乳。」在說明條例時，我們也引用黃季剛的說法，劃清它們的界線，簡單地說，「變易字」猶一字數體，「孳乳字」由一字分化為數音、數字。但是在介紹「孳乳變易條例」一節，我們又稱它們為「衍生構詞的機制」，似有新的著重點，如果把《文始》定位為系源的書，那麼「變易」和「孳乳」便只是「類例」而已，如果把《文始》定位為一部談中國語言文字發展過程的經典，那麼「變易」和「孳乳」就必須提高到構詞學上的規律了，本節則試從後一觀點來評估。

壹、論詞的同名異構──變易

黃季剛曾從形、音、義的異同來區別：「變易者，形異而聲、

義俱通；孳乳者，聲通而形、義小變。」加上了字形的異同，比較容易理解，他又比方說：「變易，譬之一字重文；孳乳，譬之一聲數字。」這只是取譬，因為變易並不等於重文，但是章氏在「敘」中「音義相讎謂之變易」下小注說：「即五帝三王之世，改易殊體。」更形含混，好像「變易」就是一個字不同時的異體（猶如後代的古今字）。但是從《文始》本身所記錄的變易字來看，又不同於重文和異體，有時候也許近似之而已。黃季剛在其《論學雜著》中談變易之例，就取包容性較大的說法，他說：

> 變易之例，約分為三：一曰，字形小變；二曰，字形大變，而猶知其為同；三曰，字形既變，或同聲，或聲轉，然皆兩字，驟視之不知為同。❷⑧

前兩類都以《說文》重文為例，第一類如上，古文作⊥，中，古文亦作屮；第二類如冰與凝，求與裘，「後世以為二字，而《說文》以為同。」祀與禩，瓊與璇，「一文也，使《說文》不以為重文，未嘗不可以為二字也。」至於第三類，以天、囟、顛、頂、題為例。黃季剛說：

> 天之訓為顛，則古者直以天為首，在大宇中則天為最高，在人身中則首為最高，此所以一言天而可表二物也。然與天同語者，有囟，聲稍變矣；由囟與天而有顛。此之造字，純乎

---

❷⑧ 黃侃《論學雜著》，頁 6。

變易也。顛語轉而有頂，有題，義又無大殊也。假使用一字
數音之例，而云天又音囟，音顛，音頂，音題，又有何不
可？是故囟、顛、頂、題，皆天之變易字也。而《說文》不
言其同，吾儕驟視亦莫悟其同也。……後世造字，因聲小變
而別造一文，又此例之行者也。❷⁹

按第三類已打破《說文》重文、異體的範圍，不是文字構形的問
題，而是太古語詞同根的問題，在章、黃的心目中，有一共同的前
提，即文字、語言皆由簡而繁，太古語言甚簡，古語本同，後世因
聲小變而分別造字，故同一「高高在上且居首位」的概念，而有
天、囟、顛、頂、題五字，諸字又可以統於初文「天」，他字皆為
其變易，也是「天」的轉語，語言變化原因在先，分別造字的結果
在後。

　　這個例子不過是《文始》的修正版，《文始》卷三，真部囟下
云：

　　《說文》：囟，頭會腦蓋也，象形。……囟變為天、顛，猶
　　｜挛乳為真，齒音斂為舌音也，天顛也，顛頂也，天顛旁轉
　　清，變易為頂，顛也。頂對轉支，挛乳為題，額也，顛題亦
　　通號，《釋畜》馰顙白顛，即以顛為題，《詩·麟之定》傳
　　曰：定題也，一本題作顛，是其通稱互受矣。

---

❷⁹　同前註，頁 7-8。

又說：

> 天為人頂，引伸為蒼蒼者，猶也為女陰，孳乳為地也。初祇
> 作「囟」也而已。既訓為蒼蒼之天，次對轉支，則孳乳為
> 帝，從二束聲，《方言》：顛，頂上也，帝本謂在顛頂者，
> 周官所謂昊天上帝及五帝也。❸⓿

章氏以囟為初文，變易為天；黃氏則以天為初語，而囟為稍變。章
氏以天顛→頂為變易，頂→題為孳乳，黃氏則並顛、頂、題皆為天
之變易，章氏特引「題訓額」，通專有殊，雖可通稱互受，溯其
初，仍應為變易。季剛先生為何不承師說而有別解？可能因黃氏所
定的初文是天，由天顛變為題，音轉過劇，不太好說是孳乳，而章
氏則逕言頂題對轉，合乎孳乳，章氏步步為營，選擇音近者定為孳
乳，似密而實疏，因諸字發生之先後未易定也，黃氏有意打破章氏
作繭自縛的主觀方法，故凡不易定先後者，寧視為變易，章氏以囟
為初文，又是一主觀，然則孰是孰非，即成為其方法論上的困境，
以筆者觀之，把囟字從這一組同源字族中刪去，諸字同根便怡然理
順了。

　　章氏又引《易》「其人天且劓」馬融以為黥鑿其額曰天，來證
明天本為顛，鑿之亦曰天，以構詞現象證本義，誠有特見。既然天
的字源（指事）和語源（顛頂題諸字）都證明「天」是獨立的初
文，章氏顯然認定象形的「囟」字為更原始，為了要和「天」統為

---

❸⓿　章太炎《文始》（台北：廣文書局），頁 203-205。

一源，不免在「變易」上作文章，偏偏「變易」並沒有太大的語音限制，於是說它「齒音斂為舌音」而變為天顛，這一點未免太專斷，筆者認為齒音照系字固然可通舌音，但精系心母的「囟」（息晉切），如何和舌頭透母的「天」（他前切）視為同源呢？它們不過是同部（真部）疊韻罷了，用王力所擬的上古音來看，天（t'ien）→囟（sjen）的可能性還比「囟」→「天」的可能性大一些，如果兩者之間沒有音轉的可能，寧可割愛，然而季剛先生百密一疏，也仍然保存了「囟」，這可能跟他的聲母多音之理有關。除了聲音差太遠之外，就字義言，囟為頭會腦蓋，天但指人首，不專指腦門，通專有殊，何能強謂指涉相同，此字重文作腦，或從肉宰，古文作⿱，《禮記·內則正義》引此云：其字象小兒腦不合，正是古文之象，若欲連繫語根，或可從釁、隙、陷諸義去求。

　　以上論變易之第三類，以轉語為主，已非字根關係，而是語根的推求。

　　黃焯《筆記》中「略論文字變易之條例及字體變遷」，把變易的條例分為六類；即：

　　一、書法變易

　　二、筆畫變易

　　三、傍音變易

　　四、全體變易

　　五、聲轉韻轉變易

　　六、文字變易**㉛**

㉛　黃焯編輯《文字聲韻訓詁筆記》，頁 29-33。

一、二類純為字形變易；傍音變易謂一字其聲（符）變而其形（符）不變，如瓊或作璚、琁等；全體變易就一體中其形（符）與聲（符）俱變者，如玭之作蠙、經與巠之類。五、六兩類較複雜，茲分言之：

聲轉或韻轉，皆由於方音，此類字容易與孳乳相溷。惟孳乳字之變，或不能與本義相通，而聲轉、韻轉之字，則百變而不離其宗者也。如水屬舌音透母灰韻（脂），川屬舌音透母痕韻（諄），論形皆象水流，論義皆以名水，論聲皆屬舌音，論韻灰、痕對轉，則二字實一字耳。然汎名為水，則大小淺深均不異，而川則貫通流水也，其所以異者，則音轉之異耳。

按：《廣韻》：水，式軌切，審（書）母；川，昌緣切，穿母，黃季剛穿、審古皆歸舌音透母。

第六種「文字變異」，就一字而推變數字，其大較不變者也，以《說文》明同部首義近字觀其初文（部首）與諸字間的音義歸類，是就文字系統來求同根字群，牽涉的音變較廣，有賴於「聲母多音論」的發明，但亦有過信字形連系之弊。

統觀黃先生論變易，不出兩大類，一類是純粹形體的變易，可歸於字源學領域，另一種為與音轉有關的變易，屬於語言變易，則屬詞源學範圍，這類變易與孳乳容易混淆，黃季剛先生說：「變易性為蛻化，孳乳性為分裂」，筆者認為孳乳字有先後可尋，變易字卻同時變造，無所謂先後。

章太炎所說的「變易」，主要是指黃季剛六類中的「聲轉韻轉變易」，因此他的「音、義相讎」是兩者相對應，相匹敵之義。換言之，所謂「改易殊體」當指不同時空所造的同一語根的異體，所

以形體雖異，探語言則同本株，這正是他心目中的「轉注字」，轉注字起於轉語。黃季剛先生進一步說明：

> 語言之變化有二：一、由語根生出之分化語；二、因時間或空間之變動而發生之轉語。分化語者，音不變而義有變。原其初本為一語，其後經引申變化而為別語別義。如顛天一字，古本一語。……轉語者，則義同而語為二。如女、爾、而、若、乃等字皆為第二人稱，特其音有轉變。若其變而又別造字者，如朝之與旦，旦之與晨皆是。㉜

這是從語言上來區別「孳乳」和「變易」的不同，值得注意的「分化語」並非始終「音不變」。至於「轉語」則「義同而語為二」，即是一語之轉，其詞根僅一個，在轉語則與詞根判為二字，這裡就出現了變易與孳乳的交錯重疊，例如：上引文中黃氏把顛、天當作分化語，而前文則視為變易。從後代顛、天詞義有別，就其未分化而言，是「孳乳字」；然太古「天」亦有「顛」義，兩字實出一語，就其未分化而言，則是「變易字」。所以變易（轉語）和孳乳可處於語言發展的前後階段。但是多數的情形，變易字常常在兩體競爭下，一存一廢，或兩體並存，而孳乳字則推波助瀾，不斷製造。

陸宗達、王寧（1983：16）也說：

㉜　黃焯編輯《文字聲韻訓詁筆記》，頁 205-206。

「孳乳」是文字在詞的新義發展或新詞產生的推動下而孳生新字，因此，字的同源也就標誌著詞的同根；而「變易」則是文字自身形體的改易，應包括完全異體字和廣義分形字兩種，這種變易字只是字形的重複，並不意味著產生了新詞，這兩個術語的界說本是確定好的，而且具有科學性。但《文始》對「變易」這一條例的實際應用，卻遠遠超出了〈敘例〉的規定，在明言「變易」的字條下，出了很多不完全同義的轉音之字，許多地方違背了自己提出來的術語的定義，使得這部分材料雜亂無章，歸納未能盡善。

筆者認為《文始》在某些個別地方，沒有交代清楚究竟是變易或孳乳者，多半是「孳乳」。「變易」則很少省略。至於把某些應屬「孳乳」的字標為「變易」，或許意味著他發現古為「變易」，今更「孳乳」的重疊現象，正如黃季剛對「天顛」一例的解釋。章氏認識到「變易」是因古今語變和方言殊異而制字，因此，並非如陸、王所說「變易字只是字形的改易」，因為這種說法，把「變易」完全歸到形體一邊，跟構詞上因音轉而異名的「轉語」實有距離。至於何謂「廣義分形字」呢？陸、王又說：

《說文》中有許多字義稍別而字形不同的字，從詞的角度看，便可歸納為一個廣義之詞，只是因為《說文》把形義結合作為釋字的準則，所以將記錄廣義詞的字分形過細。這些字雖在字書中承擔著包含在廣義詞裡的各種具體詞義；但在文獻中卻往往通用，而且都能承擔廣義。所以應當看作字分

詞不分，實際上也是一種異體字。章太炎先生《文始》中的多數「變易字」，即是指的這種情況。

陸、王舉出「廣義分形字」的例子為：噂（聚語也）與𠺖（聚也）；連、輦和聯，嘽與譠；迦和愆；頭與投等。這種現象，有人稱作「異部重文」。筆者以為異體字和廣義分形字，都不能代表章氏所有的變易字。劉曉東（1985：175）根據變易產生的原因提出下列的分析：

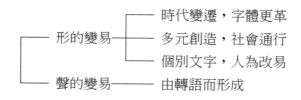

劉氏也認為：《文始》中所說的變易，多是轉語變易。如：卷三屮字條：「屮本義與王相類。王者，物之挺生也。屮、王亦至清次對轉。此初文之轉注也。……或王為屮之異文聲變，遂忘其初耳。」

貳、論詞的引申分化──孳乳

「變易」主要講的是因古今語變和方言殊異而制字的「轉語」構詞，「孳乳」則主要講「分化語」的發展變化。章氏說：「一字遞衍，變為數名，說文句部有拘鉤，臤部有緊堅，已發斯例，此其塗則在轉注、假借之間。……若夫同意相受，兩字之訓，不異毫釐，今以數字之意，成於遞衍，固與轉注少殊矣。」（〈語言緣起

說〉）按：由一個原詞或詞根，因詞義的引申，並通過語音的變化而產生新詞，這個詞就是孳生詞或分化語，在文字上相應而另造新字或在原字上加形以為區別，就是孳乳字，王筠把它稱為分別文。

王寧（1986）《訓詁原理概說》「孳乳與變易」一節說：

> 在詞的派生推動下，記錄源詞的字分化出新形而產生新字，叫作孳乳，例如：「眉」孳乳出「湄」，「正」孳乳出「政」，「間」孳乳出「澗」。……孳乳是詞的派生在文字上的反映，是文字現象，也是語言現象。孳乳產生同源字。變易僅是文字形體的改易，是單純的文字現象。變易字如不再分化，只能產生音義全同的異體字，在文字使用上是一種重複。

這一段把孳乳和變易的區別，劃分相當清楚。但是由於語義把握上的困難，《文始》並沒有完全符合這種理想的切分方式。

由於孳乳的結果造成同源字，因此從同源字的分析，也可以看出孳乳的類型，王寧（1986：67-69）進一步從形體關係，把同源字區分為三種類型：

> ㈠形體無關的同源字。如「倫」與「類」，「關」與「彎」，「引」與「曳」等。
> ㈡同聲符的同源字。用同聲符造同源孳乳字，不是普遍規律。也就是說，音形上的形聲系統與音義上的同源系統，可能有一部分是相重合的，但並非完全統一的。如從「其」得

聲的形聲字，就其詞族分析，可以分成以下幾組：

A 組(1)其—斯—漸、澌、癍、廝（析柴的奴隸）—基本音義是離析。

A 組(2)欺、諆—意義由離析引申為欺騙，即言與實相離。

B 組(1)基、箕—基本意義是基底。

B 組(2)旗、期、稘、萁、騏—由基底引申為標誌。

C 組　祺、麒、惎、顛—基本意義是吉凶善惡之稱。

D 組　跽—長跪。

A 是「其」的本源字，B 組與「兀」同源，C 組與「忌」同源，D 組與「跽」同源，它們分別為四個詞族的同源字。

㈢同形的同源字。詞義明顯因引申而分化，且有聲音變化標誌這種分化，但文字上未造新形而沿用舊形，即產生同形的同源字。例如：「數」有四韻，各承擔不同詞義：

「遇」韻（色句切，今讀ㄕㄨˋ）基本意義是「數目」。

「虞」韻（所矩切，今讀ㄕㄨˇ）基本意義是「計算」。

「覺」韻（所角切，今讀ㄕㄨㄛˋ）基本意義是「多次」。

「燭」韻（七玉切，今讀ㄘㄨˋ）基本意義是「細密」。

章氏《文始》中的孳乳、變易字族，也包含這三類同源字，它們的組合，比這三類更複雜，按孳乳、變易的先後遠近，把這字族分別組合在不同的初文之下，其中同聲符的同源字也不限於一種聲符，以卷一初文「丂」字下的字族為例：其同聲符的偏旁計有奇聲、夸聲、圭聲、戉聲，厥聲，昏聲等。這裡包含音轉關係，更充份體現章氏確已完全打破了形體的拘牽。

　　孳乳，也就是新詞的派生，是詞義引申運動的結果，引申而不分化，就是多義，引申而派生新字，即是同源字。詞義引申的規律是多途多樣的，陸宗達，王寧（1983）在《訓詁方法論》中概括為三個類型，即㈠理性的引申—包含因果、時空、動靜、施受、反正、實虛等關係；㈡狀所的引申—包含同狀（又分同形、同態、同用）、同所、同感等；㈢禮俗的引申—這是引申受文化制約的特殊產物。其中第二類，正是章氏在《文始·略例丙》中所提出的。

　　對於《文始》的孳乳方式，劉曉東（1985）從義、音、形三個方面做了全面的分析，並且建立了各類孳乳分化式的架構，每類並有舉例說明，今錄其「從義的方面分析」所得的分化式於下：

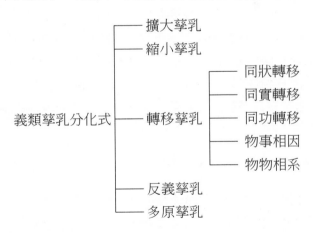

　　按，其中「多原孳乳」已見於〈敘例〉略例戊，上文我們已做了「疏釋」，至於詞義的擴大、縮小、轉移及反義相成都是詞義變遷的重要現象。茲舉擴大孳乳為例：

卷二「尸」字條云：《說文》：「尸，陳也，象臥之形。」
變易為尸，終主也。古或以夷為尸。……引伸為凡主之稱。
釋詁：尸，職主也。屍孳乳為𠩺，小篆作伊，伊尹蓋殷官
名，非一人之名也。

　　劉氏按曰：「『尸』的本義為終主，《禮記·曲禮》：『在床
曰尸。』即尸主，擴大其義界引申為主管的意思而孳乳為『伊』，
成為殷代之官名。」

　　這些分析對我們理解章太炎的字族是十分有幫助的。此外，楊
樹達《積微居小學述林》中有〈文字孳乳之一斑〉一文，依語法的
詞性關係歸納文字孳乳為六類（能動孳乳、受動孳乳、類似孳乳、
因果孳乳、狀名孳乳、動名孳乳）。王力（1980）《同源字典》中
〈有漢語滋生詞的語法分析〉一文，則全面從同源詞的轉音、異
調，異字來分析其詞性關係，都是孳乳字分析的後續研究。拙作
（1982）《上古漢語同源詞研究》第四章，也分析了同源詞的詞類
關係及形義關係。

小　結

　　由於章氏掌握了上古漢語詞彙之間的「孳乳」與「變易」兩種
演化的規律，並利用他所建立的音轉規範，才能在數千個漢字中，
依初文、準初文的「音轉義孳」或「音義相邇」，把相關的同源詞
排比在 457 條字族中，其中又有若干字族之下，再析為若干小族，
如第三章第三節之（貳），所舉「夬」字族，又析為七族，其中最
難以檢驗其是非者，就是這些字族中的詞義聯系是否恰當，目前很

難有一套客觀的標準做全面評估，原因是漢語的語言學理論中，尚缺乏完整的衍生構詞學體系，在詞義的引申方面，也沒有精密的推理程序。而章氏在自創的轉注假借理論指導下，做出可能是一世紀以後才能建造的類似《文始》之作的大工程，在那時候的學術條件下，已屬難得。筆者目前的覈證工作並未完成，希望能做完《文始疏證》的工作，核驗詞義的根據，排除錯誤的材料，由可靠的同源詞中整理成基礎的詞根，參考近人相關的研究及原始漢藏語的構擬，以完成以漢字為基礎的「孳乳變易譜」，提供有志斯學者向前深掘的基礎。

第五章
《文始》的評價與詞源學的前瞻

第一節　《文始》與近人同源詞研究的比較

壹、同源詞界說及其條件

　　同源詞（cognates）本來是指親屬語言（cognate languages）之間具有相同或對應關係的語言形式（linguistic form）的詞或語位，它們可以從歷史的來源追溯到一個共同的語音形式及詞義。這是比較語言學上的界說。在我們進行漢藏語系的比較工作以前，必須確定上古漢語的音韻結構及構詞方法。這些研究向來是分開的，到了近代，章太炎用孳乳和變易來講《文始》，高本漢繼清人的諧聲譜來編《漢文典》（*Gramata Serica*）並發表《漢語詞群》（*Word Families in Chinese*），開始將音義結合來探討詞族。日人藤堂明保著《漢字語源詞典》，標舉詞根形態及基本義，可以說是這一系列的方法之總結。由於他們是以詞族為中心，與真正的「同源詞」還有距離。

　　嚴格說來，從漢語本身的詞彙體系來探討某些詞是同源的，應

該叫同源字，以別於比較語言學上的同源詞。王力的《同源字論》說：

> 凡音義皆近，音近義同，或義近音同的字，叫做同源字。這些字都有同一來源。或者是同時產生的，如「背」和「負」；或者是先後產生的，如「犛」（犛牛）和「旄」（用犛牛尾裝飾的旗子）。同源字，常常是以某一概念為中心，而以語音的細微差別（或同音），表示相近或相關的幾個概念。

這個定義是結合形音義三者來說的。我們可以說，語音形式的相似性是一組同源字的形式要件，而統屬於一個中心概念的語意是實質的要件，同源字的產生，主要透過三種途徑，即：㈠由於詞義的分化，由原始詞產生孳生詞。㈡由於方言的轉語，同一詞根到方言裏產生許多變異。㈢新詞的創造，在舊詞的基礎上加以改易。由於古代漢語並不因為方言的差異而形成不同的文字系統（商周到戰國之間容有東土文字與西土文字之分，但那只是形體的差異，並不是語言的對立。）由文化的融合與統一，這些不同來源的語詞，都被吸納到以小篆為中心的一個文字系統裏，而不管原始詞與孳生詞之間的新陳代謝（如古今字）。方言詞與新詞的創造，都使古漢語保持豐富而龐大的詞彙體系，許慎《說文解字》的內容可以說明這個事實。許多同源字，許書雖判為二字，但從音義的連繫，我們不難加以歸併。原始詞與孳生詞雖然同源共貫，但由於語用的不同，卻賦予不同的語意內容，有時它們又因字形的關係，可以互通有無，交

替為用，形成大量的同義詞，這對我們的研究也有不利的地方，即是字形的糾纏，不易清楚分辨詞的先後，有些字假借義通行，而本義無文獻上的證據，也使我們對這些純粹字源學上的「字義」左右為難。

　　不過，字形的分辨在同源詞的辨識上也有許多方便，例如文字學上的許多術語，如分別文（王力稱分別字）、異體字、通假字，都可以拿來界定同源詞的範圍，如王力說：「大多數的分別字都是同源字。」又說「通假字不是同源字，因為它們不是同義詞，或意義相近的詞。」「異體字不是同源字，因為它們不是同源而是同字，即一個字的兩種或多種寫法。」關於通假字，我們並不認為全然與同源詞無關，至少可以分為兩類，一類是純粹的同音假借，如蚤與早；食肉器的「豆」（重文作梪）與菽豆的「豆」（後起分別文作荳），都是兩個不同來源的詞。另一類是音義相近字之間的通用，如童、僮、瞳三字本出一源，漢人多互相通用。這類字在形聲字中尤其普遍，由於聲訓家及清儒音義同源的假設，有些本不相干的同聲字，常常魚目混珠，被誤認為同源字，因此在形聲系統中先理出同源字，對於全面整理同源字，應為先務。

　　從上古漢語內部的比較，以確定一組音義相關的同源詞，與印歐語言的比較方法大異其趣。理論上漢語的上古音系必須描述得越精確越可靠，但這種擬構從高本漢起到周法高、李方桂等，將近十家，各家的韻母擬音在主要元音、介音、韻尾三方面皆有顯著的差異。聲母的差異主要在成套的部位分合上，大抵有對應的關係，故比較單純，但複聲母的研究方興未艾，仍多分歧。韻母與介音則因各家音位化的程度及對上古聲調看法的差異，而呈現較大的分歧。

例如王力在《同源字典》中採用他自己三十三個上古聲母，廿九韻部的系統，提供了一種分析同源字的典範，比前人的分析精密多了，而且適度地承襲清儒以來陰陽對轉及旁轉的說法，很能與傳統的訓詁相結合。但是在聲母上讓正齒音二等五母獨立，且完全忽略複聲母，卻顯得保守。在語義方面，王氏充分把握以詞為本位，因此讓一些通假字或異體字並列出現，代表同一個詞。並大量引用古人訓詁，來支持其詞義的判斷。《說文解字》的釋義是訓詁的基礎，但隨文解義的古注，更接近詞義的真象。大多數孳生詞，在先秦已產生，但並未完成，漢人的訓詁是辨識這種同源詞的主要依據。有意識的字源學及語源學都是漢代開始的，揚雄《方言》及劉熙《釋名》，都是在純粹的字形學與字義學的《說文》、《爾雅》之外，別闢蹊徑。聲訓的出現，使音義的關係具有語源學的意義，但聲訓家的解釋，往往是任意的，因此在使用漢儒訓詁時，就必須考慮一個字的整體表現，例如它在甲骨、金文或其他古文字時期是否出現，用法如何；這個字在經典（先秦及兩漢）中有幾種用法，其原始義和常用義的關係如何；作為一個獨立的詞位，它的語音形式和基本義為何；此外，前人的訓詁是否正確把握語意。這樣的討論，王力的同源字典還沒有做，王氏只是客觀的援古訓以為己證，筆者的分析希望能超過這個限制。為提出個人的分析方法，下面先對近人研究同源詞的方法，進行比較和檢討。

貳、近人研究同源詞之方法及其檢討

拙著《上古漢語同源詞研究》第二章，曾將古代語同源詞的研究溯源於漢代的聲訓，並將自漢代迄今的研究分為四期：㈠泛聲訓

時期：以劉熙為代表；㈡右文說（聲義同源論）時期：以錢塘、段玉裁、焦循、黃承吉、劉師培為代表；㈢泛論語根時期：以王念孫、阮元、章炳麟、梁啟超、劉賾、楊樹達、沈兼士為代表；㈣從詞族到同源詞：以高本漢、藤堂明保、王力為代表。

　　經本書第二章從另外一些角度，回顧並批評了從《釋名》到《文始》之間漫長的詞源研究的歷程，然後走入現代詞源學的過渡與轉折期的基礎之作《文始》，筆者有了新的看法，即是章太炎的《文始》已有資格列入第四期。理由是：語根之名，章炳麟首先標舉，這意謂著真正同源詞的研究才算開始。章氏在《文始》書裏，已經有詞族的觀念，《文始》凡九卷，如以歌泰寒為類，隊脂諄為類，即依音轉最近之若干陰陽聲統為一類，凡九大類詞族，大詞族中又依初文孳乳次第，統若干小詞族，書中明顯標示字族者，如從夾字孳乳變易的字凡七族，從回字孳乳變易者凡六族，從七孳乳變易者凡六族。而《文始》一書主要是依據《說文》的形義勾繪成的一部「漢字孳乳變易流程圖」。因此我們以下的比較是把章氏納入第四期，與高本漢、藤堂明保，王力的方法對照來看。

一、章太炎《文始》

　　章氏《文始》並不是一部成功的著作，主要是受到客觀條件的限制。第一、章氏並沒有具體的上古音值觀念，要談詞音的轉化，非有確定的詞根形式不可。因此不免有如王力批評的「聲音並不相近，勉強認為同源」之謬誤。第二、章氏雖然以韻轉為樞紐，已超越文字形體的拘牽，但以獨體的初文為詞根，卻未必是語言的真象，因語根與文字最初的形體是不一定平行的。他又排斥右文，聽

憑字義講孳乳、變易，不免流轉無方，未必把握得到語詞孳生的先後。故近人黃焯認為《文始》只能言文字，不可以說語言。第三、章氏全襲《說文》形義，自然無法超越許慎的見解，許慎距離中國開始創造文字的時代至少有二、三千年。章氏所定的初文不全可靠，有些字義也跟著許慎講錯。音義相差很遠，勉強加以牽合的地方也不少。

章氏雖然在方法論上欠缺嚴謹，致王力認為「文始所論，其中錯誤的東西比正確的東西多得多」，但依筆者之見，章氏在方法上實有開創性的啟迪之功，他是第一個把古韻的對轉、旁轉（本是合韻、通韻）應用到詞族的探討，又上用孳乳和變易，來說明詞根轉化的方式。這種成就是超越清儒的。以《文始》卷四支清類的緒論為例：

> 支清對轉，若赹之與頃，辟之與妍，禾役之為禾穎，黿鼀之為耿黽，緬死之為經死，規畫之為經營，俾使之為餅使，罄盡之為罄盡，狴氏之為權精，為蠋之為為熒，蜥易之為蝘蜓，徵辟之為徵聘，皆通轉之最著者也。

這裏面雖然包含一些異文（如：《詩·生民》「禾役穟穟」禾役說文引作「禾穎」）、假借（章氏云：凡言徵辟本無義，乃借為聘）。就音理言，這些例證，很可證明「支清（即耕）對轉」的說法是可信的。

我們看到關於圭這一族的孳乳情形，《文始》卷四：

《說文》：「圭」，瑞玉也。以封諸侯，从重土，古文作珪。案圭者準初文，珪者後出古文，圭蓋起於土圭，以土圭土其地，然後封畺得定，故从重土。孳乳為「規」，有法度也；又為「畫」，界也，與「冂」相轉，畫又變易為「挂」，畫也；畫挂又孳乳為「卦」，筮也。……「畫」對轉清，變易為「形」，象形也。《釋言》曰：畫，形也；孳乳為「經」，織从絲也，地東西為緯，南北為經，本度地辨方之事。「規」對轉清，則孳乳為「輂」，車輮規也；于地則「營」為帀居，與亘相係。

「圭」本土圭，畫亦界也，其所孳乳多係畺域，《詩》言經始靈臺，經之營之，即規之畫之也；《春秋》、《國語》言規方千里，以為甸服，即畫方千里也。《孟子》言經界不正，即畫界不正也，亦即冂界不正也。其「街」為四通道，「畦」為田五十畝，即孳乳於圭、畫。《說文》無「場」，畺場字古祇作「易」，蓋借為畦、為町（章氏自注：易作喉音同部為畦，易作舌音對轉為町），町，田踐處也，《春秋》傳：「町原防」，《急就章》：「頃町畍畝」，是有畫畺義，蓋「畦」對轉而變其音也；畦又對轉為「頃」，百畝為頃，即一易之田五十畝也，古亦通以頃畦為界域之稱。《左傳》曰：「戰不出頃，田不出防」。《莊子》曰：「彼且為無町畦，亦與之為無町畦是也。」

上面一段是由「圭」這個詞根（這裡用「詞根」代替「初文」）所衍生的字族，為方便起見，可以作成簡圖羅列其孳乳字，

縱列關係（由｜相連）表示變易，橫列關係（→）表示孳乳：

```
圭 →規（→䙲，營）→畫（→冂→經）→街→畦（→町）→頃
｜      對轉                （                       ┊     ┊
珪                          ｜                        ┊     ┊
                         挂→卦                   易（場）
                           ）
                   對轉｜
                       形
```

　　根據黃侃的解釋，變易猶一字重文，義非有別，孳乳則義殊而
別造。就聲母而言，圭（珪）、規、挂、卦、冂、經、街為見母，
頃為溪母，䙲（廣韻渠營切）為群母，畫、形、畦為匣母，町為透
母。就韻母而言，圭、規、街、畦等為上古支部字，營、形、經、
冂、町、頃屬耕部（章氏清部），畫、挂、卦為入聲錫部，除了町
和錫兩字聲母超出喉音外，聲韻的通轉均十分理想。町和易（場）
上古並屬舌音，容有對轉關係，但不能由畦孳乳，章氏以為「對轉
而變其音」未免忽略喉舌之大界。所引《急就章》頃畝二字亦未必
為界域之稱；圭田五十畝，多出漢人說法，亦不足為語源之據。又
如易聲之字古讀非舌音即齒音，舌音如剔、惕、狄；齒音如賜、
蜴、錫等；亦有兼舌、齒兩讀者，如裼、鬄、緆等，從無作喉音
者。易作喉音之說見《文始》卷四初文易字下云：「易古音本如
鬄，……然古亦有淺喉音，若周易得名本即覡字，《記・祭義》所
謂易抱龜南面，由官名引伸為卜筮書名也，故蜴亦易之變易字，支
寒次對轉也。」按《說文》：「覡，能齋肅事神明者，在男曰覡，
在女曰巫。」《廣韻》胡狄切。《禮記・祭義》：「昔者聖人建陰
陽天地之情，立以為易。易抱龜南面，天子卷冕北面」注：「立以

為易，謂作易；易抱龜，易，官名，《周禮》曰大卜，大卜圭三兆三易三夢之占。」按《周禮‧春官》宗伯第三：「凡以神士者無數」鄭注：「以神士者男巫之俊，有學才知者。」又《國語‧楚語》下「在男曰覡，在女曰巫」注：「覡，見鬼者也。」足見太卜掌易之官，自來未與掌事鬼神之巫覡混為一談，章氏據〈祭義〉妄加牽附，遂無中生有，以為「易」字有淺喉音。此類錯誤，無獨有偶，王力也指出章氏「以合聲兼在喉舌」的錯誤，蓋因章氏不知喻母三等在上古屬牙音，而四等則屬舌音，合（以轉切）、易（以豉切，又羊益切），並為喻四，章氏誤為喉音，自然是受時代的限制；喻四古歸定，要到曾運乾始提出，然亦不乏諧舌根音或諧唇音之例，如李方桂先生擬作 *grj- 的「鹽」（監聲），擬作 *brj- 的「聿」（諧筆），雖曾氏亦有所不悟。

　　章氏出入《說文》及群經故訓，駕馭材料，誠有過人之處，然詞義的通轉，假借與孳乳有別，章氏多不細辨；又如詞的孳乳次第，多屬假設，未必可靠。孳乳與變易的界限亦不甚清楚，如「畫」之與「形」（《說文》：形，象也），既無孳乳關係，似亦不得謂音義相讎（所謂變易）。總之，章氏上例，除掉幾個聲母相差較的字外，大抵可算是一個大詞族，由於章氏沒有嚴格把握詞根的形態，因此就看不出這裏有多少組同源詞。高本漢則向前跨了一步。

二、高本漢《漢語詞族》

　　高氏的《漢語詞族》（或作《漢語詞群》），和〈諧聲字系中的同源詞〉代表兩個階段的研究，王力認為《漢語詞族》也不是成

功的著作，因為章氏所有的兩大毛病——聲音不相近而勉強認為同源，意義相差遠而勉強牽合——高本漢都有。但他純粹從聲母與韻尾的配合來區分詞族，也有其客觀的地方，然而忽略主要元音及介音的限制，使他的小詞群也常顯得音轉範圍太大，無從建立一共同詞根形態。以下就從《漢語詞族》一書中 K-NG 族中，舉出和上所列《文始》支清相轉有關的小詞群，以便比較。（A1，A2……是詞族代號，每字前的阿拉伯數字是高氏原文的字號。）

A1　20 行 21 徨 23 迁 24「街」25 巷 26 邀

A2　45「形」46「營」47 影

A3　168 疆 169 竟 170 境 171「坰」172 亙 173 窮 174 郭 175 極 176 國 177 域 178 囿

A4　184 綱 185 緪……188「經」189 紘……192 羈（高氏誤作羅）

B1　403 檔 404 塘……408 障 409 廠 410 城 411 簽 412「町」413 幢 414 堨 415「場」416 遮 417 幬 418 疇 419 褐 420 佈 421 牆 422 嗇

高氏十個詞族收 2397 個字，約《文始》所收五、六千字的一半，故見於章氏的圭、規、畫、畦、頃等字、高氏則闕如。街、形、營、坰、經、町、場等字章氏視為一個詞族的，高氏卻分別屬於五個不同的小詞群，這五組的基本義可歸納如下：

A1　與行路有關

A2　形狀、畫一圖形

A3　界限、疆域

A4　繩索、絲線、約束

B1 障蔽、遮蓋

這裏 A2、A3 與章氏的取義相近，其他各組則大異其趣，高氏把「町」、「場」歸到第二族（T-NG），可以看出他嚴守聲轉的大界。例如舌根聲母和喉音可以相轉，即 k- ~ k'- ~ g- ~ g'- ~ ng- ~ x- ~ · - 這種轉換關係是和諧聲系統相平行的。像章氏那樣把舌頭音的「町」也認為舌根音「畦」的音變，高氏是不會有的。高氏在韻部的通轉上又失之太寬，如 A1 包含陽、支、東、宵四部，B1 包含陽、耕、東、錫（場）、魚（遮）、幽六部，這樣寬泛的語轉關係，即在《文始》裏也很少見。由此可見高氏的詞群仍然太粗。如果再加細分，倒可以找到同源詞組，如 A3 可分為：〔疆、竟、境、坰〕、〔亙、窮〕、〔郭、國、域、囿〕三組。A4 王力的《同源字典》則分見三組同源字：〔綱、經〕、〔纓、嬰瓔、紖軼〕、〔繫、系〕等。至於 B1 的「町」「場」高氏皆訓為「田間之溝堤」或許即是對轉關係，但不必與墉、牆等有任何詞源上的關聯。

高氏在「諧聲字系列中的同源詞」則集中處理了具有諧聲關係的同源字組凡 546 組，並歸納成二十三種語言轉換的類型，態度十分嚴謹，可惜只是舉例性質，並未徹底整理全部的聲系。

三、藤堂明保《漢字語源辭典》

藤堂氏 1965 年出版《漢字語源辭典》，是第一本詞族式的字典，藤堂採用自己所擬的三十個古韻部，按陰陽部入相配統為十一類，入聲併在陰聲部目內，僅微、歌、脂三部入聲別立入聲名目曰：隊物部、祭月部、至質部。每一類收一、二十個詞族，共收二

二三族，三六○○個漢字。在聲母方面，將高氏原先的 K（喉牙）T（舌齒）N（鼻）P（脣）四類改為七類，即 T、N、L（以上舌音）TS（齒音）K（牙喉）P、M（以上脣音），這一來，像高氏的「聆 l-：耳 n-」、「姘 p-：冥 m-」、「貸 t-：借 ts-：債 ts-」這樣的詞族都得取消。這是藤堂氏較高氏嚴謹的地方。韻母雖不排除旁轉的可能性，但主要是限於陰入陽三部之間的轉換，因此每個詞群的聲母、元音、韻尾，都非常相近，就可以建立每群字的「詞根形態基」和「基本義」，這就是超越高本漢的地方。例如本書第 138 組（支耕部）規、畫、回、營一族的形態是｛KUEK、KUENG｝基本義是圍繞（とりまく）；在周圍作區畫（周圍に區切りをつける）。「單語家族」（統屬字）凡十九字：規、窺、畫、劃、剗、畦、街、回（坰）、扃、迴、熒、螢、榮、營、縈、鶯、賏、嬰、纓。規圓畫方，故其孳乳字有圓狀物、有方形圖，皆繞其四周，作者並以圖形表示，如營是帳蓬四周有欄柵、熒螢是火燭（蟲）四周成圓弧狀光環，榮是枝葉成幅射狀，榮是水周匝，街、畦為四方形聚落或田地四周之道路等。由於作者仍標榜「單語家族」（word families），因此每一組詞根所包含的字就務求其多，如上面十九個字，聲母是屬於 K 類，包括舌根塞音 K-（規、街、扃）K'-（剗、窺），喉擦音 ɦ（匣母、高氏作 gh）〔畫、劃、畦、迴、熒、螢、榮〕，ɦj（喻四，高作 ghi）〔營〕，喉塞音·（影母）〔縈、鶯、賏、嬰、纓〕。對照「形態基」裏的 K 和詞音中的 K、K'、ɦ、ɦj。藤堂並沒有告訴我們｛KUEK、KUENG｝裏的 K 究竟代表那一種具體的聲母？這個大寫的形態基，蒲立本稱為 Archetypal Phonetic Shape，它只是代表一個抽象

語位，我們仍然無從知道 K ～ K'～ ɦ ～ · 之間的孳生關係。由這一點看來，藤堂的工作並未完成。但他又較高氏邁進了一步，尤其韻部通轉也十分嚴謹。他的致命傷在於不能縮小詞族的範圍，描述以具體詞根為中心的同源詞。因為必須所有同源詞都建立了，再來建立漢語的詞族，方才可靠。王力即是從這裏再向前跨了一步。這一步並不困難，以上面的十九字為例，我們可以細分為五個小群：

A　規 kiueg　窺 k'iueg　刲 k'ueg　畫 ɦiuěg　劃 ɦiuěk

B　街 k(u)eg　畦 ɦueg

C　冋坰 kueŋ　扃 kueŋ　迥 ɦue

D　熒螢 ɦueŋ　榮 ɦiuěŋ　營 ɦiue

E　縈 ·iueŋ　鶯 ·(u)ěŋ　賏 ·i(u)eŋ　嬰纓 ·i(u)eŋ

這樣分組可以使共同詞義更具體，而且不盡相同，如：

A　規畫義（窺視而後以刀區劃）

B　一處住宅或田地四周之通道

C　邊界、戶限

D　成周匝之形者（環聚貌）

E　繞在身上的飾文（《說文》鶯、鳥文也）

這樣，我們可以得到比較可靠的各組同源詞。

四、王力《同源字典》

最後我們再談一談王力的《同源字典》，這是王氏研究這個問題的總成績。這本書有幾個特點：

1.古音的依據：王氏自己的上古音系統到本書可算定案。韻部是三類廿九部，陰聲開尾是一大特色。古紐分五大類七小類，三十

三母。端、照與精、莊兩組音值更近，從音位觀點說，王力的上古聲母只有二十二個，與黃侃的十九紐實際是十分接近的，王氏顯然放棄了早期精莊知照四組對立的看法。濁聲母的送氣亦取消了。這種改變意味著各家的單聲系統愈來愈趨向一致，這是可喜的現象。韻母的音值也局部改動他在《漢語史稿》、《漢語音韻》二書中的擬構。

　　2.同源字的聲音關係：王氏雖未設定詞根形態，但同源字的聲韻關係以平列的兩個詞音為限，如展轉孳乳，則另行處理，如支部日母：

　　　njie 兒： ngye 婗倪麑鯢蜺齯（日疑鄰紐，疊韻）

　　　　　ngye 鯢：nji 羼（疑日鄰紐，支之旁轉）

　　　　　ngye 麑：mye 羼（疑明鄰紐，疊韻）

　　　　　no 䴘（䴘）：njo 鸁（泥日準雙聲，疊韻）

這樣分層交代音轉關係，實際已預設了孳乳的關係。如果把出現在左邊的當作詞根，說右邊是音變，事實上說不通，依《說文通訓定聲》衍兒聲者凡十八字，除誽（娘佳切）屬泥母外，其餘均屬牙音，其中十五個疑母，一個曉母的「鬩」，聲符「兒」除泥母（汝移切）一讀，古又有疑母一讀（兒寬、姓），上列兒聲字並由兒字得其聲義，這一組詞根沒有理由作泥母，古音當作疑母，「兒」字音變泥母，當係後起，否則這一組諧聲實在費解，且由音變的常態說 ngye → njie 實在比較自然。王氏於此絲毫不加討論，未免粗疏。王氏說明詞音關係不外 A、同音，B、雙聲（同聲紐），C、疊韻（同韻部），D、準雙聲（如端照、泥日、照莊等），E、旁紐，F、鄰紐，G、旁轉，H、對轉，I、通轉。使用上較章氏嚴

謹，但因不從共同的詞根上構擬，這些詞音關係仍然只是平面的，沒有古今關係。

3.詞義方面：大量引用古人訓詁，絕無臆斷。引用書目多達七十三種，史部最晚為晉書，集部為《昭明文選》，小學著作包括清代《說文》諸家，兼及典（《一切經音義》、《華嚴音義》），類書有《太平御覽》。王氏的主要缺點是不用古文字資料，古書訓詁是非不加討論，只引對自己有利的字義。

4.每組同源字群最多二十餘字，少則二字，寧缺勿濫，依書末檢字表統計，共約收三、五〇〇字。

誠如王氏在序裏所說，這本書並不十分完備，因為收字少可以避免或減少錯誤，具有實用價值。這本書可說是第一本真正的同源字典，雖然王氏在許多地方不免牽就資料；有些同源詞就顯得證據不夠堅強，在應用時都得保留。但作者已為同源詞研究開闢了一條道路。

為說明王氏的同源詞較以上三家嚴謹，把前文提到過有關支錫耕三部的字，王力處理的結果列於下：

支部　見母 kyue 圭（珪）　　：kyue 閨（同音）

　　　　　　kye 繫　　　　　：hye 系係（見匣旁紐，疊韻）

　　　溪母 khiue 窺　　　　 ：khiue 闚（同音）

錫部　匣母 hoek 畫　　　　　：hoek 劃（疊韻）

　　　喻母 jiek 易　　　　　：jiek 敭傷（同音）

耕部　影母 ieng 嬰（賏）瓔 ：ieng 纓（同音）

　　　　　　ieng 嬰　　　　：iang 絏鞅（耕陽旁轉）

　　　見母 kyeng 經　　　　 ：kang 綱（耕陽旁轉）

溪母 khiueng　　　　　：khiueng 頃（同音）

匣母 hiueng 瑩　　　　：hyueng 熒螢（疊韻）

　　　 hyueng 迴洄　　：kyueng 坰（冂）（匣見旁紐，
　　　　　　　　　　　　　　　疊韻）

與章氏《文始》圭字下的一群字相較，像「規、鼜、營、形、卦、街、畦、町、頃（王氏不收頃畝義）、縈」等，王氏皆未收入，足見他既不迷信音轉，也不任意牽合同義字。也說明「同源字典」只是舉例性質，距離全面整理古漢語同源詞，還有一段距離。

第二節　《文始》在漢語詞源學上的地位

　　我國傳統詞源學從第一本專著《釋名》到清代最後一位樸學大師章太炎的《文始》將近有一千七百年的歷史。本書撰述的一個動機就是總結這一千七百年詞源學的發展、吸收傳統詞源學中合理、有用的方法和材料，同時也批評並揚棄傳統詞源方法的糟粕部分，以建立新的有民族語言風格的漢語詞源學。這裡就包括了對傳統舊學的理解以及批判地繼承兩方面。

　　章太炎是中國近代思想史和學術史上的大家。他的思想深度和治學精神，都是罕有其匹的，《文始》和《齊物論釋》是他在中年以後自我肯定的兩部代表作。由於這個緣故，本書在〈文始制作探源〉中，利用不少篇幅來探其生平及制作背景，無非想從更深廣的歷史因緣，來為其學術定位。事實上，章氏在樸學這脈絡上，很容易定位而且早有定評，他可以說是清代將近三百年樸學的總結。古音學、說文學、訓詁學到了他手裡，都可算達到一個頂峰，再翻過

去就是民國以後的新局面。

　　由於在新舊交接的時期，他的學術也充滿一種不新不舊，亦新亦舊的氣息，新是因為不再守舊格局而突破榛莽，舊是因為他的根柢和出發點都是從最古的材料開始，而最後又回到老問題上面。對這些舊學進行批判之前，必須先求理解，而現代人最缺乏的是對舊學理解的耐性，《文始》就是一部需要耐性，要具有文字音韻素養才能解讀的專書，陸宗達、王寧〈章太炎與中國語言文字學〉一文就指出：

> 章太炎是把語言文字之學當成一切其他學問的基礎來研究的，把小學轉變為近代獨立的語言文字學，章太炎當是有功績的第一人。但是在近代語言學史上，對他的語言學著述，從一字一句的得失中加以品評的居多，而對他發展語言文字學的思想和建設獨立的語言文字學的學術體系，也很少能從他的整個思想體系中去認識。

　　《文始》為一本詞源學專著，可以印證章氏語言文字學理論體系的兩項內容：一是語言文字發生發展的理論。包括語言緣起、語言文字產生先後，孳乳、變易規律，轉注假借說。二是漢語和漢字形、音、義結合的理論。那麼，在整個詞源學史上的地位呢？筆者認為：㈠它把詞源學提升到語言為中心的研究道路上，表面上，他利用初文、準初文及說文的字形、字義，應該是文字本位，而實質不然，他是以語言的材料來看待文字。因此他的轉注假借說，孳乳變易說，乃至音轉說，都帶有以語言提挈綱領的意味。㈡他建立了

詞源理論的架構，這個架構主要是音轉學及〈成均圖〉，〈成均圖〉的音義是把音轉音變視為語言有機體的規律，這種規律說明，固然可以另起爐灶，但率由章氏的「舊章」有個好處，可以和顧、江、戴、段、孔、王諸人的舊學相承，也方便驅遣他們的資料。㈢他完全利用《說文》來建立字族，這個做法仍是前所未有的，它的字源學意義大於詞源的意義。所以在這方面得失互見。陸宗達、王寧、宋永培（1990：107）說：

> 中國的傳統字源學本來就包含詞源的內容，但字源畢竟不等於詞源：字源只能把源頭追溯到文字產生時期，也就是有史時期，史前期的狀況只能推測而無法考究。字源只能與單音詞的詞源直接聯系，于雙音詞，特別是合成詞，則僅能間接涉及到。所以，如果把《文始》看成是字族的系聯，而不把初文、準初文稱作「詞根」，這個設計方案的總體就更易被人理解了。

黃季剛說：「《文始》總集字學、音學之大成，譬之梵教，所謂最後了義。」顯然推崇太過，但說「總集說文及上古音研究的大成」確有客觀的一面，集大成就是科際整合，不一定視為完美無缺，對這種整合的學問，就要分頭研究，才能觀其會通，章氏學說的漏洞，也才能顯現出來。㈣《文始》為傳統字源學做了總結，又為新詞源學開拓了坦途。有繼承面又有開創面。李建國（1986：208）說：

　　《文始》是漢語史上第一部理論、方法、條例初具規模的語
源學著作，它以上古漢語詞匯為對象，歷史地考察詞義發展
和詞彙發展的規律，試圖從理論上證明詞義的必然聯系和同
源詞的歷史關係。

　　楊潤陸（1989.4）也說《文始》：「通過分析詞義的引申方式
展示了詞彙的系統性。」還包括三個方面：
　　1.詞彙系統的多重性。
　　2.詞彙系統的多向性。
　　3.詞彙系統的民族性。
　　在「啟後」方面，章氏《文始》直接影響到黃季剛的《說文箋
識》中的〈說文同文〉，〈同文〉可視為《文始》的姊妹作，是對
《文始》系聯結果的一種檢驗，許多地方證實了《文始》系聯字族
的結果是正確的。另一方面，王力的《同源字典》在從語音分析同
源字上，也局部吸收了《文始》音轉理論，排比上古韻表及紐表，
韻轉定為對轉、旁轉、通轉三例，聲轉上也有雙聲、準雙聲、旁
紐、鄰紐；證明章氏的方法是有效的。對於建立具有漢語語言特色
的詞源學，將有一定的指導作用。
　　至於對《文始》缺失的批評，集中在〈成均圖〉和「初文」兩
方面。前者可以齊佩瑢為代表，他說：

　　　〈成均圖〉之弊，近年來多已知之，二十三部及二十一紐之
　　多少分合固可人自為說，然對轉、旁轉已不可深信，何況次
　　對轉、次旁轉，甚而至於交紐、隔越者乎？若然則無不可轉

了。

錢玄同《文字學·音篇》也說：

> 對轉之說當然可以成立。……至旁轉之說，則難於信
> 從。……韻部之先後排列次第，言人人殊，未可偏據一定之
> 論，以為一定不易之次第。……況古今語言之轉變，由于雙
> 聲者多，由于疊韻者少，不同韻之字，以同紐之故而得通轉
> 者，往往有之，此本與韻無涉，未可便據以立旁轉之名稱
> 也。（以上並見齊著《訓詁學概要》頁187）

這是三十年代的意見，由本書前文的討論看來，這些批評都是未充
分了解章氏立法之謹嚴，也未暇就章氏《文始》的證據一一驗核所
作的批評，反而畫地自限了。龔煌城（1976）利用〈成均圖〉交紐
轉擬測原始漢語宵元通轉的原因，為宵部陽聲 *angw→an 演變之
結果，即是明顯的一個證明。

　　對於《文始》以《說文》為詞族的依據，批評最嚴厲者為王力
的《中國語言學史》和《同源字典》。在《中國語言學史》中，王
力指出：「《說文》是不可盡信的，而章太炎崇信《說文》，以為
完全可以依從。章氏在序文中排斥銅器，就是怕人家以甲骨文與金
文來批評他的初文，這種預防是徒勞的。」龍宇純（1976：413）
也說：

　　相率從事古文字研究的結果，《說文》一書便漸有為人唾棄

的傾向。……在另一方面，有全不理會古文字學的發展，一切以《說文》為依歸的傳統派。此派可以章炳麟為其代表。章氏以甲骨文字為偽造，視金文的研究為詭譎，自己作過《文始》、《小學答問》、《國故論衡》等與文字學有關的專書，在語文學上確有其獨到的造詣與貢獻；而其基礎則是《說文》。可以說章氏已由《說文》建立起其個人的小學體系，金文甲骨文中任何不同於《說文》的研究成就，都足以牽一髮而動及全身。此章氏之所以不得不對鐘鼎甲骨採取敵視態度。任何人如果憑藉《說文》中的「初文」、「準初文」豎起了《文始》間架，於鐘鼎甲骨恐都難免有此譏誚。

這一點使章氏著述的成就，備受古文字學者鄙夷。其實章氏個人在古文字方面的困境，也可能出現在語言文字學分工日細的今日，研究古文字者專究字形而完全不知古音為何物，或研究語音者不知文字形體為何物者，大有人在。在章氏這樣的通儒，拒絕甲骨、金文是一種學術的偏見，便成學術成就上的敗筆，這個問題主要在其師承上出了毛病，如果早年他能遊孫詒讓之門，情形當必改觀。不過，章學既然建立在《說文》基礎上，其成就自可從說文學來衡量，或從詞源學來衡量，實在不必為他護短。

關於《文始》中可靠的同源詞究竟有多少，陸宗達、王寧（1984）〈淺論傳統字源學〉一文，指出：「《文始》系聯過寬或證據不足之處也近十之三四。」那麼可靠者尚有十之六、七，這是比較推崇的看法。劉又辛等（1989：229）則持較嚴謹的態度，認為「該書所聯繫的同族詞，真正可靠的並不多。」而王力（1982）

在《同源字典》中，則早已宣稱「《文始》所論，自然也有可採之處，但是，其中錯誤的東西多得多。」可見學術觀點的不同，對一本書的評價可以有霄壤之別，章氏《文始》的價值仍是一椿值得深入研究的公案。

第三節　漢語詞源學的科學道路

在本書第一章第二節，我們已就漢語詞源學的研究方法及階段論，做了七種方法四個階段的概括介紹。從階段論來說，利用漢藏比較語言學的構擬法及綜合文獻、漢藏同源詞，結合複輔音聲母研究的最新結果，架設一個有居高建瓴之勢的大詞群，整理出每一詞族演化譜系的「立體式綜合法」，應該是漢語現代詞源學應走的路。但是，並非每個人都能輕易運用此一方法，因此，下列基礎分工的研究必須先進行。

㈠利用上古漢語諧聲字、古文字、音訓、方言轉語等材料中的詞源資料，全面整理「同源字譜」，當是急務。

㈡上古音系，上古方言，上古音轉，原始漢藏、藏緬音系構擬的會通研究，以建立不同時期，不同地域的「同源詞」及音轉次規律。

㈢上古漢語詞義系統的整理，應利用甲、金、帛書、繒書、竹簡等一切新出土文獻與經典文獻參互證明，整理不同時期的常用詞彙及詞義，並建立孳乳、引申、假借之規律。

㈣上古及原始漢語詞源構詞法的探討。

㈤聯綿詞、合音字、多音字的音韻結構及其音變的規律的探

討，以彌補傳統音韻學之不足。

　　㈥現代漢語方言詞溯源研究，亦可提供漢語內部詞根轉換之一般規律。

　　在這些分工研究的基礎上，進行精確的詞族篩選，並以編輯《漢語詞源詞典》為第一階段的目標，其次，則結合全球漢藏、藏緬語言學一百多年來的經驗，整理可靠的漢藏緬同源詞，對原始漢藏語的構詞法，做全面的構擬，以便發展成全面的詞族比較、研究，這是第二階段的目標，也是漢語詞源研究的終極目標。

主要參考書目

壹、中文部份

一、小學彙編類

1. 文字之屬

《說文解字詁林》　丁福保　台灣商務印書館　1970

《小學彙函》　古經解彙函之五　鼎文書局

《古籀篇》　高田宗周　宏業書局　1975

《古籀彙編》　徐文鏡　商務印書館　1935

《甲骨文字集釋》　李孝定　中研院史語所專刊之五十　1965

《甲骨文編》（改訂版）　孫海波　中文出版社　1977

《續甲骨文編》　金祥恆　藝文印書館　1959

《甲骨文字釋林》　于省吾　中華書局　1979

《金文詁林》　周法高　香港中文大學　1974

《金文詁林續編》　周法高　中央研究院歷史語言研究所

《金文編》　容庚　中華書局（北京）　1985

《周代金文圖錄及釋文》　郭某　大通書局　1971

《金文常用字典》　陳初生　陝西人民出版社　1987

《甲骨文字典》　徐中舒　四川人民出版社　1989

《甲骨文簡明詞典》　趙誠　中華書局（北京）　1988

《漢語古文字字形表》　徐中舒　文史哲出版社　1982

《古文字類編》　高明　文史哲出版社　1986

《常用古文字字典》　王延林　上海書畫出版社　1987

《商周古文字讀本》　劉翔等　語文出版社（北京）　1989

《古文字研究》1-17 輯　中華書局（北京）　1980

2. 音韻之屬

《說文通訓定聲》　朱駿聲　藝文印書館　1975

《說文解字音韻表》　江沅　皇清經解續編　重編本之十八　漢京書局

《音學十書》　江有誥　音韻學叢書之八　廣文書局

《廣韻聲系》　沈兼士　大化書局

《古文聲系》　孫海波　北平來薰閣影印　1935

《上古音韻表稿》　董同龢　中研院史語所單刊甲種之二十一

《董同龢上古音韻表稿索引》　慶谷壽信　采華書林

《漢字古今音彙》　周法高　香港中文大學出版社　1974

《周法高上古音韻表》　張日昇、林潔明合編　三民書局　1973

《漢語方音字彙》　文字改革出版社　1989（第二版）

《漢語方言詞彙》　文字改革出版社　1963

《漢字古音手冊》　郭錫良　北京大學出版社　1986

3. 訓詁之屬

《經籍纂詁》　阮元　世界書局（台北）　1956

《皇清經解正續編》　漢京書局

《經典釋文》　陸德明　漢京書局（抱經堂本）

《經義述聞》　王引之　鼎文書局

《毛詩傳箋通釋》　馬瑞辰　重編本經解續編之四

《說文解字注》　段玉裁　經韻樓原刻本　藝文印書館

《爾雅郭注義疏》　郝懿行　鼎文書局

《方言疏證》　戴震　國學基本叢書　台灣商務印書館　1968

《方言箋疏》　錢侗、錢繹合著　文海出版社

《方言校箋附通檢》　周祖謨、吳曉玲　成文出版社

《釋名疏證補》　畢沅、王先謙　台灣商務印書館　國基叢書

《小爾雅訓纂》　宋翔鳳　鼎文書局

《廣雅疏證》　王念孫　廣文書局　1991

二、文集或總集類

《章氏叢書》（上、下）　章炳麟　世界書局（台北）　1958

《國故論衡》　章炳麟　廣文書局　1968

《文始》　章炳麟　廣文書局（石印本）

《文始》　章炳麟　中華書局（影手寫本，台北）

《檢論》　章炳麟　廣文書局　1970

《小學答問》　章炳麟　廣文書局

《訄書》　章炳麟　廣文書局

《太炎文錄續編》　章炳麟　新興書局

《春秋左傳讀等三種》　章炳麟　學海出版社

《膏蘭室札記》　章炳麟　學海出版社

《章太炎全集（七）》　校點本　上海人民出版社　1987

《章太炎政論選集》（上、下）　湯志鈞　中華書局（北京）　1977

《章炳麟論學集》　吳承仕藏　北京師範大學出版社　1982

《章太炎生平與思想研究文選》　章念馳編　浙江人民出版社　1986

《章太炎生平與學術》　章念馳編　香港三聯書店　1988

《劉申叔先生遺書》（四冊）　台灣大通書局

《戴震集》　戴震　里仁書局　1980

《音韻學研究》第 1、2 輯　中華書局（北京）　1984、1986

三、今人專著及論文（依作者姓名筆劃排列）

二畫

丁邦新　1978　〈論上古音中帶 1 的複聲母〉，《屈萬里先生七秩榮誕論文集》，台北：聯經出版社。

──　1979　〈上古漢語的音節結構〉，《中央研究院史語所集刊》50:4。

──　1981　〈漢語聲調源於輔音韻尾說之檢討〉，《第一屆國際漢學會議論文集》，台北：中央研究院。

──　1989　〈漢語聲調的演變〉，《第二屆國際漢學會議論文集》，台

北：中央研究院。

三畫

于靖嘉 1987 〈戴東原「轉語」考索〉，《複印報刊資料・語言文字學》，
1987:10。

────── 1989 〈章、黃對戴震「轉語」的繼承與發展〉，章太炎、黃季剛
國際研討會論文，鉛字油印本，香港大學。

四畫

王　力 1956 《漢語音韻學》，北京：商務印書館。

────── 1958 《漢語史稿》，北京：商務印書館。

────── 1959 《漢語史論文集》，北京：商務印書館。

────── 1967 《中國語言學史》，北京：中國語文雜誌社。

────── 1980 《龍蟲並雕齋文集》第二冊，北京：中華書局。

────── 1982 《龍蟲並雕齋文集》第三冊，北京：中華書局。

────── 1983 《王力論學新著》，南寧：廣西人民出版社。

────── 1985 《漢語語音史》，北京：中國社會科學出版社。

────── 1987 《同源字典》，北京：商務印書館。（台北：文史哲出版
社，1991 年。）

王　平 1988 〈戴震《方言疏證》中的「聲轉」和「語轉」〉，《複印報
刊資料・語言文字學》，1988.3。

王玉堂 1985 〈聲訓瑣議〉，《古漢語論集》第一輯，長沙：湖南教育出
版社。

王有為 1984 《章太炎傳》，廣州：廣東人民出版社。

王英明 1990 〈對「聲符兼義」問題的再認識〉，《複印報刊資料・語言
文字學》，北京：中國人民大學。

王汎森 1985 《章太炎的思想（1868-1919）及其對儒學傳統的衝擊》，台
北：時報文化出版事業公司。

王國維 1975 《觀堂集林》，台北：河洛出版社。

王廣慶 1973 《複音詞聲義闡微》，台北：台灣商務印書館。

王觀國　1988　〈字母說〉，《學林》卷五，湖海樓叢書本，北京：中華書局。

方師鐸　1962　〈中國上古音裡的複聲母問題〉，《東海大學學報》4:1。

五畫

包擬古　1979　〈釋名複聲母研究〉（竺家寧譯），《中國學術年刊》第3期。

左松超　1960　《古聲紐演變考》，國立台灣師範大學國文研究所碩士論文，收入《國立台灣師範大學國文研究所集刊》第4號。

史宗周　1978　《中國文字論叢》，中華文化出版事業委員會。

史玲玲　1973　〈詩經毛詩音訓辨證〉，《中國語言學論集》，台北：黎明文化公司，幼獅月刊社，1977年。

白兆麟　1984　《簡明訓詁學》，杭州：浙江教育出版社。（台北：台灣學生書局，1996年增訂版。）

──────　1988　〈右文說是對早期聲訓的反動〉，《複印報刊資料·語言文字學》，1988:10，北京：人民大學出版社。

六畫

江舉謙　1964　《詩經韻譜》，台北：幼獅文化公司，1970年。

──────　1967　〈詩經例外押韻現象論析〉，《東海大學學報》8:1。

──────　1970　《說文解字綜合研究》，台北：東海大學。

任繼昉　1988　〈漢語語源研究的方式、方法、階段論〉，《語言研究》，1988年第2期，武昌：華中理工大學。

七畫

沈兼士　1935　〈右文說在訓詁學上之沿革及其推闡〉，《慶祝蔡元培先生六十五歲論文集》，北平：《中央研究院歷史語言研究所集刊》外編第一種。又收在《沈兼士學術論文集》。

──────　1941　〈論聲訓〉，《沈兼士學術論文集》，北京：中華書局。

──────　1986　《沈兼士學術論文集》，北京：中華書局。

沈延國　1986　〈記章太炎先生若干事〉，《章太炎生平與思想研究文選》，杭州：浙江人民出版社。

李方桂 1931 〈切韻â的來源〉，《中研院史語所集刊》3:1。

──── 1951 〈漢藏系語言研究方法〉，《國學季刊》第 7 期。

──── 1970 〈中國上古音聲母問題〉，《中國文化研究學報》3:2，香港中文大學。

──── 1971 〈上古音研究〉，《清華學報》第 9 卷第 1、2 期。

──── 1976 〈幾個上古聲母問題〉，《總統蔣公逝世周年紀念論文集》，台北：中央研究院。

李王癸 1984 〈關於 *-b 尾的構擬及其演變〉，《中研院史語所集刊》55 本 4 分。

李 開 1986 〈論黃侃先生的字源學說和方法〉，《南京大學學報》1986:1。

──── 1990 〈釋名論〉，《複印報刊資料・語言文字學》，北京：中國人民大學。

李建國 1986 《漢語訓詁學史》，合肥：安徽教育出版社。

李國英 1989 《說文類釋》，台北：書銘出版社，修訂五版。

李孝定 1968 〈從六書的觀點看甲骨文字〉，《南洋大學學報》第 2 期。

──── 1968 〈中國文字的原始與演變〉，《中研院史語所集刊》45:2。

──── 1977 《漢字史話》，台北：聯經出版社。

──── 1986 《漢字的起源與演變論叢》，台北：聯經出版社。

吳 璵 1973 《甲骨學導論》，台北：文史哲出版社。

呂思勉 1985 《文字學四種》，上海：上海教育出版社。

呂景先 1946 《說文段注指例》，台北：正中書局。

何大安 1988 《規律與方法：變遷中的音韻結構》，中研院史語所專刊之九十。

邢公畹 1986 《漢語史論集》，北京：北京大學出版社。

杜其容 1960 〈毛詩連綿詞譜〉，《台大文史哲學報》第 9 期。

──── 1968-69 〈部分疊韻連綿詞的形武與帶 1- 複聲母之關係〉，香港：《聯合書院學報》第 7 期。

辛 勉 1972 《古代藏語和中古漢語語音系統的比較研究》，國立台灣師

範大學國研所博士論文。

—— 1977 〈藏語的語言特性〉，《師大國文學報》第 6 期。

—— 1978 〈評西門華德的藏漢語詞的比較〉，《師大國文學報》第 7 期。

八畫

林　尹 1966 《中國聲韻學通論》，台北：世界書局，四版。

—— 1971 《文字學概說》，台北：正中書局。

—— 1972 《訓詁學概說》，台北：正中書局。

—— 1981 〈《說文》與《釋名》聲訓比較研究〉，《中央研究院國際漢學會議論文集・語言文字組》，台北：中央研究院。

林英津 1990 〈論上古漢語談宵對轉的可能性〉，中國聲韻學國際學術研討會，香港浸會學院，1990 年 6 月。

林語堂 1967 《語言學論叢》，台北：文星書店。

周光慶 1984 〈從同根字看語言文字之系統與根源〉，《華中師院學報》1984:5。

周大璞 1984 〈論語音和語義的關係〉，《古漢語論集》第 1 輯，長沙：湖南教育出版社。

周　何 1962 《說文讀若文字通假考》，師大國研所碩士論文，收入《師大國研所集刊》第 6 號。

周法高 1959 《中國語文論叢》，台北：正中書局，1962 年，三版。

—— 1969 〈論上古音〉，《中國文化研究所學報》2:1（香港中文大學）。

—— 1970 〈論上古音與切韻音〉，《中國文化研究所學報》3:2（香港中文大學）。

—— 1971 〈上古漢語和漢藏語〉，《中國文化研究所學報》5:1（香港中文大學）。

—— 1972 《中國古代語法・構詞編》，中研院史語所專刊之三十九，台北：台聯國風出版社。

周祖謨　1946　〈四聲別義釋例〉，《問學集》（上），台北：知仁出版社翻印，1966 年。

───　1966　〈詩經韻字表〉，《問學集》（上），台北：知仁出版社翻印。

───　1966　《問學集》，台北：知仁出版社翻印。

周斌武　1988　《中國古代語言學文選》，上海：上海古籍出版社。

───　1990　〈戴震對清代訓詁學的貢獻〉，《復旦學報》（社科版）1990:1。

竺家寧　1981　《古漢語複聲母研究》，中國文化大學博士論文。

───　1987　〈評劉又辛「複輔音說質疑」兼論嚴學宭的複聲母系統〉，《師大國文學報》第 16 期。

───　1990　〈上古語塞音＋流音的複聲母〉，中國聲韻學國際學術研討會論文，香港浸會學院主辦，1990 年 6 月。

九畫

姜躍濱　1987　〈論聲訓的定義及範圍〉，《複印報刊資料·語言文字學》，1987:7，北京：中國人民大學。

姜義華　1985　《章太炎思想研究》，上海：上海人民出版社。

侯外盧　1944　《近代中國思想學說史》（上下），香港：生活書店。

洪　誠　1984　《訓詁學》，南京：江蘇古籍出版社。

胡奇光　1987　《中國小學史》，上海：上海人民出版社。

胡楚生　1963　《釋名考》，師大國研所碩士論文，收入《師大國研所集刊》第 8 號。

───　1980　《訓詁學大綱》，台北：蘭台書局。

祝敏徹　1988　〈《釋名》聲訓與漢代音系〉，《湖北大學學報》（哲學社會科學版）1988:1。

俞　敏　1984　〈《國故論衡·成均圖》注〉，《羅常培紀念論文集》，北京：商務印書館。

───　1989　〈漢藏同源字譜稿〉，《民族語文》1989:1。

姚榮松　1979　〈漢藏語言研究導論〉（譯介），《師大國文學報》第 8 期。

──── 1980 〈高本漢漢語同源詞說評析〉，《師大國文學報》第 9 期。

──── 1981 〈由上古韻母系統試析詩經之例外押韻〉，《教學與研究》
第 3 期（台灣師大文學院）。

──── 1980 〈釋名聲訓探微〉，《慶祝成楚望先生七秩華誕論文集》，
台北：文史哲出版社。

──── 1982 《上古漢語同源詞研究》，國立台灣師範大學國文研究所博
士論文。

──── 1983 〈古代漢語同源詞研究探源──從聲訓到右文說〉，《師大
國文學報》第 12 期。

──── 1983 〈語義分析之理論基礎──語意成分分析法與同義詞〉，
《教學與研究》第 5 期（師大文學院）。

──── 1984 〈上古漢語支部同源詞證例〉，《師大國文學報》第 13 期。

──── 1988 〈從來麥的分化試論上古漢語同源詞的一種類型〉，羅香林
教授逝世十周年紀念學術研討會論文，香港珠海大學中國文
史研究所主辦，1988 年 7 月。

──── 1989 〈黃季剛先生之字源、詞源學初探〉，《師大國文學報》第
18 期。

──── 1990 〈從詞根轉換檢討文始的音轉理論〉，中國聲韻學國際學術
研討會論文，香港浸會學院，1990 年 6 月。

──── 1991 〈《文始・成均圖》音轉理論述評〉，《師大國文學報》第
20 期。

十畫

高本漢 1937 《漢語詞類》（張世祿譯），上海：商務印書館。又台北：
連貫出版社（1976）。

──── 1940 《中國音韻學研究》（趙元任、李方桂合譯），北京：商務
印書館，1995 年 3 月北京第 1 次印刷。

──── 1965 《中國語與中國文》（張世祿譯），台北：文星集刊。

──── 1963 《中國語之性質及其歷史》（杜其容譯），台北：中華叢書

編審會。

———— 1972 《中國聲韻學大綱》（張洪年譯），台北：中華叢書編審會。

———— 1987 《中上古漢語音韻綱要》（聶鴻音譯），濟南：齊魯書社。已有張洪年 1972 譯本。原書見英文書目 Karlgren, B. 1954。

———— 1960 《詩經注釋》（董同龢譯），台北：中華叢書編審會。

———— 1970 《書經注釋》（陳舜政譯），台北：中華叢書編審會。

———— 1981 《左傳注釋》（陳舜政譯），台北：中華叢書編審會。

———— 1974 《禮記注釋》（陳舜政譯），台北：中華叢書編審會。

高名凱 1957 《普通語言學》，香港：劭華文化服務社。

———— 1957 《漢語語法論》，北京：科學出版社。

———— 1978 〈關於漢語的詞類分別〉，《漢語的詞類問題》，北京：中華書局。

高　明（高仲華） 1978 《高明小學論叢》，台北：黎明文化事業公司。

高　明 1983 《中國古文字學通論》，北京：文物出版社。

徐芳敏 1989 《釋名研究》，台北：台灣大學文史叢刊。

馬敘倫 1967 《說文解字研究法》，台北：華聯出版社。

索緒爾 1982 《普通語言學教程》（高名凱譯），北京：商務印書館。

殷孟倫 1985 〈果臝轉語記疏證敘說〉，《子雲鄉人類稿》，濟南：齊魯書社。

孫詒讓 1988 《古籀餘論》（戴家祥校），上海：華東師範大學出版社。

孫雍長 1984 〈王念孫「義通」說箋釋〉，《貴州民族學院學報》1984:4。

唐文權、羅福惠 1986 《章太炎思想研究》，武漢：華中師範大學出版社。

唐　蘭 1969 《中國文字學》，香港：文光出版社。

———— 1970 《古文字學導論》，台北：樂天出版社。

十一畫

陸志韋 1971 《古音說略》，台北：台灣學生書局。

———— 1973 《詩韻譜》，《燕京學報》專號之 21，台北：東方文化書局影印。

陸宗達　1981　《說文解字通論》，北京：北京出版社。

—　1984　《訓詁學簡論》，台北：新文豐出版公司。

—　1985　〈因聲求義論〉，《中國語文研究》第 7 期（香港）。

陸宗達、王寧　1988　〈論字源學與同源字〉，《古漢語論集》第 2 輯，長沙：湖南教育出版社。

———　1984　〈淺論傳統字源學〉，《中國語文》1984:5。

———　1983　《訓詁方法論》，北京：中國社會科學出版社。

———　1985　〈傳統字源學初探〉，《語言論文集》，北京：北京語言學會。

陸宗達、王寧、宋永培　1990　〈論《說文》字族研究的意義〉，《訓詁學的知識與應用》，北京：語文出版社。

淳于、懷椿　1989　《漢字形體演變概論》，瀋陽：遼寧大學出版社。

許世瑛　1972　《許世瑛先生論文集》，台北：弘道文化出版公司。

許錟輝　1964　《說文解字重文諧聲考》，師大國研所碩士論文，收入《師大國研所集刊》第 9 號。

—　1974　〈形聲釋例〉（上），《師大國文學報》第 3 期。

—　1981　〈形聲釋例〉（中），《師大國文學報》第 10 期。

陳世輝　1979　〈略論《說文解字》中的省聲〉，《古文字研究》第1輯。

陳新雄　1971　《古音學發微》，國立台灣師範大學國文研究所博士論文，嘉新水泥文化基金會出版。

—　1972　《六十年之聲韻學》，收入正中書局六十年來之國學第二冊。

—　1980　《重校增訂音略證補》，台北：文史哲出版社。

—　1982　《聲類新編》，台北：台灣學生書局。

—　1972　〈無聲字多音說〉，《輔仁大學人文學報》第 2 期。

—　1978　〈酈道元水經注裡所見的語音現象〉，《中國學術年刊》第 2 期。

—　1981　〈群母古讀考〉，《輔仁學誌》第 10 期。

——— 1982 〈從詩經的合韻現象看諸家擬音的得失〉，《輔仁學誌》第11 期。

——— 1984 《鍥不舍齋論學集》，台北：台灣學生書局。

——— 1990 〈戴震答段若膺論韻書幾則聲韻觀念的啟示〉，中國聲韻學國際研討會論文，香港浸會學院，1990 年 6 月。

——— 1991 〈章太炎先生轉注假借說一文之體會〉，第二屆中國文字學學術研討會論文，高雄師大，1991.3.23-24。

陳夢家 1981 〈關於上古音系的討論〉，《清華學報》13:2。

陳晨（馮蒸） 1990 〈漢語音韻札記四則〉，《漢字文化》1990:4。

陳復華、何九盈 1987 《古韻通曉》，北京：中國社會科學出版社。

章念馳 1989 〈論章太炎先生的醫學〉，章太炎、黃季剛國際學術研討會論文，香港大學。

梁啟超 1921 〈從發音上研究中國文字之源〉，《東方雜誌》18:21，收入《飲冰室文集》卷六十七。

梅祖麟 1971 〈試論幾個閩北方言中的來母 s- 聲字〉，《清華學報》新9:1-2 期。

——— 1979 〈漢藏語「歲」「月」「止」「屬」等字〉，《清華學報》新 12，117-133。

——— 1980 〈四聲別義中的時間層次〉，《中國語文》6，427-443。

——— 1982 〈跟見系字諧聲的照三系字〉，《中國語言學報》1，114-126。

——— 1986 〈上古漢語 *s- 前綴的構詞功用〉，中央研究院第二屆國際漢學會議前論文，油印本。

梅 廣 1990 〈訓詁資料所顯示的幾個音韻現象〉，中國聲韻學國際研討會論文，香港浸會學院。

張永言 1981 〈關於詞的內部形式〉，《語言研究》創刊號，武昌：華中工學院出版社。

——— 1981 〈述上古漢語的「五色之名」兼及漢語和台語的關係〉，中國語言學會首屆學術研討會論文集，成都：四川大學出版社。

───── 1982 《詞彙學簡論》，武昌：華中工學院出版社。

張志毅 1990 〈詞的理據〉，《語言教學與研究》1990:3。

張紹麒 1988 〈現代漢語流俗詞源探索〉，《複印報刊資料·語言文字學》，1988:11。

張世祿 1963 〈漢語詞源學的評價及其他──與岑麒祥先生商榷〉，《張世祿語言學論文集》，上海：學林出版社。

───── 1980 《張世祿語言學論文集》，北京：商務印書館。

張文彬 1969 《說文無聲字衍聲考》，師大國研所碩士論文，收入《師大國研所集刊》第 14 號。

───── 1978 《高郵王氏父子學記》，國立台灣師範大學國文研究所博士論文。

張建葆 1964 《說文聲訓考》，師大國研所碩士論文，收入《師大國研所集刊》第 8 號。

───── 1974 《說文音義相同字研究》，台北：弘道文化事業公司。

張壽林 1933 〈三百篇聯綿字研究〉，《燕京學報》第 13 期。

張 琨 1987 《漢語音韻史論文集》（張賢豹譯），台北：聯經出版事業公司。

張光宇 1990 《切韻與方言》，台北：台灣商務印書館。

十二畫

黃 侃 1969 《黃侃論學雜著》，台北：學藝出版社。

───── 1983 《說文箋識四種》，上海：上海古籍出版社。

黃 焯 1983 《文字聲韻訓詁筆記》，台北：木鐸出版社。

黃 焯 1985 〈形聲字三論〉，《古漢語論輯》第一輯，長沙：湖南教育出版社。

黃永武 1969 《形聲多兼會意考》，台北：中華書局。

黃承吉 1967 〈字義起於右旁之聲說〉，《夢陔堂文集》，台北：文海出版社。

黃承吉 1984 《字府義詁合按》，北京：中華書局。

馮　蒸　1987　〈古漢語同源聯綿詞試探〉，報刊資料選匯·語言文字學，
　　　　　　　　1987:15。

湯志鈞　1979　《章太炎年譜長編》（上、下），北京：中華書局。

湯炳正　1990　〈成均圖與太炎先生對音轉理論的建樹〉，《語言的起
　　　　　　　　源》，台北：貫雅文化公司。

傅樂詩　1980　〈獨行孤見的哲人──章炳麟的內在世界〉（周婉幼譯），
　　　　　　　　傅樂詩等編《近代中國思想人物論──保守主義》，台北：
　　　　　　　　時報出版公司。

十三畫

趙元任　1968　《語言問題》，台北：台灣商務印書館。

────　1980　《中國話的文法》（丁邦新譯），香港中文大學。

董同龢　1972　《漢語音韻學》，台北：台灣學生書局。

────　1975　《上古音韻表稿》，中研院史語所單刊甲種之二十一，三
　　　　　　　　版。

────　1974　《董同龢先生語言學論文選集》（丁邦新編），食貨出版社。

────　1974b　〈與高本漢先生商榷「自由押韻說」兼論上古楚方音特
　　　　　　　　色〉，《董同龢先生語言學論文選集》（丁邦新編），食貨
　　　　　　　　出版社，pp.1-12。

楊加柱　1988　〈從「結構－功能」看漢字的性質〉，《複印報刊資料·語
　　　　　　　　言文字學》，北京：中國人民大學。

楊煥典　1984　〈關於上古漢語的鼻音韻尾問題〉，《中國語文》第 4 期。
　　　　　　　　北京：商務印書館。

楊潤陸　1989　〈文始說略〉，《複印報刊資料·語言文字學》，1989:9。

楊潤陸等　1984　〈《文始》《說文》對照索引〉（上、下），北京：北京師
　　　　　　　　範大學中文系古代漢語教研室印（油印本），有陸宗達序。

楊樹達　1971　《積微居小學小學述林》，台北：大通書局。

────　1971　《積微居小學金石論叢》（積微居叢書之二），台北：大通
　　　　　　　　書局。

楊福綿　1974　《中國語言學分類參考書目》，香港中文大學。

葉維廉　1988　《歷史、傳釋與美學》，台北：東大圖書公司。

靳　華　1985　〈章太炎的古音學〉，《研究生論文選集‧語言文字冊》
　　　　　　　　（一），南京：江蘇古籍出版社。

裘錫圭　1990　《文字學概要》，北京：商務印書館。

────　1985　〈漢字的性質〉，《中國語文》1985:1（北京）。

鄒曉麗　1990　《基礎漢字形義釋源》，北京：北京出版社。

甄尚靈　1942　〈說文形聲字之分析〉，金陵等三大學中國文化研究彙刊第 2
　　　　　　　　卷。

十四畫

聞　宥　1968　〈古文聲系序〉，見孫海波《古文聲系》，台北：進學書局。

────　1928　〈殷虛文字孳乳研究〉，《東方雜誌》25:3。

齊佩瑢　1968　《訓詁學概論》，台北：廣文書局。

────　1985　《訓詁學概論》，台北：漢京文化公司，校改本。

趙振鐸　1988　《訓詁學史略》，鄭州：中州古籍出版社。

趙平安　1988　〈形聲字的歷史類型及其特點〉，《複印報刊資料‧語言文
　　　　　　　　字學》，1988:6。

十五畫

魯實先　1974　〈說文正補〉，附刊於《說文解字注》，台北：黎明文化公司。

────　1973　《假借遡源》，台北：文史哲出版社。

────　1976　《轉注釋義》，台北：洙泗出版社。

潘重規　1937　〈聲母多音論〉，《制言》第 37、38 期合刊。

────　1989　〈師門風義──從章黃詩文窺測季剛先生為營救太炎先生不
　　　　　　　　惜屈身趙秉鈞之隱情〉，章太炎、黃季剛國際學術研討會論
　　　　　　　　文，香港大學。

劉　賾　1934　《聲韻學表解》，台北：啟聖圖書公司，1972 年。

────　1932　〈古聲同紐之字多相近說〉，《國立武漢大學文哲季刊》2:2。

────　1983　《劉賾小學著作二種》，上海：上海古籍出版社。

劉又辛　1984　〈釋籧篨〉，《語言研究》1984:1。

劉又辛、李茂康　1989　《訓詁學新論》，成都：巴蜀書社。

劉曉東　1985　〈文始初探〉，《研究生論文選集·語言文字分冊》（一），南京：江蘇古籍出版社。

劉師培　1975　〈正名隅論〉，在《左盦外集》卷 6，見《劉申叔先生遺書》，台北：華世出版社。

蔡永貴、李岩　1988　〈右文說新探〉，《複印報刊資料·語言文字學》，1985:5。

蔣善國　1957　〈形聲字的分析〉，《東北人大文科學報》1957:4。

十六畫

錢玄同　1935　〈古音無邪紐證〉，師大國學叢刊單行本。

───　1978　《文字學·音篇》，台北：台灣學生書局。

錢超塵　1986　〈論李時珍「本草綱目」中的訓詁方法〉，王問漁主編《訓詁學的研究與應用》，內蒙古：內蒙古人民出版社。

龍宇純　1958　〈造字時有通借證辨惑〉，《幼獅學報》1:1。

───　1963　〈論反訓〉，香港中文大學崇基學院《華國》第 4 期。

───　1971　〈論聲訓〉，《清華學報》新 9 卷 1、2 期合刊。

───　1975　〈中國文字的源流〉（「中國文字的特性」第七篇），《中國雜誌》1975.2-10。

───　1979　〈上古清脣鼻音聲母說檢討〉，《屈萬里先生七秩榮慶論文集》，台北：聯經出版社。

───　1978　〈有關古韻分部內容的兩點意見〉，《中華文化復興月刊》11:4。

───　1979　〈上古陰聲字具輔音韻尾說檢討〉，《中研院史語所集刊》50:4。

───　1987　《中國文字學》，台北：台灣學生書局，再訂本。

十七畫

謝一民　1960　《蘄春黃氏古音說》，師大國研所碩士論文，收入《師大國

研所集刊》第 5 號。

謝雲飛　1959　《經典釋文異音聲類考》，師大國研所碩士論文，收入《師大國研所集刊》第 4 號。

謝碧賢　1973　《文始研究》，輔仁大學中文系碩士論文，台北：文津出版社。

濮之珍　1990　《中國語言學史》，台北，書林書店。

十八畫

戴　震　1980　〈轉語二十章序〉，《戴震集》，台北：里仁書局。

戴慶廈　1990　〈藏緬語族語言的研究與展望〉，《民族語文》1990:1（北京）。

藤堂明保　1956　《中國語音韻論》，日本，光生館。

───　1965　《漢字語源辭典》，東京：學燈社。

十九畫

羅常培　1937　〈經典釋文和原本玉篇反切中的匣于兩紐〉，《中研院史語所集刊》8:1。

───　1978　《羅常培語言學論文選集》，台北：九思出版社。

羅常培、周祖謨　1958　《兩漢魏晉南北朝韻部演變研究》第一分冊（兩漢），北京：科學出版社。

羅邦柱　1988　《古漢語知識辭典》，武昌：武漢大學出版社。

嚴學宭　1981　〈我國傳統語言學的研究與繼承〉，《把我國語言推向前進》，武昌：湖北人民出版社。

───　1981　〈原始漢語複聲母類型的痕跡〉，第十四屆國際漢藏語言學會議論文。

嚴學宭、尉遲治平　1984　〈說「有」「無」〉，《中國語言學報》第 2 期（北京）。

龔煌城　1977　〈古藏文的 y 及其相關問題〉，BIHP48，pp.205-227。又收入《漢藏語研究論文集》，台北：中央研究院，2002 年。

───　1989a　〈從漢藏語的比較看上漢若干聲母的擬測〉，《漢藏語研究

論文集》，台北：中央研究院，2002 年。
—— 1989b 〈從漢藏語的比較看漢語上古音流音韻尾的擬測〉，《漢藏語研究論文集》，台北：中央研究院，2002 年。

貳、外文部分

Baxter. W. H. Ⅲ

1977 Old Chinese Origins of the Middle Chinese Chongniu doublets: a study using multiple character readings. Cornell University ph. D. Dissertation.

1980 Some proposals on old Chinese phonology. Contribution in Historical Linguitics: Issues and Materials. Franz van Coetsem and Linda Waugh, eds. Leiden: E. J. Brill.

Benedict, Pual K.

1939 "Semantic Differentiation in Indo-Chinese: Old Chinese 蠟 lap and 儺 na." HJAS 4, pp.213-229.

1940 "Studies In Indo-Chinese Phonology." HJAS 6. pp.313-337.

1942a "Thai, Kadai, and Indonessian: a new alignment in Southeastern Asia", AA 44: 4, pp.576-601.

1942b "Tibetan and Chinese Kinship terms." HJAS 6, pp.313-337.

1948 "Archaic Chinese *g and *d." HJAS 11, pp.197-206.

1972 Sino-Tibetan: a consepectus. Cambridge University Press, Cambridge.

1975 Austro-Thai: Language and Culture. Human Relations Area Files Press, New Hanen.

1976 "Sino-Tibetan: Another Look." JAOS 96, pp.176-197.

1984a "PST interrogative *ga(ng)~*ka." LTBA 8:1, pp.1-10.

1984b "The Sino-Tibetan Existential *s-ri." LTBA 8:1, pp.11-13.

Bodman, N. C.

1954 A Linguistic Study of the Shih Ming, Initials and Consonant Clusters, Cambridge, Massachussetts.

1969 Hostorical Linguistics, Current Trends in Linguistics, Vol. Ⅱ. pp.3-58.

1969　Tibetan SDUD, the character 卒, and the ST- Hypothesis, BIHP 39, 1969.

1973　"Some Chinese reflexes of Sino-Tibetan s-clusters." JCL 1, pp.386-396. （馮蒸中譯文〈漢藏語中帶 s- 的複輔音聲母在漢語中的某此反映形式〉，載《語言文字學》1988:1, pp.85-86）

1975　"Review of Benedict Sino-Tibetan: a Conspectus." Linguistics 149, pp.89-97.

1979　Evidence for l and r Medials in old Chinese, 12th International Conference on Sino-Tibetan Languages and linquist Bynon. T.

1980　"Proto-Chinese and Sino-Tibetan: Data Towards Establishing the Nature of the Relationship." In Contributions to Historical Linguistics: Issues and Materials. pp.34-199, Leiden.

1985　"Evidence for l and r medials in Old Chinese and associated problems" In Linguistics of the Sino-Tibetan Area: the State of the Ard. pp.146-167, Canberra.

1977　Historical Linguistics. 台北文鶴

Chang Kun

1971　The Proto-Chinese Final System and the Chieh yün, Monographs Series A. No26 Institute of History and Philology.

1973　Review of Sino-Tibetan: A Conspectus（Benedic）.JAS 32. pp.335-337.

1976　Chinese *S-Nasal Initials, BIHP, 47.

1976　The Prenalized Stop of MY, TB, and Chinese. BIHP 47, 1976.

1977　The Tibetan Role in Sino-Tibetan Comparative Linguitics. BIGP48.

Chang Kun and Betty Shefts Chang

1977a "On the Relationship of Chinese 稠 *djaug and 濃 *naung, *njang." MS33, pp162-170.

1977b "Tibetan Prenasalized Initials." BIHP 48, pp229-243.

Chao Yuen Ren

1968　A Grammer of Spoken Chinese, University of California Press, Berkeley and Las Angeles.

Clark, Herbert H. and Clark, Eve V.

1977　Psychology and Language, An Introduction to Psycholinguistics, Harcourt Brace Jovanovich, Inc.

Coblin, W. S.

1972　An Introductary study of Textual and Linguistic Problems in Erh-Ya. University of Washington, phD Disertation.

1978　The Initials of Xu Shen's Langusge as Reflected in the Shuowen Duruo Gloses. J. C. L. Vol.6, 1978.

Egerod , Soren

1967　China: Dialectology Current Trends in Linguitics 2.

Forrest R. A. D.

1964.67　A Reconsideration of the Initials of Karlgren's Archaic Chinese TP51, 1964. TP 53, 1967.

1973　The Chinese Language Third Edition.

Gong. Hwang-cherng（龔煌城）

1974　Die rekonstruktion des Altchinesischen unter Berucksichigung von Wortverwadtschaften

1980　"A Comparative Study of the Chinese, Tibetan, and Burmese Vewel Systems", BIHP 51, pp.455-490.

Haudricourt, A. G.

1954　Comment reconstruire Le Chinese archaique, Word 10. pp.351-364.

Hyman, L. M.

1975　Phonology Theory and analysis. 台灣文鶴

Karlgren, B.

1928　Problems in Archaic Chinese, Journal of the Royal Asiatic Society, Londen, pp.769-813.

1931　Tibetan and Chinese T. p.28.

1932　Shi King Researches, BMFEA vol.4

1933　Word Families in Chinese 5, pp.1-120.

1949   The Chinese Language-An essay on its nature and history N. Y. 1949.

1954   Compeudium of Phonetics in Ancient and Archaic Chinese BMFEA, vol.22, pp.211-367.

1956   Cognate words in the Chinese Phonetic Series, BMFEA28.1956, pp.1-18.

1957   Grammata Serica Recensa, BMFEA, 29. pp.1-332.

1960   Tones in Archaic Chinese, BMFEA, 32. pp.113-142.

1962   Final -d and -r in Archaic Chinese, BMFEA, 34, pp.125-127.

1963   Loan Characters in Pre-Han Texts, I, BMFEA, 35, pp.1-128.

Li Fang-Kuei

1932   Ancient Chinese -ung, -uong, -uok, ect. in Archaic Chinese. BIHP, vol.3. pt3, pp.375-414.

1935   Archaic Chinese *-iwang, *-iwak and *-iwag, BIHP, vol.5, pt.1, pp.65-74.

1945   Some Old Chinese Loan Words in the Tai Language, HJAS 8, pp.333-342.

1954   Consonant Clusters in Tai Language 30, pp.368-379.

1969   A hand-book of Comparative Tai, University Press of Hawaii.

Malmqvist, Göran

1962   On Archaic Chinese -r and -d, BMFEA, vol.34, pp.107-120.

Mei, Tsu-lin

1970   Tones and Prosody in Middle Chinese and the Orgin of the rising tones. Harvard Journal of Asiatic Studies 30, pp.86-110.

1980   Sino-Tibetan "Year", "Month", "Food" and "Vulva", Tsing Hua Journal of Chinese Studies vol.12.

Pulleyblank, E. G.

1962-3   The Consonantal System of Old Chinese, Am9, pp.54-144.

1963   An Introduction of the Vowel System of old Chinese and Written Burmese, AM10, pp.200-221.

1973   Some New Hypotheses concerning word families in Chinese. JCL 1, pp.111-125.

1973   Some furher evidence regarding old Chinese -s its time of disappearance.

BSOAS, university of London, 36:368-373.

Schuessler, A.

1974   R and 1 in Archaic Chinese JCL 2. pp.186-199.

1976   Affixes in proto-Chinese. Munchener Ostasiatische Studien, vol.18, Wiesbaden.

Serruys, P. L. M.

1959   The Chinese Dialects of Han Time According to Fan Yen University of California Press Berkeley and Los Angeles.

1960   Notes on Archaic Chinese Dialectoloty, Orbis9. no.1, pp.42-57.

1961   Review of Lo Ch'ang-p'ei and Chou Tsu-mo 1958. MS. vol.20, pp.384-412.

Simon,Walter

1927-8   Zur Rekonstruktion der altchinesischen Endkonsonanten, MSOS 30, pp.147-167;31, pp.175-204.

1938   The Reconstruction of Archaic Chinese, BSOAS, pp.267-288.

Todo Anikasu 藤堂明保

1957   Chūgokugo Oninron 中國語音韻論, Tokyo.

1965   Etymological Dictionary of Chinese Characters 漢字語源詞典, Tokyo.

Ting, Pang-hsin

1975   Chinese phonology of the wei-chin period reconstruction of the Finals as reflected in Poetry. Bulletin of the Institute of History and Philology Academia Sinica, Special Publications 65, Taipei.

Wang, S（editer）

1977   The Lexicon in phonological ghange, Mouton Publishers The Hague, N. Y. Paris.

Yang, P

1976   Prefix *s- and *SKL- clusters, Paper presented to the Ninth International Conference on Sino-Tibetan Languagea and Linguistics, Copenhagen October.

附錄一

漢語方言同源詞構擬法初探[*]

臺灣師範大學
姚榮松

一、漢語方言詞彙的同源異構現象

同源詞（cognate）或稱「詞源同源詞」（etymological cognate），這個概念產生於印歐系語系語言的歷史比較中，它指親屬語言中由原始共同語的某一詞源形式（etymon）派生出來的在語音、型態和意義上相關的詞。這種相關是指同源詞的語音異同必須符合親屬語言之間的語音對應規律；構詞要素（即詞根、詞綴、詞尾）有規律地對應，詞的意義要相同或相近。例如：表示「三」的英文 three，德語 drei，拉丁語 tres，希臘語 trêis 就是這樣一組同源詞，它們的詞源形式是原始印歐語的*treys。❶

張博（1991：68）指出表示「九」的廣州話 kau3 與廣西龍州

---

[*] 原載於中國訓詁學會主編《訓詁論叢》第四輯，頁 467-476，文史哲出版社，1999 年 9 月。

❶ 張博（1991）〈同源詞、同族詞、詞族〉（複印報刊〈語言文字學〉，1991.10），頁 68。

壯語（台語中部方言）kau3、剝隘壯語（台語北部方言）ku3、泰語（台語西南方言）kau3 為同源詞，它們共同來源於原始漢台語 *kjəgw。因此，同源詞的「源」指的是原始共同語中最早派生出來而又不包括詞源形式在內的一組詞。

儘管從事漢藏語系比較的學者（如嚴學宭先生）嚴格地用「同源詞」來專指漢藏語系親屬語言間來源同一的詞，而另用「同族詞」來指漢語內部具有同一來源的聲近義通的詞。王力先生仍用「同源詞（字）」來指稱漢語中有同一來源的聲近義通的詞。這顯然是一種觀念的借用，從古漢語文獻中聯繫聲近義通的「同族詞」而號稱為「同源詞」，並沒有歷史比較方法上的意義。因此，「同源詞」一名並不貼切，甚至會「使漢藏語歷史比較研究和漢語史研究兩個相關學科……造成一些不必要的混淆和誤會。」❷

劉又辛、李茂康（1996）指出：「過去的詞族、詞源研究，多只局限於書面語言材料。」「但是古代語言演變的影子，常常可以在方言及親屬語言中反映出來。因此，利用方言和親屬語言的材料，常可擬測出古代語言的近似形態。過去這個方法只應用在擬測古音韻方面。在詞源、詞族研究方面，也應努力這樣做。」這真是一針見血的批評，簡單地說，我們今天所面對的古漢語書面語的文字檔案，其實並非單一的古漢語詞彙體系，而是由漢語古代方言和許多少數民族（在特定的時空裡也可能是多數民族，漢族反而是少數）融合、移借、吸收而成的詞彙庫，由於披上漢字的外衣，它們一律被視為古漢語的基本成分，而忽略了古漢語詞彙內部的多源體

---

❷　張博（1991），頁 68。

系，如何洞察這種多源現象，筆者以為可以跳開上古漢語字源材料所擬構的同族詞，而直接從現代方言的對應詞（指形、音、義三方面，其中字形最不規律）構擬同源詞，仍然應該參考已構擬的古音系統。這種方法體現在方言詞彙的比較上，可以舉兩個例子來說明：

㈠漢語代名詞我、你、他

就《漢語方言詞彙》（第二版）所收的二十個現代方言點，它們的讀法可分別歸納為數系：為說明方便，先列出二十個方言點的序號：1.北京 2.濟南 3.西安 4.太原 5.武漢 6.成都 7.合肥 8.揚州（以上官話）9.蘇州 10.溫州（以上吳語）11.長沙 12.雙峰（以上湘語）13.南昌 14.梅縣（以上贛、客）15.廣州 16.陽江（以上粵語）17.廈門 18.潮州 19.福州 20.建甌（以上閩語）

我：(1)我字系：　　　無聲母：uo(1)，uɤˀ(2a)，ʊˀ(7)，oˬ(8)，
　　　　　　　　　　　　　　　uaˊ(18)，ueˬ(20)

　　　　　　　　　　ŋ-聲母：ŋɤˊ(3)，ŋoˊ(5)，ŋoˊ(6)，ŋəuˬ(9a)，
　　　　　　　　　　　　　　　ŋoˬ(11)，ŋʊˬ(12)，ŋɔˬ(13)，
　　　　　　　　　　　　　　　ŋɔˊ(15)，ŋɔˬ(16)，ŋuaiˬ(19a)，
　　　　　　　　　　　　　　　ŋueˬ(20)

　　　　　　　　　　g-聲母：guaˬ(17)

　　　　　　　　　　ɣ-聲母：ɣɤˊ(4)

　　　　　　　　　　ŋ音節：ŋˀ(10)

　　　(2)涯字系：　　　ŋaiˬ(14)

　　　(3)俺字系：　　　ŋæˀ(2)

(4)奴字系： nəuˇ(9b)〔少數老年人用〕，nuˊ(19b)〔謙稱〕

(5)卬字系： ɐŋˇ(12b)

你：(1)你字系： ni(1)，niˊ(4)，niˇ(5)，niˇ(20)

　　　　　　　 ȵi˥(2)，ȵiˊ(3)，ȵi(6)，ȵiˋ(10)

　　　　　　　 neiˋ(15)，neiˇ(16)

　　　　　　　 nˇ(11)，nˇ(12)，nˋ(13)

　　　　　　　 ŋ˩(14)

　　　　　　　 liˋ(7)，liˇ(11)，liˊ(17)

　　　　　　　 liɪˊ(8)

　　　　　　　 luɯˊ(18)

(2)佾字系： nɛˇ(9)

(3)汝字系： nyˇ(19)

(4)您字系： ninˋ(1)

(5)你家系： ȵˋ tɕia·˩，ȵˋ nia·˩，ȵiaˇ (5b)〔尊稱〕

他：(1)他字系： t'a˥(1)，t'a˥(2)，t'aˇ(3)，t'a˩(4)，t'a˥(5)，

　　　　　　　　　　 t'a˥(6)，t'aˇ(7)，t'aˇ(8)，

　　　　　　　 t'a˦(11)，t'o˥(12)

(2)怹字系： t'an˥(1b)〔尊稱〕

(3)他家系： t'a˥ tɕia·˩，t'a˥ nia·˩(5b)〔尊稱〕

(4)佢(渠)字系： geiˇ(10)，ki˩(14)，k'øyˋ(15)，kyˇ(20)，

　　　　　　　　　 tɕiɛˇ(13)

(5)其字系： k'eiˊ(16)〔其訓讀字，本字為佢〕

(6)伊字系： i˥(17)，i˦(18)，i˥(19)

(7)佾字系： li〔nɛˇ〕俚〔佾〕，n˦ nɛˇ 唔佾(9)

　　現代漢語的人稱代詞並不能完全反映上古人稱代詞，《爾雅‧釋詁》（卷一）：「卬吾台予朕身甫余言，我也」共有十個字代表第一人稱的「我」，「我」字作為通語，則如實反映在現代漢語第一人稱代詞以「我」字系為主體，雙峰話的「卬」字或許存古，濟南的「俺」字應該也是「卬」之同源字，至於「奴」字恐非「我」族類，福州話作為「我」之謙稱，奴我對待，非出一源，不過蘇州我ŋəu 奴 nəu 疊韻，ŋ-→n- 之轉，倒可能一源。最孤僻的是梅縣的「𠊎 ŋai」字，從聲母 ŋ- 看來是來自疑母，韻母 ai 也與福州話的「我」ŋuai√ 相呼應，僅有開合之異。「我」字中古音唸 ŋɑ，近代音以後才唸 ŋɔ、ŋo、uo。不過，王力晚年所擬的上古歌部韻母為 ai，因此，王力的上古音「我」即擬為 *ŋai，若然，客家話的 ŋai 正是上古「我」字的遺留，真可視為上古音的化石；福州話念 ŋuai√ 是另一個佐證。廈門、潮州的 ua 韻母及閩語全部合口韻母，也反映上古這個「我」字起碼含一個低後圓唇 ɑ 元音，可以作為其他方言後代變為 o、ɔ、ʊ、əu 的條件。這樣的推論，說明梅縣「我」字寫作「𠊎」，完全是記音漢字，客家人不知道 ŋai 是「我」字的古音，只好找一個音 ŋai 的「𠊎」字替代，客家話因為這個人稱代詞的特徵被稱或自稱「𠊎話」。由此看來，漢字往往模糊了語言的真相，任何人看到客語的「𠊎」字，都不容易把它和「我」字的異體字做聯想，因為，畢竟在表層的語音，反映了兩種不同層次的語音遺跡。筆者因此把這種通過古音才能還原的兩個異形詞（語音及字形）稱為同源異構現象。這種現象普遍存在不同方言的一些同源（族）詞之間。以下再舉另一個例子：

㈡閩語的「治」thai5（<*djəg）與客語的「劌」ts'ii」（梅縣）

　　《詞匯》（p.386）分別「宰」、「殺」二條，閩語的廈門、潮州、福州、建甌都做「剖」，前三點都音 thai5（陽平），只有建甌音 thi˩（陰去）訓「宰」，和「殺」suɛ˥ 有別，和多數方言區別「宰：殺」一樣。梅縣也區別「宰：殺」，前者為宰殺動物，後者指人。廈、潮、福州都用「剖」，這又是一個後起方言俗字（從台諧音 thai5）。《詞匯》第二版大量增補各方言點本身的異讀，例如：北京「宰」的說法有三：(1)宰 tsai；(2)殺 ʂa˥；(3)劌 ts'ɿ˥（特別注明：指剖魚）。《詞匯》「宰」字條其他包括「劌」及其同源異構的方言尚有：

濟南：(1)宰 (2)殺 (3)「治」tʂ'ɿ˩

武漢：(1)宰 (2)殺 (3)「持」ts'ɿ˦

合肥：(1)殺 (2)劌 tʂ'ɿ˩

揚州：(1)殺 (2)宰 (3)劌 ts'ɿ˦

南昌：(1)殺 (2)「遲」ts'ɿ˦

值得注意的是不管寫作治、持、遲、劌，其音義都是「劌」，梅縣是唯一只用「劌」，不用宰、殺等字的方言，這反映了客家的存古，但從官話及客、贛都有「劌」看來，這是一個古代詞彙的遺留，《詞匯》在該頁加了小注①：「『劌』『剖』：方言字，本字為「治」，直之切。」已表明了劌、治同源異構的現象。關於閩語「剖」的本字作「治」，可參考羅杰瑞 1979。拙作（1998）曾據李如龍、張雙慶《客贛方言調查報告》統計「剖魚」一條，客方言有八處作「治魚」，贛方言也有五處，說明「治、劌」二字為閩、

客、贛的共源詞（贛語並不一致，也可能是借源詞。）同時也指出「殺」在古台語作 trai，古苗語作 daih 或古南島語的「死」同源，A. Haudricourt 認為「殺、死」的原始苗語形式為 *daih，至少說明閩語的「刣」尚保存底層詞的痕跡。至於客語及其他官話方言的「剚」，已是中古音以後「治」（直之切），合乎全濁聲母清化後送氣的規律。因此，「治」、「剚」二字可視為分處於上古與中古不同音韻層次的一組同源異構詞。

二、利用方言「同源異構詞」構擬同族詞

同族詞是指在語源上有親屬關係而由同一本源的「詞核」所構成的親屬語詞。嚴學宭（1979：2）指出：「在古漢語中，曾依據詞核的內部曲折方式派生大量的單音節詞。」「研究同族詞實際上就是要真正的按歷史主義原則，從語源上看待詞與詞之間的關係。同族詞的形成有它的客觀條件的，那就要對它的基本架構，中心要素和轉換模式進行分析，借以揭示漢語構詞構形的重要法則及其變換模式，並闡明漢語詞匯歷史發展、遞變的內在聯繫和規律。」

詞核是指同族詞裡各個親屬語詞所共同具有內在聯繫的共同基本成分。它的結構是輔音和元音相同或者元音和輔音韻尾相同。前者如逗 *dug~ 讀 duk；後者如先 *sian~ 前 *dzjan。它們的聯繫也可能是反義的，如頂 *teŋ~ 底 *teg，新 *sjin~ 陳 *djin。如以 A、B、C 分別代表元音、聲母輔音和韻尾，「詞核」的結構公式便是：

(1) BA- 或 (2) -AC

他認為高本漢在《漢語詞類》中所提出的「詞核」為 B-C，忽

略了它中心要素的元音，令人難以接受。從現代方言的同源異構詞中，往往元音與韻尾都發生劇變，如果不要求其來自上古音的相同「詞核」（至少元音必須相同），恐怕無從說北京話的 uo（我）和閩南話的 gua（我）同源，通過「我」的中古音 ŋa 的形式，找到閩南語鼻輔音聲母的去鼻作用 ŋ→g，北京話的 uo>ŋa 來自中古鼻音聲母脫落及元音高化。這就算找到了比較的起點。因此，我們也絕不會把第三人稱的「他」字系、渠（其）字系和伊字系視為同源，因為我們不能構擬出共同的詞核，即使同屬喉（伊，影母）、牙（渠，群母）音的伊 iⁿ（閩語）和渠 ki（客語）也不能算同源，因「伊」的上古音 *ʔjed 與「渠」的上古音 *gjag，也不具備共同詞核。

下面我們再舉另一個詞族為例：

《詞匯》（頁 332）「退色」這個詞目，二十個方言點共有五個同源異構的同族詞，即：

脫字系：字作「脫色」計有成都、南昌、梅縣、陽江、廣州。

　　「脫」字均為 t'- 聲母，除官話外，贛、客、粵語均為入聲。

退字系：字作「退色」，見於武漢(t'ei˩)、蘇州(t'E˥)、雙峰(t'ue˥)、溫州(t'ai˩)、廈門(t'e˩)、潮州(t'o˥)、福州(t'øy˥)、建甌(t'o˧)。

褪字系：字作「褪色」，見福州 t'ouŋ˥ nai?˥(s-)。

奪字系：字作「奪色」，見蘇州 dɤ?˧ sɤ˧。

落字系：字作「落色」，見揚州 la?˥ sə?˧、潮州 lo?˧ sek˩、北京 lau˩ ʂai˩。

甩字系：甩色 lɛt˥ ʃɪk˥ 廣州；□色 lut˩ sɛt˩梅縣；□色 luk˩ sek˩

潮州。

此外，有些方言作「掉色（兒）」，如北京、濟南、西安、太原、武漢、合肥、揚州。「掉」字聲母一律作 t-（不送氣），又是去聲字，顯然不屬於同族詞。

以上 1-6 種形式，就聲母而言，脫的上古音為 *t'wat/dwât（兩讀），奪的上古音為 *dwat（又讀去聲 dwad），《說文》前者訓消肉，後者訓手持隹失之，並有脫落義，本為同源詞，褪字《古今韻會舉要》土困切，《字彙》訓為卸衣。《正字通・衣部》訓為「半新半舊曰褪」，正合「顏色變淡或消失」的脫落義。至於「落」字上古音或作 *glak，潮州作 luk，梅縣作 lut，廣州作 lɐt，可視為 *glak 的弱化形式，看來如果「落」字要和「脫、奪、退、褪」等字同族，其「詞核」可以假設為「hʷlak」，同時建立一個分化的標準：

$$
** \text{h}^\text{w}\text{lak} \begin{cases} \text{*glak} & \rightarrow & \text{lak} & \rightarrow & \text{luk} & \rightarrow & \text{lut} \\ & & & \searrow & \text{lat} & & \\ \text{*t'wat} & \rightarrow & \text{t'ɔ} & \rightarrow & \text{t'o} & & \\ & \rightarrow & \text{t'ut} & & & & \\ & \rightarrow & \text{t'yt} & & & & \\ & \rightarrow & \text{t'ai/} & \text{t'ei/} & \text{t'øy} & & \end{cases}
$$

另一個有趣的構擬是利用趙元任（1928）所提到的「北風跟太陽的故事」的語料調查，觀察吳語的連接詞「和」或「跟」在詞族上的分布狀況。眾所皆知，連接詞的「和」在現在漢語方言中表現為幾十個等義詞，哪些是同族詞，哪些是異源詞，可以作一深究。

根據《漢語方言詞彙》（1995：615）「他和你都是學生」的

「和」（xɤ35）與「跟」（kən55）主要通行於官話區，非官話的長沙、雙峰、南昌也用「跟」。二十個方言點有十一個點屬於此類，其中專用「跟」的有武漢、合肥、長沙三點，其他各點都有其他說法。通考二十個方言點的「和」字等義詞，可分為十三個字系：

和：北京、濟南、太原三點。音 xɤ 或 xuɤ。北京也作 xan…（台灣也用）。

跟：武漢、合肥、長沙、南昌等十一點。

給：濟南（keiˇ）、成都二點。

交：揚州（kɔˇ，與跟並用）

伉：溫州（k'uɔˊ）

甲：廈門（kapˇ、kaʔˇ，本字作合，古沓切）

共：福州（kœyˇ）、潮州（kaŋˋ，與甲並用）二點。

邀：建甌（iauˊ）

搭：蘇州 taʔˋ，tɤʔˊ

同：南昌（t'uŋˊ）、雙峰（danˋ）、梅縣（t'uŋˋ）、陽江（t'ʊŋˊ）共四點

鄧：陽江（t'ɐŋˊ）

同〔埋〕：廣州（t'ʊŋˋ[maiˋ]）

連：西安（liãˊ）

以上十三種和舊版（1964）所收略有增減，廈門的 kap32 舊作「及」，潮州 kaʔ21 才作「甲」，廣州「同埋」亦作「夾埋」（kap33 mai21），與「同」字並用。我們可以把以上十三個字系按聲母的類型粗分為兩系：

(1)　舌根音系：包括和、跟、給、交、伉、甲（及）、共等七字。

(2)　舌尖音系：包括搭、同、鄧、連、同埋、連等六個。

　　前一系以陽聲韻的 kən、kaŋ、xan 為主，陰聲為給、交、伉（k'uɔ），入聲為甲（及）。後一系以同 tuŋ 為主（tɐŋ 可視為變體），入聲的 taʔ 只見於吳語，連（liɛ̃）也只見於西安。

　　其中「同」、「共」、「及」都還是書面共同語的常用字。其餘除了口語的常用詞「跟」、「和」以外，幾乎都是「方言特別字」，廈、潮的「甲」是個借字，其本字應作合（或敆、佮），廣韻古沓切，並訓「合集、合會、併佮聚」等。比較特別的是蘇州的「搭」和溫州的「伉」。拙作（1996）據錢乃榮（1992）《當代吳語研究》的二十個吳語方言點「北風跟太陽」的語料，歸納連詞「和」共有十種形式，也剛好分為兩系，和上列《詞匯》的兩系相當，不過吳語的變化則更多樣，簡列如下：

(1)　舌根音類：包括跟（三點）、告、抗、海得、哈共七點。

(2)　舌尖音類：包括脫、脫之、脫勒、搭、搭則、同袋、著共十三點。

　　看來，吳語的連詞「舌尖音類」較「舌根音類」佔優勢，這說明吳語基本上是南方方言的支系（與客、粵同以舌尖音類為大宗），和北方官話以「跟、和」為大宗的勢力是有區隔的。就整個南方方言而論，閩語除建甌外，均屬「舌根音系」，是另一南方支系。所以就漢語方言的大趨勢而論，舌根音系的「和」、「跟」、「及」（同甲）、「共」乃佔優勢，湘語和贛語正處兩系並用的混合地帶。客語、粵語則為舌尖音類的代表（同、同埋、鄧），吳語除溫州話外，大抵也屬於舌尖音類（搭字系）。我們可以擬測現代

方言的「和」字類義詞，大概有三系，它們的詞核至少有四系：

(1) kən 跟（或 kaŋ、xan），kuŋ 共（kaŋ）一系
(2) t'uŋ 同（teŋ）或 dan（雙峰）一系
(3) kap 合（或 kaʔ）一系
(4) taʔ 搭（或 tɤʔ）一系

　　由於條件的限制，目前尚無法對所有方言點進行全面而完整的調查統計，我們的構擬只能到達這一步。

三、結論

　　本文主要觀察了漢語方言的同源異構的詞彙現象，再從《漢語方言詞匯》中找到若干詞組變化較大的等義詞，進行「詞核」的分析，試圖為多源的等義詞素，找尋同源字族，所提出的方法是在前人的基礎上，進行初步的試驗，既沒有從不同方言的古音構擬入手，也不曾對詞族的內部進行派生過程的構詞分析。不過，本文對現代方言詞彙進行平面比較的工作，是過去的詞源學者不曾嘗試的，而古音學者只從方言字音對應去擬測中、上古音，往往也忽略白話詞的語音層，因此只能針對韻書反切進行構擬，並不能從方言詞族的內部關係全面投射出上古的構詞或構形法，我們相信唯有利用本文這種全新的角度，漢語方言詞彙學才能對漢藏語歷史比較法提供新的方法論。

主要參考書目

北京大學中國與文學系（1995）　《漢語方言詞匯》（第二版）
　　　　北京：語文出版社

李方桂（1980）　《上古音研究》　北京：商務印書館

李如龍、張雙慶（1992）　《客贛方言調查報告》　廈門：廈門大
　　　學出版社

陳章太、李如龍（1991）　《閩語研究》　北京：語文出版社

徐通鏘（1997）　《語言論──語意型語言的結構原理和研究方
　　　法》　長春：東北師範大學出版社

錢乃榮（1992）　《當代吳語研究》　上海教育出版社

周法高（1973）　《漢字古今音彙》　香港中文大學

李珍華、周長楫（1993）　《漢字古今音表》　北京：中華書局

刑公畹（1983）　《語言論集》　北京：商務印書館

嚴學宭（1979）　〈論漢語同族詞內部曲折的變換模式〉《中國語
　　　文》　1979.2，85-92

吳玉璋（1992）　〈論比較詞源學〉《外國語》（上海外語學院學
　　　報）1992.2（總 78 期），43-50

劉又辛、李茂康（1996）　〈漢語族詞研究的沿革、方法和意義〉
　　　《古漢語研究》第一輯，7-50　北京：中華書局

張光宇（1996）　《閩客方言史稿》　國立編譯館主編　台北：南
　　　天書局

張　博（1996）　〈同源詞、同族詞、詞族〉　《語言文字學》
　　　1991.10，68-71　中國人民大學書報資料中心

施向東（1996）　〈漢語和藏語同源體系比較研究的音韻學意
　　　義〉，《語言研究》1996 年增刊，151-159　武漢：華中理
　　　工大學

姚榮松（1996）　〈從方言字的系統比較看漢字的多源體系〉

《第七屆中國文字學全國學術研討會論文集》，329-342
私立東吳大學中國文學系所主編　台北：萬卷樓圖書公司
姚榮松（1998）　〈閩客共有詞彙中的同源問題〉　《中國學術年刊》第十九期，659-671　國立台灣師範大學國文研究所
Norman, Jerry L. (1979)　"Chronological Strata in the Min Dialects"　《方言》1979.4, 268-274
Norman, Jerry L. (1988)　*Chinese*, Cambridge University Press

附錄二

從漢語詞源研究的歷程看
古音學與詞源學的互動
——以《文始》與《同源字典》爲例

臺灣師範大學國文系
姚榮松

一、漢語詞源學史的回顧

　　傳統詞源學有兩部最具代表性的經典，即劉熙的《釋名》和章太炎的《文始》。這裡用「經典」一詞是一種通俗性的說法，相當於「典範之作」或「有體系的代表作」，並無意提高《文始》的地位。兩部書一始一終，都有一定的詞源理論或思想內容作為依據，而且歷來的評論很多，褒貶不一，都有客觀的學術史意義。如果說《釋名》標幟著漢語詞源學理論的創始，那麼在一千七百年後的《文始》，就代表傳統詞源理論的總結，兩部書的差異，正代表傳統詞源學一千七百年間的進展。儘管有人極度貶低《文始》的價值，但比起同時代的語源學家，較早者如程瑤田〈果臝轉語記〉、

王念孫〈釋大〉，晚者如劉師培〈小學發微補〉，乃至梁啟超、劉賾、楊樹達等人之詞源來得恢弘大體，因此，千七百年來可與《釋名》之詞源學價值相媲者，非《文始》莫屬，質言之，章氏《文始》之所以有一定地位，乃是因為它由高郵王氏父子的〈因聲求義論〉，戴震〈轉語〉等泛論語根開展為全方位的詞族研究，同時已成均圖為「音軌」，並非無所不轉，標舉初文以為孳乳起點，雖非通達大道，然由初文網羅音義相關之詞群，比諸其他據音系聯或據義系聯之詞群，都顯得比較全面，而且可以觀察正在建構中的同一個詞族，在不同韻部間之分布，這些觀察是建立在揚雄《方言》以來的「轉語」理論基礎上，並非另起爐灶，因此一味貶抑章氏在詞族研究上的大開大合的嘗試，其實是忽略二千年來漢語詞源研究的內在理路，同時也由於漢藏歷史比較法的興起，使傳統詞源學在方法論上面臨比較嚴峻的挑戰。

　　回顧傳統詞源學走過的歷程，可以歸納為以下幾個階段：

一、聲訓階段：劉熙和許慎是詞源的拓荒者。

二、字根階段：右文說啟蒙於晉楊泉，宋代大行而清儒引為派典，可以段玉裁為代表。

三、語根階段：以音轉為中心，高郵王氏是「因聲求義」的代表。

四、詞群階段：標舉語根，求語言文字孳乳之次第，以章太炎為代表。

五、同源詞階段：高本漢、王力為代表，以構擬之古音條件為依歸。

　　以下先就前三階段及從聲訓到語根做一些簡短的回顧。

　　⑴聲訓和右文是漢語詞源學的啟蒙雙璧，沈兼士在分析右文說

史時，曾指出兩者的關係，所謂聲訓即「以音為樞紐之訓詁法
則」，沈氏指出：

> 語言之變化約有二端：㈠由語根生出分化語，㈡因時間或空
> 間的變動發生之轉語。二者多依雙聲疊韻為其變化之軌跡，
> 故訓詁之道，亦應以音為樞紐，此訓詁家之所以重聲訓也。
> （《沈兼士學術論文集》，頁 76）

文字學家看待這些聲訓字，往往只看字的異同或偏旁異同，初
則見有本字釋本字，以他字釋本字。再則曰本字、易字、本字而易
字、疊易字、再易字、轉易字、省易字，（見顧廣圻《釋名略
例》），無非以「音近之字相訓」，所以清人鄧梃楨有《說文雙聲
疊韻譜》之作。而釋名 1300 餘事中，同聲母相訓釋者，約計得四
百事，幾佔 1／3，雖然比例不低，這些同聲母相訓的例，已合乎
右文之公式（以同聲符為公約數），然而劉熙時期「右文」畢竟尚
未誕生，因此聲訓字但取同者，並沒有意識到為諧聲字繫源，故沈
兼士稱之為「汎聲訓」，來和右文區別。

右文的發明，則為文字學上之突破，白兆麟（1988）曾指出：
許慎為「拘、笱、鉤」單立「句部」而不歸「手、竹、金」部，又
如「堅」不在「土」部、「緊」不在「系」部，卻入「臤」部，顯
然楊泉所說的是由《說文》得到啟示，他並認為「右文說是對早期
聲訓的反動」，從學術發展史的角度來看，固然「由聲訓到右文」
帶有「由不科學到科學」，「借助聲符以限制其支離散漫的反向運
動」之類的辨證意味，但我們認為聲訓和右文，本質上並不在一個

平面上，聲訓處理的是語言中的名物命名根據，而右文是文字的探義溯源，處理文字偏旁和詞義的關係，目的和方向皆不相同，顯然不能針對探源對象的縮小（在形聲字上），而視為一種「反向運動」。再者，這種修正的結果，也同樣可能走向另一個極端「汎右文說」，擴大了諧聲同源的聯繫，並不比「汎聲訓」的效果佳。

筆者（1991）曾經論證「右文說」與「詞源」的關係，指出：

1. 右文說是受聲訓的啟迪而產生，宋人提出右文乃是對王安石字說的直接反動。

2. 右文說是否成立，涉及形聲字的本質，與形聲字形成過程中意符與音符的先後類型相關。

3. 從漢字的「結構—功能」的符號本質，也可透視右文偏旁在符號學上「信息負載」上的立足點。

4. 右文說經過清人的發揚，形成以段玉裁為標竿的聲義同源論，堪稱訓詁學上第一大派典。

5. 近儒由右文推衍為「形聲字借聲」是右文的餘波。但當代文字學者多半對右文持批判態度。

對於右文提出批判的文字學者，可以龍宇純和裘錫圭為代表。龍先生把形聲字分成四類，但他心目中真正的兩類形聲字卻都是不兼意的，所以斷言「說文形聲字中無義者殆十有六、七。」（龍宇純〈造字時有通借證辨惑〉，《幼獅學報》1:1，1958）裘錫圭（1988:175）提出聲旁有義的形聲字「大概都是在母字上加注意符，以表示其引申義的分化字，但由於種種原因，這類的聲旁並不

一定都有義。」「所以聲旁有義的形聲字在全部形聲字裡所佔的比重，並不是很大的。」

(2)由字根到語根，傳統詞源學又向前跨大一步，右文說把汎聲訓的詞源學轉到文字體系聲符內部的字源聯繫，是一種窄化；但是詞彙體系內的音、義關係以及因方言的變異而產生的語音轉化，所引起的詞彙變異，在在使人察覺詞彙間的聲轉語轉問題，此問題發端於揚雄《方言》之提出，卻完成於清儒的聲轉理論，其中代表人物當推戴震、王念孫與章太炎，戴氏有《轉語二十章》依聲韻求音轉，王念孫《釋大》和章太炎《文始》都具有詞族研究的規模，在語音上則有一定的音轉說明，因而也產生標舉語根的方式。程瑤田《果臝轉語記》是用聲轉理論考訂詞族的最早專著，雖然在方法上，遠不如《文始》之條理。

高郵王氏「因聲求義」的代表作為《廣雅疏證》，李建國（1986:173）曾指出：

> 王氏在《廣雅疏證》中貫徹了因聲求義的方法，所用術語最多的是「語之轉」，「語之變轉」，「聲之轉」，「一聲之轉」，「聲相近」，「古同聲」，「聲義同」，「聲近義同」；其次是「音相同」，「古聲同」，「古聲相近」，「古同聲通用」，「古聲義同」，「聲近義通」，「聲義相近」，「聲義相通」，「聲同義同」，「聲近義同」，「古同聲同義」等等，概括起來，不外近、同、通、轉四類，用來說明詞語假借現象，辨析方言歧異，闡明聯綿字等。

　　由此可見，他的「因聲求義」、「不限形體」就是要打破「右文」以來的束縛不斤斤於推求本字本義，而是搜求舊例，廣集聲近義同之字，把詞義訓詁由單詞詞義的訓釋，推進到同義詞的綜合比較的階段。這種「引伸觸類」其實也是歸納、系聯同族詞的工作。在聲轉的術語上，其使用最多的「語之轉」「一聲之轉」，伯元師（1997）有〈王念孫《廣雅釋詁疏證》訓詁術語一聲之轉索解〉一文，窮釋詁四卷，凡得 106 例，經古音分析而得結論曰：所謂「一聲之轉」或「語轉」者，大多數均為雙聲相轉，然亦有疊韻相轉者，凡得八例，其中尚有三條為聲母發音部位相同者，換言之，真正聲、韻母毫無關係者，實屬少數，或王氏認定有誤者。然則，為王氏一聲之轉多屬雙聲相轉似不為過。既然古人用語皆有一定理據與範疇，今人似應實事求是，求其正解，而不宜預設立場，先存有古人不科學以厚誣古人。

二、章氏〈成均圖〉及其《文始》
音轉理論之應用

㈠《文始》制作之依據

　　拙作（1991:250）指出《文始》之制作，大抵可概括三點：
1.《文始》以戴、孔以下的音轉學為骨幹
　　作為《文始》基本理論的〈成均圖〉，其基本理論即是戴震、孔廣森的音轉學，戴氏但揭「旁轉」，「陰陽表裡之相配」，孔廣森始稱陰陽相配為「對轉」，章氏繼此理論而發揚光大，首先在韻部上總結為 23 部（晚年又吸收嚴可均的意見，把冬部併入侵部，

成為二十二部定論），作為古音學考古派的殿軍，他的古音學是先進的。

2.《文始》以說文學為根基

依照章太炎自述的次第，是先讀二徐本《說文解字》十幾遍，領悟了「轉注」「假借」的真諦，進而想到由「文」到「字」，是由少而多，至許慎九千字，其中正有孳乳、變易的條貫，而這些條貫正是《說文》個別字間的音、義聯繫，而後串連成族，再就每一字族均立「初文」「準初文」為根，作為孳乳、變易的起點。這點遭外界批評最深，因為他混淆了字根與語根之差異，不過就他所貫串的字族而言，字根只是一個方便法門，就如同一般的「平面音系法」，只認音同義近，並不管孳乳之後，也不失為研究說文音義聯繫的方法。

3.《文始》以音義聯繫為樞紐

章氏嘗明言：「作《文始》以明語原」（《小學略說》），在《文始·敘例》中，更批評右文的缺失，故極力避免「復衍右文之緒」，他說：「文始所說，亦有專取本聲者，無過十之一、二。」可見他探究語原的方法，有意突破字形的束縛，吸收音轉學的合理成分，從音、義聯繫的觀點，進行字族的研究。音轉關係只是孳乳、變易的形式要件，詞義關係才是詞源關係的實質要件。《文始》之孳乳、變易，以韻轉為經，以事類（即義類）為緯，事類相同，亦不排除右文關係。這種由字根串聯成詞群，展示了詞彙的系統性，儘管是一種構擬的系統，卻建立在《說文》的詞義系統上，已將清儒的詞源研究向前大大推進了一大步，較王念孫《釋大》、阮元《釋門》、《釋矢》之規模，作了大幅度的推展。

㈡成均圖音轉理論述評

1.成均圖與章氏的古韻分部

《國故論衡・成均圖》一文中，列有章氏 23 部的韻目表及 21 個紐目表（將古韻所無之聲類旁注），成均圖技巧地將陰陽對轉的關係，進行配對及同類韻部之間的遠近排序，其主要結構基於「陰、陽分界」與「弇、侈隔軸」作了通過圓心的兩條軸線，即成陰陽弇侈相對的四區，看來包羅萬有，其實只是將韻母表圖形化，以方便說明音轉軌範而已，正中垂直上下皆立分界二字，即明此疆彼界，有不可逾越之限制，奈何世人無暇細察其中奧妙，竟作出「無所不通，無所不轉」之妄語，徒然自曝其粗枝大葉而已。

2.音轉軌範

(1)韻轉規律

《成均圖》，排列各韻部的次序，以順時針方向來說，何以陽侈聲，要排成：談／盍→蒸→侵緝／冬→東→陽？何以陰侈聲要排成：宵→之→幽→侯→魚？就對轉邏輯來說，只要決定了陽侈或陰侈一邊的排法，另一邊即隨對轉而取得次序。這些排列，基本上又受「旁轉」、「次旁轉」、「次對轉」等韻轉關係的疏密所制約，這種疏密關係，就構成了章氏的「韻轉規律」，作為「音轉軌範」的基礎部分。

章氏在《成均圖》之後，列有七種「韻轉規律」，綜合《國故論衡》、《文始》錄之於下：

陰弇與陰弇為同列

陽弇與陽弇為同列

陰侈與陰侈為同列

陽侈與陽侈為同列

1. 凡二部同居為近轉△

2. 凡同列相比為近旁轉

3. 凡同列相遠為次旁轉

4. 凡陰陽相對為正對轉

5. 凡自旁轉而成對轉為次對轉

6. 凡陰聲陽聲雖非對轉，而以比鄰相出入者，為交紐轉*

7. 凡隔軸聲者不得轉，然有間以軸聲隔五相轉者，為隔越轉*

凡近轉△、近旁轉、次旁轉、正對轉、次對轉為正聲

凡雙聲相轉不在五轉之例為變聲△

（*凡交紐轉、隔越轉為變聲）

　　加星號者為《國故論衡》原有，《文始》所刪，加△為《文始》新增，或取代舊文者。《國故論衡》初刊於宣統二年（1910）庚戌五月朔日，日本秀光舍鉛字排印。《文始》於同年《學林》第一、二冊刊出第一部分，其後出單行本，當在此年以後，因此兩書雖然同一時期，而《國故論衡》部分論文已於前一、二年發表，因此可以確定《文始》刪除早先提出的「交扭轉」、「隔越轉」兩種原屬「變聲」的規律，並改以「凡雙聲相轉，不在五轉之例為變聲。」，又《國故論衡》原來也未立「二部同居為近轉」一條，故連同交紐、隔越共六條，本文合兩書為七轉，不依《文始》五轉為

定案，以存其初創，並以窺其「韻轉觀念」之轉變。❶

　　根據上述，章氏的「韻轉規律」七條，可以簡表如下：

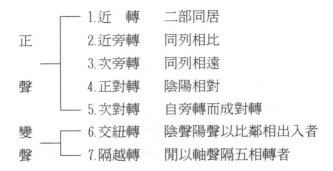

正聲
- 1.近　轉　　二部同居
- 2.近旁轉　　同列相比
- 3.次旁轉　　同列相遠
- 4.正對轉　　陰陽相對
- 5.次對轉　　自旁轉而成對轉

變聲
- 6.交紐轉　　陰聲陽聲以比鄰相出入者
- 7.隔越轉　　閒以軸聲隔五相轉者

(2)聲轉規律

　　韻轉理論是《文始》音轉理論的核心，但是在實際運用上，不論是詞根的孳乳或變易，總是與聲轉相副而行，此猶如章氏在論轉注中所謂「言語有殊，名義一也，其音或雙聲相轉，迭韻相迤，則為更制一字。」大抵章氏論轉注造字，是包括「轉語變易」和「言詞孳乳」兩方面的。「轉語變易」或稱「聲變異文」，其音轉概不出二途：

　　　一曰雙聲相轉：聲母相同或屬同部位，韻母則具有對轉或旁轉的韻變關係。二曰迭韻相迤：韻部相同，聲母或因發音部

---

❶　關於這點，湯炳正（1990）《成均圖與太炎先生對音轉理論的建樹》一文，有詳細的討論，見湯著《語言的起源》（貫雅文化公司，1990）頁 374-380。

位或發音方法的轉移而起的語變關係。

這兩種音轉關係，是「韻變必雙聲，聲變必疊韻」的條件音變，是聲韻互相制約的，如果一種轉語變易，跳出了聲韻相互制約的關係，亦即不是聲母分屬唇舌牙喉，毫不相涉，即是韻部乖離對轉、旁轉等通轉關係，就很難辨認它們是否為「一語之轉」或「一聲之變」。實際上，章氏在處理詞根的變易或孳乳時，卻容許這種「聲韻俱轉」，「不相制約」的情況出現，這樣，就使音轉的限制又放寬了不少，尤其在韻轉規範比較寬的次對轉，次旁轉或交紐轉、隔越轉之情形下，如果再容許不同部位的聲母互換，舒斂自如，則未免使其系源的字族失之太寬，彷彿只要有一點意義上的連繫，即可能同源，這就構成其整個音轉理論的弱點。試以《文始》茲乳為例，劉曉東（1985）〈文始初探〉一文，即抽繹出下列的規律：

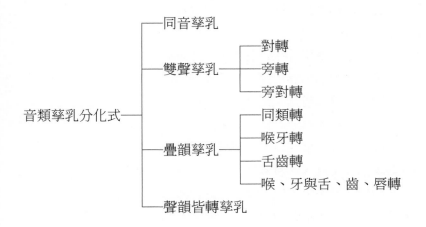

「疊韻孳乳」下所列的四種聲轉方式，充分體現了章氏的聲轉理論，那就是在「聲轉必疊韻」的前提下，容許喉牙舌齒唇五音之間有極寬的轉迻，換言之，喉牙可以互轉，舌齒可以互轉，甚而喉牙與舌齒唇彼此皆可以往來，那就毫無限制了，但畢竟還在疊韻下進行。最後一種「聲韻皆轉孳乳」完全失去制約，應該是一種例外，否則無異抵銷了前三種條件音轉的作用。

〈文始敘例〉僅在「紐表」定古聲為深喉音、淺喉音、舌音、齒音、唇音等五類二十一紐之後，規定「諸同紐者」（按指影喻、端知、照精、幫非之屬）為正紐雙聲，諸同類者（按指見溪群疑之屬）為旁紐雙聲，深喉淺喉亦為同類，舌音齒音鴻細相變。「於是古聲母只有喉、舌、齒、唇四大類，最引人注目的聲轉是「舌、齒相變」，但是在《國故論衡·古雙聲說》一文，章氏則利用諧聲字之間的聲母現象，說明舌、齒、唇、半舌四類皆與喉、牙通轉，因得出「百音之極，必返喉牙」、「喉牙足以衍百音」、「喉牙貫穿諸音」，其細目為：

1.喉牙互有蛻化：喉者為牙，牙音為喉。

2.喉牙發舒為舌音；舌音遒斂為喉牙。

3.喉牙發舒為齒音；齒音遒斂為喉牙。

4.喉牙發舒為唇者；唇音遒斂為喉牙。

5.喉牙發舒為半舌；半舌遒斂為喉牙。

3. 龔煌城院士對《成均圖》中「交紐轉」的補苴

凡陰陽聲的通轉，由對轉，次對轉而成，在陰陽分界線的「歌泰」和「宵」，居陰聲的兩極，「談盍」和「寒」居陽聲的兩極，它們各以對角交叉成兩組「對轉」，即：歌泰－寒；宵－談盍，用

簡圖表示如下：

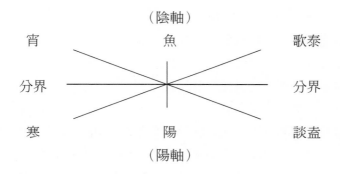

利用旁轉或次對轉等，都不可能使隔界的兩部：（宵－寒；歌泰－談盍）發生聯系，但是大量的文獻資料顯示這兩組的來往密切，章氏就為它們立《交紐轉》一名。並且在《成均圖》的說明中列出了事實，轉錄於下：

A.「寒部」與「宵部」相轉證據

⑴《大雅》以虐、謔、蹻、芼、謞、熇、藥（以上宵部）與灌（寒部）為韻；

⑵《說文》訓芼（宵部）為草履蔓（寒部）；

⑶《廣雅》訓蹻（宵部）曰健（寒部）；

⑷榦之與櫜，幹之與豪，翰之為高，乾之為櫜，琢之與兆，象之與逃，讙之與囂，灌之與澆，□之與號，柬選之與喬捎，偃蹇之與夭喬。（以上前一字寒部，後一字宵部。）

B.「談」、「歌」相轉之證據

⑸冄聲（談部）之字為那（歌部）

　　⑹勇敢（歌部）借為勇果（歌部）

　　⑺盈科（歌部）借為盈坎（談部）

　　C.「盍」、「泰」相轉之證據

　　⑻盍（盍部）借為曷（泰都）

　　⑼蓋（泰部）又從盍（盍部）

　　⑽葉（盍部）從世聲（泰部）

　　⑾世（泰部）又借葉（盍部）

　　這些相轉的事實，在戴震和孔廣森的對轉體系裡也都是無從解釋的，而在章氏的圓圖裡，雖陰陽分界，卻比鄰而處，所以章氏說：「此以近在肘肢，而漫陰聲陽聲之界，是故謂之變聲也。」（《成均圖》）章氏並沒提出音理上的解釋，實際上，這兩組陰、陽；祥、侈各異，除了主要元音可能同是 a 以外，找不到互轉的條件。

　　這個特殊的音轉，龔煌城（1976:43-61）《從同源詞的研究看上古漢語音韻的構擬》一文），已提出「宵」、「元」韻轉的解釋、龔先生利用章氏提供的上述詞源的證據，認為宵部何以沒有相配的陽聲韻 *-ang^w（用李方桂音），推測在詩經以前，甚至諧聲時代以前，曾經發生 *-ang^w > -an 的音韻變化，亦即宵部原有陽聲韻，只是在詩經時代已經變入元部了。龔先生也總結上古漢語具有圓唇舌根音韻尾韻尾 *-g^w、-k^w 諸部與其他諸郡的對應與平行關係如下：

$$月\text{-}at \qquad\qquad 宵\text{-}ak^w \qquad\qquad 葉\text{-}ap$$
$$\text{-}aps \rightarrow 祭\text{-}ats$$

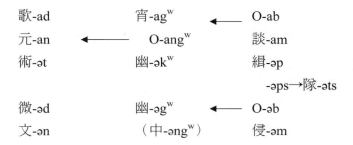

以《廣雅》訓蹻曰健，偃謇曰夭喬二組為例，健、偃同屬元部（即章氏寒部），蹻、夭同屬宵部，李方桂先生的擬音為：

健*gjan　　偃*jan
蹻*gjak^w　夭*jag^w

龔煌城（1976:45）推測元都在詩經以前可能來自與宵部相配的陽聲韻部。因此，可以比較詩經時代前後兩組同源字的音韻變化如下：

	詩經以前		詩經以後
健	**gjang^w	>	*gjan
蹻	**gjak^w	>	*gjak^w
偃	**jang^w	>	*jan
夭	**jag^w	>	*jag^w

如此，我們就可以解釋章氏提出異乎尋常的「交扭轉」，它可能是原始漢語或和藏語音變的遺跡，由於宵部的陽聲韻 -ang^w 是在上古音之前就變到元（寒）部去了。但是在同源詞方面，他仍和陰

聲宵部有種種的連繫。

「歌、泰」與「談、盍」之通轉，則是 ad，ats 與 am，ap 的音轉，從先生前面的平行關係表，葉（盍 -aps）→祭 -ats 正可說明「盍」部與「泰」部關係，正如同「緝」部和「隊」部之間的平衡變化了。當然歌談的交涉，亦當有更早期的演變存乎其間。如此看來，章氏「交紐轉」之提出，正是對音轉現象勇於探索的一種科學態度。

(三)關於《文始》的評價

《文始》可說是二十世紀對漢語詞源全面研究的首創之作，出版於 1910 年間，章、黃二人對此書評價極高。在二十世紀是新語言學蓬勃發展，一日千里的時期，這可能違逆了語言研究的進步法則，後來學者既指出其貢獻，也指出其不足。許威漢（2000:235）就說：「這些議論讓我們看到《文始》時代漢語歷史詞彙學和詞彙語意學的雛形，也看到《文始》之後學者的認識水平，對《文始》評議的著名學者王力、林語堂、俞敏、周法高等，總的來說，《文始》的創舉人們早有共識，其不足之處，有理論上的、材料上的、也有方法上的」。拙作（1991:343-412）第四章也對《文始》詞源理論作全面檢討。何九盈（1995）《現代語言學史》一書對《文始》理論上、材料上、方法上的詳述，亦十分中肯。許氏（2000:236）也在何的基礎上，說明《文始》的嚴重缺陷，主要指出三點：(1)《文始》「音轉過於寬泛，旁轉、對轉旁理多途，雙聲馳驟，其流無限」（《文始·敘例》）強調「無限」是理論上的繆誤。(2)《文始》指導思想的侷限，導致取材的侷限。章太炎篤信

《說文》，乃至迷信《說文》，以致《文始》取材全來自《說文》，並強為之說。(3)《文始》方法上採演譯法。從整體結構上，是求出初文的體系，然後建立詞族，從個別詞族來看「一字遞衍變為數名」（《國故論衡·語言緣起說》）這種「遞衍」法往往是變易復變易，孳乳又孳乳，任意聯繫。

這三個缺點，使人對《文始》的科學性大表懷疑，或斥為「無所不通，無所不轉」、「迷信說文失之於拘」，這種缺點並非偶然，我們的態度是從學術史的角度去看待其創造性的研究方法，我們認為最大的限制在於他在分合之際持過寬態度，至於無暇去利用古文字研究成果，自然也是一種材料的限制，我們只要務實去看待，去比較，其所系聯詞是否也合乎一定的規範，而剔除其過寬的系聯，正所謂「前修未密，後出轉精」，也可以看到他是站在前人的基礎上，第一個有系統系聯詞族的人，如果這種研究推遲五十年，其條件自然大不相同。總體而言，章氏在總結古音學成果，利用清儒音轉學成為有系統的詞族研究上，仍有其方法上的啟發意義，至於利用現代漢藏語比較結果否定章氏的詞族系聯的結果，完全不是正確對待學術史的批評方式。

三、二十世紀漢語詞源學的發展
——以「同源詞」研究為中心

㈠高本漢的《漢語詞類》是個分水嶺

二十世紀初葉，研究語源的學者，章氏之外，又有劉師培、黃侃、沈兼士、楊樹達，其中楊樹達兼為古文字學者，最能補章氏之

偏頗，然亦不足。何九盈（1998:70）〈二十世紀的漢語訓詁學〉
一文也指出：「楊氏不足之處是著眼於解決具體字例之問題，對漢
語語源的整體研究不夠，尤其是語音系統的問題觸及較少，因為他
基本上還是從文字的角度研究語源，而不完全是從語言的角度來研
究語源。」

　　如果把張、劉、沈、楊的詞源學算作傳統詞源學，那麼 1993
年高本漢發表的 *"Word Families in Chinese"*（張世祿譯為《漢語
詞類》），周法高稱為「漢語詞群」就可算揭開了新詞源學的序
幕。拙文（1980）〈高本漢漢語同源詞說評析〉❷曾分析高氏有關
同源詞的三種著述，除了《漢語詞類》之外，另二篇《中國語之性
質及其歷史》（杜其容譯，原文 1949），〈中國音韻系列中的同
語根詞〉（1956 發表，陳舜政中譯），後文取自高氏「漢文典」
（*Grammata Serica*）中的諧聲系列中的同源詞，在《修訂漢文
典》中已刪去，故視為一種。何九盈（1998:70）指出：

　　　　三十年代前期，高本漢著《漢語詞類》，無論是研究目的或
　　　　方法，均與章、劉、沈、楊大不相同，他的目的是要把中國
　　　　語、台語西藏語、緬甸語作為一種系統比較，要把中國語裡
　　　　的語詞依照原初的親屬關係把它們一類一類分列出來，正是
　　　　這種思想指導下，他把兩千多個語詞分成十大類，以表明它
　　　　們之間的關係，高本漢之前，中國學者研究語源不用國際音

---

❷　台灣師大《國文學報》第九期，頁 211-239，是選自丁邦新「上古音研究」的
　　期末報告。

標，只能用比較模糊的聲類、韻類、聲轉、音轉來說明語音關係。高氏對所收的每一個字都標注了起首輔音、中介元音、主要元音、韻尾輔音，並建立了「轉換的法則」。

起首輔音分為四大組（k 組、t 組、ts 組、p 組），每一組內的各輔音之間可以自由轉換……主要元音的轉換可分為兩類。同一主要元音各種變體的轉換，如 â~a，â~ă，a~ă 等；不同主要元音的轉換，如 a 可以與五個元音（e、ə、ɛ、o、u）構成轉換關係。……還有所謂集合的轉換，如 g'ât（曷）、k'iər（豈）。g'~k、o~r、â-ə、t~r。

　　高本漢的初試啼聲之作，也被批評的很嚴重，並不因為他擬了古音。何氏說：人們常批評《文始》音轉過寬，誰知高本漢的「轉換法則」，則有過之而無不及呢！高本漢的構擬只顧頭尾，不顧中間，他說：「我對於元音沒有加以區分，從西藏語所得的經驗指示著我們，這種語言的演化有很多的元音轉換，因此在同一語根之內容有極多變異的韻素。我也要判定中國語裡也可以得到同樣的現象。❸這種判定相當主觀，依據這種判定得出的所謂「法則」，實際上沒有任何意義。而且各字條例下面無任何資料作證，意義相同新近的問題也就靠不住了。1935 年王力發表〈評《*Word Families in Chinese*》〉指出「高氏」沒有把上古音值研究得一個使人深信

---

❸　張世祿譯《漢語詞類》107 頁，商務印書館。

的結論的時候，他的字普實嫌早熟。❹

　　可見高氏的《詞類》也還停留在章氏建立建立詞族的階段，同樣是科學性不足。至於其《諧聲系列中的同源詞》則大大縮小語音轉換的範圍，只限於同諧聲內，（有如「右文說」的翻版）稱之為「同源詞」，則穩當多了。可惜只有 546 組，並歸納為 23 種語音轉換的類型，態度分嚴謹，但並非徹底整理全部的聲系。1965 年日人藤堂明保出版《漢字語源詞典》，是第一本詞族式的字典，採用自己所擬的 30 個古韻部，按陰陽部與入相配統為十一類，共收223 族，3600 漢字，聲母也改為七類，每一"單語家族"構擬"詞根型態基"與"基本義"，其統屬字多則近二十字，在語義的主觀上較高氏合理得多。拙文（1984）《上古漢語支部同源詞證例》，曾將它與章氏《文始》、王力《同源字典》、高氏《漢語詞類》三書就 K-NG 一族進行比較，以各書收字有異，但同源字組也有部分暗合。由此看來，上古音的構擬漸趨一致，在同源詞的研究上比較容易取得一致，但是建構較大的詞族或詞群，因意義條件放寬，分歧就比較大。

㈡王力的《同源字典》是一塊里程碑

　　王力（1982）《同源字典》是「本世紀有里程碑性質的語源學著作」❺，全書框架以聲音為綱，分為三個層次，以韻尾不同分為甲、乙、丙三大類，八小類；以二十九個韻部為第二層次，各韻部

---

❹　《王力文集》第 20 卷 335 頁，山東教育出版社。

❺　何九盈（1998）《二十世紀的漢語訓詁字》。

之下再依三十三個聲母列出同源字組內，均「大量引用古人的訓詁」，據裘錫圭（1992:181）指出本書「包含 439 個同源字條，涉及 3059 個單字」。何九盈（1998）認為「有了章太炎和高本漢的經驗教訓，王力寫《同源字典》的條件就比較成熟了。但是也指出《同源字典》的缺點有三：

一、源字組所收之字基本上是一種平列關係，沒有歸納出共同的核心義。

二、對漢字聲符兼義的材料，全然置之不顧，以致楊樹達等人的優秀成果未能吸收，這是很遺憾的！

三、我在《上古音》這本小冊中已經談到，「王先生不贊成同先秦有複輔音，這樣一來，他觀察同源詞的時候，視野就會受到限制，把一些存在同源關係的詞排除在同源之外」❻。我至今仍然認為這個看法是對的。

　　殷寄明（2000:93-100）亦有「《同源字典》的成就與不足」一節一方面肯定《同源字典》有四樣成就：

一、一千餘條同源詞的精神考釋。

二、確定了同源詞判定的古音標準。

三、「同源詞」有關問題作了理論闡述。

四、推動了學術界對語源學的研究。

---

❻　何九盈《上古音》100 頁，商務書局，1991。

關於最後一點，最值得重視。殷氏指出：

> 我國語源學的發展到楊樹達、沈兼士等人的時代之後，一度
> 出現停滯、終止趨勢，《同源字典》的問世，客觀上起了語
> 源學復甦和導向作用。從我們掌握的材料來看，1949（原作
> 建國）以來語源學的論文、論著，除極個別的以外，絕大多
> 數是在《同源字典》行世後刊出。其發展軌跡也大抵可以勾
> 勒：以補充、訂正王著為起點，圍繞同源詞定義問題、同源
> 詞與異體字及假借字的關係問題、同源詞的系聯問題等，展
> 開熱烈的討論，進而總結古人的語源學經驗，回顧語源學的
> 歷史，探討語源學中各種有關問題，《同源字典》的影響為
> 作者始料不及，對當代語源學研究的確是起了巨大推動作用
> 的。綜上所述，《同源字典》標誌著我國源遠流長的語源
> 學，以納入科學化的軌道，該書將語源學的宏觀和微觀都提
> 高到了一個前所未有的新的高度。

殷氏接著指出：

> 但由於種種原因，此書也存在一些有待修正、完善之處。10
> 多年來，商榷文章很多，通過對有關問題的辨析，共同提高
> 了思想認識，這是大好事。

最後他也提出幾個相關問題：
1. 關於同源詞判定的古音標準問題

殷氏指出上古聲鈕的研究與韻部相比，顯得薄弱許多。最突出的問題是諭四的歸屬分類問題。「王力先生以諭四為一類，舌面音，是個缺點。諭四當有如董同龢所云之舌根音一類。」將諭四歸為舌面音一類，直接妨礙了對某些對同源詞的判定。

2.關於同源詞的本質及語源分化問題

《同源字典》力求從語言角度（而不是像清儒那樣從文字角度）研究同源詞，認識是先進的，但由於作者尚未完全擺脫以文字為本位，以字為詞傳統觀點的影響，將同源詞稱為同源字，導致了理論和語詞系聯上的矛盾。又如：同源詞的產生問題，《同源字論》有些說法也是不正確的。王力認為有些同源詞是某個詞只有一個音，「後來分化為兩個以上的音，才產生細緻的意義差別」。這就顛倒了同源詞產生過程中音義關係的本末，並不是先發生音變而後有義之差別。殷氏認為在語源的分化，同源詞產生的過程中，音義兩方面的變化是同步進行的。又認為《同源字論》關於同源詞的定義和論述，未能包括詞義相反的同源詞，是一個漏洞。

3.關於同少源詞的收錄、系聯問題

王氏云「每一條所收最多不過二十多個字，少到只有兩個字，寧缺勿濫，收字少了，就能避免減少錯誤，具有實用價值」，顯見作者對同源詞的收錄是持十分慎重的態度，但收字之多寡並不是關鍵，關鍵在於對同源詞本質的把握。

殷氏也認為從《同源字典》的內容來看，作者吸收了「右文說」和「語轉說」兩種流派的同源詞系聯經驗，由許多條目中，都有表現聲符相同的形聲字之語詞並列，但若加以推敲，絕大多數條目都可在補充其同源詞，該書的系源是非窮盡性的。

關於第三點有關同聲符的同源字，王先生並未刻意去收，換言之，作者對「右文說」基本上是不贊成的。這點可參考前文索引何九盈的批評。殷寄明則認為王力「吸收了右文說和語轉說兩種流派的同源詞系聯經驗」，既然只是「系聯經驗」，就不等他同意「右文」。

王力先生在《中國語言學史》中說：

> 聲訓對後代的語言既有不良的影響，也有良好的影響。不良影響的結果成為右文說。這是認為諧聲偏旁兼有意義，而舉上所文，《釋文》中的「縑，兼也」，「錦，金也」等例，已開其端。良好影響的結果成為王念孫學派的「就古音以求古義，引伸觸類，不限形體」。（頁52）

王力先生和沈兼士是「右文說」的兩極人物，沈兼士認為右文說是通向漢語詞源的必由之路。王鳳陽（2001:109）則為王力是反對者的代表，不過裘錫圭（1992:197）有比較折衷的看法：

> 進行語源研究，一方面要擺脫字型的束縛，完全從語言的角度出發另一方面又要注意力用字形方面的線索。這兩方面決不是相互排斥的，王先生在後一方面也做得相當好。他在《漢語史稿》裡指出「主張凡同聲符的字其意義一定也有相通之處的『右文說』的缺點，但同時也承認這個意思是大致不錯的」。（《文集》九，頁704）可見他並不反對在語源研究中利用右文的線索。他在《同源字論》裡指出多數分別

字都是同源字（頁 23），分別字跟原來的字大多數在字形
上也有明顯的聯系的。

　　裘錫圭（1992:182-183）基本上肯定王先生的《同源字典》，
因為他貫徹了自己定的四條原則：

　　一、要求同源字無須韻部、聲母都相同或相近，而且無須以
　　　　先秦古音為依據，因為同源字的形成，絕大多數是上古
　　　　時代的事。
　　二、判斷同源字時，在字義方面，主要以古代訓詁為依據，
　　　　避免臆測。
　　三、不做系統的詞族研究，分條列出同源字。每條所收同源
　　　　字，不求其多，但求可信。
　　四、不武斷地肯定兩個同源字，哪個是源，哪個是流。

　　但對於王氏繼承前人音轉說的部分，也有批評。裘錫圭
（1992：183）指出：

　　應該說，王先生定為同源的字，在語音上都有同源的可能。
　　不過在韻母的關係上，旁轉、旁對轉、通轉這類稍嫌疏遠的
　　關係，其出現次數似乎還是多了一些。……可是如果把並未
　　被供認為同源的，對意義相近的詞確定為同源詞的時候，除
　　去情況一般意義相近，只能提出這類語音關係作為根據的
　　話，說服力就不強了。

這一點，王鳳陽（2001:103-104）說得更加直接了當，他指出：

> 超方言的虛擬的古音構擬，進入應用之後，就遇到諸多滯礙。比如章太炎將古音用於詞源研究時，為從語言上的解釋一組詞的同源關係時，不得不求助於音變。……在於各方言系統的語言差異不明，同一方言歷史音變不清的情況下，只好用各種變通手段，建立許多虛擬的音轉規律。其中陰、陽、入的對轉可能有的旁轉，可能有方言變異的因素在，但由於古方言不明，因而說不清，只好把個別方音對應的規律普遍化；……王力先生有力地批評了《成均圖》的無所不轉，但在《同源字典》裡，由於應用的需要而建立的音變規律中，它所立的旁轉、通轉如果使用過濫，音轉的範圍同樣寬泛，所以同樣被譏為可以無所不轉。批評者遭到同樣的批評，可見超越方言去建立音變規律，只能是虛擬的，不可能是科學的。

(三)漢語詞（語）源學的理論建設

王力（1982:45）在〈同源字論〉的末尾說：

> 同源字的研究，有什麼作用呢？第一、這是漢語史研究的一部份。……第二、把同源字研究的結果編成字典，可以幫助人們準確地理解字義。……通過同源字的研究，僻字變為不

辟了。……由此看來同源字的研究，可以認為「新訓詁學」。《同源字典》，正是為了這個目的而編寫的。

由此可見，同源字的研究成為漢語史的重要環節，也是「新訓詁學」之所寄託。十分諷刺的是中國大陸在動亂的年代，早已把大學中文系的「訓詁學」一門必修科目棄置不顧，連同聲韻學、文字學都只在「古代漢語」的專業才修習，因而王了一之《同源字典》必須等到 1982 年出版，即是為了文革動亂所累。然而當初未必看好的一本文獻語言學字典，居然成為詞源學的一塊里程碑。這是怎麼回事呢？原來大陸的學術也隨著四個現代化及改革開放，而舊學復甦，不但「訓詁學」這門帶有反動舊思維的傳統語言學科，悄悄在大學殿堂裡恢復，而且從 1985-1995 十年間，有關訓詁學的教科書，突然增加了二十本，而台灣四十年來訓詁學課程從未間斷，訓詁學的教科書仍寥寥可數（不到十種），近二十年來，大陸的語言學會（包括中國文字學會、音韻學研究會、訓詁學會）如雨後春筍，新舊語言學會雜然並陳，值得一提的是精通聲韻、文字、訓詁，本是章、黃學派後學的專長，許多章、黃之後學，秉承師學，發揚傳統語言文字的實學精神，他們不汲汲於新語言學的理論，但卻能從固有的音韻、文字的領域，去發揚訓詁學詞源研究的鼎盛，跟這股傳統學術的復甦大有關係。詞源研究有著兩千多年的歷史，它永遠結合音韻、文字的研究成果，進行互動，而它的研究成果，也將整個古音學及文字學的研究，只有這種緊密結合，才能造就中國特質的歷史語言學。

就在《同源詞典》出版二十年後，一支堅實的漢語詞源學隊伍

已經茁壯，相關論述包括詞源學的內涵、方法論、源流史、功能論，並與漢語詞彙學、訓詁學做緊密的結合，同源字的研究除了為歷史比較法服務外，它並非詞源學的全部內涵。為了說明二十多年來兩岸詞源學的發展，以下列出重要的一些代表著作（包括若干學位論文）。

1.專著及論文集

王　力	(1982)	《同源字典》	商務印書館
劉鈞杰	(1999)	《同源字典補》	商務印書館
劉鈞杰	(1999)	《同源字典再補》	語文出版社
黃　侃	(1983)	《文字聲韻訓詁筆記》	上海古籍出版社
沈兼士	(1986)	《沈兼士學術論文集》	中華書局
姚榮松	(1991)	《古代漢語詞源研究論衡》	台灣學生書局
任繼昉	(1993)	《漢語語源學》	重慶出版社
劉又辛	(1993)	《文字訓詁論集》	中華書局
陸宗達	(1996)	《陸宗達語言論文集》	北京師大出版社
齊沖天	(1997)	《聲韻語源字典》	重慶出版社
殷寄明	(1998)	《漢語語源義初探》	學林出版社
張希峰	(1999)	《漢語詞族叢考》	巴蜀出版社
張希峰	(2000)	《漢語詞族續考》	巴蜀出版社
殷寄明	(2000)	《語源學概論》	上海教育出版社
章孝濤	(2000)	《實用同源字典》	湖北人民出版社
崔樞華	(2000)	《說文解字聲訓研究》	北京師範大學出版社
孟蓬生	(2001)	《上古漢語同源詞語音關係研究》	北京師範大學出版社
侯占虎編	(2001)	《漢語詞源研究 第一輯》	吉林教育出版社
查中林	(2002)	《四川方言語詞和漢語同族詞研究》	巴蜀出版社
張　博	(2003)	《漢語同族詞的系統性與驗證方法》	商務印書館
胡繼明	(2003)	《《廣雅疏證》的同源詞研究》	巴蜀出版社

2. 學位論文

姚榮松	(1982)	《上古漢語同源詞研究》	台灣師範大學國文所博士論文
劉曉東	(1985)	《文始初探》	《研究生論文選集》江蘇古籍出版社
全廣鎮	(1991)	《漢藏語同源詞研究》	台大中文所博士論文
李研周	(1995)	《漢語同源詞音韻研究》	台大中文所博士論文
陳梅香	(1997)	《章太炎語言文字學研究》	中山中文所博士論文
黃易青	(1997)	《上古漢語同源詞意義關係研究》	北京師範大學博士論文
孟蓬生	(1998)	《上古漢語同源詞語音關係研究》	北京師範大學博士論文（已出版）
吳家宜	(2001)	《古音陰陽對轉說研究》	台灣師大國文所碩士論文

3. 漢藏語同源詞等相關研究

P.K. 本尼迪克特著 J.A. 馬提索夫編	(1984)	《漢藏語言概論》	樂賽月、羅美珍譯 中國社科院民族語言所
馬學良編	(1991)	《漢藏語概論（上）（下）》	北京大學出版社
《藏緬語語音和詞彙》編寫組	(1991)	《藏緬語語音和詞彙》	中國社會科學出版社
包擬古	(1995)	《原始漢語與漢藏語》	潘悟雲、馮蒸譯 中華書局
邢公畹	(1995)	《漢台語比較手冊》	商務印書館
施向東	(2000)	《漢語與藏語同源體系的比較研究》	華語教學出版社

楊光榮	(2000)	《藏語漢語同源詞研究》	民族出版社
丁邦新 孫宏開	(2000)	《漢藏語同源詞研究（一）—— 漢藏語研究的歷史回顧》	廣西民族出版社
丁邦新 孫宏開	(2001)	《漢藏語同源詞研究（二）—— 漢藏、苗瑤同源詞專題研究》	廣西民族出版社
瞿靄堂	(2000)	《漢藏語言研究的理論和方法》	中國藏學出版社
龔煌城	(2002)	《漢藏語研究論文集》	中央研究院語言學研究 所（籌備處）
吳安其	(2002)	《漢藏語同源研究》	中央民族大學出版社
江　荻	(2002)	《漢藏語言演化的歷史音變模 型》	民族出版社
張惠英	(2002)	《漢藏系語言和漢語方言比較研 究》	民族出版社
俞　敏	(1999)	《俞敏語言學論集》	商務印書館
嚴學宭	(1997)	《嚴學宭民族研究文集》	民族出版社

四、從古音研究的資料與方法
看詞源學與古音學的互動

㈠古音研究中的文獻學傳統

　　「同源詞」研究主要的依據是上古音與古義，前者依據古音學研究之成果，後者則順熟諳古人訓詁，二者缺一不可。古音的掌握愈真實，愈能掌握詞源的真象，今人讀《同源字典》以為構擬古音是天經地義，殊不知此乃自宋迄以來古今中外音韻學家之結晶，尤其清代三百年的古音研究，實為其最堅實的基礎。漢語音韻學本為歷史語言學的一部份，切韻系韻書與韻圖開其端，浸染而有古韻文

協韻問題，發為古韻分部，啟蒙於宋，離析分合完成於有清三百年，而古韻學系統架構底完，而古聲研究於發端啟蒙，步履稍緩，然經清季，古今音變之理，因古聲母之漸明而大白，所謂聲韻相挾而變，亦隨方法論而提出。然溯其漫漫長路，則可見其研究傳統乃立基於研究古音之資料及對資料之洞見所產生的分析歸納方法。

清徐翰〈求古音八例〉曾列舉諧聲、重文、異文、音讀、、音訓、疊韻、方言、韻語等八項資料總結鬥：「畫此八者，古之條例秩如也。」陳帥伯元新著《古音研究》（1999:23-49）「研究古音之資料與方法」一節，則據此說並綜合諸家，擴而充之為十項，並依其優先順序或時代順序排列如下：

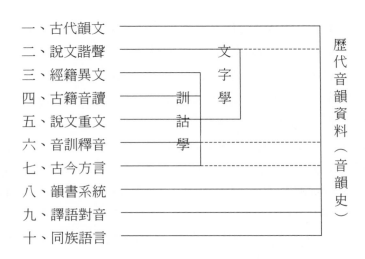

一、古代韻文
二、說文諧聲
三、經籍異文
四、古籍音讀
五、說文重文
六、音訓釋音
七、古今方言
八、韻書系統
九、譯語對音
十、同族語言

文字學
訓詁學

歷代音韻資料（音韻史）

這些資料都能反映不同時代的古音消息，其中韻文與韻書本為音韻學的兩塊礎石，而文字的諧聲和重文，則僅次於韻文與韻書提

供上古音節的構造及變動消息，所以先秦兩漢韻文和說文諧聲系統，提供了古韻部和古聲母之直接消息，其中諧聲系統尤其居功厥偉，後來居上，然而在古韻部及古聲類之間的分合，尤須相關的語言記錄以為參證，則多倚賴歷代訓詁著述，一部中國語言學史原由訓詁工作開展於先秦，盛於兩漢，文字學踵事增華，而聲韻學乃後出轉精，接受西方語言的影響而完成其本土的反切法及韻圖審音模式，形成音系之紀錄，作為聲韻研究的科學基石，在已有的分析架構上，欲知其音變軌跡，則捨規律之例外弗由，而大量的訓詁資料正好成為其後盾，對古音學具有補苴驗證之功。這些觀念的形成，則為古音研究方法之依據。由此看來，以上十項資料雖有輕重緩急，然缺一不可。

在四種訓詁資料（古代方言極為訓詁之原因，故方言歸之）中。經籍異文、音讀及音訓釋音，對於古韻與古聲都有具體的驗證功能。以聲韻而言，古人取音同、音近為訓，本身所反映的音韻關係，皆與諧聲、韻文所反映的聲韻大類相合，其例外接觸，反能啟發古韻之遠近，古聲之分合。綜觀錢大昕以來對古聲母之研究均以這類資料為佐證，若無此豐富之訓詁資料，古聲母之研究聞不可能漸露曙光，而當上古音系構擬完成，回過來解讀這些文獻時，則形成一種古音的驗證，以同源詞為例，從文獻資料固可知某某音同義近，合乎同源之要件，然古今語言之分化，並不盡然保留如此明顯之音變痕跡，如果要突破字形之束縛，純從語言入手，則必須參酌古今方言，並從同語族之藏、緬、泰等語言作比較，從而發現語音的對應規則，這些古音對應，即音義之探求，也唯有文獻的材料，才比較可靠，漢語訓詁學的豐富資料，同時也能提供語義的消息。

歷史比較法講求系統對應，因此，上古漢語內部的語音、語義關係常常成為考慮詞源對應的先前工作。

㈡古貞通轉是前科學古音學邁向科學的歷史音韻學的鎖鑰

漢語音韻學研究方法論，根據馮蒸（1989）的歸納初分為三個層次，即⑴哲學的方法論⑵邏輯學上的方法論⑶學科方法論。最能描述本學科的特性則為第三種，馮氏（1997:4）云：

> 這種學科方法論，是把歷史語言學的一般方法與漢語歷史音韻的實際情況相結合，加以分類概括而成。從總體規律來看，它又可大別為求音類法、求音值法和求音變法三類。求音類法共有八種，即⑴反切系聯法；⑵反切比較法；⑶音位歸併法；⑷絲聯繩引法；⑸離析唐韻法；⑹審音法；⑺音系表解法⑻統計法。……

另有求音值法五種；求音變法二種；雖不能窮盡本學科一切方法，但已為所見歸納最為完整的方法論。其中較引人入勝者，是古人的「審音法」，虧氏立為一目，令人讚賞，馮氏說：

> 審音法主要是指傳統漢語音韻學者在處理漢語音韻資料時運用一定的音理知識對音類的分合加以判定，以得出符合漢語實際語音系統的方法。因為不同歷史時期各研究者的音理知識結構不同，所以在處理具體問題時，掌握的標準和音理根據也有所不同。

馮氏舉古音學者運用審音法的兩例：(1)江永在離析上古韻部時
所用的「弇侈理論」；(2)清代古音學中的「考古派」與「審音派」
兩派的分野在於「職、覺、藥、屋、鐸、錫」六部收 -k 的入聲是
否獨立。顯然若採陰、陽、入三分，六部當獨立，這是審音派的理
據，其實我們看來，更重要的是古音系統的結構，清儒從分部工作
中找到古音的結構性對稱，此孔廣森陰陽對轉之所以卓絕古今，到
了戴震則對音轉的掌握更加細緻，因為除了「音聲相配」之外，還
注意到「轉而不出其類」，何大安（2001:6）就用「結構」與「生
成」來看待這個問題：

> 戴震的超越當代，在於他是從語言的角度——尤其是語言的
> 「結構」與「生成」的角度——去架構古韻分部。……清代
> 古韻學從而有了「考古派」與「審音派」的分別。這種劃分
> 的意義，我以為並不單純在於分部結果的多寡不同，或者入
> 聲字是不是獨立成部，而是在於語言觀的有無。陳新雄先生
> （1991）在檢討戴震的古韻貢獻時，特別指出：戴震在「陰
> 陽入三分」、「脂祭分立」以及「每部應具一或四等韻」三
> 方面給了後來古韻學者重要的啟發。他的論斷十分正確。我
> 在這裡要補充的一點是，這三項啟發的背後，正有著具現代
> 感的語言觀，也就是有著對語言的「結構」和「生成」的敏
> 銳掌握。

何文繼續指出：「從漢代以來，學者就提出"轉"或"轉語"
的概念，來泛指義同音異的各種變體。另一方面，清代的古音學

家，也企圖利用同一個概念來概括例外的合韻或合調現象，但是從未沒有人像戴震一樣，認識到"轉"應是有規則的，……"轉"，用今天的話說，就是語音演變。戴震就是第一個提出語音通例的人。」他並引用戴氏《答段若膺論韻》「正轉之法有三」一段及《轉語二十章序》「人口始喉，下底脣末。按位以譜之，其為各聲之大限五，小限四。……凡同位為正轉，位同為變轉」兩段相互輝映，說明戴震匯通了詞源學與古音學中音變的概念。何大安說：

> （前段）以"正轉"、"旁轉"說明韻的轉變，（後段）以
> "正轉"、"變轉"說明聲的轉變這兩段文字原是為處理不
> 同問題而作；前者要解釋韻部的分合與例外，後者是要為
> "因聲求義"的專論準備。但是背後都有一個共同的思想。
> 那就是語言是流轉變化的，而這種演變，都是當有其條例，
> 有其一定的規則。在……一個"音聲相配"的結構之下來談
> "轉"，這時候的"轉"，就不是泛泛的概括之詞，而是有
> 音韻演變和同族詞派往作用的"轉"，是相當於 Halle
> （1962）所說的具有歷時和共時"生成"意思義的"轉"。

從這個分析可見一個古音學家在分析古音資料時，是經常碰到「例外」的，這個例外往往啟發人們對規律性的追求，從而賦予例外一個合理的解說，因此，像戴震這樣的大家，能夠兼通音韻、訓詁，古音與詞源在他手中是一體的兩面，因而他看到了共同的規律，沿著這個正確的道路，王念孫在《廣雅疏證》中，也發揚了「一聲之轉」的規則，我們已指出，根據伯元師（1997）的探索，

《釋詁》四卷的 106 例，絕大多數為雙聲相轉，然亦有疊韻相轉者，只有八例。這證明清儒在運用這個「轉」字心中是有洞見的，正如一把尺，當然也不免有一點例外，章太炎總結了這個方法論，王了一在其《同源字典》中也批判地繼承了這個聲轉、韻轉的術語，正是他擇善固執的地方，因為他的〈同源字論〉中已把這些術語講得十分科學。而章氏作了〈成切圖〉提出了「音轉規律」，雖有前修未密之虞，然皆由親自歸納詞族的經驗所得，在《文始·敘例》中，也對漢字與詞根的相關論點，作了相當全面的闡釋，否定《文始》的現代語言學家，恐怕必須先把人家的〈敘例〉先掌握才不致於未全沒有進入狀況，一味厚誣古人，恐非治學的基本態度。

五、結論

漢語詞源研究從漢代「聲訓」以來，已逾二千年，它不但是文獻語言學（訓詁學）的核心，也是漢語史的重要支柱，當然它的理論，走過五個階段，現在正邁入另一個嶄新的漢藏語同源詞研究的全面發展階段，由於篇幅及學力限制，這部份存而不論。本文旨在通過兩部近人詞源研究的代表作，章太炎《文始》與王了一《同源字典》，說明兩家如何總結清代詞源學的成果，開創各自的新格局，與同時代的相關作品進行比較，我們把重點放在批判地繼承上，最後發現古音學與詞源學基本上乃是相需相成的，而且早已匯通為一。在方法上，最引人爭論的「音轉」，並非不科學的同義詞，而是古音學和詞源學匯通不所產生的「音變」術語，當然這個術語在不同時代，不同學者使用時，不免各有尺度，並非一成不變，因此，只有客觀地歸納作者的定義及例證，有能掌握其真象。

「一聲之轉」與「成均圖」之受人誤解，也非單一事件，大凡學術史上的重要派典，如「聲訓」、「右文說」、「聲義同源」及至「轉注」、「假借」，迄今仍多爭論不條，這也說明了今後治語言學史，尤須注意的一個方向。

引用書目

沈兼士(1986)《沈兼士學術論文集》中華書局

白兆麟(1988)〈右文說是對早期聲訓的反動〉《語言文字學》10

姚榮松(1991)《古代漢語詞源研究論衡》台灣學生書局

龍宇純(1958)〈造字時有通借證辨惑〉《幼獅學報》1:1

裘錫圭(1988)《文字學概要》北京商務印書館

———(1992)〈古代文史研究新探〉江蘇古籍出版社

李建國(1988)《漢語訓詁學史》安徽教育出版社

陳新雄(1997)〈《廣雅釋詁疏證》訓詁術語一聲之轉索解〉《第一屆國際訓詁學術研討會論文集》高雄中山大學

———(1999)《古音研究》五南圖書出版公司

龔煌城(1974) *"Die rekonstruktion des altchinesischen unter Berucksichigung von wortverwardtschaften"*

許威漢(2000)《二十世紀的漢語詞彙學》書海出版社

何九盈(1995)《現代漢語言學史》廣東人民出版社

———(1998)〈二十世紀的漢語訓詁學〉《二十世紀的中國語言學》北京大學出版社

王　力(1967)《中國語言學史》中國語文雜誌社

———(1982)《同源字典》北京商務印書館

殷寄明(2000)《語源學概論》上海教育出版社

王鳳陽(2001)〈漢語詞源研究的回顧與思考〉《漢語詞源研究 第
　　一輯》吉林教育出版社

嚴　修(2001)《二十世紀的古漢語研究》書海出版社

馮　蒸(1997)〈漢語音韻研究方法論〉《漢語音韻學論文集》首都
　　師範大學出版社

何大安(2001)〈聲韻學中的傳統、當代與現代〉《聲韻論叢》11:1-
　　16

增訂再版後記

　　本書是在我博士論文《古代漢語同源詞研究》（1982）的基礎上完成的。初版完成於民國八十年三月，做為教授升等論文的代表著作。上距博士論文已近九年。本書之完成，得力於我博士畢業後，即在台灣師大擔任訓詁學的課程，得以繼續泛覽海峽兩岸相關著作，尤其有關章、黃學之語言文字的闡述。民國七十八年間個人有幸獲得1989-1990 年度王安中國學術研究中心漢學研究獎助，以「章太炎《文始》的詞源理論」為研究計畫專題，以兩年的時間，全神投入《文始》一書的整理探討。先後疏理章氏的學術生平、著作清單，再將《文始》九卷，分卷剪貼成容易翻檢之檔案，再設計每卷逐條詞族分欄（初文、變易字、孳乳字各佔一欄），分行表而出之，底下說文釋義，音轉說明，再依領頭字逐行編輯語料，明顯分族者，分段隔欄，如本書 323-325 頁「夬」字一條所立易讀語料表，以利檢索及統計，這是科學的驗證法。

　　語料表格化之後，必須逐字驗證《說文》等相關文獻語料，以求音義關係及字際的關聯。好友馮蒸先生並寄來北京師大中文系古代漢語教研室印行的「《文始》《說文》對照索引」（上下），係由陸宗達教授指導楊潤陸、馮勝利、李建國、尹黎雲等編輯，工具在手，受益匪淺。其間又出席 1989 年 3 月香港大學舉辦首次「章太炎、黃季剛國際學術研討會」，發表相關論文，增長識見，獲益頗多。

　　本書最初擬以「《文始》探賾」為書名，由於升等送審的時間壓

力，無法在近期完成全部詞族的系聯疏理，雖已逐條檢驗，闕其疑殆，揚其清芬，但有關詞根轉換的音變統計及詞義遠近、詞源發展之方向，未暇全面統計，僅完成〈《文始·成均圖》音轉理論述評〉一文，作為階段成果，全書寫作，不得不改弦更張，而以目前的五章模式，包括古代漢語詞源學的發展及當代詞源研究方法論的介紹與評價，前二章視為理論溯源，後三章為《文始》探賾的骨幹，第四章為全文的重心，包括成均圖及其音轉軌範在全書之運用，變易、孳乳二元為章氏編撰詞族的針線，以《說文》音義關係為依據，誠所謂千七百年來未有的創作，亦章氏所自豪之代表作，由於其評價毀譽參半，本書未暇全面調停，提出精義，已累至四百餘頁，書名論衡，其實祇是個人鑽研詞源學二十年的小結。

1991 年本人幸獲教授升等，《文始》嘉惠於我，可以感謝者太多，首先是兩位先師林景伊與陳伯元，是他們把我引進章、黃學門，也因此使我有承繼學門的志業。其次是台灣學生書局，一路贊助聲韻學會，出版《聲韻論叢》，本書有幸納入「中國語文叢刊」出版，當可流傳學界。可惜初版倉促，訛字尚多，限量發行，尚待校勘，再版之議多年，本有重新改寫，以符撰述之初衷，無奈個人生性駑鈍，但求精研而後撰，十幾年間，心有旁鶩，雖蒙伯元先生作序，並已刊入先生《古虔文集》甚久。理當亟使本書再版，以符先生當年之推許。

2003 年起，個人因緣際會，改任台灣師大台灣文化及語言文學研究所教授，並承乏所務三年，教學重點放在閩南方言文化，其間並承擔教育部「國家語文資料庫建構計畫」中的「台灣閩南語常用詞辭典」總編輯，投入五年時間（2001-2006），並主持國民教育九年一貫「閩南語課程綱要研定小組」召集人等，雖仍開設「漢語詞源專題」研究課程，無奈分身乏術，未能賡續《文始探賾》的未竟之路，荒廢

竟達二十年，有愧初衷。唯 1999 年發表〈漢語方言同源詞構擬法初探〉（見《訓詁論叢》第四輯）一文，稍見新義，亦為個人多年探究方言本字之一得，或可為章氏《文始》與《新方言》搭一橋樑，《文始》所據全在文獻語言，而揚雄《方言》轉語所見孳乳、變易，不正可以補其不足，則本文或可作為章氏《文始》研究的另一面向，如何參考西方歷史比較語言學方法，結合現代方言及古代漢語方言，構擬兩千年來漢語方言之詞彙層次，未始不是未來詞源學的一個新方向。因此，把這篇論文作為本書附錄，以享讀者。此外，民國九十三年（2004）三月欣逢陳師伯元七秩華誕，海內外門下弟子出版《慶祝陳伯元教授七秩華誕論文集》以祝嘏，拙文〈從漢語詞源研究的歷程看古音學與詞源學的互動〉，就《文始》與《同源字典》進行宏觀的比較研究，部分內容雖與是書略有重複，仍具有新的視野，故亦列為附錄，以充實增訂再版的份量。

　　本書再版雖名增訂本，除增加陳伯元師之序文外，絕少更動初版文字，僅作文字校勘。又在注釋方面，將初版置於章末的注釋，改於當頁下注，使合乎當代論文的主體格式。個別上增加幾個小注及刪除少數贅注。這些工作，包括全文重新排版，均由選修「詞源學專題研討」的研究生主動協助，以丘彥遂、張淑萍出力最多，編輯小組的辛勞，是本書得以新版模式出現的主要動力，謹在此感謝曾為本書奉獻心力的每一位學生。尤其要感謝多年來學生書局的陳蕙文編輯，負責本書之校訂、改版，尤其耐心等待個人無數次的拖延交稿，在此衷心致謝。

民國一〇四年七月廿九日於伯元先師逝世
將滿三周年之前二日。

姚榮松　跋

國家圖書館出版品預行編目資料

古代漢語詞源研究論衡（增訂本）

姚榮松著.－ 增訂一版.－ 臺北市：臺灣學生，2015.08
面；公分：
參考書目：面

ISBN 978-957-15-1497-0 (平裝)

1. 漢語 2. 詞源學

802.18   99012665

古代漢語詞源研究論衡（增訂本）

著　作　者：姚　　　　榮　　　　松
出　版　者：臺 灣 學 生 書 局 有 限 公 司
發　行　人：楊　　　　雲　　　　龍
發　行　所：臺 灣 學 生 書 局 有 限 公 司
　　　　　　臺北市和平東路一段七十五巷十一號
　　　　　　郵 政 劃 撥 帳 號 ： 0 0 0 2 4 6 6 8
　　　　　　電　話　： (0 2) 2 3 9 2 8 1 8 5
　　　　　　傳　眞　： (0 2) 2 3 9 2 8 1 0 5
　　　　　　E-mail：student.book@msa.hinet.net
　　　　　　http：//www.studentbook.com.tw
本 書 局 登
記 證 字 號：行政院新聞局局版北市業字第玖捌壹號
印　刷　所：長　欣　印　刷　企　業　社
　　　　　　新北市中和區中正路九八八巷十七號
　　　　　　電　話　： (0 2) 2 2 2 6 8 8 5 3

定價：新臺幣六五○元

二 ○ 一 五 年 八 月 增 訂 一 版